Antoine

Apercu historique sur les fortifications, les ingénieurs et sur le corps du génie en France par le colonel Augoyat Sur les fortifications et les ingénieurs

Tome 1

Anatiposi

Antoine Marie Augoyat

Apercu historique sur les fortifications, les ingénieurs et sur le corps du génie en France par le colonel Augoyat Sur les fortifications et les ingénieurs

Tome 1

Réimpression inchangée de l'édition originale de 1860.

1ère édition 2023 | ISBN: 978-3-38270-114-7

Anatiposi Verlag est une marque de Outlook Verlagsgesellschaft mbH.

Verlag (Éditeur): Outlook Verlag GmbH, Zeilweg 44, 60439 Frankfurt, Deutschland
Vertretungsberechtigt (Représentant autorisé): E. Roepke, Zeilweg 44, 60439 Frankfurt, Deutschland
Druck (Imprimerie): Books on Demand GmbH, In de Tarpen 42, 22848 Norderstedt, Deutschland

APERÇU HISTORIQUE

SUR

LES FORTIFICATIONS

LES INGÉNIEURS

ET SUR LE CORPS DU GÉNIE

EN FRANCE,

PAR

LE COLONEL AUGOYAT.

Seconde édition revue, corrigée et augmentée.

TOME PREMIER

SUR LES FORTIFICATIONS ET LES INGÉNIEURS.

PARIS

CH. TANERA, ÉDITEUR,
Libraire pour l'art militaire,
QUAI DES AUGUSTINS, 27.

J. DUMAINE, LIBRAIRE,
Éditeur de S. M. l'Empereur,
RUE ET PASSAGE DAUPHINE, 30.

1860-64

DIVISIONS DE L'OUVRAGE.

TOME PREMIER.

ERRATA.

Page 9, ligne 10, au lieu de 1524, *lisez* 1522.
— 9, — 11, au lieu de 1527, *lisez* 1524.
— 157, — 1, note, au lieu de 1646, *lisez* 1686.
— 164, — 3, au lieu de Fonras, *lisez* Fouras.

ABRÉVIATIONS.

D G — Dépôt de la guerre.

AVERTISSEMENT.

M. Allent (1) avait, sur la proposition du premier inspecteur général du génie, le général Marescot, entrepris d'écrire une histoire du corps qui eût, depuis l'origine de la fortification moderne jusqu'à nos jours, embrassé les siéges et les travaux que les ingénieurs français ont dirigés, et les changements que l'attaque, la défense, la construction et l'administration des forteresses ont reçus en France. On voit par cet énoncé combien le cadre de l'auteur

(1) Alexandre Allent, lieutenant-colonel du génie, commandeur de la Légion d'honneur, etc., etc., était né à Saint-Omer, le 9 août 1772, et est décédé à Paris, le 6 juillet 1837. Le baron de Gérando, son ami et son collège au conseil d'État, lui a consacré dans le *Moniteur* du 19 octobre 1838 une notice nécrologique très intéressante. Dans une autre notice qui a pour titre : *Monument élevé à la mémoire de M. Allent*, par sa ville natale, on trouve, à la fin de la liste de souscription, un état de ses services. On s'accorde à dire que M. Allent était une des lumières du conseil d'État, en même temps qu'il était l'homme le plus simple et le plus noble par son caractère et par son désintéressement. Il donna une grande preuve de son indépendance en écrivant son ouvrage, par la manière dont il traita et approfondit l'histoire du canal du Midi, question délicate qui avait été soulevée par le comte Andréossy, dont le frère était inspecteur général du génie.

était étendu. Si la place de secrétaire du co
fortifications qu'occupait M. Allent, et à l
joignit, à dater de 1808, celle de directeur
lui donnait toutes les facilités désirables pour bien connaître les faits, elle ne lui laissait pas le temps qui est nécessaire pour accomplir la tâche qu'il s'était imposée. Aussi n'a-t-il publié qu'une première partie de l'*Histoire du corps du génie* qui parut en 1805, et qui s'arrête à 1715. Cet ouvrage, riche en faits historiques sur le plus grand règne de la monarchie, et justement estimé, eut le succès qu'il méritait ; il est écrit avec beaucoup de talent, peut-être avec plus d'éclat dans le style que n'en comporte le genre historique, ce qui exclut la précision. Malgré le soin que l'auteur apporta dans son travail, qui est attesté par les notes placées à la fin de l'ouvrage, quelques fautes lui ont échappé, et il a, en général, indiqué si vaguement les sources où il a puisé qu'on renonce à vérifier ses citations multipliées.

L'Aperçu que nous publions corrige ces légères imperfections, donne sur les siéges des détalis précis, dans les termes mêmes des pièces officielles, exactement citées, et remplit quelques lacunes qui sont dans l'*Histoire du corps du génie* relativement aux fortifications.

AUGOYAT.

APERÇU HISTORIQUE

SUR

LES FORTIFICATIONS

ET

LES INGÉNIEURS.

PREMIÈRE PARTIE. — 1284-1642.

I. — 1284-1589.

Dans l'état de société qui fut créé par le régime féodal, la France se couvrit de châteaux, de forts, et il y eut peu de villes qui ne fussent ceintes d'un mur plus ou moins épais, surmonté d'un chemin de ronde, flanqué par des tours de formes diverses, et presque toujours précédé d'un fossé. Les murs des villes faisaient leur sûreté contre les ennemis de l'État, et ne les rendaient point indépendantes du prince qui régnait, et qui souvent y entretenait une garnison renfermée dans un château ou une citadelle. En 1284, la ville de Lille dut s'engager à payer 24 000 livres parisis à Philippe III pour en obtenir la permission de conserver et d'augmenter ses fortifications (1). En

(1) *Ordonnances des rois de France de la troisième race*, t. XI, p. 358. Paris, 1769, in-folio.

1346, les maire et échevins de Caen eurent besoin de lettres patentes de Philippe VI, pour pouvoir clore et fortifier leur ville, assise sur la frontière de la mer, afin de la mettre à couvert de l'invasion des ennemis.

Parmi les châteaux, les uns appartenaient à la couronne, qui y entretenait des commandants appointés (1). Le plus grand nombre des châteaux et plusieurs villes fortifiées étaient au pouvoir des seigneurs, qui souvent bravaient l'autorité royale, mais qui, en cas de guerre, devaient les mettre en état de défense (2).

M. Viollet-Leduc, architecte, a, sous le titre d'*Essai sur l'architecture militaire au moyen âge* (3), publié un ouvrage intéressant sur la fortification des châteaux de la féodalité et sur les vieilles enceintes qui subsistent encore de quelques villes.

Jusqu'au commencement du XVIe siècle, la construction des fortifications des villes n'étant pas soumise à d'autres règles que celles qui sont communes à toutes les constructions en maçonnerie, ce furent les architectes ou les magistrats mêmes des villes qui

(1) Ordonnance de Philippe le Bel du 15 août 1290, portant qu'il ne subsistera de commandants appointés que dans les forts et châteaux qui y sont nommés. (Même ouvrage, t. XI, p. 366.)

(2) Lettres patentes de Charles VI du 12 juillet 1398, portant ordre à ceux qui ont des forteresses par héritage ou autrement, de les faire mettre en état de défense et de les bien garder. (Même ouvrage, t. VIII, p. 258.)

(3) Paris, 1854, un vol. grand in-8 de 242 pages, avec 153 gravures sur bois dans le texte. Voyez aussi *Geschichte der grossen Befestiguns-Kunst*, par M. Blesson. Berlin, 1830, in-8.

en avaient la direction, ils étaient, en outre, chargés de les entretenir au moyen du produit des octrois que les rois leur permettaient d'établir (1).

Il n'en était pas de même de l'attaque des places. Cet art exigeait des machines particulières, dont le nom d'*engin*, qui leur était donné dans le moyen âge, est l'étymologie du nom d'*ingénieurs*, par lequel on désignait ceux qui les faisaient construire, et qui en dirigeaient l'emploi dans l'attaque comme dans la défense des places. Les droits d'octroi, qui étaient affectés aux fortifications et aux casernes, se prélevaient, en général, sur les boissons qui entraient dans les villes. Si le produit de ces droits ne reçut pas toujours sa destination, ce fut la faute des magistrats, des seigneurs ou des gouverneurs des villes chargés d'y veiller. Les rois furent alors obligés de prendre des dispositions sévères pour réparer le mal qui en résultait et pour en prévenir le retour. C'est ainsi que, par son ordonnance du 25 mai 1413, Charles VI affecta, pendant trois ans, divers revenus de son domaine à la réparation des châteaux, des forteresses, maisons, halles, etc., dont l'entretien avait jusque-là été fort négligé. Cette ordonnance, rendue en conséquence d'une assemblée des notables, fut, le 7 septembre suivant, déchirée par ordre du roi, en sa présence, dans un lit de justice (2).

(1) *Ordonnances des rois de la troisième race*, in-folio, t. XII, p. 74, 129; t. XXI, p. 489, etc.

(2) Jourdan et Isambert, *Recueil général des anciennes lois françaises*. Paris, 1825, in-8, t. VII, p. 285.

Par un règlement du 12 août 1445 (1), Charles VII chargea trois personnages qui avaient le titre de *trésoriers*, de voir et visiter toutes les places, châteaux et forteresses du royaume, et où ils verraient nécessité de réparations ordonner qu'elles fussent faites. Ces trésoriers devaient en même temps dresser les inventaires de l'artillerie qui était dans les places. En 1508, Louis XII rendit une ordonnance, en date du 20 octobre (2), qui déterminait les pouvoirs et les fonctions des trésoriers, et qui leur enjoignait spécialement, article 20, de s'assurer, dans l'exercice de leurs charges, que les villes et cités emploient aux réparations des fortifications les deniers affectés à cet objet ; ils devaient les y contraindre, s'il était nécessaire. Dans les villes et les places de Provence et de Dauphiné, l'emploi des deniers et revenus levés pour les fortifications était surveillé par les lieutenants et gouverneurs desdits pays. Mais sous le règne de cet excellent roi, comme sous celui de son prédécesseur, tous deux fréquemment absents du royaume, les magistrats et les gouverneurs des villes prirent peu de soin d'en entretenir les fortifications. On s'aperçut en 1513 du mauvais état où elles étaient, lorsque nous fûmes chassés d'Italie, et que plusieurs provinces, la Picardie, la Bourgogne et la Guyenne, furent menacées d'invasion. A son avénement au trône, François Ier s'appuya sur ce motif, dans un

(1) *Ordonnance des rois de la troisieme race*, in-folio, t. XIII, p. 414. Paris, 1782.

(2) *Ibid.*, t XXI, p. 178. Paris, 1849.

édit qui fut enregistré le 14 mai 1515 (1), pour créer dans chaque ville, cité et forteresse du royaume un office de contrôleur des deniers communs, dons et octrois, chargé de veiller à ce que l'argent en provenant fût employé aux fortifications, et pour, au besoin, y contraindre les officiers des villes. En 1526, pour éviter la dépense du grand nombre de contrôleurs particuliers, il donna pouvoir à un seul contrôleur de tenir le contrôle général des réparations, fortifications et avitaillement des villes.

On place communément vers cette époque l'origine de la fortification bastionnée, que l'on doit à l'Italie (2), et qui a donné naissance à l'art des ingénieurs modernes. Témoin, dans ses guerres au delà des monts, des progrès que cet art avait faits, François Ier prit à son service des ingénieurs italiens, qui, unis aux ingénieurs français, construisirent, dans le royaume, plusieurs places neuves, réparèrent les anciennes, et soutinrent ou dirigèrent les siéges qui eurent lieu pendant la lutte mémorable de François Ier et de Henri II contre Charles-Quint et Henri VIII d'Angleterre. Par un édit du 15 juin 1537, François Ier créa à titre d'office, pour la garde et la surveillance des fortifica-

(1) Guenois, *La grande conférence des ordonnances et édits*, in-folio, t. II, p. 1048. Paris, 1678.

(2) M. Promis, architecte piémontais, auteur d'excellents mémoires historiques sur l'art de l'ingénieur et de l'artilleur en Italie (in-4, Turin, 1841), fait remonter à l'an 1500 l'invention des bastions, et en fait honneur à Francesco di Giorgio Martini, de Sienne.

tions, dans chacune des villes et forteresses où il y avait capitainerie, des places de *sergents-majors*, auxquelles était attachée la jouissance pleine et entière des herbages des remparts, et même la pêche dans les fossés. Cet édit est l'origine du droit qui a été confirmé, par des ordonnances subséquentes, aux gouverneurs, lieutenants du roi, majors et aides-majors des places, de jouir des herbages de la fortification, avec obligation pour eux toutefois de veiller à l'exécution des ordonnances sur la conservation des places fortes. L'ordonnance du 1er mars 1768 en fit également une obligation aux ingénieurs. En 1791, le droit des états-majors des places fut aboli, et la police des fortifications confiée à des agents spéciaux.

Sous les successeurs de François Ier, les gouverneurs-généraux des provinces, et sous eux les lieutenants-généraux et les gouverneurs particuliers des villes, furent investis par leurs lettres de service de l'autorité nécessaire pour faire exécuter, dans les places de leur commandement, tous les travaux de fortification. C'est ainsi que, dans son ordonnance du 27 février 1552 sur les fortifications de Paris, Henri II ordonne qu'elles soient construites selon les dessins qui déjà ont été ou seront faits par le gouverneur en l'Ile-de-France, ou par celui ou ceux qu'il désignera à cet effet. Par une ordonnance du 13 décembre 1553, il nomma deux payeurs des réparations, fortifications et avitaillements des villes et places fortes du royaume. Henri II eut quelque temps à son service un ingénieur italien célèbre, Castriotto d'Urbino, qui, à partir de 1556 jusqu'à la fin de 1561, époque où il mourut à Calais, dirigea, suivant ses plans, la construction de plusieurs places fortes en France. Marini lui donne le titre de surintendant général des fortifications de France ; Maggi, contemporain de Castriotto, et qui a publié son ouvrage *De la fortification des villes* (1), ne lui donne que la qualité d'ingénieur du roi très chrétien.

En octobre 1559, François II donna le brevet de commissaire et surintendant général des fortifications, vivres et munitions, en Piémont, à Scipion de Vimercate, milanais, fils de Francesco Bernardino, qui avait eu cet emploi sous Henri II.

Il y eut, suivant M. Allent, sous Charles IX, un surintendant des fortifications du nom de de Serré, qui était à la tête des ingénieurs au siége d'Orléans, en 1563. Par un édit de 1566, Charles IX établit un trésorier de l'extraordinaire des guerres, qui devait exercer cette charge en vertu d'une commission annuelle, et tenir, en outre, la comptabilité de toutes les dépenses qui se feraient aux fortifications des places frontières, et pour leur avitaillement en munitions de guerre. En 1567, afin d'être assuré que les fonds affectés chaque année aux fortifications ne seraient pas détournés de leur destination, il nomma deux trésoriers des fortifications, l'un du côté de

(1) *Della fortificazione delle città di Girolamo Maggi e del capitano Jacomo Castriotto, ingegniero del christianess. Re di Francia*, in-folio, in Venetia, 1564 et 1584.

Piémont, l'autre du côté de Champagne et Picardie, pour en faire le recouvrement, et les porter sans délai dans les places, où ils devaient être renfermés dans un coffre à trois clefs, dont une confiée au capitaine de la place, l'autre à l'échevin ou à un bourgeois élu, et la troisième au trésorier ou à son commis; et, pour éviter les abus qui se pourraient commettre aux marchés des ouvrages, il ordonna que dorénavant ils se feraient par le gouverneur du pays ou son lieutenant, lequel, à cette fin, se transporterait dans chaque place de son commandement, et y procéderait en présence du capitaine de la place et de l'échevin ou de tel autre personnage notable. Les gouverneurs devaient, en outre, veiller au bon entretien des fortifications dans les villes qui avaient des fonds pour cet usage.

Par un édit du 15 septembre 1575, Henri III créa un office de commissaire général alternatif de la marine du Levant et des fortifications de Provence. Ce commissaire alternait tous les ans avec un autre pour les mêmes fonctions, qui consistaient à arrêter les états de dépense de la marine et des fortifications de Provence. Par un édit de décembre 1581, que rappelle une déclaration du 9 août 1582, Henri III avait rétabli dans chaque généralité du royaume la place de contrôleur des deniers communs, patrimoniaux et d'octroi. Ce fonctionnaire devait se transporter, chaque année, dans toutes les villes du ressort de la généralité, en visiter les fortifications, et ordonner de l'emploi des deniers qui devaient y être consacrés, sans qu'il fût permis d'y contrevenir en aucune manière.

Telle fut l'administration des fortifications sous les rois de la race des Valois, qui commença à régner en 1328, et qui s'éteignit le 1er août 1589, dans la personne de Henri III. Les ingénieurs connus qui ont été au service de France pendant cette période sont :

• Lafontaine et Miradel, cités par M. Allent comme étant, le premier, à la défense de Rhodes, en 1524, le second à celle de Marseille, en 1527.

Charamond, qui servait en Italie sous Montluc, en 1551 (Allent, p. 16). Le grade de colonel, que lui donne Montluc dans ses *Mémoires* (t. I, p. 411, édition de Prault, 1760), nous fait douter qu'il fût ingénieur.

Les deux frères Marini, de Bologne, Jérôme et Camille ; François-Jérôme Penanti, de Trévise ; Jacques Degli-Orologgi ; Barthelemi Campi ; Befani et Belarmati, venus tous les sept en France en 1534. « Hieronimo Marini, qu'on estimait le plus grand homme d'Italie pour assiéger place, ne fit (Montluc, t. I, p. 120) rien qui vaille, en 1542, devant Perpignan. » En 1544, il se distingua à la défense de Saint-Dizier (*Mémoires* de Martin du Bellay). Brantôme, parlant du comte de Sancerre, qui défendit Saint-Dizier, cite Hieronimo Marini comme un bon et grand ingénieur qui a bien servi aux guerres de Henri II. Camille Marini, envoyé à Metz en 1552 comme fort expert en fortification, y fut tué à la défense de la tour d'Enfer (1). Penanti mourut à la défense de Boulogne, en 1544. Degli Orologgi, que Montluc appelle le chevalier Reloge, dirigea en 1551, sous ses ordres, en Piémont, les fortifications de Caselle, et non Cazal (2) (t. Ier, p. 410, 411, Promis, *Mémoires historiques*) ; il retourna en Italie en 1559. Barthelemi Campi se distingua en 1562 au siége de Rouen (Allent, p. 15). Belarmati construisit en 1550 la première enceinte du Havre, de laquelle il ne reste plus qu'un front qui aura bientôt disparu. Befani fortifia avec Belarmati (3), en 1569, Brouage d'une manière provisionnelle.

Aux ingénieurs que nous venons de nommer il faut ajouter :

Antonio Melloni, qui fut tué en 1549 à l'attaque de la tour d'Ordre, près Boulogne. M. Promis lui a consacré un long article dans ses *Mémoires historiques*. Il revendique pour Melloni les planches et les dernières pages, au nombre de 72, de l'ouvrage intitulé : *Nuova inventione di fabricar fortezze*, etc., di Giovan-Batista Belici. In-folio. Venise, 1598. Ces pages se rapportent à divers faits de la carrière de Melloni, qui leur avait donné pour titre : *Particelle e frammenti.*

(1) Camille, dit M. Allent, après avoir défendu Saint-Damian, périt, etc. La défense de Saint-Damian est du mois de janvier 1553 ; il ne pouvait pas y être.

(2) L'édition Petitot dit aussi Cazal par erreur. Il s'agit de Cazelle non loin et au nord de Turin.

(3) A ces deux noms, M. Allent joint ceux de deux ingénieurs qui ne pouvaient pas y être, Degli Orologgi qui n'était plus en France et Castriotto qui était mort.

Bellucci et non Belici, faute du libraire-éditeur, n'aurait pas été au service de France. Ces pages paraissent très incorrectes.

Pelori, qui fut au service de France en 1551, 1552 et 1558. (Promis, *Mém. histor.*)

De Vimercate, qui fut surintendant des fortifications en Piémont en 1551, et jusqu'à sa mort en 1559 (Promis, *idem*). Il est souvent cité sous le nom de Francesco Bernardino dans les Mémoires du maréchal de Brissac et dans les Commentaires de Montluc. En 1559, son fils, Scipion de Vimercate, lui succéda dans le même emploi.

Jacomo-Fusto-Castriotto d'Urbino, le plus distingué, dont nous avons fait mention page 7.

Saint-Remy, très versé dans la pratique des mines, qui défendit Metz en 1552 et Saint-Quentin en 1557. (De Thou, *Histoire universelle*, t. III).

Feuquières, calviniste, qui dirigea les travaux de défense (1) d'Orléans en 1563 (De Thou, t. IV). Auparavant, en 1555, étant dans le parti catholique, il assista au siége de Vulpian (Montluc, t. II, p. 236).

De Serré, qui dirigea les travaux de l'attaque d'Orléans avec le titre de surintendant des fortifications (Allent, p. 14). Nous n'avons pu parvenir à découvrir où M. Allent a puisé ce fait.

Scipion Vergano, qui en 1569 fortifia la Rochelle pour les calvinistes, et en 1573 dirigea les travaux

(1) M. Allent le met sous les ordres de de Serré qui était dans le camp opposé.

du siége de cette place, devant laquelle il fut tué. (Genet, *Relation du siége*, dans le *Spectateur militaire*, 45e vol., 1848, p. 404.)

Peloyn (Jean-Pierre), qui dirigea l'une des attaques de la Rochelle en 1573. (Genet, *Relation citée.*)

Antoine Serazon, romain, très habile ingénieur (De Thou, t. V), qui fut tué à la défense de Poitiers, attaqué en 1569 par les calvinistes, qui furent obligés de lever le siége.

Robert Chinon, tué devant la Rochelle. (1628 ? Allent, p. 16.)

Adam de Crapone, qui reçut de Henri II (1547 à 1559) le titre d'ingénieur des fortifications, et fit travailler à plusieurs places. (Allent, p. 16.)

Louis de Foix, qui en 1585 construisit la première digue de redressement de l'embouchure de l'Adour, qui a conservé son nom.

Les fortifications de cette époque reculée sont reconnaissables à la grande longueur des courtines et à la petitesse des flancs droits des bastions, retirés en arrière de gros orillons.

L'attaque fit un progrès au siége de Thionville, en 1558, qu'elle doit au célèbre Montluc. « Je faisais de vingt pas en vingt pas un arrière-coin, tantôt à main gauche et tantôt à main droite, et le faisais si large que douze ou quinze soldats y pouvaient demeurer à chacun avec arquebuses et hallebardes, afin que si les ennemis me gagnaient la tête de la tranchée et sautaient dedans, ceux de l'arrière-coin les combattissent. »

En 1545, Montluc sut vaincre, par son adresse à manier le soldat, la répugnance qu'il avait, à cette époque, pour remuer la terre ; il sut, en lui donnant l'exemple et 5 sols par jour, le faire travailler aux retranchements du blocus de Boulogne dans un moment où l'armée n'avait pas ses pionniers.

II. — 1589-1642.

L'histoire ne nomme point d'ingénieurs italiens dans l'armée avec laquelle Henri IV conquit son royaume. Elle se tait également sur la part que prirent aux siéges nombreux qui eurent lieu les ingénieurs français. Deux néanmoins sont restés célèbres, Errard de Bar-le Duc et Jean de Chastillon, le premier par un ouvrage qu'il a publié, le second par les Mémoires de Sully, dans lesquels il est cité.

Jean Errard, dit de Bar-le-Duc, lieu de sa naissance en 1554 (1), est le premier ingénieur, en France, qui ait écrit sur la fortification. Il le fit, ainsi qu'il nous l'apprend dans sa préface adressée à la noblesse française, par commandement du roi Henri IV, à la libéralité duquel il dut de pouvoir mettre au jour l'ouvrage que l'on connaît sous le titre de : *La fortification réduicte en art et démonstrée par*, etc. Le privilége de la première édition est de l'an 1594. En 1604, il en parut deux secondes édi-

(1) Il était, d'après son portrait, âgé de quarante-six ans en 1600 (*Bibliothèque historique de la France*, par Lelong, in-folio, t. IV. Portraits des Français illustres).

tions, l'une à Paris, faite par l'auteur, et dite *revue et augmentée* (1), l'autre à Francfort-sur-le-Mein. Enfin, en 1620, il en parut une troisième, dite *nouvelle*, publiée par le neveu d'Errard. Le privilége de cette édition fait mention de la mort de l'auteur, en 1610 ou 1611. Malgré le reproche que l'on peut faire au tracé d'Errard, qui, comme le fait observer Noizet de Saint-Paul, avait dans la place d'Hesdin, construite en 1554, un bon modèle pour le temps, son ouvrage était supérieur, par l'ordre et la clarté des définitions et des principes, à ceux des ingénieurs étrangers, ses devanciers. Il marque une époque dans les traités de l'art, et l'on peut encore y puiser quelque enseignement.

On sait peu de chose sur la carrière de l'auteur. Il nous apprend, dans son ouvrage (2), qu'il rédigea en 1594 la réponse que le roi fit aux Vénitiens, qui lui demandaient un avis sur la place de Palmanova, qu'ils faisaient construire. Il y fait mention (3) des casemates du château de Sedan, qui furent exécutées suivant le dessin qu'il en donna. Son nom se trouve, sans le moindre détail, dans une lettre écrite par Henri IV, pendant le siége d'Amiens, en 1597, et dans un passage des Mémoires de Sully (4) sur l'expédition de Savoie, en 1600, où il accompagna le grand-maître de l'artillerie dans la reconnaissance du fort

(1) Un volume in-folio de 130 pages avec figures dans le texte.

(2) Livre III, chapitre VI.

(3) Livre IV, chapitre VII.

(4) Tome III, page 393.

Sainte-Catherine, près de Genève. Il assista en 1606, chez Sully, à la conférence qui se tint en présence du roi sur le siége de Sedan. Suivant M. Poirson (1), Errard bastionna les côtés attaquables de Montreuil, place de son temps très importante, et de 1599 à 1609 il fit exécuter tous les travaux de Calais. Les citadelles d'Amiens, de Laon, de Sisteron, de Verdun présentent des applications de son tracé reconnaissable à la direction des flancs qui, perpendiculaires aux faces des bastions, font des angles aigus avec la courtine, et à la direction des faces des bastions toujours alignées sur les angles de flanc et de courtine, ce qu'on exprime en disant que les lignes de défense sont *rasantes*.

Jean de Chastillon, gentilhomme champenois contemporain d'Errard, a été particulièrement distingué par Sully. Nous nous étendrons davantage sur lui, parce qu'il a été l'objet d'une double méprise de la part de l'historien du corps du génie, qui l'a confondu avec Claude Chastillon, topographe du roi, et avec le comte de Chastillon, François de Coligny. La première erreur a été causée par la fausse qualification d'ingénieur du roi donnée à défunt Claude Chastillon dans le titre de l'édition de la TOPOGRAPHIE FRANÇAISE qui parut en 1655. Claude Chastillon, auteur de toutes les vues de villes fortifiées, d'attaques

(1) *Histoire du règne de Henri IV*, t. II, 1re partie, p. 367, 368. Cet ouvrage, qui a paru en 1857, est remarquable; il est le fruit d'un travail long et consciencieux.

de villes et de châteaux, d'escarmouches, etc., qui sont dans ce recueil, était topographe du roi, et prend ce titre dans la signature de quelques-uns de ses dessins (1). Le prénom de *Jean*, donné sur sa tombe à Chastillon, *ingénieur*, dissipe toute confusion. Le relevé authentique qui a été fait en 1804 de l'épitaphe qui existait alors (2) sur la tombe de Jean de Chastillon, dans l'église Notre-Dame de Châlons, porte « qu'il avait servi avec la plus grande distinction sous les règnes de Henri le Grand et de Louis le Juste ; qu'il avait été ingénieur en chef de leurs armées, ainsi que dans leurs provinces de Champagne, Brie, Toul, Verdun et pays Messin ; qu'il avait été employé en cette qualité aux fameux siéges de la Fère, Amiens, Laon, Montmélian et autres places, et qu'il était mort à l'âge de cinquante-six ans, le 27 avril 1616. » (Né par conséquent en 1560.)

C'est sur le plan qu'il avait fait de Sedan que s'ouvrit, en 1606, la conférence sur le siége de cette

(1) 1° Dans l'estampe *Porfille d'Amiens*, 1597 ; 2° dans l'estampe *Piquiny*, planche 124 de l'édition de 1641 qui, dans son titre, ne donne pas la qualification d'ingénieur à Chastillon. L'une des rues qui sont dans le voisinage de l'hôpital Saint-Louis, porte le nom de Chastillon le-Topographe, parce qu'il fournit le dessin de cet édifice à Claude de Ville-Faux, voyer de Saint-Germain-des-Prés, qui fut l'architecte et le conducteur de tout le bâtiment. (Légende de l'estampe de l'hôpital Saint-Louis.)

(2) La pierre sur laquelle était gravée cette épitaphe a été calcinée en 1814 par les feux de bivouac des alliés dans l'église. Voyez dans le *Spectateur militaire* notre *Notice sur les Chastillon*, n° du 15 août 1856.

place (1). Il se rangea à l'avis de Sully, opposé à celui des seigneurs, qui, avec Errard, regardaient la place comme imprenable autrement que par famine. M. de Bouillon ayant fait sa soumission au roi, le siége n'eut pas lieu.

En 1608, il fut du nombre des ingénieurs que, par ordre du roi, le surintendant des fortifications chargea de lever les cartes du royaume, et de dresser un procès-verbal des entreprises faites par les voisins étrangers sur les terres de France. Les secrétaires de Sully ont transcrit, dans ses *Économies royales* (2), les Mémoires de Chastillon sur les frontières de la province de Champagne, et la lettre à Sully qui accompagnait ces Mémoires, lettre de Chastillon *l'ingénieur*, disent-ils, comme s'ils eussent voulu prévenir toute équivoque sur le Chastillon auteur des cartes et mémoires, empêcher qu'il ne fût confondu avec Chastillon le topographe.

M. Allent a confondu Jean de Chastillon avec le comte de Chastillon, François de Coligny. Il dit de l'ingénieur (3) : « Il conduit, sous Henri IV en personne (en 1591), les attaques de Chartres, et construit, pour arriver de la contrescarpe à la brèche, un pont de bois couvert, qui détermine les ennemis à capituler. » Tous les chroniqueurs du XVIe siècle qui

(1) *Économies royales*, appelées vulgairement *Mémoires de Sully*, t. VII, p. 52, 53. Édition de Petitot.

(2) Tome VII, page 401.

(3) Page 22 de l'*Histoire du corps impérial du génie*, in-8. Paris, 1805.

rapportent ce fait s'expriment en des termes qui ne laissent point de doute que le Chastillon dont il est question commandait un détachement de l'armée du roi accouru au siége. L'Estoille lève toute équivoque en disant qu'il était le fils aîné du seigneur de Chastillon, amiral de France. Davila (1), qui assistait au siége, nomme l'ingénieur Lagarde comme ayant, à l'attaque du seigneur *Ciatiglione*, fait construire ce pont, à la défense duquel il perdit la vie.

En un mot, tout ce que rapporte M. Allent aux pages 22 et 23 de son ouvrage étant fondé sur une donnée fausse, savoir que l'ingénieur est l'auteur des vues qui sont dans la *Topographie française*, est rempli d'inexactitudes. On ne peut encore s'empêcher de relever ce fait, que Sully fit rendre la ville de la Fère en la noyant au moyen d'une digue qui barrait le vallon de l'Oise au-dessous de la place; Sully dit, au contraire, qu'il s'opposa à la construction de cette digue, qui fut cause de toutes les lenteurs du siége.

Dans un manuscrit du dépôt des fortifications qui a pour titre : *Abrégé d'un mémoire historique sur l'administration des fortifications et sur l'institution du corps du génie*, il est dit : « que c'est lui (Claude (2) de Chastillon) qui, au siége d'Amiens, en 1597, introduisit l'usage qui s'est perpétué d'employer des soldats au lieu de pionniers aux travaux des tranchées, et qui deux ans auparavant, au siége de la Fère, in-

(1) Page 151 du tome III de la traduction, in-4, 1757.

(2) Le prénom est Jean et non Claude, suivant l'épitaphe citée.

sinua de lier les tranchées par des communications. »

M. Allent cite fréquemment, au commencement de son *Histoire du corps du génie*, un *Mémoire du chevalier de Chastillon sur l'administration des fortifications*, in-folio, dit-il, du dépôt des fortifications. Cet in-folio ne contient pas le mémoire cité. Il contient un nouveau projet de fortification, et une lettre d'envoi datée de 1725, dans laquelle le chevalier de Chastillon, qui plus tard a commandé l'école de Mézières, fait mention des intendants de fortification du nom de Chastillon. Il y donne le prénom de *Claude* à l'ingénieur de Henri IV, au lieu de celui de *Jean*, qui était sur sa tombe à Châlons. Ce qui peut expliquer son erreur sur le prénom d'un de ses aïeux est l'existence d'un Claude Chastillon, frère aîné de Jean, et qui mourut en bas âge (1).

Enfin M. Allent cite plusieurs fois (2) des notices manuscrites qui lui furent adressées par les directeurs des fortifications, Bérard et Vialis, pour servir à la rédaction de son histoire. Ces notices ne sont pas au dépôt, ne sont mentionnées dans aucun inventaire de cet établissement, et ne se sont pas trouvées

(1) Tableau généalogique de la maison de Chastillon dressé sur les papiers de famille, par M. Rousseau, géographe principal au Dépôt de la guerre et beau-frère du baron de Chastillon, ancien colonel du 26e de ligne, retiré à Paris, document qui nous a été communiqué. Au nombre de ces papiers est l'arrêt de la cour des aides du 16 janvier 1643 qui constate l'ancienne noblesse de la maison des Chastillon, ingénieurs.

(2) Pages 10, 15, 16, 26, 29, etc.

dans ses papiers à son décès, en 1837. Il faut croire que c'est l'*Abrégé* cité plus haut dont il a voulu parler, abrégé intéressant, mais erroné en plusieurs endroits.

Après Errard et Chastillon, les ingénieurs dont nous trouvons les noms cités sont : Alleaume, qui, en présence de Henri IV, traça en 1610, avec Chastillon, le projet de la place dite de France, que le roi avait conçu, mais qui ne fut pas exécuté ; Honoré de Bonnefons auteur de plusieurs plans des places maritimes de Provence 1639, 1640 ; et un neveu d'Errard. M. Allent cite encore Adam du Temps, qui fortifia Fontenay, et fut tué en 1646 au siége de Dunkerque, et Hugues Crosnier, qui entreprit le canal de Briare.

A son avénement au trône, Henri IV fit publier une *Déclaration sur la conservation des châteaux et places fortes en son obéissance.* In 4°. Tours, 17 octobre 1589 (1). Le Recueil général Isambert (t. XV) rapporte cette ordonnance sous le titre de : *Déclaration pour la garde des châteaux et propriétés particulières.* C'est, dit-on, en note, une recommandation à la force publique de protéger les petits châteaux contre les attaques des rebelles.

Une ordonnance du 3 novembre 1590 apporta quelques adoucissements aux usages barbares du sac des villes prises d'assaut :

(1) Lelong, *Bibliothèque historique*, t. II, p. 329. Édition de 1768.

« Art. 14. Et pour le regard des villes prises d'assaut ou surprises en armes sur les rebelles à Sa Majesté, défense, sous peine de la vie, de faire aucun effort ou violence dans les églises ou les monastères.

» Art. 16. Que le sac de la ville prise, comme il est dit, ne dure que vingt-quatre heures à compter de l'heure que lesdits gens de guerre y seront entrés.

» Art. 17. Que lesdites vingt-quatre heures passées, ne se puissent prendre aucunes personnes de guerre, ni faire aucun pillage ou butin.

» Art. 18. Que durant icelui terme, on ne puisse prendre prisonniers les religieux ni les prêtres, si ce n'est au cas que dessus de combat et les armes à la main, ni les femmes ou filles, de quelque âge qu'elles soient, ni les enfants au-dessous de quinze ans. »

La fortification des frontières de France date du règne de François Ier. Elle fut commandée par les guerres qu'il eut à soutenir contre Charles-Quint ; la continuité de ces guerres fit un devoir à Henri II de continuer les travaux. Les guerres civiles les firent interrompre pendant les règnes suivants. Henri IV les reprit avec beaucoup de suite. L'auteur de l'histoire de ce prince, ouvrage déjà cité dans ce Précis, page 15, est entré, à ce sujet, dans les détails les plus intéressants. On y voit que ce fut d'abord aux places de la frontière du nord-ouest que le roi fit travailler ; après avoir mis la Picardie, le Boulonnais et le Calaisis à l'abri des attaques de l'ennemi, il fit, depuis l'année 1601, sans discontinuer, et jusqu'à l'année 1610, travailler à réparer et augmenter les fortifications des places de la frontière de l'est-sud, et particulièrement de Bourg, nouvellement cédé à la France avec la Bresse par le duc de Savoie, de Grenoble, d'Embrun, de fort Barrault, d'Exilles, de Sisteron, de Saint-Tropez, et surtout d'Antibes. Auparavant, en 1594, la ville de Toulon avait été renfermée, par ses ordres, dans une enceinte bastionnée composée de sept fronts, compris celui qui ferme le port marchand, et qui est tenaillé; quatre subsistent encore; les trois autres ont été effacés en 1680 pour agrandir la ville. En 1598, Henri IV conclut le 2 mai avec Sa Majesté Catholique le traité de Vervins qui mit fin à la guerre de la Ligue. L'Espagne rendit à la France (1), dans le nord, Calais, Ardres, Monthulin (point alors fortifié dont il n'y a plus de traces), Doulens, la Capelle et le Castelet; en Bretagne, la ville de Blavet, qui n'existe plus. La rade du Blavet est importante; son entrée était défendue par un fort que les ligueurs avaient en 1590 livré aux Espagnols et où ceux-ci se maintinrent jusqu'en 1598, ils avaient même fermé la presqu'île par des ouvrages en terre dont les vestiges ont subsisté très longtemps. En 1619 Louis XIII réunit en communauté de ville sous le nom de *Port-Louis* plusieurs habitations qui formaient un assez grand village au-dessous de Blavet qui disparut. Le même roi fit du fort qui avait été livré à l'ennemi la citadelle de Port-Louis.

(1) Poirson, t. I, p. 335.

La même année 1598, le grand-duc de Toscane restitua à la France l'île de Pomègue et le château d'If, dont il s'était emparé dans la rade de Marseille pendant la guerre civile.

La guerre durait encore avec le duc de Savoie, Charles-Emmanuel Ier, prince fin et rusé, depuis l'année 1588 qu'il avait cru l'occasion favorable pour faire valoir ses droits sur le marquisat de Saluces qui avait été réuni à la France en 1536. La paix n'eut lieu qu'en 1601 ; elle est connue sous le nom de paix de Lyon où elle fut signée le 17 janvier. En voici textuellement les principaux articles, extraits par M. Poirson (1) de la *Chronologie septénaire du P. Cayet*, livre IV.

ART. 1er. — Que le duc de Savoye cède, transporte et délaisse au sieur Roy et à ses successeurs, roys de France, tous les pays et seigneuries de la Bresse, Bugey et Verromey (*sic*, pour Valromey), et généralement tout ce qui luy peut appartenir jusques à la rivière du Rosne; icelle comprise. De sorte que toute la rivière du Rosne, dès la sortie de Genève, sera du royaume de France, et appartiendra audit sieur Roy et à ses successeurs.

ART. 3. — En outre a été accordé que le sieur duc cède aussi, transporte et délaisse audit sieur Roy, au delà de la rivière du Rosne, les lieux, terres et villages d'Aire, Chassy, Pont-d'Arve, Seyssel, Chava et Chastel.

ART. 4. — Ledit duc cède aussi, transporte et délaisse audit Roy la baronnie ou bailliage de Gex.

Pour prix de ces cessions importantes, Charles-

(1) M. Poirson a bien voulu faire cet extrait à notre demande; c'est une obligation que nous avons à ce consciencieux historien. Voir aussi *Histoire militaire du Piémont*, t. III, p. 41.

Emmanuel resta en possession du marquisat de Saluces qu'il occupait.

Par ces mots, *au delà du Rhône* dans l'article III, il faut entendre la rive droite sur laquelle sont Seyssel et Pierre-Châtel. Mais ce que le traité ne dit pas, c'est que Seyssel, capitale du Valromey, avait, d'après les plans existants, un rayon de plus de 2000 mètres sur la rive gauche du Rhône, entre le cours d'eau des Usses et le Fier. Sous son règne, la baie de Saint-Jean-de-Luz fut choisie pour l'établissement d'un port ; on y construisit un bassin et le fort de Socoa.

En 1609, le roi demanda à Sully un état de toutes les sommes qui avaient été employées aux fortifications des villes depuis l'an 1598 jusqu'à la fin de l'année 1609 (1). On n'a point cet état ; M. Poirson a tâché de le suppléer par ses recherches. Il trouve (2) que depuis l'an 1596 jusqu'à l'an 1606 inclusivement on avait consacré aux fortifications la somme de 5 785 000 livres, et depuis l'an 1607 jusqu'au mois de mai 1610 celle de 2 000 000 ; total, en quatorze ans, 7,785 000 livres, faisant plus de 28 000 000 de notre monnaie.

Une lettre du roi du 13 juin 1601 (3) rappelle au connétable que Sa Majesté, en son conseil, a ordonné la démolition des forts et citadelles de son royaume, hormis ceux qu'il a voulu réserver. Cet ordre fut exécuté en Languedoc, dit M. Poirson, et bien cer-

(1) *Économies royales*, t. VIII, p. 73.

(2) Deuxième partie, p. 373.

(3) *Lettres missives*, t. IV, p. 426.

tainement dans les autres provinces. En 1609, il demanda à Sully un état de toutes les places qui pouvaient attendre le canon, et de celles appartenant à la couronne qu'il serait besoin de démolir, tant pour être en charge aux finances que pour être de nulle utilité et pouvoir quelquefois beaucoup nuire.

En 1604, Sully, réunissant en sa personne les quatre charges de surintendant des bâtiments, surintendant des fortifications, grand-maître de l'artillerie et surintendant des finances, fit rendre le 26 mai, par le conseil du roi, un arrêt duquel on peut dire que date en France la bonne administration des fortifications. L'importance de cet arrêt nous engage à en rapporter textuellement les principales dispositions.

RÈGLEMENT QUE LE ROI VEUT QUE L'ON OBSERVE POUR LES FORTIFICATIONS DE CHAQUE PROVINCE DU ROYAUME (1).

ARTICLE 1er. — Il est défendu de rien changer ni innover à l'état des ouvrages ordonnés chaque année par le roi, sinon par permission et ordonnance de Sa Majesté, ou à moins de réparation absolument urgente.

ART. 2. — Tous les ouvrages seront donnés, si cela se peut, à prix fait, selon les formes et solennités accoutumées; on ne fera travailler à journées ou par ordonnances particulières que lorsque l'on ne pourra faire autrement.

ART. 3. — L'ordonnance qui se tiendra en l'adjudication des ouvrages, est que les contrôleurs généraux des fortifications feront proclamer et afficher en tel lieu que sera requis la description du travail qui sera ordonné, suivant le devis qui en sera dressé par

(1) Guenois, *La grande conférence des ordonnances et édits royaux*, in-fol., t. III, p. 600. Paris, 1678.

l'ingénieur de Sa Majesté; et lequel au préalable lesdits contrôleurs et ingénieurs communiqueront au gouverneur de la province, en son absence, aux lieutenants-généraux et particuliers, gouverneurs des places ou leurs lieutenants, par-devant lesquels se feront les adjudications desdits ouvrages.

Art. 4. — Ledit gouverneur se transportera, si bon lui semble, par toutes les places de son gouvernement où le travail doit être fait, pour adjuger aux jours assignés lesdits ouvrages, et faire délivrance à celui qui fera la meilleure condition à l'extinction des chandelles, présent toutefois le gouverneur particulier de la place ou son lieutenant, avec le contrôleur général des fortifications en exercice.

Art. 5. — Et afin de ne pas perdre le temps, et que le travail ne soit pas retardé, pourront lesdits contrôleurs généraux et l'ingénieur, en l'absence du gouverneur de la province ou du lieutenant-général, se transporter sur les places, afin, avec le gouverneur particulier d'icelles ou son lieutenant, d'adjuger les ouvrages selon l'ordonnance ci-dessus, et recevoir les actes des cautions solvables qui seront présentées dans ledit jour de l'adjudication. A défaut de les fournir, il sera procédé à nouvelle adjudication.

Art. 6. — S'il arrive que le gouverneur particulier de quelque place soit absent pour faire les fortifications, en ce cas son lieutenant se transportera au fait des adjudications, et pourra ordonner du travail pendant l'absence du gouverneur particulier. La chaux fera l'objet d'une adjudication séparée, et les entrepreneurs seront tenus de la faire de suite, et sans délai éteindre dans l'eau.

Art. 7. — Les gouverneurs et contrôleurs ne pourront donner aux entrepreneurs à faire plus de travail que ne monte l'argent que Sa Majesté aura tous les ans particulièrement ordonné en chaque place.

Art. 8. — Afin que les ouvrages ne soient retardés faute de deniers, et pour ôter toute occasion, tant aux gouverneurs qu'aux entrepreneurs, de se plaindre, seront à cet effet en chaque place mis dans un coffre tous les deniers destinés à la fortification d'icelle, dont le contrôleur général ou son commis aura l'état, pour régler la dépense du travail selon l'argent que le trésorier aura reçu, lequel pour cet effet transportera en chaque place, de trois mois en trois mois, l'argent des assignations qui lui auront été données à recouvrer, dont il donnera et enverra état audit contrôleur général, afin que celui-ci puisse rendre raison de sa charge, et donner avis de tout au sieur Rosny, surintendant général des fortifications.

ART. 9. — Lorsque le travail sera fait et parfait, le contrôleur général avec l'Ingénieur de la province, ou en son absence le conducteur de ses dessins, se transporteront sur les places pour toiser et recevoir tous les ouvrages en présence du gouverneur ou lieutenant-général de la province, s'ils s'y veulent trouver, et en leur absence, du gouverneur de la place et de son lieutenant, selon la teneur des prix faits, selon lesquels et les clauses des marchés sera ordonné du parfait paiement desdits ouvrages, ainsi que de raison.

ART. 10. — Et si lesdits gouverneurs particuliers ou leurs lieutenants n'assistaient pas auxdits toisés ou seraient refusants de signer les ordonnances et acquits pour faire payer les ouvriers, même ne voudraient assister auxdits marchés, en ce cas Sa Majesté veut que les contrôleurs le puissent faire et en avertissent ledit sieur marquis de Rosny, afin qu'il en soit ordonné par Sa Majesté.

ART. 11. — Tous les acquits rapportés par les trésoriers des fortifications et autres pour le fait des fortifications seront contrôlés par lesdits contrôleurs généraux, et faute de ce faire, Sa Majesté défend aux gens tenant sa chambre des comptes d'y avoir aucun égard.

ART. 12. — Pour ce qui concerne particulièrement le pays de Provence, le commissaire général des fortifications et réparations en ladite province, en l'absence du gouverneur et lieutenant-général de Sa Majesté, et du gouverneur particulier de chaque place, adjugera tous les marchés qui se donneront au rabais, et avec eux, au cas qu'ils y soient, ou en leur absence, assistera au toisé des ouvrages, les recevra, et ordonnera les deniers des fortifications pour le paiement desdits ouvrages : pareillement les proclamations et affiches porteront que la délivrance en sera faite par-devant lesdits gouverneurs et ledit commissaire général, en présence du contrôleur général en exercice et de l'ingénieur; et pour le surplus sera observé et entretenu le contenu aux articles ci-dessus.

Un autre arrêt royal du 7 avril 1607, rendu sur les plaintes de plusieurs gouverneurs des places frontières, de ce que les deniers étaient mal payés aux entrepreneurs des fortifications par les trésoriers, porte que, dorénavant, le coffre-fort contenant l'argent affecté aux fortifications, dans chaque place, sera à deux clefs différentes, dont une sera entre les mains des contrôleurs généraux ou de leurs commis, en présence desquels se feront les paiements aux entrepreneurs, ouvriers et travailleurs, selon les règlements qui auront été arrêtés. (Guenois, t. III, p. 602.)

On est frappé de la sagesse des dispositions que contient le règlement de 1604. Il mit l'ordre dans les travaux des fortifications, dont la direction avait jusque-là été à peu près abandonnée à l'arbitraire des gouverneurs des provinces ; il eut pour effet de substituer aux gouverneurs généraux et particuliers, pour faire les adjudications et les toisés, les contrôleurs des fortifications, assistés des ingénieurs. Suivant les ordonnances, les marchés devaient se passer dans les hôtels de ville. A dater de 1604, les gouverneurs et leurs lieutenants n'y parurent plus que pour la forme. De son côté, le surintendant cessa de les informer des fonds qui étaient accordés pour les fortifications, de leur destination et de leur emploi.

En 1605, Sully se démit en faveur de son fils, le marquis de Rosny, des charges de grand-maître de l'artillerie et de surintendant des fortifications. En 1620, le marquis de Rosny résigna cette dernière charge pour pouvoir vaquer entièrement aux fonctions de la première. Louis XIII nomma alors surintendant des fortifications Léon de Durfort, seigneur de Born, lieutenant-général d'artillerie. Ses lettres de provision portent qu'il doit s'assurer du bon emploi des fonds affectés aux fortifications, vérifier si les dépenses faites par les trésoriers sont conformes aux états des ouvrages ordonnés qui leur ont été adressés, et faire généralement tout ce qu'il estimera à propos pour le bien du service du roi en l'exercice de sa charge (1).

D'après une autre pièce du dépôt de la guerre (Génie, cartons non classés en 1842), la fonction principale du surintendant général était d'être bien informé de l'état des fortifications, afin d'y pourvoir selon les occasions. Il vérifiait et arrêtait les dépenses, visitait les places, avait sous ses ordres les ingénieurs, les géographes, les contrôleurs et trésoriers ; il les examinait avant qu'ils fussent nommés, et recevait leurs serments lorsqu'ils l'étaient. Le surintendant n'avait que voir aux siéges, ni droit de prétendre y voir.

Un arrêt du conseil du 28 juin 1627, signé par le roi, créa des offices de trésoriers et de contrôleurs provinciaux des fortifications dans les provinces où il n'y en avait point d'établis. (Guenois, t. III, p. 602.)

Les contrôleurs des fortifications devaient, d'après leurs lettres de provision (2), veiller à ce que les ou-

(1) Volume n° 12 des anciennes minutes du dépôt de la guerre, pièce n° 66.

(2) Volume n° 14 du dépôt de la guerre, année 1631.

vrages fussent exécutés conformément aux dessins qui avaient été arrêtés par le secrétaire d'État, à ce que les matériaux fussent de la qualité spécifiée dans les devis, et tenir registre de la dépense des fortifications.

Deux mois après la soumission de la Rochelle, en janvier 1629, Louis XIII rendit à Paris une ordonnance générale qui contient le paragraphe suivant, relatif au rasement des places fortes inutiles : « Ordonnons que, suivant l'avis donné par les députés en l'assemblée des notables tenue à Paris en l'an 1616, les places fortes étant en dedans de notre royaume, qui se trouvent inutiles, seront démolies, afin que, par ce moyen, nous soyons déchargé de la dépense des garnisons qui y sont entretenues sans besoin. »

Après Léon de Durfort, M. Allent cite, comme ayant été surintendants des fortifications, Abel de Servien, marquis de Sablé, et Sublet Des Noyers, qui ont été tous deux secrétaires d'État de la guerre, le premier depuis le 11 décembre 1630 jusqu'au 11 février 1636, le deuxième depuis le 12 février 1636 jusqu'au 10 avril 1643. Nous n'avons trouvé aucune preuve du fait. Nous pensons que les fonctions du surintendant des fortifications se sont absorbées dans celles du ministère de la guerre. En rapportant les services de Des Noyers, qui avait été intendant des finances en 1628, et intendant d'armée en 1632, 1633, Pinard et Moreri ajoutent que le roi lui donna (sans énoncer en quelle qualité) le soin de fortifier les places les plus importantes des frontières de Picardie,

Champagne et Lorraine, savoir : Calais, Boulogne, Ardres, Montreuil, Abbeville, le Havre, Amiens, Doulens, Corbie, Péronne, Ham, Saint-Quentin, Guise, Mézières et le mont Olympe, Nancy, Metz et Verdun, et qu'à la retraite de Servien il fut fait secrétaire d'État par provisions du 12 février 1636.

Les ingénieurs les plus connus du règne de Louis XIII sont Fabre, de Ville, Pagan, Argencour et Lecamus.

Fabre est auteur d'un ouvrage qui a pour titre : *Les pratiques du sieur Fabre sur l'ordre et reigle de fortifier, garder, attaquer et défendre les places*, in-folio de 216 pages, Paris, 1629. Le privilége, daté du 20 août 1624, porte ces mots : « Accordé au sieur Jean Fabre, notre ingénieur ordinaire aux fortifications de France et de nos camps et armées. » L'auteur était déjà fort âgé, et il reçut à cette époque une mission qui l'éloigna de France. La Valteline, cette vallée importante dont les Grisons étaient souverains, et qui est la clef des communications du Milanez avec l'Allemagne, restait occupée par les Espagnols, au mépris d'un traité conclu à Madrid le 5 avril 1621, qui en stipulait l'évacuation. Louis XIII s'unit alors à la république de Venise et au duc de Savoie pour envoyer dans la Valteline, en 1624, sous les ordres du marquis de Cœuvres, depuis maréchal d'Estrées, un corps expéditionnaire, afin d'en chasser les Espagnols. Fabre fut attaché à ce corps d'armée ; il en a décrit brièvement les opérations à la fin de son ouvrage, en les accompagnant d'une carte de la Valteline et des plans des forts qu'il y fit construire en 1626. Il rapporte que ses dessins furent préférés à ceux de Tensini, qui étaient déjà tracés sur le terrain. Tensini était un ingénieur italien, au service de la république de Venise, qui est auteur d'un ouvrage de fortification estimé (1). Fabre a eu le mérite d'écrire le premier (2), pages 27 et 74 de son ouvrage, que « les demi-lunes et autres travaux qui se font sur la contrescarpe *de la ligne droite bien ordonnée* ont beaucoup plus de commodité et de raison de défense que tout ce qui se fait sur les figures prises du cercle. » Cent ans après lui, Cormontaingne a développé ce principe, et en a fait l'application à Metz.

De Ville est auteur de plusieurs ouvrages. Le premier qu'il publia a pour titre : *Les fortifications du chevalier Antoine de Ville, contenant la manière de fortifier toutes sortes de places*, en quelque assiette qu'elles soient ; comme aussi les ponts, passages, entrées de rivières, ports de mer, citadelles. Le tout à la moderne, avec l'attaque et les moyens de prendre

(1) *La fortificazione, guardia, difesa, et espugnazione delle fortezze*, etc., in-fol. Venise, 1624-1655. L'auteur était né en 1581 : il avait assisté à dix-huit sièges et à plusieurs batailles ; il avait été quatre fois assiégé, notamment dans Juliers, en 1610, étant alors lieutenant-général d'artillerie au service de l'empereur Rodolphe II. Auparavant, il avait été ingénieur du roi d'Espagne. Dans son ouvrage, p. 34, il appelle Errard Carlo Barleduh.

(2) Cette remarque est du chef de bataillon Bayart, sous-directeur du dépôt des fortifications en 1809, à qui l'on doit la publication du *Mémorial de Cormontaingne pour la fortification permanente*.

les places par intelligence, sédition, surprise, etc.; l'ordre des longs siéges, la construction des forts, redoutes, tranchées, batteries, mines, et plusieurs inventions nouvelles non jamais écrites. Plus la défense et l'instruction générale pour s'empêcher des surprises; les remèdes contre la trahison, l'escalade, et diverses inventions nouvelles contre le pétard. La défense contre les longs siéges : des sorties, contremines, retranchements, capitulation et reddition des places. Le tout représenté en cinquante-cinq planches, dessinées et gravées par l'auteur. Le discours est prouvé par démonstrations, expériences, raisons communes et physiques, avec les rapports des histoires anciennes et modernes. In-folio de 441 pages, Paris, 1628. Ce long titre, que nous avons encore abrégé, est insuffisant pour donner une idée de la quantité de sujets qui sont traités dans l'ouvrage de de Ville : « Cet ouvrage, dit Marini dans sa *Bibliothèque de fortification* (1), a le mérite d'être l'instruction la plus complète et la plus érudite parmi les premiers ouvrages de ce genre qui parurent en France. Il excita une grande admiration pour avoir été entrepris par l'auteur quand il n'avait pas encore atteint l'âge de vingt et un ans, » vingt-deux ou vingt-trois ans. Il dit dans son épître au lecteur : « Je t'assure, ami lecteur, que je n'ai rien écrit que mon frère (sergent-major dans le régiment du prince Thomas de Carignan) ou moi n'ayons vu ou pratiqué. »

(1) Marini, *Architettura militare de Marchi*, 2e partie, 1er vol.

Au milieu de la multitude de faits que de Ville a répandus dans son ouvrage depuis le commencement jusqu'à la fin, il nous apprend toute sa carrière jusqu'au 11 juin 1628, date du privilége de publication qui lui fut accordé par Louis XIII, au camp devant la Rochelle. Il y avait alors neuf ou dix ans qu'il travaillait à son ouvrage. Il était Toulousain, et il avait trente et un ans à la date de son portrait, qui est de 1627, ce qui le fait naître en 1596. Il était à la Rochelle lorsqu'on en commença les fortifications (1), et il se trouva, en 1621, aux approches de Clérac (Charente-Inférieure), les plus furieuses qu'il ait vues (2). Il assista et fit travailler au siége de Montauban, qui fut très meurtrier, et qui fut levé le 2 novembre. Il y aurait péri avec plusieurs braves gentilhommes, qui furent enterrés dans une mine que l'ennemi fit jouer sous le logement qu'on occupait, « si par bonheur il n'eût été à Cordes, en Albigeois, à la montre des chevau-légers du roi, desquels il était alors (3). » L'année suivante il assista au siége de Negrepelisse (département du Lot), et fut des premiers qui pénétrèrent dans cette petite ville, où tout fut mis à feu et à sang (4). En 1624, il était sur un autre théâtre de guerre, il visitait les îles de la Zélande, la Hollande (5), la Frise. En 1625, il servait dans l'armée

(1) Page 91.
(2) Page 200.
(3) Page 261.
(4) Page 434.
(5) Page 376.

piémontaise, dans le corps de troupes commandé par le marquis de Saint-Réran (François-Damas). Il assista le 9 avril à l'attaque des retranchements de Voltaggio (1), qu'il appelle *Otagio* (page 354). Il fut ensuite renfermé dans Verrue avec M. de Saint-Réran, depuis le 9 août jusqu'au 17 novembre, que le connétable de Lesdiguières et le duc de Savoie ayant joint leurs forces arrivèrent au secours de la place, qui était assiégée par les Espagnols. Il rapporte, page 307, la construction d'un cavalier haut de 30 pieds, que l'armée d'Espagne éleva devant Verrue.

Le traité de Monçon, conclu le 5 mars 1626, mit fin à la guerre de la Valteline. Le duc de Savoie honora de Ville de la distinction flatteuse de chevalier de l'ordre de Saint-Maurice et Saint-Lazare. Nous plaçons en 1626 son voyage en Italie ; il dit, page 120, « J'ai vu à Peschiera ; » page 245 : « Il m'a été assuré dans Naples, etc. » Il a publié sur les monuments de l'Italie quelques écrits qui sont consignés dans les antiquités italiennes de Burmann (*Antiquitatum roman. brevis descriptio*, Utrecht, 1711, in-8) (2). Nous devons croire qu'il rentra en France en 1627 pour mettre la dernière main à son ouvrage, qui fut achevé d'être imprimé le 1er août 1628. Nous ignorons ce qu'il devint depuis cette époque jusqu'au mois de mars 1635, que la France déclara la guerre à

(1) *Histoire militaire de Piémont*, t. III, p. 244.

(2) Mairie de Toulouse. Discours d'inauguration du buste de de Ville, 19 juillet 1827.

l'Espagne. Il est vraisemblable que c'est dans cet intervalle de temps qu'il visita les nations esclavonne, grecque et turque, chez lesquelles il dit avoir habité quelque temps, et dont il dit avoir étudié les mœurs, les coutumes, et appris les langues. (*De la charge des gouverneurs des places*, par messire Antoine de Ville, chevalier, dernière édition ; petit in-8, Paris, 1656, p. 290.)

En 1636, il assista au siége de Corbie ; en 1637, à celui de Landrecies ; en 1638, à celui du Castelet ; en 1639, à celui de Hesdin. Il s'est plu à publier des relations des siéges de Corbie, de Landrecies et de Hesdin. La relation du siége de Corbie, écrite en latin, a pour titre : *Obsidio Corbeiensis* (1) *dicata regi ab Antonio de Ville, equite gallo ; cum figuris. Parisiis*, 1637 ; petit in-folio de 60 pages et 14 planches. Gaston, frère du roi, Richelieu et deux maréchaux assistaient à ce siége ; on n'entreprenait rien sans avoir pris l'avis du cardinal, on n'exécutait rien sans son ordre, *auctor et director verus totius obsidionis.* De Ville était admis dans les conseils de Son Éminence. Nous souhaiterions qu'on traduisît cette relation.

Celle du siége d'Hesdin est écrite en français, avec élégance, et dédiée au grand-maître de l'artillerie, M. de la Meilleraye, qui reçut du roi, sur la brèche, le bâton de maréchal. De Ville se cite quelquefois : la part la plus considérable qu'il prit au siége d'Hes-

(1) La Bibliothèque impériale possède un exemplaire de cet ouvrage in-fol. L, 36, *b*, n° 3099 du catalogue imprimé des ouvrages sur l'histoire de France.

din, de même qu'à celui de Corbie, paraît avoir consisté dans la construction des forts et des lignes, qui, à cette époque, avaient une grande importance dans les siéges. L'auteur a rendu sa relation intéressante par le style, et en y mêlant des sentences qui se retiennent aisément ; enfin il l'a rendue instructive par des observations sur les faits dont il a été témoin, tels, par exemple, que les passages de fossés pleins d'eau. De Ville condamne toutes les espèces de ponts flottants, de joncs, de bateaux et autres, et ne regarde comme moyen assuré, pour le passage d'une colonne de troupes, qu'une digue en travers du fossé.

A ce siége, ainsi qu'à tous ceux qui eurent lieu, à quelques exceptions près, jusqu'à l'époque où la grosse artillerie fut plus multipliée dans les armées, on eut recours à la mine pour faire brèche. Des compagnies de mineurs volontaires, commandées par des ingénieurs qui avaient le titre de capitaine, étaient chargées de ce service. Au siége d'Hesdin, ce fut la compagnie de Saint-Amans ; à celui de Thionville, en 1643, celle de La Pomme (Quincy, t. 1er, p. 10) ; ailleurs celle de Castelan. Les mêmes compagnies étaient employées aux démolitions de fortifications, qui étaient fréquentes dans un temps où les frontières des États étaient hérissées de forts et de places.

En 1639 parut la première édition du livre *De la charge des gouverneurs des places*, qui est encore aujourd'hui un ouvrage très estimé. Dans le chapitre XLIII (page 567 de l'édition de 1655), de Ville cite un fait du siége du Castelet qui témoigne de :

confiance que le cardinal de Richelieu avait en lui comme ingénieur versé dans l'art des mines.

On croit que de Ville mourut en 1656 ou 1657. En 1827, le conseil municipal de Toulouse lui a décerné les honneurs du Capitole. Le 19 juillet, son buste a été inauguré dans la salle dite des *Illustres*, sur le rapport du commandant du génie Mescur. On lit dans le discours éloquent (1) qui fut prononcé, à cette occasion, par le baron de Montbel, maire, que les services militaires de de Ville lui valurent le grade de maréchal-de-camp. Ce fait n'étant pas appuyé par le témoignage de Pinard, qui, dans sa *Chronologie militaire*, ne fait pas mention de de Ville comme maréchal-de-camp, nous paraît difficile à admettre. De Ville n'a ajouté à son nom d'autre qualification, dans le titre de ses ouvrages, que celle de chevalier. Le privilége qui lui fut accordé pour la publication de ses *Fortifications* n'énonce même point qu'il fût ingénieur. On serait tenté de croire que ce titre flattait peu le gentilhomme toulousain. On nomme peu de places où de Ville ait fait travailler; on ne cite guère que Bapaume et Grenoble. Il a donné son nom à un système de fortification qui est emprunté aux Italiens, et qui a de particulier que l'angle saillant du bastion est invariablement droit. Cette condition détermine le tracé des faces, et dans les polygones, au-dessus de l'hexagone, elles fichent dans la courtine. « Toutes les places modernes, dit-il page 53, bien que, du reste, bâties comme Errard enseigne, en ceci ne sui-

(1) Mairie de Toulouse.

vent pas sa méthode, car toutes commencent la défense à la courtine, » ce qu'on appelait prendre un flanc de courtine. Dans son système, les flancs sont droits et perpendiculaires aux courtines; un gros orillon en occupe les deux tiers. L'autre tiers a une place haute et une place basse.

Le comte de Pagan (Blaise-François), d'une famille noble, originaire de Naples, est né à Avignon le 3 mars 1604, et est mort le 8 novembre 1665. Sa carrière est connue d'une manière plus exacte que celle de de Ville, parce que, comme maréchal-de-camp, l'état de ses services est rapporté tout au long dans la *Chronologie historique et militaire* de Pinard. Il débuta comme ingénieur volontaire en 1620, au siége de Caen, puis à l'attaque des retranchements des ponts de Cé. En 1621, il assista aux siéges de Saint-Jean-d'Angely, de Clérac et de Montauban. Au dernier il perdit l'œil gauche. Il se distingua en 1629, de la manière la plus brillante, à l'attaque des barricades de Suze. En 1633, au siége de Nancy, il eut l'honneur de tracer avec le roi les forts et les lignes de la circonvallation. Il se trouva en même temps que de Ville aux siéges de Corbie, de Landrecies et de Hesdin. Il fut nommé maréchal-de-camp par brevet du 25 janvier 1642, et devait être employé en cette qualité en Portugal lorsqu'il perdit entièrement la vue dans Paris. C'est privé de cet organe qu'il publia plusieurs ouvrages, dont le plus important, et qui fait époque dans l'histoire de l'art de la fortification, parut en 1645 sous ce titre : *Les fortifications du comte de Pagan*, in-folio de 116 pages. La dernière édition, enrichie d'un abrégé de sa vie et de notes d'Hébert, professeur de mathématiques, a paru en 1689 sous format petit in-8°. L'ouvrage de Pagan est un opuscule comparé à ceux des auteurs italiens et à celui de de Ville ; mais cet opuscule a fait connaître un tracé du front bastionné, qui diffère de ceux qui étaient pratiqués : 1° par la manière de déterminer les faces des bastions, en partant du côté extérieur du polygone ; 2° par la direction donnée aux flancs, lesquels doivent être perpendiculaires aux lignes de défense (1). Ce changement apporté à la direction des flancs est un vrai perfectionnement, laissant cependant à désirer un angle un peu moindre que 90 degrés avec la ligne de défense, afin d'avoir des feux fichants dans la brèche.

Perrault a écrit la vie du comte de Pagan dans son ouvrage : *Les hommes illustres qui ont paru en France pendant ce siècle*, t. Ier, in-folio, Paris, 1696.

Argencour a été ingénieur en chef des provinces

(1) On trouve dans *Speckle*, feuillet 32, une construction qui a pu faire naître à Pagan l'idée de son tracé. Des angles de flanc et de courtine Speckle abaisse des perpendiculaires sur les lignes de défense prolongées qui, dans son système, sont fichantes, et ces perpendiculaires sont les crêtes extérieures des parapets des flancs de courtine, dont la face cesse d'être oblique. Ces sortes de flancs perpendiculaires aux lignes de défense sont cités comme ayant précédé les flancs de bastion de Pagan, par M. Brialmont, écrivain militaire belge distingué, dans un article extrêmement bienveillant sur cet aperçu historique, 1re édition. (*Moniteur de l'armée belge*, XVIe vol., p. 101, 1858.)

d'Aunis, Poitou, Saintonge et Guyenne. En 1625, il fit le projet des fortifications de l'île de Ré, que le roi approuva le 15 décembre et dont il ordonna l'exécution immédiate sous l'autorité du maréchal de Toiras. Ce projet consistait d'après la minute qui en existe (1), signée du roi et du secrétaire d'État Phelypeaux, en un grand fort près la ville de Saint-Martin et qui fut appelé citadelle, deux redoutes dont une est celle de la Prée et une tour à la pointe de Sablonceau. Le grand fort n'était pas encore achevé lorsque les Anglais firent une descente dans l'île, le 22 juillet 1627. Le 26, ils en commencèrent le siége et furent obligés de le lever le 8 novembre, après 104 jours d'attaque. En 1628, le cardinal de Richelieu, seigneur de Brouage, chargea Argencour de fortifier cette petite ville, située sur un bras de mer dans lequel on avait fait les préparatifs du siége de la Rochelle. Le voisinage de cette grande place d'armes du parti calviniste donna beaucoup d'importance à la position de Brouage dans le XVIe siècle. En 1569, les ingénieurs italiens Belarmati et Bephani l'avaient, ainsi que nous l'avons dit, fortifiée provisionnellement par ordre de Charles IX. Argencour profita peu de leur travail ; il agrandit la place en lui donnant la forme d'un quasi-rectangle, composé de six fronts bastionnés, à flancs droits, perpendiculaires aux courtines et sans orillons. En 1630, il fit construire la citadelle de l'île d'Oléron sur les ruines de l'ancien château. En 1636,

(1) *Atlas*, n° 99, manuscrit.

il partagea avec de Ville, au siége de Corbie, la faveur d'être admis dans les conseils de Son Éminence le cardinal de Richelieu. En 1645, après le siége de Roses, il en fit réparer les fortifications. Il est probable qu'il y avait été employé ; mais il ne faudrait pas le confondre avec d'Argencourt, lieutenant-général, qui avait défendu Montpellier en 1622, qui servit au siége de Roses, et qui a son article dans Pinard. Notre ingénieur signait *Argencour*.

François Lecamus fut nommé intendant des fortifications en 1645, après trente ans de services comme ingénieur ordinaire, chargé de fortifier des places importantes, où il avait fait connaître sa capacité. Ce sont les termes des lettres de provision qui lui furent expédiées en avril 1645, et que nous ferons connaître à leur date.

Dans sa relation du siége d'Hesdin, en 1639, de Ville cite le Rasle, capitaine au régiment de Champagne, comme un homme de cœur et d'intelligence qui eut une grande part à la gloire de ce siége. Il en parut la même année un plan gravé sous son nom. Nous retrouvons le Rasle, en 1644, au siége de Gravelines, où il est chargé d'un logement périlleux avec trois ingénieurs sous ses ordres, et l'année suivante au siége de La Mothe, en Lorraine. (Vol. 94 du Dépôt de la guerre, p. 43 verso.)

Courteille, officier supérieur d'infanterie, est employé comme ingénieur dans plusieurs siéges pour la construction des ponts de fascines. Il est cité par de Ville (*Siége d'Hesdin*, p. 24). Il est également cité (1) dans la *Description du siége de Thionville*, en 1643, pour des ponts de fascines de son invention, d'une structure ingénieuse, qui rendirent inutiles les fossés de l'ennemi. L'année suivante, au siége de Gravelines, qui présenta de grandes difficultés, Courteille, lieutenant-colonel du régiment d'Harcourt, fut employé avec plusieurs ingénieurs à réparer des ponts flottants en fascines qui avaient été jetés sur les fossés, et qui s'étaient rompus (2).

Bien que les attaques et les défenses de places aient été nombreuses sous le règne de Louis XIII, qui fut troublé par des guerres continuelles contre les calvinistes, contre le duc de Lorraine, contre l'Empereur, enfin contre l'Espagne, les siéges qui ont eu lieu ne sont guère connus que par la *Vie triomphante de Louis le Juste*, écrite par le sieur Barry, historiographe de France (3), qui en a donné un sommaire accompagné de plans. La gravure a reproduit quelques détails de ces siéges dans des estampes qui ont été publiées isolément, et quelquefois accompagnées d'un texte descriptif. Le cabinet topographique du Roi avait fait la collection d'estampes de ce genre, en deux volumes in-folio, que possède la bibliothèque du dépôt des fortifications, série atlas, n° 19. Nous croyons devoir faire connaître le premier volume, qui est consacré au règne de Louis XIII.

(1) Pontault, *Les glorieuses conquêtes de Louis XIV*, gr. in-fol. Paris, 1679.

(2) Pontault, ouvrage cité.

(3) *Les triomphes de Louis le Juste*, par Valdor. Paris, in-fol. 1649.

Ce volume s'ouvre par un long manifeste anonyme sur le sujet de la rupture avec l'Espagne, et sans date, mais qui doit être de 1635. Viennent ensuite :

Description des combats donnés au passage du Pas de Suze, en Piémont, au mois de mars 1629.

Quatre plans en perspective cavalière du Pas de Suze et des forts qui le défendaient.

Plan de Privas, assiégé par le roi le 14 mai 1629, et rendu en son obéissance le 26.

Plan de la vieille et de la nouvelle fortification d'Alezs (Alais), pris le 8 mai 1629 ; par Maupin.

Plan de la ville de Nismes, rendue en l'obéissance du roi le 4 juillet 1629.

Description du combat de Veillane, en Piémont, en juillet 1630.

Vue du même avant la lettre.

Description du passage du pont de Carignan, en Piémont, en août 1630.

Plan de la circonvallation de Nancy en 1633.

Le siége de La Mothe, en Lorraine, en 1634, par l'armée du roi, commandée par le maréchal de La Force. (Voir, pour l'intelligence de ce plan intéressant, l'*Histoire de la ville et des deux siéges de La Mothe* (1634 et 1645), par Du Boys de Riocourt, manuscrit du temps publié en 1841 à Neufchâteau.)

Description de l'ordre tenu par l'armée du roi en la bataille donnée le 20 mai 1635 dans la plaine d'Avein, pays de Liége.

Plan de l'ordre de bataille.

Description de l'attaque et reprise sur les Espagnols des îles Sainte-Marguerite et Saint-Honorat-de-Lerins en mars 1637, avec les articles de la capitulation.

Plan du cap de Lacroix, îles Sainte-Marguerite et Saint-Honorat.

Plan des îles Sainte-Marguerite et Saint-Honorat, et des forts que les Espagnols y ont faits, par Clair, ingénieur de Sa Majesté (1637).

Plan de Laucate (Leucate).

Description du siége de Leucate par les Espagnols en septembre 1637, et la levée dudit siége.

Circonvallation de Brisach en 1638.

Siége et profil de Hesdin, 1639 (1), par le sieur de Beaulieu, ingénieur et géographe ordinaire du roi.

Description du siége de Casal par les Espagnols le 28 avril 1640, et la levée dudit siége.

(1) La même année, Mouzon, assiégé par le général Piccolomini, défendu par le marquis de Refuge, fut secouru par le maréchal de Chastillon. L'inscription suivante, mise sur l'une des portes, a consacré le souvenir de cet événement :

> *Ludovico XIII regnante, Armando cardinali duce providente, Piccolominio ex recenti victoria insolenter oppugnante, Refugio propugnante, Castilionzo auxiliante, civium fideli manu strenue se resque suas tuente Mozonum cæsis hostibus triumphot.*
>
> *Visitavit nos oriens ex alto. Rex in æternum vive.*

« Ces deux dernières phrases sont tirées de l'Écriture : *Visitavit nos oriens ex alto*, est dans l'évangile de saint Luc, ch. I, 78, et *Rex in æternum vive*, dans *Daniel* à plusieurs endroits, III, 9; V, 10; VI, 6, 21.

» Nous devons ces citations à l'obligeance de M. Patin, de l'Académie française. »

Description du siége de Turin par l'armée du roi, commandée par le comte d'Harcourt, en 1640.

Description du siége et prise d'Arras, avec les articles de la capitulation du 9 août 1640.

Siége et profil d'Erre (Aire), en Artois, en 1641, par le sieur de Beaulieu, ingénieur et géographe du roi.

Manifeste du prince de Monaco, novembre 1641.

Plan et vue de la ville et château de Collioure, assiégés par l'armée du roi le 16 mars 1642, et rendus à l'obéissance du roi le 12 avril 1642, par de Beaulieu, commissaire ordinaire d'artillerie.

Description de la prise des châteaux de Collioure et Saint-Elme en 1642, avec les articles de la capitulation.

Plan de la ville et citadelle de Perpignan, assiégé par le roi Louis XIII en avril 1642, et rendue à son obéissance le 9 septembre 1642, dessiné et présenté au roi par le sieur de Beaulieu, commissaire ordinaire et contrôleur provincial de son artillerie en la ville d'Arras, et gravé par commandement de Sa Majesté.

Profil de la ville et citadelle de Perpignan.

Description du siége, prise et réduction de la ville, château et citadelle de Perpignan, avec les articles de la capitulation.

Description de la bataille donnée près d'Ordinguen, dans le bas-archevêché de Cologne, en janvier 1642, suivie de la prise de Nuys, près du Rhin, par l'armée du roi.

Description des combats donnés près Villefranche

en Catalogne, par l'armée du roi contre l'armée d'Espagne, en mai 1642.

Ce recueil est loin d'être complet; plusieurs plans gravés de siéges de l'époque ne s'y trouvent pas (1). Les descriptions imprimées sont anonymes ; elles ne sont point sans intérêt, et sont précieuses, parce que les documents manquent sur l'histoire militaire du règne de Louis XIII. On peut voir dans Lelong et dans les catalogues récemment imprimés de la Bibliothèque impériale que chaque événement était le sujet d'une pièce imprimée, isolée, qu'on a de la peine aujourd'hui à se procurer. Les premiers organes de la publicité, le *Bureau d'adresses* et la *Gazette de France*, n'ont commencé à paraître qu'en 1631. Quelques descriptions qui accompagnent les plans des siéges du règne de Louis XIV sont dites tirées du *Bureau d'adresses*, avec la permission de l'auteur. (Voyez dans le *Moniteur* du 6 juillet 1857 un article sur les gazettes et les journaux sous Louis XIV.)

(1) Voir *Atlas*, n° 44, volumes France, bibliothèque du dépôt des fortifications.

DEUXIÈME PARTIE. — 1643-1715.

I. — 1643-1691.

Louis XIII mourut le 14 mai 1643. Un mois auparavant, Sublet des Noyers avait traité de sa charge (1) de secrétaire d'État de la guerre avec Michel Le Tellier, qui lui succéda le 13 avril. Richelieu, mort le 4 décembre 1642, avait été remplacé dans le conseil du roi par Mazarin, qui, en 1643, eut le titre de premier ministre et jouit de la plus grande autorité pendant les premières années du règne de Louis XIV. Rien ne fut changé dans la politique : les guerres commencées continuèrent.

L'année 1643 fut marquée par la bataille de Rocroy, par le siége et la prise de Thionville ; l'année 1644, par la prise de Gravelines, suivie de celle du fort de Watten (2), par les combats de Fribourg, le

(1) Il y avait à cette époque quatre charges de secrétaire d'État, qui, créées anciennement à titre d'offices, se transmettaient par survivance, ou dont les titulaires traitaient avec leur successeurs, avec l'agrément du roi. La guerre en était une ; les autres, à dater de 1669, furent les affaires étrangères, la marine et le commerce, la maison du roi. La place de chancelier et la place de contrôleur général, qui comprenait tous les travaux publics, étaient des commissions.

(2) Beaulieu, plan gravé du fort de Watten en Flandre, et des forts et redoutes faites sur les passages des digues, ponts et

siége et la prise de Philisbourg, qui fondèrent la renommée du duc d'Enghien, appelé plus tard le grand Condé. A la fin de la campagne, on fit le siége du château de Kreuznach, qui capitula après dix jours de tranchées, conduites avec difficulté sur des pentes rapides.

La guerre de Trente ans se termina en 1648 par le traité de Munster, qui fut signé le 24 octobre entre la France, l'Empire, la Suède et leurs alliés. Ce traité reconnut à la France le droit de souveraineté sur Pignerol, Metz, Toul et Verdun, et lui concéda la propriété de l'Alsace, du Sundgau (1), de Brisach, sur la rive droite du Rhin, et le droit de protection sur Philisbourg. Le duc de Lorraine fut rétabli dans ses États, à la réserve de Moyenvic, du duché de Bar et du comté de Clermont, incorporés à la couronne de France.

Après avoir duré vingt-cinq ans, la guerre avec l'Espagne se termina en 1659 par le traité des Pyrénées, qui fut conclu le 7 novembre. « Il y eut, dit le président Hénault, quantité de places rendues de part et d'autre. » Le roi de France ne garda du côté des Pyrénées que Perpignan, le Roussillon et le Conflans, vallée des Pyrénées-Orientales arrosée par la Tet. Il rendit dans la Flandre Ypres, Dixmude,

rivières par les Espagnols, pris par les armées du roi très chrétien Louis XIV, commandées par le duc d'Elbeuf et le maréchal de Gassion, le 9 d'août 1644, etc. Paris, 1662.

(1) Le Sundgau comprenait les bailliages de Ferrette, Altkirch, Landser et Belfort.

Furnes et Bergues. Le roi d'Espagne céda à la France Gravelines et Bourbourg, tout l'Artois, à l'exception d'Aire et de Saint-Omer; dans le Hainaut, Landrecies et le Quesnoy; dans l'Entre-Sambre-et-Meuse, Avesnes, Marienbourg et Philippeville; dans le Luxembourg, Thionville, Montmedy, Damvillers et Yvoy, dont le nom fut en 1662 changé en celui de Carignan, par suite de l'érection de la prévôté d'Yvoy en duché de Carignan en faveur du comte de Soissons.

Il y eut dans l'intervalle de temps de l'an 1643 à l'an 1659 un grand nombre de siéges, qui sont rapportés fidèlement, mais d'une manière sommaire, dans l'*Histoire militaire* du règne de Louis le Grand par le marquis de Quincy, brigadier des armées, lieutenant-général d'artillerie. Son ouvrage, écrit en général sur les documents officiels, peut toujours être consulté avec sûreté.

En 1647, Sébastien Pontault, sieur de Beaulieu, ingénieur et géographe ordinaire du roi, obtint le privilége de publier, soit en volumes, soit en feuilles séparées, les plans des siéges et batailles de son temps. Toutes les publications qu'il fit de son vivant sont en feuilles séparées, ornées de portraits, de beaux cadres, et accompagnées fréquemment de relations ou de descriptions plus ou moins étendues. Quelquefois l'auteur s'est borné à de simples vues ou profils. Beaulieu eut des imitateurs dans les ingénieurs de Crépu et de Werden, qui, de leur côté, entreprirent d'illustrer par des plans les siéges et les batailles gagnées par les généraux de Sa Majesté Catholique ; mais ces étrangers sont restés au-dessous de leur modèle pour le dessin et pour la gravure.

Beaulieu mourut le 20 avril 1674, âgé d'environ soixante et un ans. Il laissa une nièce qui s'occupa de recueillir la partie de ses œuvres relative au règne de Louis XIV, et qui la publia en 1679 sous ce titre : « *Les glorieuses conquêtes de Louis le Grand*, *où sont représentés les cartes*, *profils*, *plans des villes*, *avec leurs attaques*, *combats*, *batailles*, etc., par messire Sébastien de Pontault, seigneur de Beaulieu, chevalier de l'ordre du roi, ingénieur et sergent de bataille des camps et armées de Sa Majesté. A Paris 1679, avec privilége du roi. 2 forts volumes grand in-folio. » A ces volumes on en joint quelquefois un troisième, sans titre, qui contient 35 estampes d'une exécution médiocre et relatives aux campagnes de Hollande, de 1672 à 1678. L'ouvrage des *Glorieuses conquêtes* est ce qu'on appelle le *grand Beaulieu*, pour le distinguer d'un ouvrage qui n'en est pas une réduction, qui a peu de valeur, et qu'on appelle le *petit Beaulieu ;* ce sont quatre volumes de format in-4° oblong, sans aucun texte, qui renferment les plans et profils des villes frontières, avec la carte générale et les cartes particulières des gouvernements, publiés par Beaulieu le Donjon.

Les services militaires de Beaulieu, qui, depuis son enfance, à l'âge de quinze ans, avait assisté à un grand nombre de siéges et de batailles, où il s'était distingué, où il avait reçu des blessures (il avait eu le bras droit emporté par un boulet dans la tranchée devant Philisbourg), joints au mérite réel du magnifique ouvrage auquel il avait consacré sa fortune et tout son temps, remplirent d'admiration Perrault : « Ceux qui ont un goût particulier pour ces sortes d'ouvrages demeurent d'accord, dit-il, qu'il en est peu de semblables, soit pour la grandeur de l'entreprise, soit pour l'exacte représentation de chaque événement. » Il comprit l'auteur au nombre de ses *Hommes illustres qui ont paru en France pendant le* XVIIe *siècle* (1).

On doit regretter que toutes les relations, descriptions de siéges et de batailles, soient anonymes, à l'exception d'un petit nombre. Ces mots : « Le sieur de Beaulieu, ingénieur ordinaire du roi, a aussi très bien servi pendant tout ce siége, » qu'on lit dans les relations des siéges de Mardick et de Dunkerque en 1646, trahissent leur auteur. On peut en dire autant des descriptions des siéges de Philisbourg (1644) et de Courtray (1646). La Mesnadière, académicien, a signé le long récit, extrait des mémoires des généraux, qui est en marge de la planche du *Secours d'Arras* en 1654. Dans la longue énumération de personnages revêtus de titres ou de grades supérieurs qui termine les descriptions, on ne trouvera jamais aucun nom d'ingénieurs, qui le plus souvent n'étaient point nobles et qui avaient tout au plus le grade de capitaine. On peut dire que c'est par exception qu'ils

(1) Tome II, 1700.

sont quelquefois cités dans le texte ou dans les planches. Quincy nous apprend qu'au siége de Thionville, en 1643, le capitaine de Picardie de la Plante, qui remplissait les fonctions de principal ingénieur, fut tué. La planche du siége de Roses, en 1645, porte que l'attaque en fut conduite par le sieur Valpergue et le chevalier Avice. La description du siége de Dunkerque, en 1646, nomme les ingénieurs qui y furent tués ou blessés ; parmi ces derniers était Beaulieu.

Dans un article inexact sur Beaulieu, la *Biographie universelle* lui donne les titres de premier ingénieur et maréchal-de-camp des armées, qu'il n'a jamais eus, et le présente comme le créateur de la topographie militaire sous Louis XIV, honneur qu'on peut lui contester, car ses plans appartiennent plutôt à la perspective cavalière qu'à la topographie militaire. Le dépôt des fortifications possède (1) un plan manuscrit de Sainte-Menehould de 1633, signé *Pontault fecit*, qui fait connaître exactement le genre de dessin de Beaulieu.

Contemporain de Beaulieu, son compagnon d'armes sous les yeux du prince de Condé, le chevalier de Clerville a servi aux siéges qui ont eu lieu pendant la période que nous considérons. Louis-Nicolas de Clerville était né le 24 juin 1610 ; il commença sa carrière dans le régiment de Noailles, où il parvint au grade de major. Il se trouva en 1644 aux journées

(1) *Atlas*, n° 100.

de Fribourg et rapporte quelque part que, placé par le prince de Condé à la tête des huit premiers bataillons qui furent engagés, il eut l'honneur de faire l'ouverture de ce combat célèbre, qu'un mouvement par la vallée de Blotterthal, sur les derrières de l'ennemi, eût rendu inutile. Il accompagna Condé devant Philisbourg ; la place nous ouvrit ses portes après un siége de courte durée. Il passa ensuite en Italie, et servit comme ingénieur en 1646 à Piombino et à Porto-Longone. En 1650, il fut nommé sergent de bataille (1), et en 1652 maréchal-de-camp. Il commanda les ingénieurs en 1653 au deuxième siége de Sainte-Menehould, en 1654 aux siéges de Stenay et de Clermont, en 1658 à celui de Dunkerque. Il a écrit une relation intéressante de ce dernier, sous le titre de *Discours fait par le chevalier de Clerville des causes du siége de Dunkerque, et de ce qui s'est passé et est notable en icelui*, 1658 (2). On y voit, et l'histoire des siéges de cette époque en est la preuve, que l'art de l'attaque des places était alors dans l'enfance : il consistait à pousser vers la place quelques têtes de cheminements isolées ou mal liées entre elles, à élever quelques batteries, percer la contrescarpe, en masquer le débouché par des fascines, jeter une galerie

(1) Quoique ce grade, si c'en est un, soit inférieur à celui de maréchal-de-camp, un règlement du 22 septembre 1645, fait pour l'armée de Catalogne, portait que les maréchaux-de-camp d'infanterie et de cavalerie obéiraient aux ordres du sergent-major de bataille (vol. 94 du Dépôt de la guerre, p. 158).

(2) Bibliothèque impériale, Manuscrits, supplément français, 135.

dans le fossé et attacher le mineur (1). Les généraux ordonnaient ce qu'ils voulaient que l'on fît, et les ingénieurs l'exécutaient sans chercher à éviter le péril pour eux et sans trop chercher à le diminuer pour les autres. Clerville ne fit faire aucun progrès à l'art. Il avait le talent précieux de savoir observer et recueillir les faits, de discerner les avis et de se plier à la supériorité des hommes avec lesquels il avait des rapports. Il plut à Mazarin ; Colbert l'employa et sut tirer de ses moyens un parti très avantageux. Suivant M. Allent, Mazarin lui donna, à l'époque du siége de Dunkerque, la charge de commissaire général des fortifications de France, dont les provisions ne lui furent expédiées qu'en 1662. Après la paix des Pyrénées, il fit un mémoire sur l'importance d'augmenter les fortifications de Bellegarde et de fortifier Villefranche, dans le Conflans.

En vertu des traités, l'Angleterre fut mise en possession de Dunkerque. La France racheta cette place importante en 1662, moyennant 4 674 000 fr. (2).

(1) Nous citerons cependant le siége de la Capelle, en 1637, qui fait exception, et dont le plan présente une grande place d'armes parallèle au front d'attaque, embrassant les deux demi-fronts collatéraux, la droite appuyée à une redoute, et sur laquelle sont disposées les batteries. Mais cet exemple est peut-être unique (Bibliothèque du Dépôt des fortifications, t. Ier du *Grand Atlas*, vol. *France*, n° 44). On trouve dans le tome II plusieurs plans de Bonnefons, Honoré de Bonnefons, cité, p. 20. Ces plans, datés de 1639, 1640, prouvent que cet ingénieur, mort regretté par Sully (Allent, p. 24), n'a dû précéder que d'un an environ dans la tombe ce grand ministre, qui mourut en 1641.

(2) Pierre Clément, *Histoire de la vie et de l'administration de*

Un jeune officier, qui avait un brillant avenir et qui devait porter l'art des siéges à sa perfection, commença sa carrière en 1651, et, deux ans après, servait en second sous le chevalier de Clerville au second siége de Sainte-Menehould. Sébastien Le Prestre de Vauban, ce jeune officier, naquit le 15 mai 1633 à Saint-Léger-de-Foucheret, en Bourgogne (département de l'Yonne), petit bourg où s'était retiré son père Albin (ou Urbain suivant les généalogistes). Le Prestre, seigneur de Vauban en partie, par suite du séquestre qui avait été mis sur la terre de Vauban, située dans le Nivernais. Urbain Le Prestre était le second des quatre fils de Jacques Le Prestre, seigneur de Vauban et de Champignolles (1). C'était un gentilhomme peu fortuné, qui, par son goût pour la culture des jardins et des vergers, où il réussissait admirablement, a rendu à la commune de Saint-Léger-de-Foucheret des services dont elle a conservé longtemps le souvenir (2). Orphelin dès l'âge de dix

Colbert, p. 419, in-8, 1846. Cet ouvrage contient l'étude la plus consciencieuse qu'on pût faire sur Colbert.

(1) Paul Le Prestre, frère aîné d'Urbain, eut un fils qui fut aussi ingénieur, et employé pendant trois ou quatre ans à Brisach, et ensuite se retira du service. Ce fils a été le père d'un neveu du maréchal de Vauban, qui, du vivant du maréchal, était connu sous le nom de Dupuis Vauban, et qui, après la mort du maréchal, n'a plus porté que le nom de Vauban. Il sera question de lui dans cet *Aperçu historique*. Le colonel de Vauban, directeur des fortifications à Besançon, descend de la branche aînée.

(2) Extrait d'une *Description historique et topographique d'Avallon*, imprimée. Voyez *Abrégé des services du maréchal de Vauban*, fait par lui. Paris, 1839, p. 23.

ans, le jeune Vauban trouva dans la rencontre qu'il fit du prieur de Semur, qui lui demanda son chemin, un maître excellent qui devina ses dispositions, l'accueillit à sa cure, lui apprit à lire, à écrire, et lui donna, dit Vauban lui-même (1), une assez bonne teinture des mathématiques et des fortifications. Ces connaissances, jointes à ce qu'il ne dessinait d'ailleurs pas mal, dit-il, furent la cause de son avancement rapide et décidèrent de sa vocation. Après la prise de Sainte-Menehould, en 1653, il fut chargé d'en faire réparer les fortifications, qui consistaient à peu de chose.

En 1654, il fut employé au siége de Stenay, où il fut grièvement blessé. La même année, à peine rétabli, il se trouva à la levée du siége d'Arras, ensuite au siége de Clermont, où il conduisit seul les tranchées, et, après la place prise, il en fit la démolition.

En 1655, il fut retenu, par brevet du roi du 3 mai, pour être un de ses ingénieurs ordinaires. Il servit en cette qualité aux siéges des villes de Landrecies, Condé et Saint-Guislain, presque seul; il resta dans Condé pendant l'hiver pour en faire rétablir les fortifications.

En 1656, il servit au siége de Valenciennes, où il fut dangereusement blessé. En 1657, il fut employé au siége de Montmédy, dont il conduisit seul les attaques, tous les autres ingénieurs, qui étaient en petit nombre, ayant été tués; il y reçut quatre blessures,

(1) *Abrégé des services de Vauban.*

la plupart légères, et plusieurs autres coups dans ses habits. En 1658, il servit au siége de Gravelines, où il conduisit en chef les attaques, aussi bien que celles d'Ypres et d'Audenarde.

En 1659 et 1660, il servit à sa compagnie dans le régiment du maréchal de La Ferté, qui l'avait distingué et qui lui prédit hautement que, si la guerre pouvait l'épargner, il parviendrait aux premières dignités.

La fortune souriait au jeune ingénieur; le cardinal Mazarin, quoique naturellement peu libéral, lui avait fait une honnête gratification. En 1661 et 1662, le roi l'employa par choix à la démolition des fortifications de Nancy. En 1663, il alla, par ordre de Sa Majesté, reconnaître Marsal, dont il fit un projet d'attaque qui n'eut pas de suite, le duc de Lorraine ayant consenti à céder cette place au roi qui la réclamait pour la communication avec l'Alsace, en vertu du traité conclu à Vincennes avec ce prince le 28 février 1661. Ce traité portait que les fortifications de Nancy seraient démolies, que le roi retiendrait Moyenvic, le comté de Clermont, Stenay et Jametz; que le duc rentrerait dans le duché de Bar, dont il ferait hommage, à la réserve de Sierck et de quelques autres villages; que le roi serait mis en possession de Sarrebourg et de Phalsbourg, et qu'il serait maître des postes nécessaires pour conserver une communication libre de Metz en Alsace (Hénault, 1661).

En avril 1645, le nouveau secrétaire d'État de la guerre, Michel Le Tellier, apporta un changement important dans l'administration des fortifications, en faisant créer par le roi des charges d'*intendant des fortifications*. Il est dit, dans l'*Abrégé historique sur l'administration des fortifications*, cité p. 18, que ce fut par un édit du mois d'avril 1645 que Louis XIV créa lesdites charges. Nous avons vainement cherché cet édit dans Guénois et autres auteurs, mais nous avons trouvé dans les archives de l'École d'application de l'artillerie et du génie, carton n° 24, le texte des lettres de provision qui furent expédiées en cette qualité à François Lecamus (1).

« Considérant qu'il n'y a rien de plus important au bien de notre État et de notre service que de pourvoir à la conservation des places de Picardie, Champagne, etc., nommons dans lesdites provinces François Lecamus intendant des fortifications et réparations, pour en avoir l'entière conduite et direction, nous en rendre compte quand besoin sera, en dresser ou faire dresser les dessins, plans, modèles, devis, passer les marchés des ouvrages qui y seront à faire en présence des gouverneurs des places et conjointement avec eux, faire bien et fidèlement exécuter les ouvrages, les faire toiser et payer par ordonnances, jouir des honneurs, prérogatives, franchises, émoluments dont jouissent ou doivent jouir les autres intendants desdites fortifications qui ont été et sont établis aux autres provinces du royaume, encore qu'ils ne soient ici particulièrement déclarés; érigeons ladite charge en titre d'office aux gages de 4000 livres.

» Ne pouvons faire un meilleur choix que François Lecamus, lequel, depuis trente ans, a eu divers emplois du feu roi, en qualité de notre ingénieur ordinaire, pour fortifier des places importantes où il a fait connaître sa capacité. »

Ainsi, en 1645, il y avait des intendants qui avaient l'entière conduite et direction des fortifications ; leurs

(1) M. Allent dit, page 47, note : « Brevets d'intendants des for-

charges étaient des offices, et comme tels, suivant l'usage, ces charges avaient un prix et se transmettaient moyennant finance. On ne doit point confondre les intendants des fortifications avec les directeurs des fortifications : les premiers n'étaient pas toujours choisis parmi les ingénieurs, ils prenaient la qualification qui leur était propre, et jamais celle de directeur. Nous ne trouvons aucun document qui constate qu'il y ait eu des directeurs de fortifications avant 1693. C'est à tort, suivant nous, que M. Allent, page 25 de son *Histoire du corps du génie*, fait commencer ce titre dans le premier Chastillon ; à l'appui de son opinion, il renvoie en note page 26, à *titres et brevets militaires de Chastillon*. N'ayant pu découvrir ces titres et brevets, nous doutons qu'ils existent. Un fils du premier Chastillon, du prénom de Pierre (1), après avoir été ingénieur, a été, comme François Lecamus, auquel il paraît avoir succédé, intendant des

tifications de Lecamus et Pierre de Chastillon rapportés dans les Mémoires déjà cités du chevalier de Chastillon. » Nous avons dit précédemment que cette citation répétée des Mémoires du chevalier de Chastillon était erronée.

Il y avait en Normandie un intendant des fortifications, ainsi que nous l'apprend le titre de l'écrit suivant : « *Avis et sentiments de Pierre Petit, intendant des fortifications en Normandie, sur la jonction des mers Océane et Méditerranée, plusieurs fois proposée,* » In-4. (Lelong, *Bibliothèque historique*, in-fol., t. Ier, p. 64.)

(1) Dans un plan manuscrit de Châlons-sur-Marne, de 1653, il prend le titre de « Conr. et ingénieur du roi, ayant la conduite et direction des travaux et fortifications de Champagne, ensuite de la commission expresse de S. M. » Il n'était point encore intendant.

fortifications de Picardie, Champagne, etc. Il mourut le 10 décembre 1668, et, le 4 mai 1669, son neveu, portant les mêmes nom et prénom, fut pourvu par survivance de sa charge d'intendant des fortifications, qu'il vendit en 1683, avec l'agrément du roi, au sieur de Fuchsamberg.

Le registre de la correspondance du marquis de Seignelay de l'année 1685 (1) contient précisément le texte de la commission d'intendant des fortifications des places de Champagne, et des frontières de Lorraine et Luxembourg, que reçut le sieur Renart de Fuchsamberg, aux mêmes pouvoirs et fonctions dont jouissaient les autres intendants des fortifications, et qui consistaient à « faire faire les publications des travaux, assister aux adjudications, en recevoir les rabais, en faire et conclure les marchés dans les formes accoutumées et en faire payer les prix sur les fonds qui étaient ordonnés, connaître de tous les différends qui pouvaient survenir entre les entrepreneurs et autres particuliers pour raison desdits travaux, les juger définitivement et à l'exclusion de tous autres juges, sauf l'appel au conseil ; faire faire les toisés par les ingénieurs, et généralement tout ce qu'ils jugeaient nécessaire pour l'avancement, la solidité et la perfection desdits travaux et l'économie des fonds. De ce faire, nous donnons pouvoir et mandement spécial, validant dès à présent toutes les ordonnances que vous ferez et expédierez, etc. »

Le président Hénault ne fait mention que des in-

(1) In-fol. 205, p. 60.

tendants de finances envoyés dans les provinces en 1634, et qui, en 1653, eurent le titre d'intendants de justice, police et finances; mais ce dernier titre est plus ancien que 1653, ainsi que le prouvent les registres des dépêches de Le Tellier de l'année 1645 (1).

Les intendants de justice, police et finances, souvent qualifiés de commissaires du conseil (2), départis dans les généralités pour l'administration, avaient, à l'époque où la centralisation de l'autorité n'existait pas, des pouvoirs très étendus, qui comprenaient l'intendance des fortifications. Les ingénieurs étaient, à certains égards, sous leurs ordres. Voici, par exemple, la commission du roi pour le sieur Ferry, ingénieur des fortifications des places de Picardie, du 25 juin 1671 (3) :

« De par le roi, Sa Majesté désirant pourvoir à ce que les travaux des fortifications des places de Picardie soient bien et régulièrement faits, se confiant en la conduite et capacité du sieur Ferry, l'a commis et commet, par ces présentes, ingénieur desdites fortifications des places de Picardie, et, à cet effet, lui ordonne de se transporter en chacune d'icelles, suivant les ordres qu'il en recevra du sieur de Barillon, intendant de justice, police et finances en Picardie, auquel Sa Majesté en a donné la direction, etc. »

Le mot *direction* s'appliquait à la circonscription

(1) Dépôt de la guerre, vol. 93, p. 67 ; vol. 94, p. 159.

(2) Voir sur le conseil d'État, dans l'ancienne monarchie, l'ouvrage de M. de Tocqueville : *L'Ancien régime et la Révolution*, in-8, Paris, 1856; ou l'ouvrage de Senac de Meillan, ancien intendant, *Du gouvernement, des mœurs et des conditions en France avant la Révolution*, in-8. Hambourg, 1795. Paris, 1814, page 85.

(3) In-fol. 205, année 1671.

de service des intendants des fortifications. Ainsi, le président Boizot, d'abord intendant des fortifications en Franche-Comté, avait, en 1680, une direction de places fortes qui s'étendait de Longwy à Phalsbourg, dans le département de Louvois.

La commission du sieur Niquet, ingénieur et géographe ordinaire du roi, chargé en 1675 de prendre soin des places de Metz et Verdun, lui enjoint de suivre les ordres que l'intendant de justice, police et finances, dans les trois évêchés, lui donnera pour l'exécution des plans et mémoires de M. de Vauban.

En 1676, la commission du sieur Thuillier, pour prendre soin de la conduite des travaux de fortification d'Amiens, porte également qu'il rendra compte au sieur de Breteuil, conseiller du roi en ses conseils, commissaire départi pour l'exécution des ordres de Sa Majesté dans la généralité d'Amiens.

En 1678, le sieur de Sève, commissaire départi dans la généralité de Bordeaux, avait la *direction* des fortifications de toutes les places de Guyenne.

L'intendant des galères à Marseille, et dans les autres ports de mer, les intendants de la marine, étaient en même temps intendants des fortifications. Louis Girardin de Vauvré était intendant géneral de la marine du Levant et des fortifications de Provence en 1681. L'union des deux charges était avantageuse (1), parce qu'elle donnait aux intendants l'au-

(1) *Le directeur général des fortifications*, par M. de Vauban, ingénieur général de France, in-12, La Haye, 1725, ou *Essais*

torité, le crédit et les moyens de pourvoir à quantité de besoins pressants qui surviennent dans l'exécution des ouvrages. Ainsi les intendants faisaient les réquisitions qui étaient nécessaires et assez fréquentes pour l'exécution des travaux par corvées; ils réglaient les indemnités qu'on allouait aux propriétaires dont les terrains étaient pris pour les fortifications. Ils adressaient aux secrétaires d'État les projets des travaux des places qui avaient été rédigés par les ingénieurs; ils en recevaient l'état des ouvrages ordonnés, en même temps que cet état était adressé directement aux ingénieurs.

Par une circulaire du 3 juin 1675, adressée aux ingénieurs de son département, Colbert leur prescrivit de rendre compte, à la fin de chaque mois, de l'état des travaux sous le titre et dans la forme approchant des *mémoires apostillés* (1), qui sont encore en usage aujourd'hui.

On voit, par un passage du *Directeur général des*

sur les fortifications, par M. de Vauban, in-12, Paris, 1739, ou *Mémoires de M. de Vauban concernant les fonctions des différents officiers employés dans les fortifications*; insérés dans les *Mémoires de Goulon pour l'attaque et la défense des places*, in-8, nouvelle édition, Amsterdam et Paris, 1754.

Cet ouvrage est attribué à Vauban. C'est l'opinion de Cormontaingne, qui l'a commenté. Il aurait été composé en 1680. Une lettre de Louvois à Vauban, du 30 décembre 1680, fait mention d'une Instruction que Vauban avait faite concernant l'ordre à tenir dans les ouvrages par ceux qui y sont employés. Cette Instruction aurait pris un autre titre en passant par les mains des libraires.

(1) In-fol. 205, année 1675, p. 121, 161.

fortifications, que l'on faisait exécuter les travaux par des entrepreneurs généraux ou particuliers, ou par détail ou par corvées, et le plus souvent par toutes ces manières ensemble. On recommande d'éviter les détails et surtout les corvées (chapitre des ingénieurs en second, conducteurs et chasse-avants, paragraphes I, II, III, IV). Les paragraphes XI et XII du même chapitre concernent les teintes conventionnelles encore adoptées aujourd'hui pour le dessin de la fortification. Le paragraphe XIV concerne l'examen que doivent subir les jeunes gens qui veulent devenir ingénieurs et le noviciat qu'ils doivent faire.

Peu de temps après la mort de Mazarin et la disgrâce de Fouquet, deux événements qui eurent lieu en 1661, l'administration des fortifications fut partagée entre Colbert et Le Tellier. Le nouveau contrôleur général des finances, qui, en 1669, devint officiellement secrétaire d'État de la marine (1), et qui, en cette qualité, eut dans son département les ports et les fortifications maritimes, y joignit les routes, les ponts, les canaux et toutes les places fortes de l'ancien domaine du roi, c'est-à-dire les places de Picardie, de Champagne, des trois évêchés (Metz, Toul et Verdun), de Bourgogne, de Dauphiné, de Provence et Languedoc, des Pyrénées et des côtes de l'Océan. Le Tellier ordonnait les travaux de fortification qui s'exécutaient dans la Flandre, l'Artois, le Hainaut,

(1) Voyez *Histoire de la vie et de l'administration de Colbert*, p. 247, 462, par Pierre Clément.

l'Alsace, sur la rive droite du Rhin, en Italie et dans le Roussillon. En 1662, il associa à l'exercice de sa charge son fils, le marquis de Louvois, qui en avait la survivance, et qui, par brevet du 24 février, fut autorisé à tout signer, quoiqu'il n'eût pas l'âge voulu qui était trente-cinq ans, étant né le 18 janvier 1641. Le marquis de Louvois se montra digne de cette faveur par sa capacité et son application. En 1666, Le Tellier se démit de ses fonctions, qui, de ce moment, furent entièrement exercées par son fils. Ce partage des forteresses, qui subsista jusqu'en 1691, avait l'inconvénient de faire naître entre les deux ministres, à l'occasion de la répartition des fonds, des contrariétés dont le service souffrait, et d'entretenir la jalousie entre les ingénieurs des deux départements, dont les uns, ceux du département de Louvois, étaient toujours employés dans les expéditions et étaient comblés de faveurs par le roi, tandis que les autres, qui restaient dans les places, n'en recevaient presque aucune.

Les ingénieurs étaient encore peu nombreux à cette époque et ne formaient pas un corps. Vauban en fait la remarque dans son *Traité de l'attaque des places* (1). Ce n'est qu'à partir de l'année 1667 que le roi, ayant commencé à faire la guerre en personne et reconnu combien il lui serait nécessaire d'avoir des gens éclairés, capables de le servir dans les siéges et les places, mit sur pied et entretint un grand nombre d'ingénieurs.

(1) Page 57, édition de 1829.

La plupart des ingénieurs du département de Louvois avaient été tirés des régiments d'infanterie ; ils avaient d'abord servi à la guerre comme ingénieurs volontaires ou dans les places comme *inspecteurs des travaux;* c'était un noviciat que Louvois avait établi. Ce grand ministre admit au nombre des ingénieurs de son département quelques entrepreneurs qui avaient une probité reconnue et qui en même temps étaient propres à la guerre. Quand il était content de leurs services, il leur permettait d'acheter une compagnie ou il leur en donnait une d'un nombre d'hommes déterminé ; le roi payait la solde de ce nombre d'hommes, qui n'étaient pas toujours tous présents au corps. Les inspecteurs des travaux étaient payés à raison de 30 ou 50 livres par mois pendant le temps seulement qu'ils étaient employés. Les ingénieurs portaient l'uniforme des régiments auxquels ils appartenaient. Après la paix de Nimègue, Louvois obligea le plus grand nombre à vendre leurs compagnies.

La plupart des ingénieurs du département de Colbert n'avaient point servi à la guerre : c'étaient des architectes, quelques savants ou des hommes qui avaient montré du goût pour les constructions et qui avaient d'abord été employés comme inspecteurs des travaux. Le nombre n'en étant pas considérable, et les intendants de justice, police et finances, ne pouvant pas se transporter en temps utile dans toutes les places où le besoin du service eût exigé leur présence, Colbert avait nommé plusieurs intendants particuliers des fortifications qui avaient la direction (1) d'un certain nombre de places. Le 24 avril 1676, il écrivit à l'un d'eux : « J'ai ordre du roi de faire savoir aux intendants de faire exécuter les mémoires de M. de Vauban, sans s'en départir pour quelque cause que ce soit. » A la mort du marquis de Seignelay, Louvois mit fin à ce système par la lettre suivante du 17 novembre 1690, adressée à M. de Chauvelin, intendant en Picardie : « Le roi m'ayant chargé du soin des fortifications des places du département de M. Seignelay, Sa Majesté a trouvé bon qu'il n'y aurait plus d'intendants particuliers des fortifications, et qu'au contraire vous en preniez soin comme vous faites de l'Artois, dont je crois devoir vous avertir, afin que vous preniez connaissance des marchés, de la qualité des entrepreneurs, etc. »

Colbert créa aussi dans quelques places des contrôleurs des fortifications chargés particulièrement de faire chaque semaine le toisé des ouvrages exécutés, de veiller à ce que les entrepreneurs payassent exactement les ouvriers qu'ils employaient, etc. Les contrôleurs rendaient compte à l'intendant.

Ce fut Colbert qui fit expédier à Clerville les provisions de commissaire général des fortifications, qui regardaient toutes les places de France ; ce ministre confiait en outre à Clerville des missions particulières.

(1) In-fol. 205, année 1674, lettre du 6 avril : « Le roi a donné la direction des places de la Fère et de Ham au sieur de Linières, trésorier de France en la généralité de Paris, qui sert depuis longtemps auprès de moi. »

Ainsi, en 1664, au retour de l'expédition de Gigeri en Afrique, qui n'avait pas été heureuse et dans laquelle les fautes de Clerville, s'il y en eut de sa part, furent couvertes par celles des chefs de l'expédition, Colbert le chargea, par ordre du roi, de visiter les ports et les côtes maritimes de Picardie et de Normandie, et de recueillir des observations générales et particulières sur tout ce qui pouvait concerner le rétablissement du commerce, qui était un des grands objets de la sollicitude de Colbert. Le rapport de sa mission révéla des faits importants, attira l'attention du ministre sur plusieurs mesures à prendre qui intéressaient le commerce, et en un mot est remarquable (1).

En 1664, la France n'avait aucun port militaire sur les côtes de l'Océan, où une escadre pût se mettre en sûreté et trouver le matériel nécessaire pour refaire son armement et son équipement. Le besoin d'un port semblable se fit sentir à cette époque lorsque notre flotte ramena l'expédition de Gigeri ; elle entra d'abord dans la Seudre et ensuite dans la Charente, où elle jeta l'ancre. Dans le mois de novembre, en conséquence d'un ordre du roi, une commission fut chargée de reconnaître une position sur les côtes de l'Océan où l'on pût faire un ou plusieurs grands ports ou bassins, capables de recevoir 60 navires de guerre. Cette commission était composée de Colbert de Terron, intendant de la marine à la Ro-

(1) Bibliothèque impériale, Manuscrits Colbert, vol. 122.

chelle, Clerville, Chastillon, Blondel, célèbre architecte, Geraudière et Regnier Jausse (1). Elle visita avec soin tous les points importants de la côte (2), depuis Dunkerque jusqu'à l'embouchure de la Seudre, en décrivit les ports et les rades, indiqua les travaux que les uns et les autres exigeaient, et tint à Brouage, le 1er mai 1665, une conférence dont le résultat fut la proposition, approuvée par le roi, d'établir le principal port militaire des mers de Ponent, sur la rive droite de la Charente, dans l'emplacement du château de Rochefort. Parmi les raisons qui déterminèrent le choix de cette position, la première fut la nature solide du terrain, très propre à l'excavation d'un bassin profond et à la construction d'écluses; les autres furent la facilité de sortir de la Charente dans une seule marée, l'abondance des eaux douces, la fertilité du pays, le voisinage de la forteresse de Brouage et la difficulté des abords par terre, qui rendrait aisée la défense de la place. Le chevalier de Clerville donna le plan de sa fortification, qui consista dans une enceinte d'un tracé bizarre composée de petits redans sans flanquement, sans parapets terrassés, et ne constituant qu'une simple clôture. Sainte-Colombe, La Favolière et Jové, ingénieurs, firent exécuter son projet. Blondel donna le plan de la ville et des bâtiments de la marine, où l'on trouve

(1) Ingénieur. On a un plan d'Arras très bien dessiné, fait par lui en 1641.

(2) M. Allent fait mention de cette visite page 64; mais il y ajoute la Méditerranée, qui n'y était pas comprise.

de belles parties de détail, mais auxquels manquent les beautés et la perfection qui résultent de l'ensemble (1). La corderie fut commencée en 1666 ; la médaille qui fut frappée à l'occasion de la fondation de la ville a pour légende : *Urbe et navali fundatis*, et dans l'exergue : *Rupefortium*, 1666.

En 1665, Colbert chargea Clerville de dresser le devis détaillé du canal de la communication des mers, dont l'entreprise fut, l'année suivante, adjugée à Riquet, qui était l'auteur du projet (2). Par la manière dont il remplit cette mission, et par l'appui qu'il prêta, dans plusieurs occasions, à Riquet, il acquit des droits à sa reconnaissance, que Riquet se montra toujours empressé de publier (3). En 1669, il reçut encore de Colbert une mission intéressante relative aux ports de Rochefort et de Toulon, et au canal de la communication des mers.

Dans la rédaction des projets de fortification, Clerville parut au-dessous de l'emploi éminent qu'il occupait. Les progrès que l'art devait à Pagan lui étaient inconnus ; il faisait encore les flancs perpendiculaires

(1) Cette critique est de Claude Masse, ingénieur contemporain, connu par ses travaux topographiques, dont nous parlerons. Arcere, dans son *Histoire de la Rochelle* (2 vol. in-4. Paris, 1756 et 1757), et la Martinière, dans son *Grand Dictionnaire géographique*, ont reproduit un long passage des Mémoires manuscrits de Masse, où il est dit de Clerville, qu'il ne donna pas à Rochefort de grandes marques de sa capacité, non plus qu'aux fortifications de plusieurs autres places.

(2) Bibliothèque impériale, Manuscrits Colbert, vol. 202.

(3) *Histoire du canal de Languedoc*, par les descendants de Riquet. Paris, 1805, p. 113.

aux courtines, et approuvait les parapets tout entiers en briques et en moellons, n'apercevant pas les avantages des parapets de terre gazonnés, dont l'usage s'était introduit depuis quarante ans en Hollande et en Allemagne. Il n'avait point de prétentions. Il écrivait en 1670 à Colbert : « Je laisserai à l'intendant d'Alsace des devis particuliers, de sorte qu'il en saura autant que moi, et que tout se pourra exécuter en mon absence aussi bien que si j'y étais. »

De 1671 à 1673, Clerville éprouva des contrariétés et des dégoûts (1) ; il était avancé en âge, avait des infirmités, était devenu chagrin ; Louvois lui avait retiré toute sa confiance ; Colbert ne l'abandonna point, et ce fut, sans doute, sur le rapport de ce puissant ministre que le roi lui accorda, en 1673, le gouvernement de l'île d'Oléron ; il s'y retira, et y mourut en 1677 (2). La charge de commissaire-général des fortifications de France fut alors donnée à Vauban, qui, sans être revêtu d'aucun titre particulier, l'exerçait depuis 1668 dans le département de Louvois.

(1) Bibliothèque impériale, Manuscrits Colbert, n°s 113, 124, 125.

(2) On a de Clerville les ouvrages suivants : *Lettres sur l'histoire généalogique des familles royales d'Espagne*. Paris, 1644, in-4. *Mémoire sur ce qui reste à faire au port de Cette pour enlever les sables et le perfectionner*. Montpellier, 1677, in-4. *Discours sur les ouvertures vulgairement appelées* Graus, *par lesquelles les étangs du Languedoc se déchargent dans la mer*. 1655, in-4. *Carte des montagnes de la Haute-Auvergne*. Paris, 1642. *Rapport à M. de Colbert sur le canal de Languedoc*. (*Dictionnaire historique* de 1821.)

En 1667, la mort de Philippe IV, roi d'Espagne, fit naître avec cette puissance la guerre dite de dévolution. La mort de ce prince ouvrait des droits à sa succession, dans les Pays-Bas, à la reine Marie-Thérèse, sa fille du premier lit, à l'exclusion de Charles II, fils du deuxième lit. « Ces droits étaient fondés, dit le président Hénault, sur celui de dévolution, qui a lieu dans quelques provinces des Pays-Bas, par lequel les enfants du second lit sont exclus de la succession par les enfants du premier, sans que les mâles du second excluent les filles du premier. » Le roi entra en Flandre avec 35 000 hommes, sans compter deux corps séparés ; il s'empara de Charleroi et d'Ath, dans le Hainaut ; de Bergues, de Furnes et de Courtrai, dans la Flandre occidentale ; d'Audenarde et d'Alost, dans la Flandre orientale ; enfin de Douai, de Tournai et de Lille, dans la Flandre dite wallone ou gallicane. Vauban assista, sous les ordres du roi, aux siéges de ces trois dernières places ; l'habileté avec laquelle il conduisit les attaques lui gagna entièrement la confiance de Sa Majesté. Le mémoire qu'il rédigea en 1669 sur la conduite des siéges, pour l'instruction particulière de Louvois, et qui a été imprimé, montre le progrès considérable qu'il avait fait faire, en peu de temps, à l'attaque des places. Ce mémoire, revu avec soin et réimprimé, mériterait encore de trouver place dans la bibliothèque de l'ingénieur.

L'année suivante, Louis XIV fit la conquête de la Franche-Comté. L'Angleterre et la Hollande employèrent leur médiation auprès des puissances belligérantes, et, sous leur garantie, la paix fut signée, le 2 mai 1668, à Aix-la-Chapelle. Le roi rendit la Franche-Comté, et conserva les places que ses armées occupaient. Après la prise de Lille, le chevalier de Clerville était resté dans la place pour y faire le projet d'une citadelle; son projet ne plut ni au roi ni aux personnes auxquelles Sa Majesté le communiqua. Mais, avant de se déterminer, elle voulut que Louvois le fît examiner. Ce ministre réunit alors dans une conférence, à Péronne, dans le mois de septembre, Vauban, Clerville, et les intendants Charuel et Talon, comme capables, par leur âge et leur expérience, de donner de bons conseils sur un sujet de cette importance (1). Le projet de Clerville fut trouvé informe, et remplacé par un autre de Vauban, qui fut de nouveau examiné en présence du roi, dans le mois de novembre 1667, et adopté.

Pendant les quatre années qui suivirent la paix d'Aix-la-Chapelle, on construisit les citadelles de Lille, de Tournai, d'Arras, le fort de la Scarpe à Douai, la place d'Ath, octogonale ; on agrandit Lille ; on travailla aux fortifications de Bergues, de Courtrai, d'Audenarde, de Charleroi, de Philippeville, du Quesnoy, de Brisach, de Philisbourg et de Pignerol. Dans toutes ces places, à l'exception de Tournai, où la citadelle fut tracée et commencée par Deshoulières, les travaux furent exécutés d'après les projets de Vauban. Partout, si ce n'est à la petite citadelle de

(1) Volume 207 du Dépôt de la guerre.

Dunkerque, où il fit un flanc à orillon, il suivit le tracé de Pagan, faisant les flancs droits et perpendiculaires aux lignes de défense, mais sans distinction de places hautes et de places basses en retirade. Les intendants comme les ingénieurs avaient reçu l'ordre de suivre exactement ses plans, et de reconnaître son autorité. En 1668, l'ingénieur de Lille s'étant permis d'adresser à Louvois des observations sur un soubassement qui avait été ordonné par Vauban, ce ministre le redressa sévèrement, et en informa Vauban en ces termes : « Le roi s'étant remis absolument à vous de la conduite de toutes les forteresses à nous appartenantes, je ne souffrirai pas que vos subalternes raisonnent en votre absence sur les choses que vous aurez une fois réglées. Ma réponse a été si sèche que je suis persuadé que c'est la dernière fois que l'on m'écrira de pareilles affaires. »

Les projets de Vauban étaient rédigés avec un ordre, une clarté et une précision qui étaient alors inconnus, et qui devaient plaire à des ministres tels que Louvois et Colbert, et surtout au premier, qui entrait dans les moindres détails de travaux, et voulait être informé de tout. Le projet d'une place se composait d'une lettre d'envoi, d'un mémoire, et de plusieurs feuilles de dessin ; la lettre d'envoi faisait connaître l'objet de chaque partie du mémoire, qui variait peu, et l'objet de chaque feuille de dessin, et se terminait par quelques recommandations particulières, quelques remarques, quelques faits. Le mémoire était divisé en quatre parties : 1° situation de la place, description sommaire de sa fortification ; 2° instruction de la fortification projetée ou instruction des réparations plus nécessaires à faire ; 3° estimation générale des ouvrages proposés ; 4° propriétés de la place lorsque son dessin aura été exécuté. L'*instruction* de la fortification projetée se composait d'un nombre plus ou moins considérable de paragraphes, avec leurs titres et leurs numéros d'ordre, le corps de place, le fossé, la contrescarpe, les bastions, les tenailles, les demi-lunes, les chemins couverts, les portes, les écluses, etc. Aucune partie n'était omise, et chacune avait ses lettres de renvoi aux feuilles de dessin.

Dans le commencement de son règne, Louis XIV prenait les avis, sur les projets des places importantes, de Turenne, du maréchal de Villeroi, et surtout du prince de Condé, qui avait une certaine réputation de science en fortification. A la fin de son adolescence, en 1639, ce prince avait fait de sa main un petit atlas des places du duché de Bourgogne, accompagné de remarques sur chaque place, et qu'il avait dédié à son père. Tous trois avaient été consulté 1664, sur la hauteur qu'il convenait de donner aux revêtements de Brisach. En 1671, Clerville, chargé de prendre soin des places de Philisbourg et de Brisach avait envoyé le projet d'un fort de terre et de fascines à faire à Brisach, entre les ponts du Rhin, ledit fort fraisé, palissadé, et généralement muni de tous les secours qu'on peut donner à un fort de cette qualité pour le rendre autant bon qu'il le peut être.

Le roi avait d'abord approuvé, le 23 septembre, la proposition de Clerville ; mais il se ravisa, et après l'avoir examinée, le 8 décembre, avec le prince de Condé, Turenne et le maréchal de Villeroi, Colbert écrivit le même jour à Clerville (1) : « Le roi et ces messieurs, après avoir bien discuté et examiné toutes les raisons de part et d'autre, et entendu la lecture de votre mémoire, ont résolu, et Sa Majesté m'a ordonné de vous l'écrire de sa part, qu'elle estimait trop dangereux de construire ce fort de terre, vu que toute la sûreté de la place de Brisach en dépend. » En janvier 1673, le prince de Condé visita, par ordre du roi, Philisbourg, et arrêta le projet des travaux à y faire, de manière qu'il n'y eût plus de différents avis. La même année, le roi prit son avis sur les travaux d'Auxonne. En 1674, le prince fit visiter Calais par Chazerat, ingénieur, qui servait auprès de lui. Enfin, en 1675, il arrêta (18 novembre) le projet de Tarade sur Schelestadt. Ce fut la dernière fois qu'il fut consulté par le roi. Sa Majesté, qui avait aussi son opinion en fortification, voulut que les flancs fussent droits, perpendiculaires aux courtines, et sans orillons. En 1679, Vauban, faisant revêtir la place,

(1) Louvois n'avait pas attendu l'avis de ces personnages pour désapprouver le projet de Clerville. Il avait écrit le 9 novembre à Vauban : « Le chevalier de Clerville m'honore depuis peu de ses bonnes grâces; il m'a envoyé le projet d'un fort de terre à faire à Brisach entre les deux ponts au lieu d'un fort revêtu qui y avait été projeté. C'est à mon gré le plus sûr moyen que l'on puisse jamais inventer pour faire perdre Brisach. »

substitua aux flancs droits des flancs concaves avec orillons.

Après la paix d'Aix-la-Chapelle, le roi nomma intendant de justice, police et finances en Flandre, avec résidence à Lille, Michel Le Peletier de Souzy, homme de bien, éclairé, capable, par sa droiture et sa modération, de faire aimer la domination de la France dans un pays conquis. Nous aurons occasion de reparler de lui.

En 1668, les principaux ingénieurs du département de Louvois étaient Deshoulières, Mesgrigny, Aspremont, Choisy, La Londe et quelques autres, qui plus tard ont été connus.

Deshoulières, mari d'une femme célèbre par ses idylles, et ci-devant lieutenant de roi de la ville et citadelle de Doullens, était entré au service en 1640. Chargé en 1668 de faire construire la citadelle de Tournai, des accidents qui arrivèrent à ses travaux donnèrent lieu à son remplacement par Mesgrigny. A la fin de 1669, Louvois le fit passer dans le département de Colbert. Il mourut en 1693. Il est auteur d'un *Discours sur la défense des places*, qu'il présenta au roi en 1675, et qui, renfermant quelques bons préceptes, a été imprimé dans plusieurs traités de la défense des places, et attribué à Vauban. Cette erreur a été relevée par M. le général Valazé dans l'édition qu'il a donnée en 1829 du traité de Vauban, accompagné du discours authentique de Deshoulières.

Le comte Jean de Mesgrigny, seigneur de Souleaux, en Champagne (1), capitaine au régiment de Navarre en 1651, avait servi comme ingénieur à nombre de siéges en Italie; en Afrique, au siége de Gigeri, en 1664; en 1667, aux siéges de Bergues, de Furnes, de Courtrai, lorsqu'il fut nommé, en 1668, lieutenant de roi de la citadelle de Tournai, qui était en construction. Il y fit exécuter un système de mines qui porte son nom, et à l'occasion duquel il leva, en 1673, une compagnie franche de mineurs, qui plus tard fut mise sur le pied de troupe permanente. Il fit à Tournai, en 1682, les premières expériences connues sur la charge des fourneaux de mines. Mesgrigny s'est élevé par ses services au grade de lieutenant-général. Il avait toute la confiance de Vauban, dont il devint l'allié en 1679, par le mariage de son neveu Jacques-Louis de Mesgrigny, comte d'Aunay, baron de Villebertin, avec la fille aînée de Vauban. Cette alliance ne dut pas laisser que d'accroître la faveur de Mesgrigny auprès de Vauban.

François de La Mothe-Villebert, vicomte d'Aspremont (2), gentilhomme de la chambre du roi, était capitaine au régiment des gardes depuis le 4 mai 1659, lorsqu'il fut chargé, en 1668, de faire construire la citadelle d'Arras sur les dessins de Vauban, qui n'était que lieutenant aux gardes. L'ancienneté cède difficilement ses droits à la supériorité du génie.

(1) Caumartin, *Recherches sur la noblesse de Champagne*. Paris, in-folio, 1673.

(2) La terre d'Aspremont, érigée par Louis XIV en vicomté, est située en Franche-Comté, aux environs de Salins.

Le grade d'Aspremont, son rang, la considération dont il jouissait à juste titre après s'être distingué dans plusieurs siéges, commandaient beaucoup de ménagement avec lui. Louvois écrivait à Vauban « *de passer à Arras pour, sans faire semblant de rien, voir si Aspremont pose bien la citadelle. Donnez-lui,* disait-il, *vos bons avis tout comme vous me feriez si je vous les demandais.* » Aspremont resta peu de temps à Arras; il reprit le commandement de sa compagnie, s'en démit, et fit la campagne de Hollande, en 1672, comme ingénieur en chef au corps d'armée commandé par le prince de Condé. Il adressa à Louvois, qui en fait mention (lettre du 2 octobre à Vauban), une *Relation de ce qui s'est passé en Hollande aux siéges faits par l'armée que commandait le prince de Condé*, les siéges de Wesel, du fort de Knotsembourg, du fort de Schenck, de Nimègue, de Crevecœur. De 1673 à 1676, Aspremont remplit plusieurs missions, et construisit la place d'Auxonne. Nommé maréchal-de-camp en 1677, le 25 février, il fut d'abord envoyé à Toulon, adressa un projet d'agrandissement de cette place, fut ensuite employé à l'armée de Catalogne sous le maréchal de Navailles, et se distingua dans la retraite de l'armée en Roussillon. Il mourut le 28 juin 1678.

M. de Choisy a été un des ingénieurs du règne de Louis XIV qui ont joui de plus de considération (1). Louvois le désigna, en 1668, pour les travaux de

(1) Voy. *Notice historique sur le lieutenant-général de Choisy* (*Spectateur militaire*, juin, juillet, août 1850).

Charleroi, où il fut d'abord employé pendant quatre ans. Nous aurons occasion de rappeler ses services.

La Londe, qui commença en 1668 les travaux de la place d'Ath, était connu pour être très versé dans le calcul des toisés longtemps avant d'avoir publié son *Arithmétique des ingénieurs, contenant le calcul des toisés de la maçonnerie, des terres et de la charpente.* In-4°. Paris, 1685. 2e édition, 1689. Cet ouvrage est remarquable comme l'un des premiers où le calcul des fractions décimales (chapitre X, *la Dixme*) ait été enseigné et recommandé pour être substitué au calcul des fractions ordinaires. La Londe avait été employé dans plusieurs places et à plusieurs siéges, notamment à la défense de Philippsbourg, en 1676, où il se distingua en improvisant des flancs dont les feux étaient difficilement éteints par l'ennemi. Il est l'auteur du règlement du 2 juin 1688 sur le prix du transport des terres, qui a donné lieu au mémoire de Vauban sur le même sujet, rapporté dans la *Science des ingénieurs* de Belidor. Il fut tué à la reprise de Philippsbourg, en 1688, commandant une des brigades d'ingénieurs.

Le Crotoy, ancienne forteresse sur la Somme, fut démoli en 1667. Pont-de-Remy, passage important sur la Somme quelques lieues au-dessus d'Abbeville, perdit aussi ses fortifications. Reuville, autrefois fortifié avec une petite citadelle, fut démoli en 1669.

En 1668, le 10 septembre parut la première ordonnance royale sur la conservation des fortifications dans *les places frontières et avancées* (est-il dit), où elle fut lue et affichée. Elle portait :

« Défense expresse à toutes personnes, de telle qualité et condition qu'elles soient, même aux sergents-majors et aides-majors desdites places, de faire labourer dans les dehors, contrescarpes et fossés des places, ni plus près des chemins couverts que de quinze toises, ni d'envoyer ou permettre qu'il soit envoyé des bestiaux, quels qu'ils soient, paître dans lesdits dehors, contrescarpes et fossés aussi plus près des chemins couverts que de quinze toises, à peine de désobéissance et de confiscation desdits bestiaux, dont Sa Majesté fait don, dès à présent et pour lors, aux soldats des garnisons et autres gens qui s'en pourront saisir. — Mande et ordonne Sa Majesté, aux gouverneurs des places, aux intendants d'icelles ayant la conduite et la direction des fortifications, de tenir la main, chacun à son égard, à l'exacte observation de la présente ordonnance. »

Une ordonnance du 16 juillet 1670 renouvela les mêmes défenses, en y ajoutant celle de marcher sur les fortifications et autres endroits qu'aux chemins destinés pour les rondes, et celle de faire dresser et planter aucun jardin dans les bastions, demi-lunes, fossés et autres ouvrages, voulant que ceux qui sont plantés soient rasés, non plus que de faire bâtir aucune maison dans les faubourgs des places sans en avoir la permission, sous peine de souffrir la démolition desdites maisons.

« Trouve bon néanmoins Sa Majesté, que l'herbe qui croîtra sur lesdits ouvrages et dans les fossés et chemins couverts soit coupée deux fois chaque année, et ce par le moyen d'échelles où la main ne pourra atteindre, sans que ceux qui seront employés à la couper puissent marcher sur les gazons ni faire botteler ladite herbe sur le lieu au fur et à mesure, mais bien l'enlever toute à la fois. »

Une troisième ordonnance réitéra toutes les mêmes

défenses, en permettant aux soldats, non-seulement de se saisir des bestiaux, mais de les tuer sur-le-champ, Sa Majesté leur en faisant don sans que les gouverneurs et commandants des places ni aucun juge et autres officiers puissent les obliger à les restituer, pour quelque cause et sous quelque prétexte que ce puisse être.

Le roi devant visiter au printemps, en 1679, les places frontières de Flandre, de Picardie, de Champagne et des trois évêchés, le marquis de Seignelay écrivit le 19 janvier aux intendants et ingénieurs de ces provinces :

« Qu'il fallait s'efforcer de mettre les places en état de plaire à Sa Majesté par leur propreté et par la manière dont elles sont tenues. Ce sera cette propreté que Sa Majesté examinera le plus et à laquelle elle prendra garde de plus près. Tous les ouvrages doivent être dans un état de propreté aussi grand qu'aucun des jardins dans lesquels Sa Majesté a accoutumé de se promener. »

Le roi ne fit cette visite qu'en 1680. Arrivé à Philippeville, il témoigna son mécontentement de trouver dans les fortifications des jardins qui avaient été faits par les officiers-majors. Par une ordonnance du 14 août, il renouvela les défenses contenues dans les ordonnances antérieures, ordonna la destruction des jardins qui existaient dans le délai de deux mois, à peine à ceux qui n'y auraient pas satisfait de perte de leurs charges.

En 1671, Louis XIV créa pour la garde de l'artillerie le régiment dit des fusiliers du roi, composé de quatre compagnies, dans lesquelles il y en eut une de *sapeurs*. Les années suivantes, la force de ce régiment fut augmentée, et en 1691 elle fut portée à six bataillons, dont un presque entièrement de fusiliers-sapeurs. Mais cette troupe n'étant pas sous les ordres immédiats des ingénieurs, ne les accompagnant pas dans les siéges, ne remplissait pas l'objet auquel elle semblait destinée. Elle ne dispensait pas, lorsqu'il fallait attaquer une place, de demander à l'infanterie des sapeurs volontaires, comme on lui demandait des ingénieurs. A la fin du siége, ces hommes rentraient dans les corps d'où ils avaient été tirés, si l'on n'avait plus besoin d'eux. Vauban avait formé dans le régiment de La Ferté-Senneterre, où il avait servi, et qui en 1685 prit le nom de la *Sarre*, une compagnie de sapeurs, mais elle n'eut qu'une existence momentanée. En 1675, il écrivait à Louvois (lettre du 30 août) : « Si Sa Majesté veut me faire un parti raisonnable, je ferai une compagnie franche ou royale de 100 à 120 *gispeliers*, qui seront tous canonniers, terrassiers, mineurs, et qui sauront conduire les sapes. » Il donnait à ces hommes le nom de *gispeliers* d'une espèce de fusil court, muni d'une platine à pierre, et appelé *gispe*, du catalan *xispa*, en espagnol *chispa*, *étincelle*, qu'ils devaient porter. Il ajustait à ce fusil une baïonnette que l'on n'avait pas besoin d'ôter pour charger, ce qui était une nouveauté. En 1691, il proposa au roi de lever une compagnie franche de 200 sapeurs. (Voyez le *Traité de l'attaque des places*.)

Bien que les mines fussent employées depuis longtemps (1503) à l'attaque des places ; qu'en 1668 et 1669 on en eût fait un grand usage à la défense de Candie, pour retarder les travaux de l'assiégeant, aucune puissance n'avait encore créé de compagnies de mineurs permanentes, pour conserver les traditions de l'art, le perfectionner, et avoir au besoin une troupe semblable toute formée. Louis XIV leva, en 1679, la première compagnie de mineurs permanente ; son exemple fut suivi par les autres souverains. Cette compagnie fut commandée par Le Goullon, ingénieur, connu sous le nom de Goulon, de qui l'on a publié des *Mémoires pour l'attaque et la défense d'une place*, en lui donnant le titre d'ingénieur et généralissime de l'Empereur (1). Employée en 1684 au siége de Luxembourg, sous la direction de l'ingénieur qui la commandait, elle rendit de grands services. Goulon, *qui était de la religion*, ce qui signifiait

(1) In-8 de 104 pages. On y a joint : 1° le journal du siége d'Ath par M. de Vauban, en 1697 ; 2° la relation du siége de Philippsbourg par Monseigneur, en 1688 ; 3° la relation de la défense de Landau par les Français, en 1704 ; 4° les mémoires de M. de Vauban intitulés : *Le directeur général des fortifications*. Nouvelle édition, corrigée et augmentée considérablement ; à Paris, chez Jombert, 1754.

Quoique les *Mémoires de Goulon* aient vieilli, ils ont encore quelque mérite, qu'ils tirent des citations que l'auteur emprunte aux siéges auxquels il a assisté. Ses remarques portent particulièrement sur l'emploi des mines à la défense de Candie en 1668 et 1669, au siége de Dôle en 1674, à celui de Luxembourg en 1684. Le journal du siége d'Ath en 1697 est de Dupuis-Vauban, neveu du maréchal. La relation du siége de Philippsbourg en 1688 paraît exacte. Celle de la défense de Landau en 1704 est tronquée.

être huguenot, déserta, abandonna sa compagnie en 1685, après la révocation de l'édit de Nantes, craignant d'être persécuté (1). Nous avons peu de détails sur ses services à l'étranger ; nous en reparlerons en 1696. Après la fuite de Goulon, sa compagnie fut commandée par Lamotte, et ensuite par le célèbre Vallière.

Les places frontières des anciennes provinces avaient depuis longtemps été négligées. Après que Colbert eut rétabli l'ordre dans les finances, et accru les revenus de l'État, elles furent l'objet de la sollicitude du roi, à commencer par celles de Picardie. En 1671, Barillon, intendant de la province, reçut, le 25 mars, l'ordre de les visiter, d'examiner les ouvrages qui y avaient été faits en 1669 et 1670, et de s'appliquer surtout à bien établir les travaux de la place de Saint-Quentin, la plus considérable et la plus importante à cette époque. Un contrôleur des fortifications y fut nommé, qui eut ordre de veiller à ce que l'on suivît exactement les plans et devis de Vauban. Nous avons vu que Ferry, ingénieur distingué, fut commis, dans le mois de juin, pour prendre soin de toutes les places de Picardie.

En passant à Bordeaux, après la paix des Pyrénées en 1660, le roi s'était rappelé la révolte de cette ville

(1) Dupuy, autre ingénieur de la religion prétendue réformée, émigra en 1686, après avoir été changé de résidence, envoyé de Sedan en Picardie, sur le rapport de l'archevêque de Reims. En 1686, on fit accommoder les chambres du château de Ham pour recevoir ceux qui s'opiniâtreraient encore à ne pas faire abjuration.

en 1648, l'appui qu'en 1652 elle avait prêté à l'armée des princes. Sur son ordre d'agrandir le château Trompette (1), on le transforma en un grand fort rectangulaire bastionné, avec logements sous les courtines. En 1671, Nicolas Payen, qui avait rendu des services dans les armées, qui avait l'expérience des travaux de fortification et autres ouvrages d'architecture, reçut un brevet du roi pour servir en l'état et charge de l'un de ses ingénieurs et architectes ordinaires, et avoir la conduite des travaux du château Trompette. On y dépensa cette année-là 200 000 livres. Il ne fut achevé qu'en 1681.

La construction de la citadelle Saint-Nicolas, à Marseille, fut également ordonnée en 1660 et celle du fort Saint-Jean en 1664.

En 1672, le roi déclara la guerre à la Hollande. Il mit sur pied, suivant Quincy, 176687 hommes; il avait, en outre, en mer 50 vaisseaux de ligne et plusieurs frégates et brûlots. Un état militaire aussi considérable épuisa le trésor. Colbert écrivait en août 1673 « que les grandes dépenses que le roi est obligé de faire pendant la guerre ne permettent pas de trouver l'argent pour fournir à toutes avec la facilité qu'il serait à désirer. »

En janvier 1673, Aspremont et Deshoulières reçurent l'ordre de visiter les places des frontières de

(1) Le château Trompette et le fort du Hâ avaient été construits en 1453, sous le règne de Charles VII, après l'expulsion des Anglais de la Guyenne. Le fort Sainte-Croix, fondé en 1548, pour faire tête au quartier Saint-Michel, fut aussi agrandi en 1675.

Champagne, de Bourgogne et de Bresse, d'en faire lever les plans, et de faire les devis des travaux nécessaires pour mettre les unes en état de défense et démolir les autres. Brioys, ingénieur ordinaire, reçut un ordre semblable pour les places de la Lorraine; La Londe pour Doullens, Péronne, le Castelet et Ham, etc., etc. On rasa à cette époque, en Bourgogne, Bellegarde, sur la rive gauche de la Saône, Verdun sur le Doubs, et en partie Saint-Jean-de-Losne; en Picardie, Corbie (1), Rue, qui l'avait déjà été en partie en 1670 (2), le Castelet, la Capelle, le Crotoy et Chauny; dans les Ardennes ou sur la Meuse, Linchamps, Donchéry, Mouzon, Marville, Jametz, Château-Regnault, Château-Porcien et Damvillers; en Lorraine, Sierck et Moyenville. Monthulin, dans le Boulonnais, ne fut rasé qu'en 1678. Toutes ces petites places furent démolies, les unes à la sape, les autres par la mine. Le roi recommanda l'usage de cette méthode; elle fut mise en pratique pour les places de Picardie par Castelan, ingénieur, qui y employa des mineurs tirés de la Champagne, et qu'il payait à raison de 35 sols par jour, dont 10 comptés à leur famille.

Nous ne pouvons passer sous silence le siége de Maestricht, qui eut lieu en juin 1673, et qui fait époque dans l'histoire de l'attaque des places, parce

(1) Corbie avait déjà été rasée en 1669, mais imparfaitement.

(2) Il existe un plan gravé de Rue en Ponthieu, dont le titre porte que cette place avait été rasée en 1670, sous la direction de Ferry. Le rasement n'avait sans doute pas été complet.

que c'est le premier siége où Vauban mit en usage les parallèles, que depuis on a toujours employées. Il a écrit un journal de ce siége sous le titre d'*Abrégé alphabétique pour servir à l'intelligence du plan des attaques de Maestricht*, contenant ce qui s'est passé de plus considérable. Il constate, dans ce journal, que la belle disposition des parallèles détourna le gouverneur de faire des sorties.

L'Espagne ayant déclaré la guerre à la France, Colbert donna des ordres dans son département pour reconnaître le cours de la Somme depuis Saint-Quentin jusqu'à son embouchure ; pour rompre les ponts de Corbie, de Bray ; pour reconnaître la Meuse, rompre les ponts de Donchéry et de Mouzon, rétablir, en cas qu'il soit nécessaire, les tours élevées dans les guerres précédentes, en 1646, sur les bords de cette rivière. Aspremont fut envoyé à Auxonne, qu'il fit fortifier, comme nous l'avons dit.

En 1674, Deshoulières reçut l'ordre de visiter Belle-Isle, Port-Louis, Bayonne et les autres places de cette frontière. Vauban, envoyé dans l'île de Ré, fut de retour à la fin de février, et accompagna le roi dans l'expédition de Franche-Comté. Il dirigea les attaques de Besançon, où la plus grande difficulté fut de conduire de l'artillerie sur la montagne de Chaudanne pour battre la citadelle. En Flandre, le marquis de Chamilly fit dans Grave une défense remarquable ; les deux ingénieurs de Saxis et Belleville, chargés, l'un des remuements de terre, l'autre des batteries, furent tués. La relation de la défense de

Grave (1) est au nombre des ouvrages classiques sur la défense des places. A la fin de l'année, Colbert fit défendre d'afficher dans les places frontières les devis entiers des ouvrages de fortification que l'on devait y exécuter, ces devis pouvant donner aux ennemis des connaissances qui auraient de dangereuses conséquences.

Pendant la guerre, en 1674, une flotte hollandaise mouilla dans la baie de Bourgneuf et débarqua des troupes dans l'île de Noirmoutiers, où elles ruinèrent deux des tours du château. A cette époque, Sainte-Colombe, ingénieur distingué, attira l'attention sur le poste de Fouras et ses avantages pour la défense de la Charente.

En 1675, et pendant les trois années suivantes, les places principales du département de Colbert sur lesquelles se porta l'attention du roi furent Verdun, Metz et Toul. Vauban les visita dans le mois de juillet, et exprima à Colbert l'espérance de pouvoir faire de Metz la meilleure place du royaume. Il y retourna en 1676, et adressa à Colbert les projets des trois places. Ce ministre lui répondit le 28 février : « J'ai lu vos projets avec attention, et les ai trouvés, à votre ordinaire, clairs et intelligibles. Le roi a voulu aussi en entendre la lecture presque tout entière, etc. » Sa Majesté accorda 300 000 livres demandées pour Metz, 100 000 pour Verdun, et 50 000 pour Toul. En 1678,

(1) In-8, 1756. Ce volume contient en outre la relation de la défense de Mayence en 1689.

on dépensa à Metz 506 420 livres, 378 310 à Verdun, et 146670 à Toul.

Niquet, jeune ingénieur (1), nommé en 1673, très capable, très actif, que Vauban avait distingué à Verdun en 1675, avait été commis pour avoir la conduite des travaux dans les trois places, avec deux ingénieurs sous ses ordres. Soit vanité, soit désir de se faire connaître, il proposa à Colbert, en lui rendant compte des travaux, de faire des changements dans les dessins de Vauban. Grande fut la surprise du ministre, qui avait ordre du roi de faire exécuter à la lettre les projets adoptés. Il écrivit le 18 septembre à l'intendant des trois évêchés : « Je suis obligé de vous dire que, voyant sur l'état des travaux du sieur de Vauban que le sieur Niquet change beaucoup de choses dans ses dessins, vous devez empêcher formellement qu'il ne le fasse, et s'il lui arrive jamais de remuer une pellée de terre que conformément aux mémoires dudit sieur de Vauban, il sera rappelé un quart d'heure après que je m'en serai aperçu. » Niquet

(1) Lorsque Colbert créa, en 1666, l'Académie des sciences, il joignit, aux géomètres et aux physiciens distingués qui la composèrent, cinq jeunes gens propres à les aider dans leurs travaux et à leur succéder un jour. Ce furent Niquet, Couplet, qui devint académicien, Richer, qui le devint également, Pivert et Delavoye, qui furent ingénieurs. « En 1668, l'Académie chargea Niquet et Couplet de faire faire des modèles de diverses machines le plus en usage. Niquet détailla plus particulièrement la grue et l'engin, il en décrivit toutes les parties, il en fit remarquer tous les défauts, et donna des moyens de les éviter. » (Fontenelle, *Histoire de l'Académie.*) En 1674, l'Académie lui accorda, à titre de gratification, 2,400 livres, pour les services qu'il lui avait rendus.

resta encore trois ans chargé des travaux de Metz et de Toul ; Verdun lui avait été retiré. La correspondance de ces trois années ne fait mention d'aucune opposition de sa part aux projets de Vauban. Nous ignorons sur quoi portaient les changements qu'il proposait en 1675. Suivant Landsberg, célèbre ingénieur des États-Généraux pendant la guerre de Hollande contre Louis XIV, « Niquet voulait améliorer le profil en usage, agrandir le côté du polygone extérieur, utiliser les établissements militaires pour la défense, et renforcer les fronts vers leur milieu (1). » Nous retrouverons Niquet en opposition avec Vauban à Toulon et à Cette, sur des points déterminés, mais n'ayant rien de commun avec les idées que Landsberg lui prête.

Dans le même temps, les travaux entrepris dans les places de Picardie, du Boulonnais, de Champagne, et dans l'île de Ré, se poursuivaient avec activité sous la direction de Vauban et de Ferry, chargés de les visiter. Les places d'Ardres et de Rocroi furent achevées en 1676. A la fin de la même année, on fit l'essai des écluses de la Fère pour tendre l'inondation de cette place. Cet essai réussit, et mérita à Richer, ingénieur (2), un témoignage de satisfaction. A mesure

(1) Brialmont, *Journal de l'armée belge*, 1857, n° 70, XIIe vol., page 218.

(2) Richer, de l'Académie des sciences, s'était embarqué, le 8 février 1672, pour Cayenne, où il fit, pendant près de deux ans, des observations astronomiques. A son retour, en 1673, il avait été nommé ingénieur. On doit à Richer une observation importante : « Richer, dit Biot (*Mélanges scientifiques et littéraires*, Pa-

que les remparts des places étaient formés, on y plantait des ormes de Flandre de la plus belle espèce; tel était l'ordre du roi. Sa Majesté voulait aussi qu'il y eût dans toutes ses places au moins deux magasins à poudre.

En août 1676, Colbert écrivit de sa main pour Sainte-Colombe l'instruction suivante, relative à une reconnaissance de partie des côtes de l'Océan :

« Le roi, estimant nécessaire pour le bien de son service, de commettre un de ses plus habiles ingénieurs pour prendre soin de la conservation des travaux faits pour la fortification des places de Brouage, île et citadelle d'Oléron et forts la Prée, du Martray et Samblanceau en l'île de Ré, ensemble tous les ouvrages qui sont à faire tant pour la fermeture de la ville de Rochefort que pour la conservation de l'arsenal de marine dudit lieu, comme aussi pour visiter toute la côte des provinces de Saintonge, pays d'Aunis, gouvernement de la Rochelle et Poitou, *en lever les cartes, plans et figures*, visiter les ports, havres, embouchures de rivières, bancs de sable, les marais desséchés et non desséchés, les ouvrages faits ou à faire pour maintenir et conserver lesdits desséchements, les canaux qui ont leur issue dans la mer, etc., et généralement tous les ouvrages publics servant à la navigation ou à l'amélioration des terres, tant au dedans et au dehors de la mer et des îles qu'au dedans des terres, Sa Majesté a fait choix du sieur de Sainte-Colombe, l'un de ses ingénieurs et géographes ordinaires, pour, etc.:... le tout sous les ordres du sieur Demuin, intendant de la justice, police et finances et de la marine de Ponent, pays d'Aunis, ville et gouvernement de la Rochelle. »

D'autres ingénieurs reçurent des missions sem-

ris, 1858, t. Ier, p. 71), envoyé par l'Académie à Cayenne pour des observations astronomiques, découvrit que son horloge, qui battait à Paris les secondes, allait plus lentement à mesure qu'il s'approchait de l'équateur, il s'accélérait de nouveau par les mêmes degrés, en revenant vers le nord, de manière à reprendre exac-

blables pour les côtes de l'Océan, entre la Loire et la Gironde, entre la Gironde et la Bidassoa.

Pène, ingénieur et géographe, fut commis, cette année, pour lever des plans des places fortes plus exacts que ceux que l'on avait faits jusqu'à présent, et en composer un atlas destiné au roi.

Il y eut, en 1676, deux défenses de places qui firent le plus grand honneur, la défense de Maestricht à M. de Calvo, et la défense de Philippsbourg à M. Dufay, tous deux officiers géneraux. L'ennemi fut contraint, par l'approche d'une armée de secours, à lever, le 27 août, le siége de Maestricht, après quarante et un jours d'attaque. M. de Choisy, ingénieur, qui eut une très grande part à la défense, fut nommé brigadier des armées, et reçut du roi le titre d'une pension de 3000 livres. Philippsbourg se rendit le 27 septembre, après avoir été bloqué pendant deux mois, et avoir soutenu un siége de soixante-dix jours de tranchée ouverte.

Le roi ouvrit la campagne de 1677 par le siége de la ville de Valenciennes, qui fut prise d'assaut le 27 mars, après huit jours d'attaque. Cambrai se ren-

tement sa marche primitive au point de départ. Or, d'après les découvertes de Huyghens, la vitesse des oscillations d'un même pendule augmente ou diminue avec l'intensité de la pesanteur qui le fait mouvoir. L'observation de Richer prouvait donc que cette intensité était différente à diverses latitudes et qu'elle croissait en allant de l'équateur au pôle. Newton, dans son immortel ouvrage des *Principes de la philosophie naturelle*, lia tous ces résultats à la loi de l'attraction. Il montra que la variation observée dans la pesanteur décelait un aplatissement de la terre à ses pôles, etc. »

dit le 5 avril, et sa citadelle le 17. Vauban dirigeait les attaques. Toutes les particularités de ces deux siéges sont connues. (Allent, p. 139, 141.) M. de Choisy dirigea avec non moins de succès les attaques de Saint-Omer, dont le siége fut beaucoup plus long. La reddition de cette place, qui eut lieu le 22 avril, fit perdre à l'ennemi une enclave importante dans notre frontière, et fit suspendre les travaux de fortification dans les places de Picardie, maintenant couvertes par les conquêtes que le roi avait faites.

Colbert étendit à Brest, aux côtes de Bretagne et de Normandie la mission donnée à Sainte-Colombe l'année précédente. Il devait visiter Brest, le rocher du Mingan, savoir s'il y avait possibilité d'y élever une tour, mettre Recouvrance à l'abri d'insulte, faire les réparations nécessaires au château de Brest. « Quant à la ville, il n'y a pas grande apparence, disait Colbert, que le roi prenne jamais la résolution de la fortifier. » Cet éloignement pour Brest avait pour motif la difficulté des entrées de sa rade, causée par les rochers qui sont dans le Goulet, et dont le principal est le Mingan. Tout en reconnaissant les avantages et les beautés de cette rade, en considération des dangers que les navires du roi auraient à appréhender en voulant y entrer ou en sortir par tous les temps, la commission de 1664 n'avait pas osé la proposer pour y faire le principal port du royaume, quoiqu'il y eût un commencement d'établissement.

Le besoin d'avoir des retraites pour notre marine dans la Manche était senti ; la commission avait signalé la bonté et la grandeur de la rade de Dunkerque (1), couverte par le banc Brack (2), qui n'est jamais à sec, la sûreté de son ancrage, qui est telle qu'il n'y avait pas mémoire d'homme qu'un navire bien amarré y eût péri. Le chenal ou canal du port étant alors obstrué par un banc de sable, Colbert y avait ordonné quelques travaux ; Vauban, qui les visita, lui adressa, le 17 juillet 1678, les plans et mémoires d'un projet qui ne tendait à rien moins qu'à créer à Dunkerque un port militaire capable de recevoir une escadre de vaisseaux de guerre. Plein de confiance dans les vues toujours si nettes, si justes du grand ingénieur, Colbert ne fut point effrayé de la dépense, qui devait s'élever à 3 millions, sans compter les frais imprévus dans des ouvrages exposés aux caprices de la mer ; il donna avec joie son adhésion à ce projet. Les termes lui manquaient pour exprimer la satisfaction qu'il en éprouvait. Ne doutant pas du succès, le marquis de Seignelay écrivait à Vauban : « Le service que vous avez rendu au roi en cela est si grand, si considérable, que rien ne peut être plus avantageux pour la marine. » Il s'agissait de creuser un bassin pouvant contenir vingt vaisseaux de 40 à 60 canons, et, ce qui était le plus difficile, de pratiquer une coupure de 6 à 7 mètres de profondeur dans le banc de sable qui obstruait l'entrée du chenal. Ce chenal, de 1000 toises de longueur, devait être

(1) Voy. *Oisivetés de Vauban*, t. IV et partie du tome II, in-8, Paris, 1842, p. 184.

(2) Breedt Bank, *Sur les cartes du dépôt de la marine*, 1840.

aussi élargi et approfondi, et deux forts ou batteries en bois élevés à son extrémité. Deux ingénieurs distingués, Decombe et Clément (1), connus pour leur habileté dans les constructions hydrauliques, furent appelés à Dunkerque pour faire exécuter les travaux du port, tandis que Duverger dirigerait ceux de la place.

Colbert vécut assez pour être assuré de la réalisation des promesses de Vauban (2). En 1683, le 6 septembre, jour de sa mort, les deux jetées du chenal étaient faites dans toute leur longueur, le chenal avait sa profondeur, et à l'extrémité de la jetée de l'ouest s'élevait une batterie en bois armée de 15 pièces de canon, appelée le *château d'Espérance.* Sur le côté de la même jetée, vers le tiers de sa longueur, compté de l'extrémité, s'élevait un fort en maçonnerie auquel on avait donné le nom de *Risban*, et qui défendait la rade, la citadelle et les estrans. Dans le mois d'avril, le marquis de Seignelay présenta au roi le Recueil des plans de ses places fortes, relié en trois volumes, ornés de frontispices allégoriques gracieux, peints par Joubert d'après les dessins de Lebrun. Chaque plan, dessiné avec soin à une petite échelle, 1 pour 7200 ou 4800, porte son nom inscrit dans un cartouche peint dans le meilleur goût. L'auteur de ces dessins, voulant, sans doute, flatter Vauban, a donné pour devise à celui de Dunkerque : *Taceat*

(1) Clément d'Afflncourt, né à Toul en 1651, mourut à Dunkerque en 1704. (Le Long, t. II.)

(2) Le grand bassin ne fut revêtu, terminé qu'en 1686.

miracula Memphis. Aucun travail ne fit peut-être plus d'honneur à Vauban que Dunkerque ; il ne craignait point lui-même de le dire : « Dès l'heure qu'il est, ce port et son entrée me paraissent une des plus belles choses du monde et la plus commode, et si je demeurais six mois à Dunkerque, je ne crois pas que ma curiosité ni mon admiration seraient épuisées quand je les verrais tous les jours une fois. » (Lettre du 16 décembre 1683.) Pendant la guerre de Succession, en 1706, on vit sortir plusieurs fois du port de Dunkerque des escadres de dix à quinze vaisseaux de 40 à 56 canons sous le commandement de M. de Forbin (1), et nombre de bâtiments armés en course qui portaient un grand préjudice au commerce anglais (2). L'orgueil britannique se vengea en 1713.

La campagne de 1678 s'était ouverte par l'entreprise de Gand, dont les préparatifs, faits par Louvois

(1) *Description historique de Dunkerque*, par Faulconier, in-f°, 1730, 2 tomes.

(2) Pendant la guerre, commencée l'an 1688, jusqu'à la paix, conclue en 1697, les armateurs de Dunkerque firent pour 20 millions 167 000 livres de prises sur les ennemis, qui furent conduites à Dunkerque.

Pendant la guerre commencée en 1702, jusqu'à la paix conclue en 1713, les Dunkerquois ont fait 1614 prises ou rançons qui ont monté à plus de 30 millions 500 000 livres, sans y comprendre les bâtiments ennemis que les armateurs ont menés en France et en Espagne, où ils ont été vendus.

Pendant l'année 1708, les armateurs de Dunkerque fournirent vingt-cinq frégates pour être jointes à l'escadre du roi. (*Mémoire des services que ceux de Dunkerque ont rendus à l'État*, 2 pages d'impression, 1728.)

dans le plus grand secret, sont souvent cités à l'honneur de ce ministre. Le roi fut partout victorieux, et dicta les conditions de la paix de Nimègue. Il y eut trois traités, dit le président Hénault : l'un entre la France et la Hollande, à qui l'on rendit Maestricht ; il fut signé le 10 août. L'autre avec l'Espagne, à qui l'on rendit Courtrai, Audenarde, Ath et Charleroi, et qui céda à la France la Franche-Comté, ainsi que les villes de Valenciennes, Condé, Bouchain, Cambrai, Aire, Saint-Omer, Furnes, La Kenoque, Ypres (1), Menin, Warwick, Warneton, Bailleul, Cassel, Bavai, Maubeuge et Charlemont ; il fut signé le 17 septembre. Le troisième avec l'Empereur et l'Empire, à la réserve de l'Électeur de Brandebourg et de quelques autres princes, ne fut signé que le 5 février 1679. Le roi céda à l'Empereur ses droits sur Philipsbourg, et l'Empereur céda au roi ses droits sur Fribourg. Brisach, sur la rive droite du Rhin, restait toujours à la France. Le duc de Lorraine, mécontent des conditions de ce traité, n'y fut point compris ; en sorte que le roi resta en possession de tous ses États, dans lesquels il exerça les droits de souveraineté.

Les traités de 1678 apportant un grand changement dans la frontière du nord, entre la Meuse et la mer, Vauban rédigea la même année un mémoire sur les places de la nouvelle frontière qu'il faudrait fortifier. Dans ce mémoire, le seul de ce genre qu'il ait fait, il pose en principe, sans démonstration, que

(1) Les Belges écrivent : *Ipres*.

la frontière du nord serait très bien fortifiée si, à l'imitation des ordres de bataille, on la réduisait sur deux lignes de places fortes, ordonnées comme il suit, savoir : en première ligne, de Dunkerque à Dinant, 13 places, dont 3 neuves, Furnes, Menin et Maubeuge, et 2 forts, dont un neuf à Mortagne ; en deuxième ligne, de Gravelines à Charleville, 13 places, dont 2 seules à rétablir ou à achever, Marienbourg et Charleville, qui n'avait été entourée de murailles, en 1620, sur une ligne de fortification régulière que par ostentation, pour une représentation de souveraineté que M. de Mantoue (1) s'était mise dans l'esprit lorsqu'il était en France (2). Les murailles de Charleville, mal fondées, mal bâties, avaient néanmoins été chargées de terre, et croulaient de toutes parts. Toutes les places situées en arrière de la seconde ligne devaient plus tard être, les unes démolies, les autres désarmées, c'est-à-dire réduites à leur corps de place.

Il est très vrai, ainsi que plusieurs auteurs l'ont répété, que Vauban s'est plaint quelquefois du trop grand nombre de places en France ; mais ils n'ont point dit qu'en exprimant cette opinion il ajoutait :

(1) M. de Mantoue était, sous le nom de duc de Nevers, chef de la maison de Gonzague, établie en France, lorsque, en 1627, Vincent II de Gonzague l'institua, en mourant, son héritier et son successeur. Il prit alors le titre de Charles Ier de Gonzague. Son petit-fils lui succéda en 1637, sous le nom de Charles II de Gonzague, duc de Nevers, comte de Réthel. Il y ajoutait le titre de seigneur de Charleville (*Carlovilla*). En 1681, il vendit à Louis XIV la citadelle de Casal.

(2) Lettre de Colbert, juin 1678.

« Quelque bonne raison qu'il y ait d'en raser une partie, je tiens qu'avant de commencer on doit du moins mettre en état celles qui doivent suppléer au défaut des rasées. *Ne nous exposons pas, s'il est possible, à acheter si cher un repentir.* » La guerre de Succession est venue démontrer que les lignes de défense reculées des frontières peuvent être appelées à jouer un rôle important.

Le mémoire de 1678 plut beaucoup à Louvois, qui manda à l'auteur que Sa Majesté agréerait un pareil mémoire sur le pays qui est depuis la Meuse jusqu'au Rhin. Vauban ne fit pas ce mémoire ; il était pressé de s'occuper du projet des places neuves qu'on devait construire ; c'est pour ces places, et pour Menin et Maubeuge les premières, dont les projets sont de 1678, qu'il composa le tracé qui constitue son premier système, et qu'à dater de cette époque il a employé presque exclusivement jusqu'en 1687. Dans ce tracé, il est revenu aux orillons, qu'il regrettait, comme cachant aux vues des contre-batteries une pièce qui peut tirer dans la brèche faite au bastion opposé. Il les a abandonnés lorsqu'il a reconnu que cet avantage était illusoire. « Je continuerais, a-t-il dit alors, d'être pour les orillons si les grands effets des bombes et des ricochets ne m'avaient appris qu'il est assez facile de rendre les flancs retirés inutiles. » Ce qui distingue ses orillons, c'est qu'ils n'ont que le tiers de la longueur du flanc, tandis que les anciens orillons en avaient les deux tiers. Le flanc est concave, on ne saurait guère en donner la raison. Du reste, la construction de l'orillon étant très coûteuse, il n'en faisait point sur les fronts qui n'étaient pas attaquables, et, dans ce cas, ses flancs étaient droits et un peu inclinés sur les lignes de défense, afin que leurs feux fichassent dans la brèche. Vauban améliora les dehors, et surtout le chemin couvert, qu'il considérait comme une des parties les plus essentielles de la fortification.

En supprimant le chemin de ronde, Pagan avait conservé son mur d'appui pour le faire servir à remplacer le talus extérieur du parapet, à donner plus de hauteur à l'escarpe, et à rendre plus facile la défense contre l'escalade. Vauban adopta, dans son premier tracé, le profil de Pagan, et négligea, ainsi que cet ingénieur, de couvrir l'escarpe de l'enceinte. « Cette faute, dit l'auteur de fortification le plus judicieux (1), est cause de la rapidité avec laquelle plusieurs siéges ont été conduits au commencement du XVIIIe siècle, les batteries établies dans la campagne voyant alors les revêtements sur une hauteur de plus de 38 décimètres (12 pieds), les culbutaient dès les premiers jours du siége, ouvraient par ce moyen la place, et l'assiégé se rendait, dans la crainte d'être emporté de vive force. »

Cependant Vauban apporta un perfectionnement important au profil de la fortification en déterminant les dimensions des revêtements en maçonnerie, de manière à concilier l'économie et la solidité. Avant

(1) Noizet de Saint-Paul, *Traité complet de fortification*, t. I, in-8, Paris, 1818, p. 311.

lui, les ingénieurs n'avaient point de règles fixes à cet égard. Les uns (Clerville et Ferry, par exemple) donnaient, dans leurs projets, des épaisseurs démesurées aux revêtements ; les autres, et c'était le plus grand nombre, leur donnaient des épaisseurs insuffisantes ou les fondaient mal. La correspondance est remplie de faits qui attestent l'imperfection de l'art sur ces deux points.

En 1684, Vauban envoya à Louvois une table concernant les épaisseurs à donner aux revêtements à proportion de leurs différentes hauteurs et de la qualité des matériaux. Le ministre, juste appréciateur des travaux de l'ingénieur, lui répondit (lettre du 20 septembre) : « Vous me ferez toujours plaisir de me faire part de ce qui vous viendra de pareil dans l'esprit. Expliquez-moi cependant d'où vient que vous mettez les contre-forts à 18 pieds de distance de milieu en milieu, puisque je crois bien me souvenir que tous les devis que vous m'avez adressés portaient qu'ils seraient de 15 en 15 pieds. » Nous n'avons point cette table, mais nous avons le profil authentique qui devait l'accompagner, et dans lequel les contre-forts sont, en effet, espacés de 18 pieds de milieu en milieu. En 1687, dans le profil bien connu daté de Traben (1), sur la rive gauche de la Moselle, vis-à-vis Trarbach, profil qui fut plus tard gravé avec une note explicative, l'espacement des contre-forts est de 15 pieds. Ce profil fut imprimé et envoyé dans toutes les places,

(1) N° 13 du *Mémorial de l'officier du génie*, 1840, p. 85.

du vivant de Vauban (addition de 1700 au projet de Mont-Dauphin).

Le roi, voulant que toutes les casernes de ses places fussent construites sur un même dessin (1), Vauban donna, en 1679, un type de caserne d'infanterie, qui fut gravé, envoyé dans toutes les places avec la signature de Louvois, et qui a été suivi pendant très longtemps en France. Vers la même époque il adopta un type de magasin à poudre à l'épreuve de la bombe, un modèle de porte de ville, et donna une instruction sur la manière d'appliquer les chapes en ciment sur les voûtes des souterrains, qui fut imprimée en 1694.

Nous reprenons l'énumération des travaux de fortification que Louis XIV fit exécuter ou entreprendre après le traité de Nimègue. La place d'Ypres reçut en 1678 et les années suivantes de grandes améliorations successivement, sous la direction de Chazerat et sous celle d'Anténor de Caligny (2). En 1679, Vauban rectifia le projet d'agrandissement de Toulon, fit les projets de Mont-Louis, de Longwy, de Phalsbourg, de Fribourg, d'Huningue, toutes places neuves qui furent construites. La même année, il visita toutes ces places et plusieurs autres dans lesquelles il laissa des instructions pour l'achèvement ou le perfectionnement de leurs fortifications, ou des projets neufs comme à Port-Vendres, par exemple, projets qui ne furent pas exécutés. Fort enclin à l'enthousiasme pour

(1) Lettre de Colbert du 21 novembre 1679.

(2) Voyez sur Ypres : *Mémoires militaires de Vauban et des ingénieurs*, Hue de Caligny, par Favé. Paris, in-8, 1847.

les projets qu'il croyait utiles, convaincu des avantages qu'offrirait une place maritime construite à Port-Vendres, il termine ainsi son mémoire sur cette position : « Si je vivais cent ans et qu'on me fît faire cent voyages en Roussillon, je me ferais toujours un point de conscience d'en proposer la fortification (1). »

Le projet de Toulon, comprenant toutes les constructions nécessaires dans un grand port militaire et la défense de deux vastes rades, est un des plus considérables qu'il ait faits. Ici l'ingénieur s'éleva à la hauteur de sa mission. La lettre d'envoi, datée du 10 mars, contient ces mots : « Il ne faut pas, monseigneur, que la grandeur de l'entreprise ni la dépense de l'ouvrage vous rebutent, puisqu'il s'agit du plus beau port situé dans la meilleure rade. A l'égard de la dépense, je pourrais vous dire, et peut-être bien prouver, que *c'est mettre de l'argent à intérêt* et rien plus. » Colbert écrivit au sieur Arnoul, intendant de la marine et des fortifications à Toulon : « Sa Majesté approuve tout ce que le sieur de Vauban propose pour la nouvelle enceinte. Elle n'a encore rien vu de mieux pensé sur ce sujet, ni qui l'ait si fort satisfait. » Du Cairon, ingénieur, devait avoir l'inspection en chef des travaux sous les ordres de l'intendant. Mais en

(1) *Les Côtes du Roussillon*, par J.-J. Baude (*Revue des Deux-Mondes*, t. III, 1849). On doit à M. Baude plusieurs autres articles très intéressants sur les côtes de France, qui ont paru dans le même recueil, et que nous croyons devoir indiquer : *les Côtes de Provence*, 1847, t. XVII et XVIII; *les Côtes de Flandre*, 1849, t. Ier; *les Côtes de la Manche*, 1851, t. XI, 1858 et 1859, t. XIX; *les Côtes de Bretagne*, 1851, t. XII et XV.

1680, Niquet, qui, dans la conduite des ouvrages de Metz, avait donné des preuves de sa grande capacité et d'un zèle à toute épreuve, fut envoyé à Toulon par Colbert pour avoir la direction supérieure des travaux, et prendre soin en même temps de la place d'Antibes et des places de Dauphiné et de Languedoc. Les états du Languedoc votaient annuellement 12 000 livres pour l'entretien des places de la province ; on dépensait à peu près pareille somme pour les places du Dauphiné.

L'agrandissement de Toulon consistait dans deux fronts bastionnés à orillons, et trois fronts bastionnés à flancs droits. Ces derniers devaient être construits dans le marais où l'on devait creuser la darse nouvelle, le port militaire. Ils devaient s'élever sur une jetée faite à pierres perdues dans une vase profonde. Il y eut un désaccord qui importait peu entre Vauban et Niquet sur la manière de faire cette jetée. Il y en eut un autre sur la construction du bastion dit *du Marais* (1), où Niquet fit des souterrains que Vauban ne regardait pas comme nécessaires. Enfin, Niquet se permit de changer, dans le projet qui avait été adopté, le dessin et l'emplacement de la porte du nouvel agrandissement. En conséquence d'un ordre du roi, Colbert fit démonter ce qui avait été commencé de la porte de Niquet, et prescrivit de suivre fidèlement le dessin de Vauban. Ce ministre lui écrivit, le 6 septembre 1681, une lettre que nous rap-

(1) Le bastion où est le parc d'artillerie de la marine.

portons comme un objet de curiosité pour le style; elle ne peut, du reste, nuire à la juste considération qui est due au nom de Niquet, comme la suite le prouvera.

« Quoique le nombre d'impertinences que vous avez faites depuis que vous êtes à Toulon, qui vous ont attiré l'indignation du roi et l'ordre que Sa Majesté a donné de vous faire mettre à la Tour, vous rendent indigne de la peine que je prends de vous en expliquer les raisons, je ne laisserai pas de vous dire qu'enfin le roi n'a pu souffrir les suites de votre vanité ridicule, qui vous a rendu depuis si longtemps insupportable dans tous les lieux où vous avez travaillé. C'est cette vanité qui a fait que lorsque vous étiez à Metz et à Verdun on ne pouvait pas s'assurer que vous voulussiez bien suivre les mémoires de M. de Vauban sans y mettre de votre tête, et c'est cette même vanité qui vous a rendu incompatible avec l'intendant depuis que vous êtes à Toulon, parce que vous avez voulu être ordonnateur et ingénieur en même temps, ce qui a causé mille désordres, et empêché l'avancement du travail dont vous étiez chargé, et qui était de la dernière importance. Mais rien de tout cela n'est plus inouï que d'avoir voulu interdire un ingénieur sur ce qu'il m'a donné avis que le toisé d'un ouvrage n'était pas juste; c'est cette dernière action qui met le comble à toutes les autres, et ce qui fera qu'après vous avoir tenu trois ans en prison le roi vous chassera comme un homme indigne de le servir. »

Toute cette grande colère du ministre n'eut pas de suite. Colbert avait écrit auparavant à l'intendant : « Il faut que vous ayez un peu d'indulgence pour Niquet, dont je connais l'esprit opiniâtre et difficile. Je vous recommande de bien vous entendre avec lui. »

Niquet ne fut pas mis en prison. En 1683, il reçut un brevet signé de la main du roi, portant que Sa Majesté, « voulant gratifier et traiter favorablement l'un de ses ingénieurs, en considération de ses services, lui faisait don d'une place de 150 toises carrées pour bâtir dans le nouvel agrandissement de Toulon, à l'endroit de la vieille porte Notre-Dame, pour en jouir lui et ses héritiers, sans que pour raison de ce don il ait à nous payer, ni à nos successeurs, aucune finance ni indemnité. » Les ouvrages que Niquet fit exécuter au port d'Antibes, lui méritèrent l'éloge le plus flatteur de la part de Vauban, qui s'exprime ainsi dans une lettre du 9 mai 1682 adressée à Colbert : « A vous parler sincèrement, je n'ai rien trouvé à Antibes qui ne fût bien ni qui eût besoin de la moindre correction. » Ailleurs il dit de Niquet : « Sa manière de travailler est lente, mais sûre et appliquée. » La lieutenance d'Antibes, à laquelle étaient attachés quelques émoluments, quelques priviléges, fut, en 1685, la récompense des services que l'ingénieur avait rendus.

En fortifiant Maubeuge, Vauban ne se dissimula point le défaut de sa position, qui est d'être dominée de trois côtés, mais il regardait comme important d'avoir un passage assuré sur la Sambre, et aux commandements du terrain il opposa des cavaliers dans les bastions.

Le choix de la position de Mont-Louis fut l'objet de considérations militaires approfondies. Vauban examina successivement six positions qui avaient été indiquées. Il dit, de la sixième qu'il adopta : « Voilà bien assurément la situation du royaume, de quelque manière qu'on la considère, la plus avantageuse et la plus propre au pays pour lequel on la cherche. »

Après avoir visité, dans le mois de mai, Perpignan, Collioure, Bellegarde, Villefranche, Fort-les-Bains et Pratz de Mollo, Vauban se transporta dans la Lorraine, l'Alsace et les Trois-Évêchés. Pour Longwy le roi préféra la position qui avait été reconnue par M. de Choisy à celle que Vauban proposa, mais le tracé de la fortification fut l'ouvrage du grand ingénieur. Vauban visita Schelestadt, Thionville, fit un projet particulier pour Bouillon, et dans le mois de septembre il inspecta toutes les places du département de Mesgrigny dans le Hainaut.

M. de Choisy avait reçu du roi, à cette époque, l'ordre de reconnaître la position d'une place forte sur la Sarre. Son rapport fut soumis à Vauban qui répondit (lettre du 4 novembre 1679) qu'il ne voyait rien de plus nécessaire que cette place et qu'il n'y avait qu'à suivre au pied de la lettre les indications de M. de Choisy.

Dans le mois de février de l'année 1680, Vauban alla sur les lieux et fit le projet détaillé de la nouvelle place qui reçut le nom de *Sarrelouis*, et dont M. de Choisy avait été nommé gouverneur par provisions datées du 12 décembre 1679. Avec le projet de Sarrelouis il adressa à Louvois un projet pour l'achèvement de la citadelle de Verdun, un autre pour la construction de l'ouvrage à corne de la citadelle de Metz, un peu plus tard un autre pour la restauration du château de Bitche. Les places des Trois-Évêchés avaient été ajoutées en 1679 au département de M. de Louvois. Dans le mois de mars Vauban visita Salins et Dôle, et à la mi-avril par ordre du roi il se rendit à Bayonne où il fit le projet de la citadelle qui fut fondée en 1681, et qui, située à la rive droite de l'Adour sur la hauteur de Castelnau, porta pendant quelque temps le nom de fort royal de Castelnau. Les travaux furent dirigés par Ferry, chargé des places des Basses-Pyrénées, de Guyenne et d'Aunis.

S'appuyant sur les termes généraux des traités de Munster, des Pyrénées et de Nimègue, Louis XIV établit en 1680 à Metz, à Brisach et à Besançon, des chambres souveraines dites *de réunion*, pour examiner la nature et l'étendue des cessions qui lui avaient été faites par lesdits traités. Ces chambres citèrent pardevant elles plusieurs princes souverains et autres comme possédant des biens de la couronne. Elles adjugèrent au roi le duché de Deux-Ponts, le comté de Veldenz, dans la vallée inférieure de la Moselle, plusieurs seigneuries allemandes dans l'électorat de Trèves, la ville de Germersheim dans la basse Alsace dont la limite fut portée jusqu'à la Queich, enfin la principauté de Montbéliard.

Vauban fut envoyé à Oberstein et à Veldenz pour reconnaître la manière d'accommoder ces points afin de pouvoir s'y maintenir. On n'y fit rien pour le moment. Il vint à Charlemont où il rédigea l'instruction générale des réparations et des nouveaux ouvrages nécessaires, dans cette place importante, cédée à la France par les derniers traités. Tout ce qu'il proposa fut approuvé par le roi. (Lettre de Louvois du 16 novembre.) Cladech, ingénieur habile, fut chargé de l'exécution.

Après avoir en 1681 visité les travaux de Besançon, de Salins, de Phalsbourg, de Schelestadt, Vauban se rendit dans l'île de Ré où il arriva en juillet. Il y fit le projet d'une enceinte bastionnée renfermant le bourg de Saint-Martin et dont la gauche s'appuyait à une petite citadelle carrée et également bastionnée. L'instruction relative à ce projet porte la date du 31 juillet. Il parvint à Versailles dans un moment où l'on était occupé d'expéditions importantes. En 1682, Arnoul intendant de la marine posa la première pierre de la citadelle (1), qui s'éleva sur l'emplacement de l'ancienne, et dont les travaux furent poussés avec une grande activité par Ferry assisté de Girval et d'Augier. La même année on commença l'enceinte de la ville qui fut presque achevée l'année suivante. A la même époque, 1681, on construisit à Brest partie de l'enceinte de la ville sur les dessins de Sainte-Colombe. Envoyé à Brest en 1683, pour faire les grands projets de cette place et des batteries de sa rade, Vauban approuva le tracé de cet ingénieur qui était mort en novembre 1682. Après qu'on eut sans succès fait plusieurs essais de fondation sur la roche Mingan située au milieu du goulet,

(1) La pose de cette première pierre se fit avec une grande solennité. Masse, qui y assistait, rapporte (in-4, 59, p. 114, manuscrit du dépôt) qu'elle eut lieu le jour de la saint Pierre, le 29 juin 1681. Cette assertion a été répétée par Arcere dans son *Histoire de la Rochelle et du pays d'Aunis*, 2 vol. in-4, Paris, 1756. Il est cependant hors de doute que le projet de Vauban est postérieur.

le marquis de Seignelay donna l'ordre en 1685 d'y renoncer entièrement. Depuis on n'a pas fait de nouvelles tentatives.

Strasbourg, compris en 1648 dans la cession de l'Alsace à la France, devait rester ville libre d'après les traités. Sa soumission à Louis XIV préparée habilement dans le plus grand secret par les soins de Louvois eut lieu le 30 septembre 1681, en vertu d'une capitulation qui lui conservait tous ses anciens priviléges et qui fut confirmée par le roi à Vitry le 3 octobre. Vauban avait été mis dans le secret et devait être rendu à Belfort le 1er ou le 2 octobre. Il entra à Strasbourg avec les premières troupes qui en prirent possession. Le même jour d'autres troupes françaises, au nombre de 7000 hommes, rassemblées secrètement à Pignerol, sous les ordres du marquis de Boufflers, prenaient possession de la citadelle de Casal (1), livrée au roi par le duc Ferdinand-Charles de Mantoue, moyennant la somme de 100000 pistoles d'Espagne ou louis d'or (2400000 livres).

Un mois et demi après son entrée à Strasbourg, le 16 novembre 1681, Vauban adressa à Louvois une instruction générale sur les ouvrages qu'on devait exécuter; cette instruction, consistant dans un gros volume d'écritures et 17 feuilles de dessin, était divisée en 188 articles. Elle comprenait l'amélioration des fortifications existantes, le projet d'une citadelle, la construction du canal de la Bruche pour amener

(1) Notice historique sur la place de Casal (*Spectateur militaire*, n de février et mars 1853).

les matériaux à pied d'œuvre, etc., etc. Située entre le Rhin et la place, la citadelle ne satisfait pas à la condition de pouvoir recevoir facilement des secours de France, mais elle satisfait à celle plus essentielle d'être à peu près inattaquable ; en même temps elle voit le Rhin. Tous les articles du projet furent examinés par le roi et approuvés, sauf quelques modifications. Sa Majesté accorda 2 100 000 livres. Tarade, ingénieur habile, qui avait été entrepreneur de la charpente de la ménagerie de Versailles (1), fut chargé en chef des travaux.

Louvois ne permit pas à Vauban un long séjour à Strasbourg ; il le fit partir pour Casal, regrettant le temps que le grand ingénieur avait employé à composer un mémoire des propriétés de la fortification de Strasbourg, lorsque son dessin aurait été exécuté. Vauban arriva à Casal au commencement de l'année 1682 ; il fit un grand projet d'amélioration des fortifications de la ville, de la citadelle et du château, qui fut exécuté et coûta 1 800 000 livres. Un long extrait du mémoire qui y est relatif a été inséré dans le *Mémorial de Cormontaigne pour la fortification permanente* (2). La principale dépense se fit à la citadelle.

Dans l'intervalle de temps que nous considérons de 1679 à 1684, on fit des améliorations importantes aux fortifications de Condé, de Tournai, de Cambrai, d'Aire, de Gravelines ; on reconstruisit entièrement

(1) Tarade avait en même temps la charge de général des œuvres du pavé de Paris (Lettre de Seignelay du 1er avril 1682.)

(2) Chap. XII, p. 144 de l'édition de 1824.

le fort Nieulay de Calais. Sans considérer Ambleteuse comme propre à un établissement de marine militaire, on y fit les travaux nécessaires pour que son port pût servir de retraite sûre aux corsaires pendant la guerre. Vauban recommandait infiniment la course contre les nations dont le commerce faisait la richesse et la puissance (1). On dépensa à Fribourg, dans l'intervalle de temps du mois d'octobre 1679 au 28 novembre 1683, 1,558,530 livres (2). On fit des revêtements à Schelestadt ; on couvrit, à Besançon, le faubourg de Battant par un grand ouvrage à couronne. On agrandit l'enceinte de Perpignan. On termina à Sedan, en 1682, l'ancien ouvrage à corne des Écossais.

Alger fut bombardée en 1682, le 30 août, et en 1683, les 26 et 27 juin, par Duquesne. Decombe (Benjamin), ingénieur cité par Quincy, et son frère qui était dans la marine, rendirent dans ces expéditions des services qui leur méritèrent, en 1685, les lettres de noblesse les plus flatteuses ; nous en rapporterons le texte. On sait que l'inventeur des galiotes à bombes qu'on employa à cette époque est Renau, marin célèbre à ce titre et par les ouvrages qu'il a publiés. Nous rappelons son nom dans cet *Aperçu*, parce que Renau (3) a servi comme ingénieur depuis

(1) *Oisivetés*, t. IV et partie du t. II, in-8, Paris, 1842, p. 157.

(2) *Toisé définitif* de Chevalier et Desbordes, vol. 707 du Dépôt de la guerre.

(3) En 1687, par ordre du marquis de Seignelay, du 13 juin, Renau accompagna Vauban dans la visite des places, afin de se former tant dans la manière de fortifier que dans la connaissance

l'année 1683 jusqu'à l'année 1690. Nommé capitaine de vaisseau, puis élevé au grade de lieutenant-général, ses services sont consignés dans la *Chronologie militaire* de Pinard. En 1684 eut lieu le bombardement de Gênes.

Toutes les puissances riveraines de la Méditerranée ont compté pendant longtemps dans leur marine un certain nombre de galères, qui étaient des bâtiments de guerre de 50 à 55 mètres de longueur au plus, 10 à 11 mètres de largeur, 1 mètre 60 environ de tirant d'eau, armés de 3 ou de 5 canons et pouvant marcher à la voile ou à l'aviron. Ces navires conduits à l'aviron avec la grande vitesse qu'ils étaient susceptibles d'acquérir dans une mer calme, et pouvant, à cause de leur faible tirant d'eau, longer la côte de près, étaient d'un bon usage pour s'opposer aux descentes et donner la chasse aux corsaires barbaresques. Vauban pensait que les galères pouvaient même être employées très utilement à la défense des côtes de l'Océan (1). Le principal port des galères était à Marseille ; en 1683, Louis XIV y ordonna la construction d'un grand arsenal destiné à ces sortes de navires ; Niquet en fit le projet qui fut exécuté.

En 1683, Vauban vint à Belle-Ile et visita particulièrement la citadelle, à laquelle on n'avait point

du détail des ouvrages, pour être en état de servir utilement Sa Majesté par la suite dans les différentes occasions. En 1688, il servit comme ingénieur au siége de Philippsbourg.

(1) *Oisivetés*, t. IV et partie du t. II, p. 187 et 207.

travaillé depuis la condamnation de Fouquet (1) en 1661. Cette citadelle avait été construite vers l'an 1573, époque où l'île fut érigée en marquisat par Charles IX, en faveur de M. de Retz, fils du maréchal de ce nom, favori de Catherine de Médicis. Elle est assise sur le bord d'un rocher baigné par la mer, près d'une anse qui sert de port et d'un bourg appelé *Palais*, qui est la capitale de l'île. Sa fortification consistait dans quatre fronts bastionnés précédés d'une fausse-braie, dans une enveloppe revêtue, moderne, composée de sept redans, et dans un chemin couvert. L'enceinte et la fausse-braie étaient construites en mauvaise maçonnerie. D'après le projet que fit Vauban et qui fut exécuté, cette ancienne fortification fut démolie, à l'exception du front qui regarde la mer, et sur les alignements de la fausse-braie on éleva trois nouveaux fronts bastionnés. L'enveloppe reçut quel-

(1) L'île appartenait toujours à sa veuve, à qui elle avait été laissée comme équivalent de ses droits, montant à 1 250 000 livres. La propriété, ensemble le gouvernement de l'île et un octroi de 14 livres par barrique de vin, avaient été vendus à Fouquet pour la somme de 1 300 000 livres, et lui rapportaient environ 50 000 livres par an. Mais l'île, sans le gouvernement, sans l'octroi, ne produisait que 27 000 livres. Le plus grand mal de cette île provenait, suivant Vauban, de ce que tous les fonds étaient au seigneur de la terre, qui les donnait à bail par métairie, renouvelé tous les cinq ans à l'enchère, ce qui était cause que les paysans ne faisaient aucune amélioration aux métairies, dans la crainte de voir augmenter le prix de leur bail ou qu'on ne les mît dehors. Le remède à ce mal, disait Vauban, serait que le roi achetât l'île et la vendît par détail. Vers 1710, les petits-fils de Fouquet cédèrent au roi la propriété de l'île en échange de quelques domaines de la couronne.

ques améliorations. Vauban jugea bizarre et mal conçu son tracé angulaire.

Le plus ancien état que l'on ait du nombre des ingénieurs, et ne comprenant même que ceux du département de Louvois, est de 1683 ; ils étaient au nombre de 132, répartis ainsi qu'il suit : dans la Flandre et le Hainaut, 40 ; dans l'Artois, 8, dans les Trois Évêchés et dans les places de la Meuse, 15 ; en Lorraine, 20 ; en Alsace, 24 ; en Franche-Comté, 6 ; dans le Roussillon, 12 ; à Casal et à Pignerol, 7. Le nombre des ingénieurs du département de Colbert n'est pas exactement connu. Nous ne croyons pas qu'il s'élevât à plus de 58, en y comprenant même quatre intendants des fortifications et deux ingénieurs des ponts et chaussées, qui avaient soin des châteaux de Nantes, d'Angers, de Saumur et des ponts de Cé ; total, 190. Dans les deux départements, les principaux ingénieurs, sans avoir le titre de directeurs, prenaient soin de plusieurs places avec de jeunes ingénieurs sous leurs ordres. Tous étaient logés dans les bâtiments militaires, ou aux dépens des villes dans lesquelles ils étaient employés, ainsi que le témoignent plusieurs ordres semblables au suivant, de l'année 1683.

« De par le roi, il est ordonné au sieur N., intendant, de faire loger les ingénieurs aux dépens de la ville, comme il se pratique dans toutes les places où Sa Majesté fait travailler, et chacun à proportion de son différent caractère. »

Tous les ingénieurs en chef pouvaient écrire à Vauban pour avoir des éclaircissements sur les travaux; mais ils devaient adresser les projets de leurs places directement aux secrétaires d'État, qui les transmettaient au commissaire général des fortifications.

Une ordonnance du roi, du 17 décembre 1680, régla le salaire des soldats employés aux travaux des fortifications des places; elle porte que « les soldats qui travailleront à la tâche se contenteront du prix que les entrepreneurs leur voudront régler raisonnablement, si mieux n'aiment lesdits soldats travailler à la journée, auquel cas Sa Majesté veut qu'ils se contentent de 9 sols par jour du 1er novembre au 31 mars, et de 10 sols par jour du 1er avril au 31 octobre pour les ouvrages ordinaires, et de 2 sols de plus pour les ouvrages pénibles, comme ceux qui les obligent à avoir les pieds dans l'eau ou tourner des moulins, moyennant quoi Sa Majesté veut que lesdits soldats travaillent auxdits ouvrages sans difficultés. »

Un arrêt du conseil ou des lettres-patentes du 28 décembre 1680, établirent pour trente ans, à commencer du 1er janvier 1681, sur toutes les châtellenies de Flandre, un impôt de 4 patards (1) par bonnier (0fr.,176 par hectare) qui entrait dans la caisse des fortifications. Cet impôt fut prorogé par lettres-patentes du 16 mars 1711, pour trente autres années à commencer du 1er janvier 1711 (lettre de M. Meliand, intendant à Lille en 1726). Il produisait environ 60 000 fr.

Une ordonnance du 20 février 1681 prescrivit aux

(1) 4 patards valaient 5 sols, et 100 bonniers faisaient 141h,867.

ingénieurs en chef dans les places : « 1° d'avoir un registre coté et paraphé à tous les feuillets par l'intendant chargé du soin des fortifications, et destiné à servir à l'inscription de tous les toisés et de tous les attachements d'ouvrages ; 2° de faire les toisés en présence de la plus grande partie des ingénieurs de la place, en présence du gouverneur, ou, en cas qu'il eût des occupations, en présence du lieutenant du roi ou du sergent-major de la place et de l'entrepreneur, lesquels devront signer sur le registre les toisés qui auront été faits en leur présence. »

Une autre ordonnance, du 19 avril 1683, condamnait aux galères perpétuelles les ingénieurs et entrepreneurs des fortifications convaincus d'intelligences entre eux pour abus et malversations commis au fait des toisés ou de l'inexécution des devis, et promettait une somme de 3000 livres à celui qui en donnerait avis à Sa Majesté, même vingt ans après que lesdits abus auraient été commis.

Un arrêt du 17 février 1682 ordonna que les trésoriers généraux tant de l'ordinaire et extraordinaire de la guerre que de l'artillerie (1) feraient dorénavant une retenue de trois deniers pour livre sur toutes les

(1) L'ordinaire des guerres comprenait les dépenses des corps de la maison du roi, de la maréchaussée, des maréchaux de France, des maréchaux-généraux des logis, des commissaires des guerres, de la compagnie de connétablie et quelques charges particulières.

Le compte de l'extraodinaire des guerres était divisé en trois parties : 1re partie, subsistances, soldes et masses des troupes ; 2e partie, appointements des états-majors généraux des troupes, des officiers généraux, du ministre et des commis de la guerre,

dépenses de leur charge pour aider à la subsistance et à l'entretènement de l'hôtel royal des Invalides, au lieu de deux qu'ils avaient accoutumé de retenir par arrêt du 12 mars 1670.

Nous ferons remarquer que les dépenses des fortifications n'étaient point alors comprises dans celles que l'arrêt frappait de retenue.

Un arrêt subséquent, dont il nous a été impossible de trouver l'origine, le texte, mais qui a subsisté et dont il est fait mention dans le *Recueil des édits*, déclarations, etc., concernant l'hôtel royal des Invalides, avait porté la retenue affectée à l'hôtel à quatre deniers pour livre, et sur le quatrième denier on faisait aux troupes des gratifications auxquelles les ingénieurs avaient part.

Faute de l'exécution du traité de Nimègue par l'Espagne, les hostilités ne cessèrent entre cette puissance et la France qu'en 1684. La garnison de Fontarabie faisant des courses fréquentes sur notre territoire, Louis XIV ordonna, le 1er novembre 1681, de construire à Hendaye une redoute revêtue, pour servir à protéger ce bourg, et en même temps à jeter des bombes dans Fontarabie. En 1683, il fit entrer dans la Flandre occidentale un corps d'armée, qui,

des intendants ; 3e partie, dépenses extraordinaires, vivres, chauffage, hôpitaux, casernement et logement, écoles militaires, service des places, dépense extraordinaire des régiments, routes, service de la guerre en général, croix de Saint-Louis, dépenses secrètes.

Le compte de l'artillerie et le compte des fortifications comprenaient chacun séparément le matériel et le personnel.

au commencement de novembre, assiégea Courtrai et Dixmude, et s'en empara. En 1684, il fit le siége de Luxembourg, place très forte par sa situation et par la nature du terrain sur lequel il faut conduire les tranchées ; il y eut deux attaques, dont une principale, dirigée par Vauban en personne, et l'autre par M. de Choisy, ne communiquant pas avec la première, et à laquelle Vauban ne fit que paraître, dit-il lui-même, que tous les trois ou quatre jours une fois. A toutes deux on attacha les mineurs en même temps au corps de place. Le gouverneur capitula le 5 juin, après vingt-cinq jours de tranchée ouverte. Sa garnison était faible. Vauban a écrit une *Relation de ce qui s'est passé de plus considérable au siége de Luxembourg*, *et particulièrement dans la conduite de la tranchée et des logements qui se sont faits tant sur les contrescarpes, demi-lunes, contre-gardes, ouvrages à corne, que dans la ville basse et le château, desquels on s'est rendu maître par assaut ou autrement*. Toute la conduite savante des attaques est parfaitement expliquée dans cette relation. C'est à ce siége que, toujours attentif à ménager la vie des soldats, Vauban fit pour la première fois, pour chasser l'ennemi du chemin couvert, élever sur le prolongement de ses branches de petits logements, qui reçurent le nom de *cavaliers de tranchée*, et qui, enfilant et dominant de 2 mètres les saillants, en rendaient le couronnement facile à la sape (1). A la suite de ce siége, qu'il avait proposé,

(1) Louvois lui écrivit, le 12 mai : « Le roi a admiré l'industrie avec laquelle vous êtes venu à bout de faire des logements sur la

le roi le nomma lieutenant-général, et lui fit une gratification de 30000 livres. Lapara de Fieux, ingénieur d'une rare intrépidité, qui s'y était distingué, obtint la majorité de la place.

Quoique toutes les puissances de l'Europe fussent alarmées par l'ambition de Louis XIV, le moment n'étant pas encore venu où elles auraient pu se liguer contre lui, elles dissimulèrent leurs ressentiments, et conclurent avec la France, à Ratisbonne, le 15 août 1684, une trève qui devait durer dix ans pour l'Espagne et vingt ans pour l'empereur d'Allemagne. Par cette trève, Louis XIV fut maintenu en possession de Luxembourg, de Strasbourg, du fort de Kehl, de toute l'Alsace jusqu'à la Queich, et de tous les lieux et seigneuries qu'il avait réunis à sa couronne jusqu'au 1er août 1681.

On continua pendant l'année 1684 tous les travaux entrepris les années précédentes ; nous ne rappellerons que les suivants : l'enceinte de Rochefort, tracée en 1666 ; les fortifications de l'île de Ré ; la citadelle de Bayonne, celle de Belle-Ile ; à Brest, à Dunkerque et à Toulon, les grands travaux tant de marine que de fortification qui avaient été arrêtés. La nouvelle conquête du roi, la place de Luxembourg, dont la possession lui était assurée par la trève de Ratisbonne, était regardée avec raison par Sa Majesté comme une des places les plus importantes du royaume. Elle était plus forte par sa situation que

contrescarpe sans perdre personne. Vous me ferez plaisir de m'envoyer un profil de ces petits cavaliers. »

par ses fortifications mêmes, dont l'imperfection était manifeste après le siége qui venait d'avoir lieu. Elle fut en 1684, et pendant tout le temps qu'elle appartint à la France, l'objet de travaux. On occupa par des ouvrages neufs les hauteurs du Grund et du Paffendal qui donnaient tant d'avantages à l'attaquant.

Il n'exista jusqu'à l'année 1731 aucune ordonnance royale relative à l'apposition des scellés sur les effets des officiers militaires décédés, et à la recherche des documents concernant le service du roi qui pouvaient s'y trouver. Toutefois les recherches à cet égard se pratiquaient ; voici le texte d'un ordre qui en est la preuve :

« De PAR LE ROI, Sa Majesté étant informée que la veuve du nommé La Chaussée, dit *le marquis* dessinateur, a entre les mains plusieurs plans, projets et mémoires des places de guerre de Sa Majesté, elle mande et ordonne au sieur Le Grand, prévôt de Saint-Germain en Laye, de se transporter incesssamment chez ladite veuve, pour saisir et enlever lesdits plans, projets et mémoires qu'il trouvera en sa possession, et les apporter à Sa Majesté. Fait à Versailles le 12 août 1684. »

La lettre suivante de M. de Seignelay, adressée au contrôleur-général des finances, Claude Le Peletier, qui avait remplacé Colbert, nous fait connaître sur quels fonds étaient indemnisés, dans son département, les propriétaires des héritages pris pour les fortifications.

10 septembre 1684.

« Le roi m'a ordonné, monsieur, de vous faire souvenir du remboursement des propriétaires des maisons démolies et des héritages pris par les ordres de Sa Majesté pour les travaux des places de guerre de mon département. Vous savez que l'intention de Sa Majesté est que les fonds de ce remboursement soient imposés conjointement avec les deniers de la taille, qui doit être levée l'année prochaine sur les généralités dans lesquelles ces places se trouvent situées, ainsi qu'il est expliqué par le mémoire que je vous envoyai au mois d'avril dernier, lequel a été fait sur les procès-verbaux des intendants des fortifications qui *sont entre leurs mains.* »

On procédait de la même manière dans le département de Louvois.

Dans les pays d'États, le marquis de Seignelay écrivait au contrôleur-général pour qu'il ajoutât à l'instruction du commissaire du roi près l'assemblée des États, la demande des fonds nécessaires au payement des héritages pris pour les fortifications. En général, le roi ne contribuait que pour une faible part à cette sorte de dépense : ainsi, sur les indemnités dues aux propriétaires des maisons et des terrains pris pour les travaux de Toulon, pour le fort Saint-Jean de Marseille et pour l'arsenal des galères, montant à 432 362 livres en 1686, 320 000 livres furent payées par les communautés de Provence, 80 000 livres par la ville de Marseille, en vertu d'un ordre du roi. Sa Majesté voulut bien faire le fonds du reste, 32 362 livres.

Versailles n'avait pas encore, à la mort de Colbert, en 1683, toute la quantité d'eau dont la ville et les jardins avaient besoin. Louvois, qui lui succéda dans la surintendance des bâtiments, fit, en 1685, reconnaître par Lahire, de l'Académie des sciences, s'il ne serait pas possible d'y amener les eaux de la rivière d'Eure, en les dirigeant par Maintenon. La possibilité de ce projet démontrée, il disposa des ingénieurs les plus distingués qui étaient sous ses ordres, de Vauban, Mesgrigny et Robelin, pour faire les plans et devis de cette entreprise gigantesque et diriger les travaux. On rendit d'abord l'Eure navigable pour le transport des matériaux depuis Nogent-le-Rotrou jusqu'à Maintenon. Il s'agit ensuite de construire un canal de dérivation d'environ 80 kilomètres de longueur; Pontgouin, où se fit la prise d'eau, est élevé de 27 mètres au-dessus du point où les eaux devaient arriver Versailles. Ce canal exigea des mouvements de terre considérables et un pont-aqueduc de près de 6 kilomètres de longueur, à un, deux, trois rangs d'arcades superposés, suivant l'élévation, qui atteignait devant Maintenon la hauteur de 72 mètres. Les mouvements de terre furent l'ouvrage d'un corps de troupes d'environ 20000 hommes, campés à Maintenon. On ne construisit qu'une partie de l'aqueduc, qui subsiste encore. Lorsque la guerre de 1688 fit abandonner les travaux, la dépense que l'on avait faite montait, ainsi que le constatent des états authentiques, à 8612995 livres (1).

Les frères Decombe reçurent cette année des lettres de noblesse conçues dans les termes suivants :

« Louis, par la grâce de Dieu, roi de France et de Navarre, à tous présents et à venir, salut. Rien ne faisant plus paraître la grandeur et la justice des souverains que de distinguer par des

(1) Pierre Clément, *le Gouvernement de Louis XIV de 1683 à 1689*, in-8. Paris, 1848, p. 167 à 177.

grâces et des marques d'honneur particulières ceux de leurs sujets qui se distinguent eux-mêmes par les services considérables qu'ils rendent à leurs États, ce qui a toujours été observé religieusement par les rois nos prédécesseurs. En quoi, voulant les imiter et entrer en considération des services qui nous ont été rendus, et que nous rendent actuellement nos bien-aimés Benjamin et Pierre Decombe frères, lesquels, dès leurs premières années, ont eu un attachement continuel à chercher les occasions de se signaler, et nous donner des marques de leur zèle et de leur valeur dans nos armées de terre et de mer; ledit Benjamin Decombe ayant servi sur nos vaisseaux aussitôt qu'il eut la force de porter le mousquet; depuis il fut officier de marine, en quoi s'étant acquis beaucoup d'expérience il fut envoyé au siége de Candie, où il demeura trois mois, avec le secours que nous y envoyâmes (en 1669), sous les ordres de défunts nos très chers et bien aimés cousins les ducs de Beaufort et de Navailles. Au retour de ce siége, il alla, par nos ordres, à Constantinople et dans tout l'Archipel, et en revenant passa par Tripoli et Tunis, dans le temps que nous avions fait armer plusieurs de nos vaisseaux pour châtier ces corsaires, et empêcher les courses qu'ils faisaient sur nos sujets qui commerçaient en Levant. Et ayant voulu se signaler dans nos armées de terre, ainsi qu'il avait fait dans nos armées navales, il servit dans nos troupes, et fut fait capitaine, il y a dix ans (1675), dans notre régiment de Navarre, y en ayant déjà quatre qu'il était ingénieur en chef, et en cette qualité il servit au siége de Condé (en 1676), où il commanda les galiotes qui furent disposées pour l'attaque de cette place, ce qui contribua considérablement à la prise qui en fut faite d'assaut. Peu de temps après, il fut envoyé, par nos ordres, au Canada, et deux fois à l'Amérique, pour fortifier nos places et pour former les siéges de Tabago et de Gorée, ayant emporté le premier sans aucune perte de nos troupes (le 12 décembre 1677), et facilité la prise de l'autre en se déguisant avec péril en maître de chaloupe, pour aller reconnaître les endroits par où ce fort était attaquable. Il a fait la dernière campagne d'Alger (1683), où il a été très souvent exposé au feu des batteries ennemies en allant reconnaître la place, dans laquelle il a été en otage en qualité de capitaine de vaisseau, en danger de perdre la vie, tant par la peste, qui était dans cette ville, que par la furie du peuple, qui assassina leur gouverneur-général Babassane, dans le temps qu'ils avaient envoyé à bord de nos vaisseaux pour implorer notre clémence, et se garantir de l'embrasement des bombes de nos galiottes. Enfin il nous a donné, en dernier lieu, des marques signalées de sa fidélité et de son expérience dans le châtiment que nous avons fait de la ville de Gênes (12 mai 1684), y ayant demeuré plusieurs jours *incognito* pour en reconnaître les différents postes, et servi ensuite très utilement et avec succès à la descente du faubourg Saint-Pierre d'Arène, sous les ordres de notre très cher et bien-aimé cousin le duc de Mortemart, général de nos galères. Outre tous ces différents services, il continue toujours ses soins et son application dans la construction des grands et importants ouvrages que nous faisons faire dans nos ports de Ponent, et principalement au port de Dunkerque, dont nous lui avons donné la conduite. Si nous avons lieu d'être pleinement satisfait des services dudit Benjamin Decombe, nous avons sujet aussi de nous louer de ceux dudit Pierre Decombe, son frère, lequel a été, pour notre service, aux grandes Indes pendant trois ans, sous les ordres du feu sieur de La Haye, lieutenant-général de nos armées, s'étant distingué à la défense de Saint-Thomé et dans tous les combats qui furent donnés par ledit sieur de La Haye contre les Hollandais; il fut ensuite au Canada par nos ordres, et depuis il a servi dans nos troupes, en qualité de lieutenant, dans le régiment de Navarre, s'étant trouvé sous les ordres du capitaine Albert à la prise d'un corsaire ostendois, qu'ils firent échouer près de Boulogne, lui huitième fut à bord à la nage l'épée aux dents, et s'en étant rendu le maître, il le conduisit au Havre-de-Grâce. Il s'est trouvé ensuite à l'Amérique aux prises des forts de Gorée et de Tabago (1677), et dans un combat qu'un de nos vaisseaux, sur lequel il était officier, rendit contre deux corsaires ostendois, il contribua considérablement, par sa bravoure et bonne manœuvre, après quinze heures de combat, à sauver ce vaisseau, qui se trouvait moins fort que le plus petit de ces corsaires. Après ces actions de valeur, nous lui avons donné une lieutenance de vaisseau, et, depuis trois ans, le commandement d'une galiotte à jeter des bombes; en quoi il a servi avec approbation à Alger et à Gênes (1682, 1683, 1684). Toutes lesquelles différentes actions des exposants nous donnent une preuve certaine de leur vertu, et nous font connaître qu'elle leur est comme héréditaire de leurs prédécesseurs, leur père ayant rendu ses services au feu roi, notre très honoré seigneur et père, et à nous, pendant plusieurs années, en qualité de capitaine dans nos armées navales, et, à son exemple, deux autres de ses enfants, frères des exposants, ont fini leurs jours en nos armées, après s'être distingués en plusieurs occasions, mais principalement l'aîné, en différents siéges, en qualité d'un des premiers ingénieurs de nos armées. Et voulant reconnaître tous ces services en donnant aux exposants et à leurs descendants des marques glorieuses de la satisfaction que nous en avons; à ces causes et autres, nous avons, lesdits Benjamin et Pierre Decombe et leurs enfants nés et à naître en loyal mariage, anobli et anoblissons par ces présentes, signées de notre main, voulons et nous plaît qu'eux et leurs dits enfants descendants soient tenus, censés et réputés en tous lieux comme nous les tenons, censons et réputons nobles, et qu'en cette qualité ils jouissent de tous les avantages, autorités, prérogatives, priviléges, exemptions, dignités, rangs et prééminences dont jouissent et ont accoutumé de jouir les gentilshommes de notre royaume, issus de noble et ancienne race, tant qu'ils vivront noblement et ne feront acte dérogeant à noblesse; et qu'en conséquence ils puissent prendre la qualité d'écuyers, tant en jugement que hors, et puissent parvenir à tous degrés de chevalerie et autres dignités, titres et qualités réservés à la noblesse, tenir et posséder tous fiefs, terres et seigneuries qu'ils ont ou pourront acquérir ci-après, de quelque nom, qualité et armes qu'ils soient, porter armes timbrées, telles qu'elles sont ci-empreintes, icelles faire mettre à leurs maisons, terres et seigneuries; le tout ainsi que si lesdits sieurs Decombe étaient issus de noble et ancienne race, sans que pour ce ils soient tenus de nous payer, ni à nos successeurs rois, aucune finance ni indemnité, de laquelle, à quelque somme qu'elle puisse monter, nous leur avons fait et faisons don par ces présentes. — Donné à Versailles au mois de mars, l'an de grâce 1685, et de notre règne le quarante-deuxième. — Signé sur le repli : Par le roi, COLBERT. »

Suivant les errements de son père, le marquis de Seignelay s'appliquait à l'exécution des travaux nécessaires dans les ports, tant militaires que de commerce. En septembre 1684, il donna une instruction au sieur de Montmor, intendant de la marine, sur les ouvrages du Havre, de Fécamp, de Dieppe, de Saint-Valery et de Honfleur, où Decombe, détaché de Dunkerque, fut envoyé momentanément. En 1685, M. de Marillac, que le roi avait chargé de prendre soin de Honfleur, ayant fait adjuger en bloc, pour la somme de 147500 livres, les ouvrages de ce port, le marquis de Seignelay blâma sévèrement cette sorte d'adjudication, comme sujette à beaucoup d'abus de la part des entrepreneurs. Le même fait s'étant reproduit à Marseille, le roi défendit expressément ces sortes de marchés, comme toujours préjudiciables à ses intérêts. L'usage était alors de ne faire que pour un an les marchés, dans l'espérance d'obtenir des conditions plus avantageuses à chaque nouvelle enchère. Mieux instruit du prix des ouvrages, on y renonça entièrement cette année.

Niquet reçut une instruction pour aller reconnaître le Doubs, la Loue et le Dain, et examiner les facilités de rendre ces rivières navigables pour le transport des bois de marine qui sont aux environs de Poligny et d'Ornans. Pivert fut chargé de lever les cartes des bois de Picardie et de Normandie ; un autre ingénieur celles des bois du Dauphiné, etc.

Après cinq mois passés sur les travaux de la dérivation de l'Eure, Vauban visita les places maritimes de l'Océan ; il se rencontra à Brest, le 19 août, avec le marquis de Seignelay. Il visita l'île d'Ouessant où il fit le projet d'un môle dans la baie de Stif et de quelques autres ouvrages. Dans le mois de septembre il se rendit à Belle-Ile où il fit une addition à son projet de 1683, visita les îles d'Houat et d'Hédic qui sont situées entre Belle-Ile et la côte. Ces îles ont des mouillages où pendant la guerre les corsaires ennemis s'abritaient et attendaient le passage des navires marchands qui se rendaient de Nantes à Port-Louis. Il proposa pour défendre ces mouillages et mettre en sûreté une petite garnison trois batteries et deux fortes tours que l'on construisit en 1689. Il continua sa tournée des côtes par l'île de Ré et l'île d'Oléron; il fit dans la première une addition et des corrections à son projet de l'année 1681. Dans le mois d'octobre il présenta le projet des trois fronts de l'enceinte de Blaye du côté de terre qui furent commencés. Dans le mois de décembre il passa à la Rochelle où il avait ordre de faire avec Ferry le projet d'un réduit. Mais le travail le plus intéressant et le plus considérable que fit Vauban, dans sa tournée, pendant l'hiver de 1685 à 1686, fut la visite du canal de communication des mers, de cette grande entreprise, si justement admirée, du règne de Louis XIV. Le mémoire qu'il rédigea à ce sujet est daté de Montpellier, 5 mars 1686.

Un arrêt du conseil, du 19 novembre 1684, rendu sur le procès-verbal de la visite du canal par l'intendant Daguesséau, avait statué que les ouvrages du canal faits par défunt Riquet (il était mort le 1er octobre 1680), et par le sieur de Bonrepos, son fils, étaient tenus pour reçus. Ces ouvrages avaient été exécutés sous la direction du sieur Delafeuille, inspecteur-général de la navigation des rivières de Guyenne et de Languedoc, que Colbert avait, en juin 1669, envoyé en Languedoc pour prendre part à la conduite des travaux de concert avec Riquet. Pendant les deux dernières années, 1682 et 1683, le P. Mourgues, jésuite, lui avait été adjoint. Cependant le canal était encore loin d'être terminé, et même tous les ouvrages qui faisaient partie de l'entreprise de Riquet n'étaient pas achevés, l'argent lui ayant souvent manqué. On peut dire sans exagération, et le fait n'est pas contesté, que le canal du Midi a reçu sa perfection de l'exécution des travaux proposés dans le mémoire de Vauban. Les réparations, les augmentations du canal y sont traitées avec cet ordre, cette justesse et cette étendue de vues qui étaient le caractère de son génie. Ses idées seraient peut-être restées stériles, si en même temps il n'eût pas fait agréer, pour les réaliser, l'homme qui était peut-être le plus capable de remplir cette tâche, Niquet, qui, à dater de 1686 jusqu'à sa mort, en 1726, joignit à ses nombreuses occupations celle de diriger tous les travaux publics de la province de Languedoc.

Mais Niquet ne pouvait accepter aucun projet, même de Vauban, sans y faire quelque changement dans l'exécution. Ici il se borna d'abord à vouloir intervertir l'ordre dans lequel les travaux devaient être exécutés. Il trouva de l'opposition de la part de M. de Lamoignon de Basville, intendant qui avait remplacé M. Daguesseau ; il était opiniâtre. L'intendant et le marquis de Seignelay, qui décidait souvent sur le rapport des derniers avis, cédèrent, et l'on exécuta d'abord le percement du col de Campmazes pour déverser dans le Laudot, sur le versant de l'Océan, les eaux surabondantes en hiver de la rigole de la montagne Noire, qui est située sur le versant de la Méditerranée. On fit ensuite sur presque toute la longueur du canal un contre-fossé destiné à recevoir les eaux sauvages, et en même temps quantité d'aqueducs pour faire passer ces eaux sous le canal. Niquet fit aussi exécuter, à l'exception d'un seul, tous les ponts-aqueducs proposés par Vauban. Il omit d'autres articles d'ouvrages, disant qu'ils ne contribueraient pas à rendre la navigation meilleure, ou qu'il n'était pas d'avis de les exécuter ; à quoi Vauban répondit : *N'être pas d'avis n'est pas une raison.* Le réservoir du Lampy, proposé par Vauban sous le nom de réservoir de Leganez, ne fut fait qu'en 1776. Le devis, approuvé par le roi, montait à 1 500 660 livres ; la dépense des ouvrages construits sous la direction de Niquet, en conformité du mémoire de Vauban, ne s'éleva qu'à 1 125 000 livres.

Le port de Cette, qui communique avec le canal du Midi par l'étang de Thau, se trouvait dans les attributions de Niquet. Il l'avait déjà visité en 1681, et n'avait pas approuvé les travaux que l'on y faisait. « Plus on examine, disait-il, les projets de cet homme (Delafeuille, ou peut-être Clerville) pour ce port, et plus on y remarque des choses contre le bon sens, la science et l'expérience. » On y avait construit deux jetées attachées à la terre, l'une dite le grand môle, dirigée de l'est à l'ouest, et l'autre dite la digue de Frontignan, orientée nord-sud. La mer ruinait depuis vingt-cinq ans la tête du grand môle, à l'entretien duquel on faisait des réparations qu'elle rendait inutiles ; le port s'ensablait et ne pouvait tarder à se combler. Il règne dans la Méditerranée, de l'est à l'ouest, sur les côtes opposées au midi, un courant qui transporte avec lui une quantité de sable plus ou moins considérable, selon la force des vents régnants. Arrêté par la digue de Frontignan, le courant déposait à l'entrée du port les sables qu'il tenait en suspension. Niquet présenta, en 1686, pour corriger cet état de choses, un projet auquel Vauban ne donna pas son assentiment ; il ne céda point, et par les travaux qu'il fit exécuter, non-seulement il conserva à la province de Languedoc le seul port qu'elle eût, mais il l'améliora. Il était fondé à s'en glorifier, et il le fit avec la vanité qui était dans son caractère. Mais, quelque bien entendus que fussent les travaux de Niquet pour empêcher l'ensablement du port de Cette, ils n'avaient point encore la perfection qu'il leur attribuait, comme nous le dirons plus tard.

Denonville, envoyé en 1685 dans le Canada, adressa les plans des postes qu'il serait avantageux d'occuper. Vauban en fit les projets, que le marquis de Seignelay transmit immédiatement dans cette colonie. Le secrétaire d'État écrivit en même temps à Vauban la lettre suivante, qui fait connaître les sujets variés concernant l'économie politique dont le grand ingénieur trouvait le temps de s'occuper.

« J'ai vu avec plaisir le formulaire de dénombrement que vous m'avez envoyé, et je trouve qu'il n'y a rien de mieux que l'instruction que vous donnez aux gouverneurs des provinces et des places sur ce sujet. Si vous voulez bien m'envoyer encore deux ou trois de ces imprimés, je les enverrai aussitôt aux îles et au Canada, afin qu'ils suivent cette méthode dans le dénombrement qu'ils m'envoient tous les ans. » (30 juin 1686.)

Vauban fut à cette époque envoyé à Cherbourg, que le roi voulait fortifier. Cette ville avait une enceinte flanquée par des tours, et dont faisaient partie deux petits fronts bastionnés. Elle renfermait un château avec son donjon. On disait ce dernier bâti par les Romains, et le château par les Anglais. C'était le dernier poste que ceux-ci avaient occupé en Normandie. Dans son projet, qui montait à 2,100,000 livres, et qui comprenait deux jetées et deux écluses, Vauban substituait à l'ancienne enceinte quatre grands fronts bastionnés. On les commença en 1687; on avait réuni, en 1688, trois cents cinquante maçons limousins pour pousser les travaux avec une grande activité, lorsqu'eut lieu, le 5 novembre, le débarquement en Angleterre du prince d'Orange. Dans l'attente de cet événement, que l'on craignait, le roi devait consulter Vauban sur le rasement de Boulogne. Louvois l'en prévint dans une lettre datée du 15 août, où il lui disait :

« La raison, pour Boulogne, me paraît être que le prince d'Orange pouvant devenir roi d'Angleterre, pourrait venir avec une flotte à la rade de Saint-Jean, et, pendant que l'on serait occupé ailleurs, s'emparer de Boulogne, qui, étant commencé à fortifier, pourrait contenir beaucoup de troupes en sûreté, lesquelles pourraient le mettre en si bon état que ce serait une affaire que de le reprendre. »

La même raison était applicable à Cherbourg, et nous croyons que l'ordre de raser cette place fut donné en novembre ou décembre. On écrivait de Cherbourg, le 15 janvier 1689, que la démolition avançait avec tout le succès qu'on pouvait espérer, et qu'il y avait lieu de croire qu'elle serait parfaite le 15 février, si la gelée n'empêchait pas de remblayer les fossés. De toutes les fortifications, le château compris, il ne restait sur pied, à la fin de février, que deux tours que l'on conserva, dont l'une servait à la défense du port.

Vaubau écrivit à Louvois la lettre suivante, datée d'Amiens le 25 janvier :

« Je n'ose quasi vous dire, monseigneur, que si le vieux Cherbourg n'était pas commencé d'abattre, il faudrait, en tous cas, se contenter de le miner, et le château aussi, et cependant continuer sa nouvelle fortification ; car peut-être les Anglais auront-ils assez d'affaires chez eux, pendant cette année, pour ne pas songer à celles des autres; d'ailleurs je crains que le rasement de cette place ne les attire là.

» J'oserai encore vous dire la même chose de Boulogne, quoique d'une moindre conséquence. Faites-vous représenter les mémoires que j'ai faits sur ces places avec les plans, notamment ceux de Cherbourg, et vous verrez que cette place fortifiée ferme la plus dangereuse porte du royaume aux ennemis; du moins il ne faudrait pas aller si vite en besogne, mais se contenter de les faire miner, pour être en état de les faire sauter au besoin. Je vous demande pardon si je prends la liberté de revenir à la charge sur cette place, mais je ne me puis ôter de l'esprit le danger auquel nous nous exposons par son rasement. »

Louvois lui répondit le 2 février : « Je vous ferai convenir, quand je vous verrai, que rien n'est plus contraire au service du roi que ce que vous proposez à l'égard de la conservation de Cherbourg. »

En 1686, le 9 août, les puissances étrangères conclurent, à Augsbourg, la ligue célèbre à laquelle cette ville a donné son nom. Toutes les nouvelles que Louis XIV recevait d'Allemagne le confirmant dans la pensée qu'il serait attaqué aussitôt que l'empereur, alors en guerre avec la Turquie, serait libre de porter ses forces sur le Rhin, il résolut de fortifier la frontière d'Alsace, de créer dans le bassin de la Moselle, au centre des pays qu'il avait réunis à sa couronne, une grande place forte, afin de prévenir ses ennemis en les attaquant. Les projets de fortification de ces places furent faits par Vauban ; mais l'initiative de leur construction appartient au roi. Il s'éleva même entre Sa Majesté et son grand ingénieur, au sujet de deux d'entre elles, le fort Louis du Rhin et la place de Montroyal, un dissentiment momentané, que les antagonistes des places fortes ont souvent fait valoir en faveur de leur opinion.

Le roi voulait construire dans quelque île du Rhin un fort qui pût empêcher les Allemands d'être maîtres en la basse Alsace comme ils l'avaient été par le passé, et de remonter un pont et de l'artillerie aussi proche de Strasbourg qu'ils voudraient. Vauban reçut en conséquence (lettre du 17 octobre 1686) l'ordre de se rendre en poste à Strasbourg pour examiner la situation de l'île où d'après un projet de Tarade, ce fort pouvait être placé. Il proposa de construire une place à Seltz, et dans l'île indiquée, une redoute et des retranchements pour deux bataillons. Ce projet ne fut pas adopté. Louvois informa Vauban, par une lettre du 16 novembre, que Sa Majesté avait pris la résolution de construire un fort revêtu dans l'île de Gisenheim, et qu'elle souhaitait qu'il le traçât avant de partir d'Alsace. Vauban combattit de nouveau le projet du roi dans une lettre du 27 novembre, que nous ne connaissons que par une autre de Louvois du 4 décembre; il croyait ne devoir pas répondre au long raisonnement de Vauban sur la multiplicité des places du roi, « puisque, disait-il, s'il y a un lieu où une place puisse être utile, c'est dans cette île, pour les raisons contenues dans mes précédentes. » Après cette lettre, Vauban posa, le 7 janvier suivant (1687), la première pierre du fort Louis, et témoigna se ranger entièrement à l'avis du roi sur le bon choix de la position de ce nouveau fort, sur son utilité et sur la difficulté pour l'ennemi d'en faire le siége.

Dans le mois de janvier de l'année 1687, Louvois demanda au gouverneur de Sarrelouis des renseignements sur la presqu'île de Traben, que nous occupions depuis l'année 1681, et où le roi avait l'intention de faire construire la place qui reçut le nom de Mont-royal. M. de Choisy, qui avait autrefois reconnu cette presqu'île, répondit, le 14 janvier, que la situation lui paraissait heureuse pour remplir les intentions de Sa Majesté, qui étaient d'empêcher les Allemands, en remontant la Moselle, d'attaquer aucune place au-dessus de celle qu'on aurait établie dans cette péninsule, tant qu'ils ne l'auraient prise. Vauban reçut l'ordre d'aller la visiter, et c'est à ce sujet qu'il écrivit, le 7 avril, au maréchal de Catinat la lettre où se trouve le passage suivant, qui est très connu : « Vous avez raison de dire que le trop de places en France est un inconvénient dont on ne s'apercevra pas tant qu'on sera en état d'attaquer autant que de se défendre : j'en conviens fort avec vous ; et, s'il arrivait une grosse guerre, il serait fort à craindre qu'il n'y parût dès la première campagne. » Deux grosses guerres, la guerre de la ligne d'Augsbourg et la guerre de la succession d'Espagne, ont eu lieu du vivant de Vauban et de Catinat, et l'on ne s'est point aperçu, pendant ces longues guerres, qu'il y eût trop de places en France. Chamlay, brigadier de cavalerie distingué et maréchal-général des logis (1), écrivait à Louvois en 1689, au sujet de Montroyal : « N'est-ce pas un terrible avantage d'avoir trouvé le secret de réduire la défense d'un pays aussi vaste et aussi étendu, à un seul point ? »

Vauban arriva à Traben vers le 20 avril, et de Sarrelouis, le 21 juin, il adressa le projet de Montroyal. Cette place, entièrement neuve, fortifications et bâtiments, avait une forme pentagonale, présentant au nord une tête composée de deux fronts bas-

(1) Chamlay, né en 1651, mort en 1719, a laissé 21 volumes in-folio de rapports, lettres, ordres de marche, sur les guerres de son temps. « Chamlay sait les marches, » a dit La Bruyère. (*Les Caractères*, chap. VII.)

tionnés à orillons, au sud une petite tête composée d'un seul front, à l'est et à l'ouest deux longues courtines de 400 à 500 mètres, sur le milieu desquelles était une tour bastionnée. En avant de chaque tête était un ouvrage à corne. Au mur d'escarpe de l'une des longues courtines était adossé un corps de bâtiment casematé. L'intérieur renfermait un arsenal, une boulangerie, trois magasins à poudre, deux magasins de vivres, une citerne, des puits, des pavillons d'officiers et des casernes pour 4,000 hommes; enfin, sous les flancs des bastions, huit souterrains voûtés. En 1692, toutes les constructions étaient à peu près terminées. On a élevé des doutes sur l'utilité d'une place semblable, isolée dans un pays montueux, pauvre et peu accessible. Au delà de la grande tête, était l'emplacement d'un camp retranché.

A la même époque, en janvier 1687, le roi prit la résolution de faire fortifier Alais, Saint-Hippolyte, Vans, Barre, Vigan, Nîmes. La santé de Niquet ne lui permettant pas de remplir cette mission, elle échut à Ferry, qui reçut l'ordre de se rendre à Saint-Hippolyte, où le marquis de Seignelay lui adressa, le 10 janvier, l'instruction suivante :

« Je vous envoie ce courrier exprès pour vous apporter les plans des lieux que vous devez fortifier dans les Cévennes et le Vivarais, et dont Sa Majesté a bien voulu vous confier le soin d'en faire les projets et les devis, avec l'estimation de la dépense. Ces postes ne sont destinés que pour y tenir des troupes en sûreté contre les mauvaises intentions des nouveaux convertis de ce pays-là et pour empêcher, par la crainte qu'ils en auront, lorsqu'ils se verront environnés de lieux fermés dans lesquels seront des troupes, qu'ils ne pensent à faire des assemblées pareilles à celles qu'ils ont tenté de faire en dernier lieu.

» C'est assez vous expliquer en quoi consistent les projets que vous devez faire. Il faut entièrement quitter l'esprit ordinaire des ingénieurs, qui va toujours à faire des bastions et des places fortes dont il n'est point question du tout en cette occasion, non-seulement par la dépense que cela causerait, mais parce que Sa Majesté ne veut rien qui ne puisse être emporté, en cas d'accident, par 1000 hommes de ses troupes avec une pièce de canon. Ainsi, la principale fortification de ces postes consiste uniquement à y faire une muraille crénelée de 3 pieds d'épaisseur en fondation, revenant à 2 pieds par le sommet, avec des corbeaux pour placer des madriers où l'on puisse poster des mousquetaires, et, devant cette muraille, un fossé de 4 à 5 pieds de profondeur, dont on mettra les terres en dedans de la place.

» Vous devez seulement observer que, comme il arrivera souvent que ces postes ne seront occupés que par 150 ou 200 hommes, il faut leur faire, dans le bourg même où ils seront, une espèce de réduit qui puisse les mettre à couvert de l'insulte des habitants : j'entends par ce réduit un endroit de maisons déjà bâties qui seront les plus proches de la muraille, devant lequel il suffira de faire un retranchement de maçonnerie en abattant devant ledit retranchement les maisons qui seront les plus proches, et en cela même il faut que vous observiez de ménager, autant que vous pourrez, le nombre des maisons à abattre, vous recommandant en cette occasion de faire tout ce qui se pourra pour la diminution de la dépense. Vous observerez aussi qu'il y ait dans ce réduit des maisons pour y loger en cas de besoin. »

Ferry vint à Paris dans le mois d'avril, et soumit à Sa Majesté les projets des postes qui devaient être fortifiés. Le roi avait d'abord demandé un réduit à Nîmes ; dans le mois de juin, il adopta le projet d'un fort hors la ville. Ferry retourna sur les lieux et devait y rester tout l'été, puis se rendre à Bayonne et à Blaye. Raulet, ingénieur distingué, qui depuis longtemps avait soin des places de Champagne, reçut l'ordre de se rendre à Nîmes, avec trois ingénieurs sous ses ordres, Minet, Jablier et Valmont, pour avoir la conduite des travaux dans les Cévennes. L'intendant de Limoges reçut l'ordre de rassembler cent maçons avec chacun un aide, et de les diriger sur Nîmes, après leur avoir compté 600 écus, à raison de 3 écus par homme, à titre d'avance sur leur travail comme on avait fait en 1681 pour les cent cinquante maçons envoyés à Bayonne ; la distance était égale. Le devis de Ferry, fait à la hâte, montait à 500 000 livres ; la dépense s'éleva à 700 000.

En 1686, Louis XIV avait reçu des ambassadeurs du royaume de Siam, où nous avions quelques établissements. Lorsqu'ils retournèrent dans leur patrie, en 1687, il fit embarquer avec eux à Brest, dans le mois de février, sous les ordres du baron de Forge, maréchal de-champ, quatre ingénieurs, Plantier, Volant, de Langres et de Brissy, munis d'instruments et d'instructions sur les postes qu'ils devaient fortifier, sur les reconnaissances qu'ils devaient faire.

Dans le mois de septembre 1687, le roi donna l'ordre de raser Charleville et Montolimpe, de manière qu'il ne restât vestige de fortification, ces places étant inutiles maintenant, au moyen des autres places que Sa Majesté avait fait fortifier pour couvrir cette tête de frontière. On démolit, la même année, l'enceinte de la citadelle de Saintes du côté de la ville.

Le marquis de Seignelay chargea un abbé Gallois de donner une certaine instruction à cinq ou six jeunes gens qu'il devait lui présenter pour être inspecteurs des travaux et ensuite ingénieurs. C'est le premier essai d'instruction préparatoire donnée par l'État aux ingénieurs.

Niquet, toujours en faveur, reçut, en 1687, le brevet d'une pension, ainsi conçu :

« Paris, 8 septembre.

» Le roi, voulant gratifier et traiter favorablement le sieur Niquet, l'un de ses ingénieurs ordinaires, son lieutenant au gouvernement d'Antibes, en considération des services qu'il a rendus depuis plusieurs années en divers emplois qui lui ont été confiés, et qu'il rend encore actuellement dans la conduite des travaux des ports de Provence et des places de Dauphiné et de Languedoc et du canal de communication des mers où il continue à donner des marques d'une grande capacité et de sa fidélité et affection au service de Sa Majesté, elle lui a accordé et fait don d'une pension annuelle de 1500 livres pour en être payé sa vie durant, sur ses simples quittances, par les gardes du trésor royal. »

Le roi approuva, à la même époque, le projet de Niquet pour la nouvelle enceinte de Marseille, que les échevins durent faire exécuter.

Dans sa lettre du 17 octobre 1686, Louvois recommandait à Vauban « de bien examiner ce qu'il y a à faire à Belfort, Sa Majesté étant informée que depuis la construction de Huningue, les Allemands sont persuadés qu'ils ne peuvent plus rentrer en France qu'en laissant Basle sur leur droite. » Les guerres qui s'étaient faites en Alsace avaient révélé la faiblesse de cette partie de notre frontière qui donne entrée dans deux provinces.

De son château de Bazoches, Vauban envoya à Besançon, le 13 avril 1687, des dessins des tours bastionnées, pour les côtés de Saint-Paul et de Chamars, qu'on exécuta, et il vint à Belfort, où il fit le projet de fortification de cette place, sur laquelle Louvois avait, dans plus d'une lettre, appelé son attention. C'est dans ce projet, daté du 1er mai, que l'on trouve la première application du tracé de fortification que l'on appelle son *second système*. Il y mit de nouveau en usage les tours bastionnées avec flancs casematés perpendiculaires aux courtines. Cette disposition forme la première enceinte. La seconde se compose de contre-gardes qui couvrent les tours et sont assujetties aux règles du tracé bastionné ; les courtines sont remplacées par des tenailles devant lesquelles sont des demi-lunes. Un chemin couvert enveloppe les contre-gardes et les demi-lunes. Le nouveau système semble né de la situation même de Belfort, qui, resserrée par des hauteurs, ne comportait pas de grands fronts bastionnés en terre. C'est ce que Vauban a lui-même parfaitement expliqué en présentant, la même année, le projet de Landau, comme nous le dirons.

De Belfort Vauban se rendit à Strasbourg, à Montroyal et à Kirn, où Louvois lui avait donné rendez-vous. Il retourna ensuite à Bazoches en passant par Sarrelouis, où il traça une redoute que l'on devait fonder cette année.

La nouvelle de la victoire remportée sur les Turcs, le 12 août, près de Mohacz, par l'armée impériale, parvint promptement à Paris. Le 25, Louvois écrivit à Vauban :

« La nouvelle que le roi vient d'avoir de la défaite de l'armée turque lui faisant juger à propos de pourvoir à donner la dernière perfection à la frontière du côté d'Allemagne, Sa Majesté m'a commandé de vous dépêcher ce courrier pour vous dire qu'elle aura bien agréable que, sans attendre la fin de votre congé, vous partiez de chez vous en poste pour vous en aller en Alsace pour y examiner sur les lieux et lui donner votre avis sur ce que je vais vous expliquer. »

Suit une longue instruction qui contient des renseignements sur les villes de la basse Alsace qu'il pourrait convenir de fortifier, et au nombre desquelles était Landau. Louvois finissait ainsi : « Vous examinerez en même temps s'il conviendrait mieux de s'en tenir aux places que le roi a présentement, et de faire entièrement raser les murailles de Germersheim et de Landau. Sa Majesté épargnerait infiniment par ce parti, et il n'y aurait point à appréhender que les Allemands, ayant pris cette place, ne s'en servissent comme d'entrepôt pour l'attaque de quelque autre place. » Vauban fut d'avis de préférer Landau et de faire là une nouvelle application de ses tours bastionnées. A l'appui de son projet, daté du 7 octobre, il joignit un examen de son nouveau système :

« J'ai pris l'occasion, dit-il, de ce projet pour proposer un *système* qui a bien quelque air de nouveauté, mais qui pourtant n'est qu'une simple amélioration de l'ancien. *Je puis même dire* que c'est un enfant de la nécessité qui, m'ayant, il y a quelque temps, réduit à chercher des moyens extraordinaires pour tirer parti de la mauvaise situation de Belfort, me suggéra enfin celui-ci sur lequel, ayant repassé et réfléchi depuis, j'ai cru qu'on le pourrait rendre praticable et très utile à toutes les places où l'on voudrait l'employer, spécialement à celles de la deuxième et troisième ligne (s'il y en avait quelqu'une qui eût besoin d'être fortifiée), et où il ne s'agit, quant à présent, que de les fermer et mettre en sûreté, remettant à des temps plus pressés à y faire des dehors, et c'est sur quoi j'avais résolu de faire quelque mémoire dont je me serais acquitté si le séjour que le Roi m'avait accordé chez moi n'avait fini avant terme; cela ne s'étant donc pas fait manque de temps, je me suis réduit de le proposer ici en figure et de le comparer à l'ancien. En examinant les propriétés de l'un et de l'autre, on pourra voir celui des deux qui mérite d'être préféré. »

Vauban entre dans le détail de la comparaison d'une place octogonale, telle que Landau, fortifiée : 1° suivant son premier système, avec bastions à orillons ; 2° suivant le nouveau système, avec des tours et des bastions détachés couvrant les tours ; il trouve d'abord que la dépense du premier système s'élève à 1 812 558 livres, et celle du second à 1 699 401 livres ; différence en faveur de ce dernier, 113 157 livres. Cet avantage n'est pas celui auquel il attache le plus d'importance. Il convient même que le service des bastions sera plus commode, pendant un siége, dans l'ancien système, parce qu'il est aisé d'y mener les troupes, le canon, les munitions et les matériaux nécessaires aux retranchements ; mais cet avantage lui paraît peu considérable, parce qu'il pense qu'on pourra faire de plain-pied les communications de la place aux gorges des bastions détachés, moyennant quoi, *hors le défilé* à quoi la troupe sera obligée, la peine sera égale, et quant aux pièces démontées, il n'y aura qu'à les mener en traîneau, séparées de leurs affûts qu'on y conduira de même. Pour découvrir le principal avantage du nouveau système, il faut, suivant Vauban, examiner ce qui a lieu à l'attaque d'une place, dans l'un et l'autre système, lorsque la brèche est faite :

« Il arrive très rarement, dit-il, à l'attaque d'une place ordinaire, qu'un gouverneur qui voit 15 ou 20 toises de brèche à un ou deux de ses bastions tienne longtemps, et quand il en a soutenu les attaques une fois ou deux et que l'ennemi a tant fait que *de se loger sur le haut, il croit avoir rempli son devoir*, et rarement cela va-t-il plus loin que le troisième ou quatrième jour ; encore croit-on avoir fait des merveilles. La raison est que quand *les bastions sont ouverts la place est ouverte*, et qu'on n'en peut opiniâtrer la défense sans l'exposer à être emportée en même temps que les bastions, ce qui ne peut arriver à ceux du nouveau système, *où l'on ne hasardera jamais que ce qui sera dans la pièce attaquée* ; ce qui fait que la défense en peut être hardiment opiniâtrée et bien plus longtemps chicanée. A cela joint que l'ouverture de ces bastions n'en faisant aucune au corps de la place, un gouverneur et toute sa garnison auraient honte de seulement penser à se rendre, de quelque ouverture qu'en pussent être les brèches. D'ailleurs, comme les défenses des tours bastionnées et de bonne partie des courtines attenantes *seraient en leur entier, et à* 25 *ou* 30 *toises près* de l'ouverture des brèches, le feu en serait terrible et très dangereux. Joint que ces défenses ne peuvent être vues des attaques ni rompues que par le canon qu'on aura monté sur les bastions détachés ce qui ne s'exécutera qu'avec de très grandes difficultés, bien du temps et de la perte, *et s'il y faudra monter plusieurs pièces*, car si on n'y en montait que 3 ou 4, elles ne tiendraient devant celui des assiégés qui pourraient *y en avoir à* 14 *sur les tours* bastionnées et sur l'extrémité des courtines attenantes. Ce ne sera pas tout ; il en faudra venir aux tours bastionnées et au corps de la place, qu'il ne pourra ouvrir qu'après s'être rendu maître de tout le dedans du bastion détaché. »

Continuant à détailler toutes les difficultés de l'attaque de son second système, Vauban ajoute que les tours étant creuses, elles porteront leurs contre-mines dans lesquelles le mineur n'osorait percer; d'où il s'ensuivra qu'il sera obligé de chambrer dans l'épaisseur du mur, ce qui ne fera pas brèche suffisante, joint que les tours étant revêtues par derrière, elles porteront encore leurs retranchements, si bien que, quelque effet que puissent faire les mines, elles ne seront pas capables d'y faire brèche suffisante du premier coup ni même du second : d'où il conclut que l'on ne peut douter « que le mérite de ce projet ne l'emporte d'une quinzaine de jours au moins sur l'autre. »

Considérant, sous d'autres rapports, les deux systèmes, Vauban croit pouvoir avancer avec beaucoup de certitude :

« 1° Que le circuit du corps de place dans le nouveau système, quoique renfermant un égal espace que dans l'ancien, *sera d'un tiers ou fort approchant* plus court, et partant facile à fermer *dès la première année*;

» 2° Qu'il sera de moindre garde que l'autre, puisqu'il y aura 14 sentinelles de moins et que le chemin des rondes en sera plus court d'un tiers;

» 3° Que la défense en sera double, etc. (ce qui a été dit);

» 4° Que les courants d'eau y seront doubles, ce qui est particulier à Landau;

» 5° Que les flancs en seront beaucoup plus grands, puisque ceux des tours et des bastions détachés ensemble pourront porter jusqu'à 9 pièces, les plus grands des systèmes ordinaires n'en portant que 6 ou 7;

» 6° Que les tours bastionnées ne seront pas exposées à l'effet des bombes et du canon, puisqu'on ne les verra qu'après l'ouverture des bastions détachés et du haut de leurs brèches, d'où s'ensuivra que leurs défenses seront entières et bien mieux en état de soutenir que les autres parties du rempart qui auront déjà souffert.

» Que si quelqu'un, soupçonnant qu'on peut attaquer par les courtines après la perte des bastions détachés, nous en faisait objection, on lui dirait que cela ne se peut avec un succès favorable pour l'ennemi, attendu que tant que les flancs des tours bastionnées subsisteront, on ne saurait passer le fossé entre les fausses-braies et la place sans essuyer le feu croisé de huit pièces de canon, qui n'est pas chose soutenable.

» Si on objectait de plus que les bastions ordinaires retranchés, comme les proposés par le projet, pourraient faire le même effet, on pourrait répondre qu'il est aisé de faire voir que non à beaucoup près, d'autant : 1° que tous les bastions ne se peuvent détacher de leurs retranchements qu'environ le temps des attaques ou fort approchant; 2° que ce détachement ne peut être que difficile et très imparfait, et 3° que les ouvertures desdits retranchements seront toujours mal fermées. A cela joint que ces retranchements n'ont jamais que des fossés fort médiocres, des flancs petits et faibles, d'où s'ensuit qu'ils ne sauraient faire une défense particulière qui soit de durée, *ni protéger les courtines de leur droite et de leur gauche.* On ne peut pas dire même qu'ils soient tout à fait assurés pour le soutien d'un assaut, parce que les coupures ne seront pas encore *bien achevées*, ou, si elles le sont, ce sera fort imparfaitement.

» Le nouveau système ne nous expose à aucune de toutes ces difficultés, toutes les grosses défenses s'y trouvant *de longue main préparées*; il ne s'agira jamais que de petits ouvrages et de prompte expédition, qui est peut-être l'un des meilleurs moyens de défense qui se puisse imaginer.

» On peut encore objecter que les communications de la place aux bastions détachés pourraient devenir difficiles quand l'ennemi aurait occupé partie desdits bastions, et que cette difficulté pourra en hâter la prise; mais il est aisé de se persuader que les parties retranchées du rempart qui couvriront la tête des communications seront apparemment les dernières prises, et que les assiégés, comme premiers postés, pourront les avoir blindées tout à loisir de madriers à preuve de mousquet, et fait des petits ponts à fleur d'eau aux tenailles de la droite et de la gauche, moyennant lesquels ils en auront de tous côtés. On peut aussi ajouter que le rempart des bastions détachés sera si près *des tours bastionnées* qu'il est impossible que le canon ennemi placé sur le haut du rempart puisse plonger jusqu'à pouvoir incommoder les communications. Au reste, on ne doit pas s'imaginer que parce que les bastions détachés doivent avoir une grande élévation au-dessus des tenailles, que nous supposons ici être de simples parapets de terre gazonnés à fleur d'eau, qu'on doive les abandonner quand l'ennemi sera logé sur les brèches desdits bastions, puisque de là il est impossible qu'ils puissent faire de mal à ceux qui seront dedans. Ce n'est que des logements qu'il aura étendus sur les flancs et dans les épaisseurs des parapets qu'il pourra les faire abandonner. Or il y a une très grande distance de temps et de lieu entre le logement sur la brèche et l'occupation de ces flancs, et avant que l'ennemi en puisse venir là il se passera bien des choses à son désavantage. »

Tels sont les différents motifs qui ont déterminé Vauban à adopter le système à tours bastionnées et à renoncer au tracé qu'il avait suivi depuis dix ans dans toutes ses constructions. Nous avons cru devoir n'en omettre aucun, ce système étant celui qui lui est véritablement propre. Quelques observations sur les siéges que la place de Landau a soutenus pendant la guerre de la succession d'Espagne, compléteront cet examen.

La correspondance de Louvois avec Vauban ne roulait pas exclusivement sur les projets des places. Dans une lettre du 12 décembre 1687, Louvois mande à Vauban ce qui suit :

« J'ai vu des officiers qui ont fait la campagne de Hongrie cette année et qui m'ont assuré que dans l'infanterie de l'Empereur il n'y a aucune pique, que chaque bataillon y est de 4 ou 500 hommes, et que les soldats portent des chevaux de frise avec eux, lesquels ils joignent les uns et les autres et mettent devant le front du bataillon lorsqu'ils sont en présence de l'ennemi ; que lorsque le bataillon marche par manche ou demi-manche, ces chevaux de frise sont portés par des soldats qui marchent sur la droite et sur la gauche dudit bataillon et ainsi se trouvent sur ses flancs ; que quand les bataillons campent ils les mettent au-devant de leur front de bandière, en sorte que le camp est comme s'il était retranché, et que cette infanterie de l'Empereur, dans les occasions qui se sont présentées cette campagne et particulièrement dans l'affaire d'Esseg, a fait l'arrière-garde de toute l'armée sans appréhender la cavalerie turque, etc. »

Suivent des détails sur les dimensions, la construction de ces chevaux de frise dont l'invention paraît à Louvois beaucoup meilleure que des piques, hors en un seul cas, qui est que, quand dans une bataille un corps de soldats devra marcher en avant et se servir de l'épée, après avoir fait son feu, les chevaux de frise l'en empêcheront... Il prie Vauban d'en faire confectionner quelques-uns, et de lui dire son avis sur cela dans une lettre qu'il puisse lire à Sa Majesté.

Une lettre subséquente de Louvois, datée du 25 décembre, nous fait connaître quelle dut être la réponse de Vauban, que nous n'avons pas :

« Le roi a entendu avec beaucoup d'attention la lecture de la lettre que vous m'avez écrite le 21 de ce mois. Sa Majesté approuvera que, lorsque vous viendrez ici, vous fassiez apporter l'équipage de soldat dont elle fait mention. Cependant je vous prie de m'expliquer comment vous imaginez une baïonnette au bout d'un mousquet qui n'empêche point qu'on ne le tire et qu'on ne le charge, et quelle dimension vous voudriez donner à ladite baïonnette. »

Ces deux lettres constatent des faits intéressants sur l'armement des troupes.

En 1688, Louis XIV pensa que le moment était venu de prévenir ses ennemis. Dans le mois d'août, M. de Choisy reçut l'ordre d'aller reconnaître l'état des fortifications de Bonn et de Kaiserswerth, et de s'entendre avec le cardinal de Furstemberg, coadjuteur de l'électeur-archevêque de Cologne, et qui était dévoué à Louis XIV, pour qu'au mois d'avril prochain ces places se trouvassent en état de défense. Le 20 septembre, le marquis de Boufflers s'empara de Kaiserslautern. Le 24, le roi publia un manifeste par lequel il rompait la trêve de Ratisbonne. Le même jour, huit régiments de cavalerie passèrent le Rhin au pont de Kehl, sous les ordres du baron de Monclar et allèrent investir Philippsbourg, dont le siége eut lieu. La place se rendit le 30 octobre. Le 17, le maréchal de Boufflers était entré dans Mayence avec 25 000 hommes, par suite d'une capitulation que, sur une simple menace, l'Électeur avait consentie.

Philippsbourg était une place très forte par sa situation au milieu de marais, sur le bord du Rhin, et par les fortifications que nous y avions ajoutées dans l'intervalle de temps de 1644 à 1676. C'était un heptagone régulier, dont les fronts avaient environ 250 mètres de côté. Elle laissait entre elle et le Rhin un espace assez considérable, dont partie avait été occupée par un ouvrage à couronne et un ouvrage à corne. L'espace restant avait environ 100 mètres de largeur. Au delà, sur la rive gauche du Rhin, était une tête de pont à laquelle on communiquait par un pont volant. Dans le mois d'août, Louvois fit les préparatifs du siége avec l'ordre et le secret qu'il apportait dans toutes les entreprises qu'il dirigeait. Il ne négligea aucune des mesures nécessaires pour assurer un succès, auquel il prenait d'autant plus d'intérêt que l'armée devait être commandée par monseigneur le Dauphin. L'intendant d'Alsace reçut des ordres pour pourvoir à la subsistance de 30 000 hommes; les intendants de Champagne et de Franche-Comté reçurent l'ordre d'acheter des grains, de les faire moudre et d'expédier les farines l'un à Sedan, l'autre à Belfort. Le maréchal de Duras devait commander l'armée sous Monseigneur, avec huit lieutenants-généraux sous ses ordres, parmi lesquels étaient Catinat, La Frezelière, commandant l'artillerie, Vauban, directeur des attaques. Les ingénieurs étaient au nombre de quarante; il y avait de plus une compagnie de mineurs, celle de Lamotte. M. de Saint-Pouange, beau-frère de Louvois, souvent cité dans sa correspondance, remplissait les fonctions d'intendant de l'armée.

Le 29 septembre, toutes les troupes étant arrivées devant la place, on travailla, le 30, le 1er, le 2 et le 3 octobre, à faire une ligne de circonvallation sur la rive droite du Rhin. La nuit du 3 au 4, le marquis d'Huxelles, qui commandait deux brigades d'infanterie sur la rive gauche, fit ouvrir la tranchée contre la tête de pont, et le 5 au matin, il l'emporta d'assaut. On établit à sa gorge une forte batterie contre l'ouvrage à corne, et en dehors, à gauche, une batterie *à ricochet* pour trois pièces destinée à battre la branche droite de l'ouvrage à corne. On construisit encore une autre batterie à ricochet pendant le siége pour battre la branche droite de l'ouvrage à couronne. Quincy ne fait point mention de cette nouvelle espèce de batteries; elles sont marquées, avec leur nom, sur plusieurs anciens plans du siége manuscrits, et la relation anonyme intéressante insérée à la suite des Mémoires de Goulon les cite.

Il y eut trois attaques, deux dites l'une du haut, l'autre du bas Rhin, qui se lièrent et n'en firent qu'une, dirigée contre l'ouvrage à corne; la troisième à l'est, dite la grande attaque, dirigée immédiatement contre la place et à laquelle était le Dauphin et où Vauban fit en personne l'ouverture de la tranchée la nuit du 8 au 9 octobre, cinq jours après que la même opération avait eu lieu aux attaques du haut et du bas Rhin. A ces dernières il y avait un passage d'avant-fossé plein d'eau à effectuer; à la grande attaque, les cheminements devaient traverser le marais de Starhemberg, nom du gouverneur de la place, qui régnait devant tout le côté de l'est. La baisse très grande des eaux du Rhin, qui a lieu ordinairement en octobre, permit de saigner le marais et l'avant-fossé de manière qu'il n'y restât qu'un blanc d'eau. On employa à ce travail la compagnie de mineurs,

On surmonta également d'une manière heureuse une autre grande difficulté, celle d'amener l'artillerie de batterie et tous ses projectiles devant la place ; on l'embarqua sur le Rhin, à Strasbourg, avec des soldats dans les bateaux pour répondre au feu des partis ennemis qui étaient sur la rive droite. On descendit ainsi le Rhin, sans accident, passant de nuit les endroits où les eaux du fleuve sont rassemblées dans un lit étroit. Ce cas se présenta pour passer la nuit du 5 au 6, entre l'ouvrage à corne et la tête de pont qui venait d'être prise. Quincy décrit comme fort particulière cette opération que le marquis de La Frezelière fit entreprendre, et qui fut exécutée avec beaucoup d'intrépidité par les officiers de l'artillerie. Vauban (lettre du 6 octobre) la rapporte en ces termes :

« L'un de nos ponts, c'est-à-dire celui que nous devions faire au-dessous de Philippsbourg, avec notre artillerie et grande partie de nos munitions, a passé entre la ville et le fort en très bel ordre, sans que le tiraillement de la place, qui n'a pas été plus fort que celui des bateaux, lui ait seulement fait une égratignure. J'ai passé la nuit sur le bord du Rhin ; la lune étant cachée, la nuit s'est faite fort obscure, et jamais nous n'avons pu voir un seul de nos bateaux. Les ennemis non plus que nous n'ont entendu que le bruit des rames, tout le reste étant en silence, si ce n'est qu'à mesure que les soldats doublèrent le derrière du fort, ils firent leur décharge sur ce dernier retranchement. Ce passage avance nos affaires de deux ou trois jours. »

L'attaque du Rhin fit un progrès rapide ; Vauban s'y rendit, et le 29, ayant cru, dit Quincy, l'ouvrage couronné en état d'être attaqué, on commanda les troupes nécessaires pour l'assaut. Aussitôt qu'on s'en fut rendu maître, on travailla à s'y loger, ce qui fut fait en très peu de temps. Le gouverneur, voyant que cet ouvrage avait été pris plus tôt qu'il ne s'y était attendu, demanda à capituler, bien que sa place ne fût pas ouverte. On lui accorda les conditions les plus honorables, qu'il semble qu'il méritait peu. La défense n'avait duré que dix neuf jours de tranchée ouverte. La garnison avait fait son devoir ; l'artillerie, nombreuse et très bien servie, nous tua plusieurs officiers-généraux, plusieurs officiers de marque et neuf ingénieurs. Le Dauphin se montra brave et généreux : le roi avait pourvu sa cassette de 4000 louis avec lesquels il fit de grandes libéralités.

La révolution d'Angleterre de 1688, qui porta sur le trône, dans ce royaume, le prince d'Orange, ce rude adversaire de Louis XIV, joint à la circonstance que ce prince était protestant, que plusieurs provinces de France, le Languedoc, le Poitou, le Dauphiné, étaient remplis de religionnaires ou nouveaux convertis qu'on persécutait, et dont on pouvait craindre un soulèvement ; enfin les bruits répandus d'armements considérables, qui se faisaient en Angleterre, firent craindre au roi que Guillaume III ne voulût inaugurer son règne par quelques descentes sur les côtes de l'Océan. En 1689, le maréchal de Lorge fut nommé commandant des troupes en Guyenne et en Poitou et établit son quartier-général à la Rochelle. Le maréchal d'Estrées eut un commandement semblable en Bretagne et établit son quartier-général à Brest. Les troupes régulières qui étaient sous leurs ordres étant peu nombreuses, parce que le roi devait, cette année-là, mettre sur pied plusieurs grosses armées, Sa Majesté fit organiser les milices et convoquer l'arrière-ban dans ses provinces frontières qui étaient menacées. Vauban visita toute la côte et partie des îles depuis l'embouchure de la Loire jusqu'à Ypres. Dans le mois de janvier il était à Belle-Ile et reconnut toutes les descentes qui étaient praticables. Le marquis de Seignelay, ministre secrétaire d'État de la marine, s'y rendit également. Dans le mois de mars, l'un et l'autre étaient à Brest où l'on armait une flotte. Les travaux de la place étaient encore peu avancés ; elle n'était pas à l'abri d'un coup de main. Les batteries du Goulet n'étaient pas terminées. Cet état de choses donnait de grandes inquiétudes au maréchal d'Estrées ; le marquis de Seignelay, qui avait une entière confiance dans l'activité et la capacité de Niquet, le fit venir plus tard à Brest pour exécuter les travaux que Vauban proposa dans la circonstance.

De Brest Vauban se rendit à Morlaix où il rédigea un projet pour la réfection du château du Taureau, nom du rocher dans la mer sur lequel il est situé. Ce château avait été bâti en mauvaise maçonnerie dans le XVIe siècle par les habitants de Morlaix pour interdire aux corsaires ennemis l'entrée de leur rivière. En 1614 ils y avaient ajouté une grosse tour voûtée à deux étages avec une plate-forme pouvant porter du canon. En 1686, Vauban avait déjà fait un projet approuvé par le roi, pour le reconstruire, ne conservant que la tour (1). Il trouva que ce projet avait déjà reçu un commencement d'exécution, mais après avoir été modifié. Il s'en plaignit amèrement dans une lettre du 6 avril 1689 datée de Saint-Malo et adressée vraisemblablement au marquis de Seignelay. Garengeau, ingénieur architecte, fut envoyé de Brest à Morlaix, pour exécuter son nouveau projet. Ce fort consiste dans une longue batterie qui s'appuie à la tour et qui renferme onze casemates à canon, voûtées et *ouvertes à la gorge*, auxquelles Garengeau reproche, tout en se disant auteur du projet, la petitesse des dimensions.

Continuant sa tournée, Vauban arriva le 16 mai à Abbeville que l'on commençait à démolir, « ce qui lui sembla d'autant plus étrange, dit-il (2), qu'il semblait qu'on eût voulu par là ouvrir la porte à l'ennemi pour lui faciliter l'entrée dans le cœur du royaume. » La situation d'Abbeville lui parut excellente, les eaux pouvant faire la moitié de sa fortification. Il proposa de réparer en terres et fascines les brèches qui avaient fait penser qu'on ne pouvait pas défendre la place.

Dans le mois de mai il reçut du roi l'ordre de se transporter en Flandre pour veiller à la sûreté des places d'Ypres, Dunkerque et Bergues, et au cas que l'une de ces places fût menacée d'être attaquée, de se jeter dedans, et d'y prendre le commandement supérieur. Le cas ne se présenta pas. Il arriva à Ypres

(1) Lettre de Seignelay à Delavoye, 1646.

(2) Lettre du 19 mai.

le 2 juin ; à dater de cette époque, pendant quatre mois, il partagea son séjour entre cette ville et Dunkerque, entretenant une fréquente correspondance avec Louvois et Seignelay. Dans le mois d'octobre il visita Philippeville et quelques autres places voisines. Enfin le 17 novembre, il fut autorisé à faire sa résidence à Lille.

Louis XIV avait, en 1688, pris la résolution de faire raser plusieurs places fortes. On commença par Marsal, qui fut rasé, ou plutôt *désarmé*, suivant l'expression de Vauban (1), c'est-à-dire qu'on ne rasa que les bastions, et encore incomplétement, et le parapet des courtines dont le revêtement resta intact. On rasa entièrement, en 1689, Cherbourg, Grandville, Boulogne, à l'exception du château et de la tour du Port, Stenay, Dôle (2), la Fère et Ham. La démolition des deux dernières et les murs de clôture qu'on substitua à leur enceinte, ne laissèrent pas que d'occasionner une dépense considérable. A Dôle et à Marsal on n'eut qu'à fermer les gorges des bastions.

L'Empereur, l'Électeur de Bavière, l'Électeur de Brandebourg et tous les princes de l'Empire unirent leurs forces et vinrent, le 30 mai, mettre le siége devant Mayence. Nous occupions cette place depuis le 17 octobre 1688 ; M. de Choisy y avait été envoyé dans le mois de novembre, ainsi que la compagnie de mineurs de Lamotte, pour la mettre en état de défense. Nommé maréchal-de-camp par brevet du

(1) Volume 1115 du dépôt de la guerre.

(2) Volume 902 du dépôt de la guerre.

6 mars 1689, avec pouvoir de commander dans Mayence en cas d'absence du marquis d'Huxelles, ieutenant-général, il y remplit les fonctions de gouverneur; les ingénieurs furent commandés, pendant le siége, par Delacour. La garnison était forte de 8200 hommes d'élite. Mayence n'avait alors qu'un corps de place appuyé au Rhin à ses extrémités, et précédé d'un fossé et d'un chemin couvert. Ce corps de place, construit en 1657 par Joseph Spala, était bastionné d'une manière particulière (1). Il était revêtu en maçonnerie sur les trois quarts de son développement; sur l'étendue qui ne l'était pas, le fossé était plein d'eau. Les ennemis ouvrirent la tranchée la nuit du 22 au 23 juillet et firent deux attaques. Nous n'entrerons point dans le détail de leurs travaux qui furent conduits avec lenteur. Quincy laisse peu de chose à désirer; sa relation a été imprimée à la suite de celle du siége de Grave en 1674, dans un petit volume que nous avons cité. Après quarante-cinq jours de tranchée ouverte, ils étaient simplement logés sur les glacis, lorsque, le 6 septembre, ils attaquèrent de vive force le chemin couvert. La défense eut lieu de pied ferme, ce qui est contraire aux principes généraux de Vauban; mais le cas était exceptionnel. L'ennemi ayant mal embrassé les fronts d'attaque, on avait profité de cette faute pour organiser le chemin couvert de la manière suivante : deux rangs de palissades avaient été plantés parallèlement à sa crête, et

(1) Notice sur M. de Choisy, *Spectateur militaire*, numéros de juin, juillet, août 1850.

à quelque distance, derrière le second rang, était une banquette en bois. De petites redoutes triangulaires avaient été construites dans les places d'armes, celles des places d'armes rentrantes, un peu plus grandes. Le parapet de ces redoutes était un coffrage en bois de 9 pieds d'épaisseur, rempli de terre. A 6 pieds en avant de leurs faces, on avait planté une palissade haute de 3 pieds, et, entre cette palissade et les redoutes, on avait mis des madriers garnis de pointes de fer d'inégale hauteur. Dans les petites redoutes, il y avait 24 hommes et 5 officiers avec une petite pièce de canon ; dans les grandes, 50 hommes et 5 officiers avec deux pièces de canon. Au milieu des redoutes, on avait creusé, pour être l'égout des grenades et des bombes de l'ennemi, un puits profond de 2 pieds et demi, et dont les terres avaient été relevées en talus sur ses bords. Aux saillants du chemin couvert et le long de ses branches, on avait élevé des plates-formes en bois sur lesquelles étaient en batterie des pièces de 1, de 2 et de 3 livres de balle. Ces pièces tiraient toutes les nuits, et quand le jour paraissait, on ôtait les roues de leurs affûts et on les laissait en place. Rien de plus simple que cette invention, mal rapportée par tous les auteurs, jusqu'à dire que ces petites pièces étaient montées sur des machines qui les élevaient et abaissaient à volonté.

Lorsque l'ennemi se présenta à l'attaque du chemin couvert, il y avait derrière la première palissade un rang de soldats, moitié mousquetaires et moitié fusiliers, ayant tous des grenades, et derrière la seconde un rang de soldats, moitié mousquetaires, moitié armés de piques, et enfin, sur la banquette en bois, étaient tous mousquetaires avec des grenades. Les officiers étaient partagés de distance en distance, les capitaines aux barrières de la seconde palissade. L'action fut des plus opiniâtres et des plus meurtrières ; à l'attaque du duc de Lorraine, les défenseurs du premier rang furent d'abord culbutés ; mais, soutenus par de nouvelles troupes, ils regagnèrent tout le terrain qu'ils avaient perdu et restèrent maîtres du chemin couvert. A l'attaque de l'électeur de Bavière, l'ennemi ne put se loger que sur deux angles du chemin couvert. Notre perte ne fut pendant tout le siége, suivant Quincy, que de 950 hommes tués et 1,337 blessés ; celle des assiégeants s'éleva à plus de 5,000 hommes qui demeurèrent sur la place, outre les blessés. Le 7, on resta en présence ; l'ennemi faisait ses dispositions pour renouveler l'attaque. Le marquis d'Huxelles, manquant d'armes et de poudre, demanda à capituler le 8 septembre, à midi. Le duc de Lorraine accueillit avec empressement cette proposition, et accorda la capitulation la plus honorable. La garnison sortit le 11 avec armes et bagages, six pièces de canon et deux mortiers, et fut conduite, par le chemin le plus court, à Landau ; elle était encore forte de près de 6,000 hommes, sans compter les blessés et les malades. Quincy regarde cette défense comme une des plus belles qui se soient faites du règne de Louis XIV.

Suivant l'auteur de la lettre (Choisy ou Delacour),

où nous avons puisé les détails de l'organisation du chemin couvert, la seconde palissade n'était pas bien ; elle eût été mieux sur. la banquette, à 1 pied seulement de la première.

Le capitaine de mineurs, Lamotte, qui avait très bien servi pendant le siége, ayant déclaré, en sortant de la place, que sa conscience ne lui permettait plus de servir sans faire l'exercice de son ancienne religion, sa compagnie fut donnée à Camelin, du corps de l'artillerie.

Vauban ne resta pas inactif pendant tout le temps que dura son commandement en Flandre ; il fit beaucoup travailler à Ypres, dont la fortification était dans un grand désordre. Nous plaçons à cette époque la rédaction de son mémoire : *L'importance dont Paris est à la France, et le soin que l'on doit prendre de sa conservation*. Nous avons consigné les motifs de notre opinion dans l'avertissement qui précède le mémoire (1). Voyant la France engagée dans une nouvelle guerre contre une coalition qui réunissait toutes les puissances, son imagination lui représenta le danger auquel serait exposé Paris, dans l'état où il se trouvait, en cas de revers de nos armées, et sa perte comme l'un des plus grands malheurs qui pût arriver. Son amour pour son pays lui inspira alors la pensée que la capitale fût fortifiée, pensée qu'il n'abandonna jamais. Si nos conjectures sont justes, la lettre suivante de Louvois répond à l'envoi qu'il lui fit de son mémoire :

(1) *Oisivetés*, t. Ier, p. 41

» Versailles, 3 octobre 1689.

» J'ai reçu, avec votre lettre du 20 du mois passé, le mémoire qui l'accompagnait, que le roi a trouvé fort bien raisonné, mais que Sa Majesté a jugé qu'il n'est pas possible d'exécuter. »

Après la prise de Mayence par les ennemis, le roi pensant que, la campagne prochaine, le fort de la guerre pourrait se porter sur la Meuse, Louvois écrivit à Vauban de visiter les places de Philippeville, Dinant et Charlemont, de régler ce qu'il jugerait nécessaire de faire à la première, et de donner son avis sur les deux autres. Au retour de cette tournée, Vauban, malade de fatigue des travaux d'Ypres, obtint un congé du roi, et passa presque toute l'année 1690 dans son château de Bazoches, occupé du soin de sa santé. Louvois (1) lui témoigna plusieurs fois tout l'intérêt qu'il prenait à son rétablissement ; il lui adressait à Bazoches tous les projets de places sur lesquels il avait besoin de ses conseils.

Les places où l'on dépensa les plus fortes sommes, pendant les années 1689, 1690, 1691 et 1692, sont

(1) A la première nouvelle que Vauban ne se portait pas bien depuis quelque temps, Louvois lui écrivit : « Je ne m'attendais pas que, sachant la part que je prends à votre santé, j'aurais de pareilles nouvelles par d'autres que vous. Le roi ne veut point que vous pensiez à aller à Ypres, à Dunkerque et Calais ; Sa Majesté désire que vous vous rendiez ici. » (Versailles, 24 décembre 1689.) Dans une autre lettre il lui écrit : « Sa Majesté m'a commandé de vous mander de partir de Lille, toute affaire cessante, pour venir à Paris, où assurément vous trouverez de plus habiles médecins qu'au lieu où vous êtes. » (4 janvier 1690.)

Calais, Dunkerque, Abbeville, Sedan, Mézières, Montroyal, Toulon, Marseille, le fort de Médoc et le fort Pâté dans la Gironde, Oléron, fort Chapus, Fonras, la Hougue et Tatihou. A Abbeville, on releva les anciens murs de la place, on répara les dehors et l'on fit un chemin couvert ; à Sedan, on nettoya les fossés du château, on acheva la corne de Soissons, on escarpa le roc aux deux anciens ouvrages à corne de la Rochette et des Écossais, dont la construction remontait à l'année 1660 ; on paya une année d'intérêts de la valeur des héritages pris pour les fortifications. On dépensa en tout à Sedan 374,299 livres. Raulet, ingénieur en chef des places de Champagne, et Renart, intendant des fortifications de la même province, ne pouvant pas résider dans la place, et le roi attachant une grande importance à ce que les travaux y fussent conduits avec soin et diligence, le marquis de Seignelay en donna la direction au sieur du Bouchet, gouverneur de Roquemaure, gentilhomme qu'il estimait, pour lequel il recommanda d'avoir des égards et à qui il fit allouer 6,000 livres de traitement. Le fort de Médoc et le fort Pâté, destinés avec Blaye à empêcher les navires ennemis de remonter la Gironde, furent commencés en 1690. On améliora les dehors de la citadelle d'Oléron et l'on renferma la ville dans une enceinte polygonale avec des tours bastionnées aux angles suivant le système de Landau. Ferry fit le projet du fort Chapus, que l'on commença, et qui était indispensable pour assurer la communication avec l'île d'Oléron. Les avantages du poste de

Fouras sur la rive droite de la Charente avaient été signalés en 1674 par Sainte-Colombe. Il n'y avait qu'une tour entourée par un petit château ; on y ajouta une forte batterie. Dans le cours de la guerre on éleva plusieurs autres forts, redoutes ou retranchements, sur les deux rives de la Charente. On avait une grande appréhension que l'ennemi n'entretînt des intelligences avec les nouveaux convertis nombreux dans cette contrée et n'y fît une descente. Les fortifications de la Rochelle avaient été rasées en 1628, et depuis, la ville était restée entièrement ouverte. En 1688, on résolut de les rétablir ; Ferry en fit le projet consistant dans une enceinte composée de six fronts bastionnés réguliers et de l'équivalent de quatre autres qui ne l'étaient pas : l'enceinte de la Rochelle, du côté des Capucins, manqua deux ou trois fois ; le retranchement de Saint-Antoine s'éboula ; le fort de Médoc eut le même sort : « Ce sont là, lui écrivit le ministre, des fruits de la légèreté avec laquelle vous travaillez, et de votre extrême présomption. » Niquet, obligé de retourner à Toulon, avait laissé à Brest un projet de travaux que l'on exécuta.

Le marquis de Seignelay mourut le 3 novembre 1690 ; sa charge de sécrétaire d'État de la marine fut donnée à M. Phelypeaux de Pontchartrain, qui avait été nommé contrôleur-général l'année précédente. Le roi en détacha les places fortes de l'ancien domaine et les ports de mer, et réunit les uns et les autres au département de Louvois.

Le roi ouvrit la campagne en 1691 dans le Hainaut par le siége de Mons, qui avait été résolu depuis longtemps. Louvois en ordonna les préparatifs dans le plus grand secret et avec une extrême prévoyance. Dès le mois de mai 1690, il s'assura de 900,000 rations de foin, qui devaient, jusqu'à ce qu'on les leur demandât, rester chez les vendeurs, à proximité de la Scarpe et de l'Escaut. Dans le mois de janvier, il ordonna qu'on mît les foins en bottes de 15 livres ; il chargea l'intendant de Picardie d'acheter 1560 hectolitres de pois et autant de fèves, et l'intendant de Lille de faire venir de Hollande, dès que les rivières seraient navigables, 100,000 kilogrammes de fromages à croûtes rouges, et de mettre le tout dans la citadelle de Tournai. Dans le même temps, il fit déposer un million de livres dans la citadelle d'Arras, pour y rester jusqu'à nouvel ordre. Dans le mois de décembre, le roi manda à Paris Mesgrigny, ingénieur, gouverneur de la citadelle de Tournai ; il lui fit part, et à lui seul, de son projet sur Mons, et le chargea d'aviser à avoir, dans le temps voulu, les bateaux, ponts et autres objets nécessaires au transport des vivres et des munitions par la Scarpe, l'Escaut et la Haine, affluent de l'Escaut, qui passe à peu de distance au nord de Mons. Louvois arrêta, le 26 février, une instruction pour le siége, commune au marquis de Boufflers qui devait commander l'armée assiégeante, et à M. de Bagnols, intendant à Lille, choisi pour être intendant de l'armée. Cette instruction entrait dans les moindres détails, et était accompagnée de plus de vingt états ou mémoires particuliers. Vauban donna à Louvois un mémoire de tout ce qu'il jugeait nécessaire pour le siége, dans la supposition de trente jours de durée. « J'espère bien l'expédier en moins de temps, disait-il ; mais je ne suis pas Gascon, et Dieu me garde de me vanter de choses dont lui seul sait le succès à point nommé. » M. de Vigny, lieutenant-général d'artillerie, fut chargé de faire préparer l'épuipage d'artillerie nécessaire ; on y comptait 45 pièces de 36 et de 24, 20 de 16 et de 12, 60 de 8 et de 4, 31 mortiers et 6 pierriers.

L'armée de siége était forte de 48 bataillons et 69 escadrons, non compris 4 escadrons des mousquetaires du roi, 2 bataillons de fusiliers et 1 de bombardiers, attachés au parc d'artillerie.

Les ingénieurs, au nombre d'environ 60, formaient six brigades, désignées par les noms des ingénieurs qui les commandaient : Mesgrigny, Parisot, Lalande, Richerand, Verpel et Colongue. Les sapeurs, tirés des bataillons de fusiliers, formaient 8 brigades de 8 hommes chacune.

L'armée d'observation, commandée par le maréchal d'Humière, comptait 17 bataillons et 48 escadrons ; elle était en position sur la Lys. Il y avait en outre 23 escadrons à portée du camp et 33 escadrons dans l'Entre-Sambre et Meuse.

Le 15 et le 16 mars, on surprit l'ennemi par l'investissement de la place, auquel il ne s'attendait nullement. Le 17, on commença à travailler, avec 20 000 pionniers, aux lignes de circonvallation ; on ne fit pas de lignes de contrevallation, la place étant entourée d'inondations qui rendaient difficiles les sorties de la garnison. Toutes les dispositions faites par Louvois reçurent leur exécution, sauf que les bateaux de foin, qui devaient remonter la Haine, furent arrêtés au passage des écluses de Saint-Ghilain et de Boussu, qui étaient voûtées, remarque qui avait échappé à Mesgrigny. On surmonta cette difficulté au prix de quelque retard.

Le roi arriva le 21 et fit le même jour, dit Quincy, le tour de la place. Le 22, Vauban lui soumit un projet d'attaque sur le front de la porte de Bertamont, au sud. Sa Majesté ordonna de détourner la Trouille, petite rivière qui traverse Mons avant de se jeter dans la Haine, et qui alimente les inondations et les manœuvres d'eau, qui paraissaient à craindre sur ce front. Mesgrigny, avec sa brigade et sa compagnie de mineurs, entreprit ce travail. Le 12 avril, la Trouille fut mise dans le lit qui lui avait été creusé entre la place et la première parallèle.

On amorça cette première parallèle le 24 mars, à la pointe du jour, et la nuit du 24 au 25, on commença à monter la tranchée régulièrement et l'on acheva la parallèle.

Le front d'attaque était couvert par deux demi-lunes revêtues, assez rapprochées l'une de l'autre, enveloppées par des contre-gardes en terre, avec fossés et avant-fossés pleins d'eau. En avant de la demi-lune de gauche, par rapport à la place, était un ouvrage à corne en terre, avec une contre-garde semblable sur le demi-bastion de gauche, et un couvre-face sur la face gauche du demi-bastion de droite.

L'artillerie exécuta ses travaux avec une telle promptitude que le 26, à dix heures du matin, elle avait en batterie contre la place 34 pièces de gros calibre et 25 mortiers, dont l'un lançait des bombes du poids de 500 livres.

La nuit du 28 au 29, cinquième du siége, on se logea sur le bord du fossé de l'ouvrage à corne ; la septième, on exécuta le passage du fossé de sa contre-garde sous la protection d'une batterie rapprochée de six mortiers, qui lançaient dans l'ouvrage avec justesse des bombes du poids de 50 livres. Maître de la contre-garde et de la demi-lune, on commença, la huitième nuit, le passage du fossé du demi-bastion de droite ; il fut terminé le 1er avril, à trois heures après midi. Jusque-là on avait perdu au plus 60 hommes ; l'ennemi faisait si peu de résistance que M. de Boufflers et Vauban lui-même résolurent, après avoir pris les ordres du roi, de donner l'assaut à l'ouvrage avec la garde de la tranchée. L'assaut réussit ; les travailleurs étaient occupés à se loger, lorsque l'ennemi fit un retour offensif qui produisit l'effet d'une panique sur les assaillants. Tous prirent la fuite, tous repassèrent le pont dans le plus grand désordre ; M. de Boufflers, qui essaya de les arrêter fut blessé légèrement au-dessous de l'oreille. Le lendemain, dans l'après-midi, on livra un nouvel assaut. L'ennemi était en force dans l'ouvrage à corne ; mais on l'en chassa et l'on y fit un logement. Cette double action nous coûta 130 hommes, tant tués que blessés, entre lesquels il y avait 12 officiers, 5 ingénieurs et 30 mousquetaires du roi. L'ennemi ne fit plus ensuite une résistance sérieuse. Notre artillerie, nombreuse et bien servie, ayant causé de grands ravages dans la fortification et ruiné les revêtements, au point que la place n'aurait pas été à l'abri d'une attaque, quand les passages de fossé auraient été exécutés, le gouverneur, de nation espagnole, ainsi que la garnison, demanda, le 8 avril, à capituler. La capitulation avec le magistrat fut réglée le même jour ; celle du gouverneur fut signée le 9. Le roi lui accorda 250 chariots et un passe-port pour aller à Madrid, dans son carrosse, avec son équipage. La garnison sortit le 10, encore forte de 4500 hommes portant les armes ; elle était de 7000 hommes avant le siége.

La guerre de la ligue d'Augsbourg fournit l'occasion de se faire connaître à Lapara de Fieux, ingénieur qui a acquis une certaine célébrité par les siéges dont il a dirigé les attaques, et qui jusqu'alors semblait n'avoir pas été apprécié par Louvois. En 1691, il eut le commandement des ingénieurs à l'armée de Piémont, qui était sous les ordres de M. de Catinat. Dans le mois de mars, cette armée opéra sur le littoral pour enlever à M. de Savoie les points par lesquels il aurait pu communiquer avec la flotte anglaise. Quoique Quincy ne le nomme pas, Lapara eut une grande part à la prise du château de Nice, qui se rendit le 2 avril, après cinq jours d'attaque. Ce fut lui qui en porta la nouvelle au roi, alors devant

Mons. M. de Catinat déclarait « qu'il était très satisfait de M. Lapara, qu'il lui avait trouvé de l'expérience et un bon discernement, meilleur même qu'il n'aurait pensé. »

Il revint à l'armée, et, dans le mois de juillet, il dirigea les attaques de Coni, sous les ordres de M. de Bulonde, lieutenant-général. On fut obligé, après onze nuits de tranchée, de lever le siége le 29 juillet. On ne saurait attribuer ce revers aux fautes seules du commandant des ingénieurs, qui fit attaquer le chemin couvert de vive force, où l'on échoua, avec perte de plus de 500 hommes tués ou blessés. On avait entrepris le siége de Coni avec peu de moyens, sans être bien informé de la force de la garnison ; le célèbre Feuquière, alors maréchal-de-camp, qui avait investi la place, n'est point étranger à cette faute. M. de Bulonde fut disgracié et renfermé à Pignerol.

Le roi destina Lapara à servir en chef, la même année, au siége du château de Montmélian, pour lequel on fit les préparatifs convenables. On occupait la ville depuis le 5 août, qu'elle s'était rendue, après un siége de huit jours. On ouvrit la tranchée devant le château la nuit du 18 au 19 novembre ; il capitula le 21 décembre. Pendant toute la durée du siége, Lapara fut comblé d'éloges par M. de Catinat et par le roi. On ne pouvait lui faire qu'un reproche : c'était de trop s'exposer et de se faire blesser. Ce n'était point chez lui une ardeur irréfléchie ; il avait, au contraire, la faculté d'envisager le danger avec le plus grand sang-froid ; mais, dans les siéges, l'ingénieur doit bien voir, voir de près et s'exposer souvent.

Quelques ingénieurs français servirent la cause du roi Jacques en Irlande ; nous avons peu de détails sur la part qu'ils prirent aux défenses de places qui eurent lieu.

Les places fortes où l'on dépensa le plus pendant l'année 1691 furent : Dunkerque, 228 000 livres ; Calais, 333 000 ; Montreuil, 87 000 ; Hesdin, 72 000 ; Abbeville, 240 000 ; Mons, 454 000 ; Dinant, 195 000 ; Charlemont, 105 000 ; Mézières, 156 000 ; Sedan, 261 000 ; Sarrelouis, 82 000 ; Montroyal, 249 000 ; fort Louis du Rhin, 105 000 ; Landau, 215 000 ; Philippsbourg, 308 000 ; Huningue, 185 000 ; Belfort, 294 000 ; Besançon, 127 000 ; Suze, 80 000 ; Antibes, 142 000 ; Toulon, 160 000 ; Marseille, 124 000 ; Belver, en Espagne, 96 000 ; Bayonne, 185 000 ; Blaye, fort Pâté et fort Médoc, 210 000 ; Rochefort. 103 000 ; la Rochelle, 146 000 ; Brest, 154 000 ; le Havre, 74 000.

Louvois mourut le 16 juillet. Nous n'essayerons d'apprécier ni son génie, ni les services qu'il a rendus, ni tous les ordres qu'il a fait exécuter. Sa correspondance prouve qu'il était laborieux, appliqué, et qu'il entrait dans les moindres détails (1). A sa

(1) François-Michel Letellier, marquis de Louvois, le plus grand ministre de la guerre qu'on eût vu jusqu'alors, secrétaire d'État en 1666. Il fut plus estimé qu'aimé du roi, de la cour et du public. Il n'est pas vrai qu'il mourut subitement, au sortir du conseil, comme on l'a dit dans tant de livres et de dictionnaires. Il prenait

mort, Louis XIV sépara du ministère de la guerre l'administration des forteresses et du corps des ingénieurs ; il en fit un département particulier, qu'il confia à M. Le Peletier de Souzy. Le 22 juillet, il écrivit à Vauban la lettre suivante :

« Monsieur de Vauban,

» Je ne doute point que vous n'ayez été fâché de la mort du marquis de Louvois. Comme il était chargé des fortifications des places de mon royaume, j'ai cru qu'il était de mon service de pourvoir au plus tôt à cet emploi et ne pouvoir faire un meilleur choix que du sieur Le Peletier, intendant de mes finances. Je lui ai ordonné de vous consulter sur tout ce qui regarde cet emploi, et j'attends du zèle que vous avez pour mon service que vous l'aiderez de vos conseils en tout ce que vous pourrez, et la présente n'étant pour autre fin, je prie Dieu, etc. »

Le marquis de Barbesieux, second fils de Louvois, qui lui succéda dans la charge de ministre secrétaire d'État de la guerre, écrivit le même jour à Vauban :

« Le roi ayant trouvé bon de charger M. Le Peletier de Souzy des fortifications de toutes les places du royaume, je mande aux ingénieurs de lui rendre compte à l'avenir de celles dont ils ont soin, et je vous en donne avis afin que vous vous adressiez dorénavant à lui pour ce que vous aurez à proposer à Sa Majesté pour la meilleure fortification desdites places. »

II. — 1692-1715.

M. Le Peletier reçut, dans ses lettres de service,

les eaux de Balaruc, et voulait travailler en les prenant; cette ardeur indiscrète de travail causa sa mort en 1691. (Voltaire, *Siècle de Louis XIV*.)

le titre de *directeur général des fortifications des places de terre et de mer*. Vauban, commissaire général des fortifications, regretta de ne plus ressortir au ministre de la guerre ; il travaillait avec le directeur général, et souvent avec le roi. Il connaissait de tous les projets des places que M. Le Peletier lui faisait remettre ; il les examinait et les arrêtait. Le directeur général connaissait des fonds, des grâces et de leur distribution ; il travaillait avec le roi, avait son jour comme les secrétaires d'État, et soumettait à Sa Majesté les projets des places revus par Vauban ; tous deux se partageaient, sous le nom de visite, l'inspection des frontières. Louis XIV aimait M. Le Peletier, et avait la plus grande confiance en sa droiture, sa probité et ses lumières. A des qualités éminentes, M. Le Peletier joignait l'avantage, pour remplir avec honneur son emploi, d'avoir été, pendant seize ans, intendant de justice, police et finances dans une grande province frontière, et d'avoir en quittant, en 1683, l'intendance de Flandre, siégé sept ans au conseil d'État. Il avait laissé à son successeur, à Lille, à M. de Breteuil, une instruction sur l'état présent des affaires de chaque ville, de chaque État, de chaque châtellenie, et sur ce qu'il croyait qu'on pouvait y faire de bien dans la suite. Cette instruction est un document intéressant où nous puiserons quelques détails sur les fonds que les villes de Flandre fournissaient pour l'entretien des fortifications.

M. Le Peletier acheva la réforme des inspecteurs des travaux, commencée en 1690 par M. de Seignelay. Ces emplois étaient devenus abusifs, et avaient, disent les anciens mémoires, introduit dans le corps plusieurs sujets de médiocre origine, qui manquaient de l'intelligence nécessaire, et même quelques-uns des sentiments de valeur et de probité si essentiels dans le métier d'ingénieur. Après la paix de Ryswick, 1697, il ne voulut plus recevoir ingénieur que des sujets ayant subi l'examen de M. de Vauban; à égalité de mérite, il préférait les fils de maîtres aux autres, les gentilshommes à ceux qui ne l'étaient pas, et les officiers ayant servi dans les troupes à ceux qui n'avaient point de services. En un mot, il ne se proposa dans ses choix que de remplir le corps de bons sujets.

Il appela auprès de lui, comme premier commis de la direction générale, M. de Girval, qui était ingénieur en chef, chargé de Belle-Ile et de Port-Louis. Girval avait 6,000 livres de traitement, remplissait des missions, et faisait des tournées. Il avait sous ses ordres Marchant et Vialis.

M. Le Peletier s'occupa en 1692, ou tout au moins au commencement de 1693, d'une organisation du service du génie par *directions;* c'est ce qui résulte d'une lettre de Vauban datée d'Antibes, 17 février 1693, dans laquelle il donne son avis sur le choix des ingénieurs à mettre à la tête des divers départements de places que le directeur général se proposait de former. Toutefois nous n'avons d'états des directions du génie qu'à dater de l'année 1696.

Par une déclaration du 24 février 1692, le roi

réunit les charges de trésoriers des fortifications des places maritimes à celles de trésoriers généraux des fortifications.

L'entreprise la plus considérable qui se fit cette année est le siége de Namur. Ce siége, et celui non moins remarquable que la même place soutint en 1695, méritent que nous entrions dans quelques détails sur sa position. La ville de Namur est située au confluent de la Sambre dans la Meuse, et à l'exception d'un quartier dans l'Entre-Sambre et Meuse, elle est tout entière dans l'angle très ouvert que forment les rives gauches de ces deux rivières. Sa forme est celle d'un ovale dont le grand axe est dirigé du sud-ouest au nord est. Au sommet nord-est se trouve le front Saint-Nicolas, bastionné, devant lequel est une demi-lune. A la gauche de ce front, s'appuyant à la Sambre, sont six autres fronts également bastionnés ; en arrière de ces fronts est un ancien corps de place flanqué par des tours ; en avant est un chemin couvert général. Au pied des glacis des trois premiers fronts coule le Vedrin ou ruisseau d'Harquet, qui se jette dans la Meuse. Au delà sont les hauteurs de Bouge, qui commandent de très près le front Saint-Nicolas. Du côté de la Sambre, les maisons de la ville en forment l'enceinte ; cette partie, qui regarde l'Entre-Sambre et Meuse, n'est exposée à aucune attaque. A droite du front Saint-Nicolas, le long de la Meuse, règne une muraille terrassée, flanquée de quelques tours, et séparée de la rive gauche de la Meuse par une lisière de sable. Il n'y a point de fortification sur la rive droite, qu'un ouvrage à couronne qui couvre seulement le confluent de la Sambre et de la Meuse, et qui renferme le faubourg de Jambe, uni à la rive gauche par un pont en pierres. Cette tête de pont a devant elle, à 600 mètres de distance, un coteau qui la commande.

Dans l'Entre-Sambre et Meuse, c'est ainsi qu'on appelle l'angle très aigu formé par la rive droite de la Sambre et la rive gauche de la Meuse, s'élève une haute montagne sur laquelle est le château de Namur avec son donjon. Au pied de cette montagne est le quartier isolé de la ville dont nous avons fait mention, et qu'on appelle la ville basse. En avant du château est un grand ouvrage à corne appelé *Terra-Nova*, dont les branches, en queue d'aronde, s'appuient au double front bastionné du château. Au delà de Terra-Nova, sur la droite, est un ravin profond qui le sépare du fort Neuf ou fort Guillaume, appelé aussi fort d'Orange et fort de Cohorn, du nom du célèbre ingénieur qui l'avait fait construire. Ce fort a la forme d'un ouvrage à corne dont le plan de site, parallèle au terrain, est incliné vers la Sambre. Au pied des glacis allongés du fort est la plaine de Salsinnes, nom d'une abbaye située à 1200 mètres de distance, sur la rive droite de la Sambre. Au delà de Terra-Nova, sur la gauche, est un autre ravin moins prononcé que celui de droite, et entre les deux ravins un col assez large qui unit Terra-Nova à un plateau inégal, pierreux, rempli de souches et de rejets de bois avec quelques champs labourés, et cinq ou six maisons écartées çà et là. Les ennemis avaient fortifié la plus avancée de ces maisons, et l'avaient entourée d'un chemin couvert palissadé, qu'ils avaient étendu à gauche jusque sur le bord des escarpements au pied desquels coule la Meuse. Cette maison fortifiée était autrefois un cabaret appelé la *Cachotte*, à cause que les soldats s'y allaient cacher pour faire leur débauche (1). Le plateau de la Cachotte se termine, à 1000 mètres de Terra-Nova, par une longue arête transversale en forme de dos d'âne, sur laquelle est un vieux mur, dont elle emprunte le nom. Cette arête offre une position de défense avantageuse.

Toute la fortification de Namur était en bon état et armée d'une nombreuse artillerie. La garnison était, suivant Quincy, forte de 7,900 hommes d'infanterie allemande, hollandaise et espagnole, de 300 chevaux, et de 80 canonniers anglais, en tout 8,280 hommes. Elle était commandée par le prince de Barbancon, homme de qualité distingué; Cohorn avait le commandement particulier du fort Guillaume. L'armée destinée à faire le siége était forte de 53 bataillons d'infanterie, 2 de fusiliers attachés à l'artillerie, 2 de bombardiers, 148 escadrons, et la compagnie de mineurs de Camelin. Les ingénieurs formaient 6 brigades, sous les noms de Dupuis-Vauban, Richerand, Diftot, Grandcombe, Dubosc et Verpel;

(1) Vauban, *Journal de ce qui s'est passé de plus considérable à la prise de Namur, assiégé par le roi en personne le 25 mai, et rendu à l'obéissance de Sa Majesté le 29 juin 1692.* (Manuscrit.)

chaque brigade, forte de 9 à 10 ingénieurs (1). Le parc d'artillerie est cité par Saint-Remy comme très considérable : on y comptait 6 pièces de 33, 66 de 24, 8 de 16, et 16 de 12 ; 3 mortiers de 18 pouces, 32 de 12, 12 de 8, et 8 pierriers.

L'armée s'assembla à Mons ; le 25 et le 26 mai elle investit la place dans l'ordre suivant : M. le prince de Condé, au nord, avec 16 bataillons et 39 escadrons, sur les hauteurs de Bouge ; M. de Boufflers, à l'est, sur la rive droite de la Meuse, avec 12 bataillons et 54 escadrons ; M. de Ximénès, au sud, entre la Sambre et la Meuse, avec 6 bataillons et 20 escadrons ; Sa Majesté, à l'ouest, sur la rive gauche de la Sambre, se liant à M. le prince, avec 19 bataillons et 35 escadrons. On commença par l'attaque de la ville, qui, conduite habilement, en profitant de tous les avantages du terrain, fut l'affaire de sept jours. La nuit du 29 au 30 mai, on ouvrit la tranchée sur les hauteurs de Bouge et sur les deux rives de la Meuse, en amont, contre le front Saint-Nicolas et contre l'ouvrage à couronne qui couvrait le faubourg de Jambe. Le gouverneur capitula le 5 juin pour la ville ; le 6, on y entra ; le 7, le gros de l'armée se porta au sud, dans l'Entre-Sambre et Meuse, où, de son côté, l'ennemi s'était hâté d'occuper le retranchement naturel dit le *Vieux-Mur*. La brigade du roi, composée de 10 bataillons, arriva la première en

(1) Voir, au vol. 1136 du dépôt de la guerre, la composition des brigades.

vue de la position ; le commandant de cette brigade et le lieutenant-général de jour délibéraient sur les moyens de l'attaquer, lorsque survint Vauban, qui acheva de les déterminer. L'ennemi ne tint pas ; il se replia de position en position jusqu'à la Cachotte. L'action dura trois heures, et nous coûta 358 hommes tués et blessés.

Le 8, on ouvrit la tranchée contre la redoute de la Cachotte. L'attaque de cet ouvrage eut lieu le 13 au matin ; au bout d'une heure, forcé sur tous les points, l'ennemi se retira dans les chemins couverts du fort Guillaume et du Château (1).

Le même jour, 13, on fit contre la branche gauche du fort, à 250 mètres de distance, une grande parallèle, en avant de laquelle on commença trois batteries, deux de canons et une de mortiers. Vauban établit son quartier-général à l'abbaye de Salsinnes. De ce moment il dirigea les attaques, au nombre de trois, dont une dite la basse attaque, simultanément contre le fort et contre Terra-Nova. La basse attaque, qui partait de l'abbaye de Salsinnes, chemina contre le saillant de droite du fort, embrassa ce saillant, se liant par la droite avec la haute attaque, et s'avançant par la gauche sur la rive droite de la Sambre, d'où, arrivée à un certain point, elle se bifurqua,

(1) Racine rapporte, à l'occasion de cette attaque, deux traits de Vauban qui prouvent les précautions qu'il prenait pour prévenir les conséquences souvent fatales de l'ardeur du soldat. (Lettre datée du camp, près de Namur, 15 juin 1692; *Œuvres de Racine*, t. VII, p. 273, édit. de Laharpe, 1807.)

fournit un cheminement vers Terra-Nova, et un autre vers la gorge du fort. Plusieurs batteries établies sur les deux rives de la Sambre facilitaient ses progrès. Dans le même temps, la haute attaque se divisait en deux parties : la gauche dirigée contre la branche gauche du fort, et la droite contre Terra-Nova. La nuit du 19 au 20, douzième du siége depuis le 8, les deux attaques du fort n'étaient plus qu'à 20 mètres de son chemin couvert. Nos batteries avaient ruiné ses défenses, battu en brèche et fort endommagé ses revêtements. Le 23, à neuf heures du soir, après que trois décharges de six bombes chacune, tirées toutes à la fois, dont la première à vide, eurent eu lieu, huit compagnies de grenadiers, suivies de 500 travailleurs, livrèrent assaut au fort. Bien que la désertion se fût mise parmi la garnison, 1,600 hommes qui restaient encore avec Cohorn opposèrent une vive résistance aux assaillants de la basse attaque ; mais ceux de la haute ayant pénétré dans le fort par la brèche faite à sa face gauche, les défenseurs, à qui toute retraite était désormais interdite, battirent la chamade. Le roi leur accorda une capitulation honorable. Le 23, à midi, 1,553 hommes, bien faits et bien couverts, dit Vauban, sortirent du fort avec armes et bagages, et furent dirigés sur Gand. Ainsi se rendit le fort Guillaume, après quinze jours de tranchée ouverte. Nous eûmes dans cette attaque 178 hommes hors de combat.

Nous nous sommes étendu sur la prise du fort Guillaume, parce que le récit que M. Allent en a fait n'est point exact (1). Quant à l'entrevue de Vauban et de Cohorn, elle est rapportée par Racine dans sa correspondance avec Boileau (2), et dans son Précis historique du siége de Namur.

La nuit du 24 au 25 juin, les deux attaques, l'attaque haute et l'attaque basse, se prolongèrent par une grande tranchée qui embrassa tout le front de Terra-Nova. La nuit du 27 au 28, on fit les dispositions nécessaires pour l'attaque du double chemin couvert de ce grand ouvrage. Elle eut lieu le 28, dans l'après-midi, sous les yeux du roi, qui s'était posté sur un angle du chemin couvert du fort Guillaume. Elle réussit pleinement. Dans le récit détaillé que Vauban en a fait, il a cru devoir donner place à la belle action d'un soldat, enfant de Paris, qui, gratifié par le roi d'une somme de vingt louis, pour la reconnaissance d'une brèche, en prit deux pour boire à la santé de Sa Majesté, en donna deux à son capitaine pour lui rendre dans ses besoins, et envoya les seize autres à sa femme. Les ennemis, consternés, capitulèrent le 29, et le 30 les troupes du roi entrèrent dans le château. Nous n'eûmes, d'après les états des majors et du commissaire de l'hôpital, que 1,100 hommes

(1) Suivant M. Allent (p. 270), « une double sape ayant uni les extrémités opposées d'une immense parallèle, ferma le cercle, acheva d'envelopper le fort Guillaume et le réduisit à ses propres forces. *Étourdi de ce coup imprévu*, Cohorn se défend encore... Mais les Français se précipitent dans les chemins couverts, poursuivent les ennemis et ne s'arrêtent qu'au bruit de la chamade. »

(2) « Vauban admire le fort Guillaume, ouvrage de Cohorn, qui avoue que l'attaque a été très savante. » Racine, lettre du 24 juin.

tués et 1,600 blessés. Dans ces nombres sont compris 9 ingénieurs tués et 13 blessés. D'après les calculs de Vauban, les ennemis eurent 3,652 hommes morts ou blessés.

Le chiffre peu élevé de ces pertes, dans un grand siége où il y eut plusieurs actions de vigueur, est dû à la bonne méthode d'attaque que Vauban savait pratiquer. Son journal et la relation détaillée de Quincy sont des documents d'autant plus précieux que le roi étant à l'armée aucun rapport de tranchée ni autre ne paraissent avoir été adressés au secrétaire d'État de la guerre. Il manquait au journal de Vauban un plan des attaques ; ce plan a été fait en 1834 par le colonel du 2e régiment du génie (M. le maréchal Vaillant), avec le soin et l'exactitude qu'on pouvait attendre de l'ancien premier aide-de-camp de l'illustre général Haxo.

La médaille que, suivant l'usage, on frappa pour le siége de Namur a pour légende : *Namurcum captum*, et pour exergue : *Sub oculis Germanorum, Hispanorum, Anglorum, Batavorum, centum millium,* XXX *junii* MDCXCII (1).

Les places que le roi avait fait fortifier depuis qu'il avait commencé à régner avaient maintenu la tranquillité à l'intérieur, assuré à Sa Majesté la possession de ses conquêtes, et l'avaient mise en état, plus d'une fois, de faire des paix très avantageuses.

(1) *Médailles sur les principaux événements du règne entier de Louis le Grand, avec des explications historiques.* A Paris, de l'Imprimerie royale, 1723. In-folio.

Pour perpétuer le souvenir des services qu'elles avaient rendus, on fit frapper une médaille qui a pour légende : *Securitati perpetuæ*, à la sûreté perpétuelle du royaume, et pour exergue : *Urbes aut arces munitæ aut extructæ* CL *ab anno* MDCLXI *ad annum* MDCXCII, 150 places ou citadelles bâties ou fortifiées depuis 1661 jusqu'en 1692.

Vauban passa les mois de juillet et d'août à Namur, occupé à faire réparer les dégâts que notre canon avait causés à la place. Il était survenu en Dauphiné, dans le mois d'août, un événement qui détermina le roi à l'envoyer dans cette province. Renforcé de 20 000 hommes de troupes impériales, le duc de Savoie avait sous ses ordres une armée de 40 000 hommes. Il en laissa 16 000 aux environs de Pignerol, en présence de M. Catinat, qui en avait 20 000, et avec 2000 environ, entra dans la vallée de Barcelonnette qui alors n'appartenait pas à la France, et qu'à vrai dire on ne connaissait pas (1), passa le col de Vars, attaqua le 28 juillet, Guillestre, bourg à peine fortifié, qui l'arrêta trois jours, passa ensuite la Durance et vint le 5 août assiéger Embrun, où le marquis de Larray s'était jeté avec 3000 hommes. A la nouvelle de la marche du duc de Savoie, M. Catinat partit de Roche-Cotel le 30 juillet avec 5000 hommes, et vint camper le 1er août au mont Genèvre, ne pouvant croire que l'ennemi qui n'avait avec lui que des pièces d'artillerie légère, oserait entreprendre un siége. La

(1) Lettre de Vauban du 27 juin 1695, datée de Brest.

chose cependant ayant lieu, il prit position le 13 au camp de Pallons, mais trouvant le défilé de Château-roux bien gardé, il ne tenta pas le secours de la place. Le marquis de Larray était un homme de cœur, qui, étant bien secondé par les officiers sous ses ordres et par Robert, ingénieur dont il se loue dans son rapport, fit toute la résistance qu'on pouvait attendre, manquant de plomb, dans une bicoque telle qu'était alors Embrun. Il y tint dix jours de tranchée ouverte, il y avait trois mineurs attachés à la muraille, et une mine déjà chargée, lorsqu'il capitula ; il sortit de la place le 19, la garnison libre et pouvant reprendre les armes au bout de six semaines.

Après la prise d'Embrun, les alliés mirent à contribution une assez grande étendue de pays. Gap ayant refusé de se soumettre fut attaqué, pris et réduit en cendres le 20. On ne réprimait pas la licence militaire ; les Impériaux surtout exercèrent une cruelle rigueur en représailles, disaient-ils, de ce qui s'était passé dans le Palatinat en 1689. Victor-Amédée étant tombé dangereusement malade à Gap, les alliés restèrent dans l'inaction, firent sauter les fortifications d'Embrun, et rentrèrent en Piémont chargés d'un riche butin (1).

Les armes de Louis XIV essuyèrent à la fin de l'année 1692 un revers plus grave que la perte momentanée d'Embrun, qui était plutôt ce qu'on appelle un poste militaire qu'une forteresse. Sa Majesté avait

(1) *Histoire militaire du Piémont*. Turin, 1818, t. V, p. 61, 62.

fait savoir, dans le mois d'octobre, au maréchal de Lorge, qui commandait son armée d'Allemagne, qu'elle avait le dessein de se rendre maître de Rheinfels, considérant cette place comme importante pour interrompre le commerce du Rhin, et comme une restitution considérable qui tiendrait lieu d'autre chose à la conclusion de la paix. On fit les préparatifs de cette entreprise à Montroyal. Au commencement de décembre, le comte de Tallard, lieutenant-général qui commandait sur la Moselle, reçut l'ordre de l'exécuter. Le 15, il arriva devant la place avec 12 000 hommes, qui composaient son armée. Le 16, il reçut, étant en reconnaissance, une balle dans les chairs qui le mit hors d'état d'agir. M. de Choisy, maréchal-de-camp, ingénieur, le remplaça, et fit ouvrir la tranchée la nuit du 17 au 18, entre Saint-Goar et Rheinfels. Le 27, on était très proche du chemin couvert. Les munitions commençant à manquer, le landgrave de Hesse-Cassel s'avançant pour secourir la place, M. de Choisy fit attaquer le chemin couvert le 27 en plein jour ; on s'en rendit maître, mais on perdit du monde ; la plupart des officiers des grenadiers furent tués ou blessés ; trois ingénieurs furent tués. Le 29, on mit deux pièces de 24 en batterie sur la crête du chemin couvert ; enfin, le 31, les descentes de fossé étaient faites, lorsqu'on reçut de M. Tallard, qui avait été transporté à Montroyal, l'ordre de lever le siége. C'était l'opinion de M. de Choisy ; ce fut celle de tous les officiers qu'il assembla en conseil de guerre. La nuit du 1er janvier, l'artillerie désarma les batteries, dont toutes les pièces furent ramenées à Montroyal.

Lorsque Vauban apprit cette nouvelle à Nice, dans le mois de février 1693, il porta un jugement sévère sur la conduite qu'on avait tenue.

« C'est une entreprise honteuse à la France, dit-il, et très préjudiciable aux troupes. Si nous avions eu trente années de paix, que personne n'eût su attaquer ni défendre de places, il n'est pas possible qu'on eût pu faire une plus grande ânerie. »

Toute la responsabilité incombait à ceux qui avaient fait entreprendre ce siége légèrement ; Sa Majesté le sentit et fit écrire à M. de Choisy, par le marquis de Barbesieux, « qu'elle était contente de toute la conduite qu'il avait tenue dans l'affaire de Rheinfels. » M. de Choisy démontra, dans un mémoire historique intéressant, que le projet du siége avait été dressé sur de faux rapports et exécuté avec des moyens insuffisants. (Notice sur M. de Choisy déjà citée.)

Vauban partit de Namur le 1er septembre 1692, y laissant Cladech, ingénieur dont il faisait le plus grand cas, comme le témoigne sa correspondance avec Cladech et les regrets qu'il a donnés à sa mort. (Lettre du 8 août 1693.) Il visita successivement Grenoble, Gap, Embrun, Guillestre, Briançon, Pignerol, Saint-Vincent, Seyne, Sisteron, Digne et arriva le 31 décembre à Nice, où il resta jusqu'au 26 février (1693), occupé à la rédaction des projets des places qu'il avait visitées. Le plus important fut celui d'une place neuve sur une montagne escarpée, au confluent du Guil avec la Durance, à laquelle il proposa de donner le nom de *Mont-Dauphin.* Nous n'avons point la date de ce projet qui dut être envoyé un des premiers à M. Le Peletier. Le 5 janvier il adressa au directeur-général les projets de Seyne et de Saint-Vincent, celui de Seyne fait par Richerand ; le 6 les projets de Gap et de Sisteron, celui de Sisteron fait avec Niquet ; le 9 le projet de Digne, enfin le 16 février les projets de Colmars, Guillaumes et Entrevaux. Fatigué par un gros rhume, il n'avait pas visité ces trois places auxquelles on ne pouvait arriver que par de mauvais chemins dans la saison où l'on était. La lettre d'envoi commence ainsi :

« Comme les situations de ces trois places sont toutes bossillées et également commandées de près et de loin des hauteurs qui les environnent, il n'y a qu'une méthode de fortification à y observer, qui est celle des tours bastionnées, des murailles couvertes un peu fortes, percées d'embrasures et de crénaux sans quoi il n'y a pas moyen de pouvoir demeurer aux défenses. »

Dans le projet d'Oulx, au pied du mont Genèvre, où il fait les tours rondes, il s'exprime ainsi :

« Il ne faut pas regarder ces tours avec mépris, ni comme une nouvelle fantaisie. Étant élevées à trois étages et fort solides, elles fourniront plus de flancs que les bastions dont ce lieu peut être capable, et on n'y sera pas vu par dedans. A l'égard de la rondeur, elles résisteront mieux au canon que quand elles n'opposent que des corps plats, et en leur faisant des angles flanqués il n'y aurait aucun point dans le circuit de la place qui ne fût bien défendu. » (Lettre du 18 septembre 1700, datée d'Embrun.)

M. Le Peletier lui ayant fait quelques observations sur l'emploi des fortifications dans les Alpes, il lui répondit (lettre du 17 février 1693 datée d'Antibes) :

« Il est bien vrai que les Alpes ne sont pas des barrières suffisantes ; mais quand les passages en sont bien reconnus, c'est beaucoup de n'y point trouver de portes cochères, mais seulement des guichets qu'on peut aisément fermer, c'est-à-dire de très longs défilés, extrêmement étroits et pleins de haut et de bas, où il n'y a au plus que des chevaux et des mulets qui y passent une partie de l'année, à quoi l'on remédiera très bien par toutes les fortifications proposées à ce dernier voyage. »

Pour remplir l'objet de sa mission, qui était de reconnaître les frontières du Dauphiné et de Provence, et d'indiquer les fortifications qui y étaient nécessaires, de Nice il fit une excursion à Sospello et Saorgio, sur la route du col de Tende, ou s'en fit rendre compte. Il visita Saint-Paul (de Vence) qui avait été fortifié en 1544 par François Ier, et qui lui parut de considération si nous n'avions plus Nice. Il fit un projet de fortification pour Antibes ; visita le golfe de Jouan les îles Sainte-Marguerite et Saint-Honorat, ne put aller aux îles d'Hyères, et arriva le 26 février à Toulon où il fit le projet de fortification tant de la place que des tours, forts et batteries de la rade qui, dans la circonstance, étaient le plus nécessaires. Il séjourna à Lyon le 17 mars pour conférer avec Delacour, et répondre à cent lettres qu'il y trouva ; enfin, gagna Paris à la journée de ses chevaux.

Les places des frontières qu'il venait d'inspecter obtinrent : Grenoble, 105,763 fr. ; Gap, 50,000 ;

Mont-Dauphin, 159,080 ; Embrun, 197,196 ; Briançon, 159,430 ; Pignerol et Sainte-Brigide, 206,485 ; La Pérouse, 107,814 ; Nice, 25,859 ; Antibes, 35,170 ; Entrevaux, 18,759 ; Guillaumes, 22,000 ; Colmars, 30,682 ; Saint-Vincent, 21,922 ; Seyne, 58,045 ; vallée de Barcelonnette, 32,000 ; Toulon, 164,660.

A peine arrivé à Versailles, 6 avril, Vauban en repartit pour visiter les places de la Manche, Montreuil, Boulogne, Calais, Gravelines, Furnes, et surtout Dunkerque, considéré avec Namur comme les places les plus importantes de la frontière du nord. Son mémoire bien connu sur les camps retranchés sous les places fortes est de 1696 ; mais, dès l'année 1693, il mettait en pratique les principes qu'il enseigne dans ce mémoire. Il pensait qu'il n'y a pas de place imprenable pour une armée qui est pourvue des moyens d'attaque convenables et qui est protégée par une armée d'observation, et que, pour détourner l'ennemi de faire le siége d'une place, il faut ajouter à ses fortifications un camp retranché pour 10, 12 ou 15,000 hommes. En passant à Dunkerque dans le mois de mai, il marqua le camp retranché que l'on y fit en 1694 entre le canal des Moeres à gauche et le canal de Bourbourg à droite, le saillant au Fort-Louis. Il pensait que ce camp, une fois achevé et gardé par un corps de troupes un peu considérable, il n'y aurait point d'armée de 100,000 hommes qui pût tellement circonvaller Dunkerque qu'on n'y pût faire entrer des secours quand on voudrait. La situation de Furnes, nouvelle conquête du roi due au maréchal de Boufflers, lui parut admirable ; il rédigea une instruction pour sa fortification, à laquelle on dépensa, en 1694, 150,000 livres, et les années suivantes jusqu'en 1705 inclusivement, 650,000.

Sa correspondance (1) nous apprend qu'à cette époque le directeur-général employait plusieurs ingénieurs à lever les plans des places avec leurs environs et d'autres à en faire les reliefs sur les lieux mêmes. Ces plans étaient en général à l'échelle de trois lignes pour 100 toises. Les noms des ingénieurs dont les plans sont conservés sont Saint-Paul, de Ferre, de La Vallée, Vosgin, Grandval, Picot, à Saint-Malo.

L'origine de la construction des plans-reliefs des places remonte à l'année 1668, que Louvois voulut avoir les reliefs de la place d'Ath et de la citadelle de Lille, telles que l'une et l'autre seraient lorsqu'elles seraient achevées. Depuis, Louis XIV fit généralement faire les reliefs de toutes ses places neuves et leur affecta la grande galerie du Louvre, où sont aujourd'hui les tableaux (2). Ces plans, construits en carton, souvent avant l'exécution des projets, n'étaient pas exacts et se déformaient facilement par les variations de température, au point que, pour prévenir cette détérioration, on faisait du feu l'hiver dans la galerie (3). Il n'en est pas de même des reliefs mo-

(1) Lettre du 23 mai 1693, datée de Lille.

(2) *Notice historique sur la galerie impériale des plans-reliefs* (*Spect. milit.*, livraison du 15 juin 1853).

(3) Vauban n'était point partisan de ces représentations inexactes

dernes, qui sont exécutés en bois après l'achèvement des travaux des places au moyen de levers très exacts.

Vauban continua sa tournée de la frontière du Nord et visita dans le mois de juin Namur, Dinant, Philippeville, Maubeuge et Mons. Il fut retenu plusieurs jours ennuyeux à Philippeville, dont il n'aurait pu sortir sans s'exposer à être pris par les partis que l'ennemi, maître de Charleroi, jetait à volonté dans l'Entre-Sambre et Meuse. Il demandait depuis longtemps que Sa Majesté voulût bien faire le siége de cette place. Le roi s'y résolut après la bataille de

de ses œuvres : « Que l'on commence par le relief de Dunkerque ou de Lille, n'importe; c'est un argent assez mal employé que celui du relief (lettre du 23 mai 1693). » Cependant ces reliefs lui paraissaient bons à quelque chose, témoin le passage suivant d'une lettre écrite au directeur-général, le 6 octobre 1695, au sujet de la prise de Namur par les ennemis : « Il y a un relief de Namur dans les Tuileries; je vous demande d'avoir la complaisance de le venir voir avec moi : je vous ferai toucher au doigt et à l'œil tous les défauts de cette place. Engagez Mesgrigny et Filley de venir cet hiver à Paris, et vous verrez de belles et savantes conférences, la vue sur le relief. Apparemment que M. le maréchal de Boufflers y sera aussi, qui pourra en prendre sa part, et cela vaudra bien la peine de l'aller voir. »

La création de Louis XIV est aujourd'hui presque entièrement renouvelée. Les reliefs qu'elle renferme, construits avec une extrême exactitude par des procédés perfectionnés, ne laissent rien à désirer. Tous les ans elle est visitée avec intérêt par les élèves des écoles militaires qui sont à Paris. M. le général Haxo la visitait presque tous les ans à la fin des sessions du comité, accompagné de ses aides-de-camp et de plusieurs officiers, et la vue sur les reliefs, il entrait dans des détails instructifs sur chaque place.

Nerwinde, que le maréchal de Luxembourg gagna le 29 juillet sur Guillaume III, que nous appelions le prince d'Orange. On employa le mois d'août à en faire les préparatifs.

La place de Charleroi, située sur un coteau de la rive gauche de la Sambre, était composée de six fronts bastionnés à flancs droits, construits par les Espagnols. Elle avait un pont sur la Sambre couvert par un ouvrage à couronne, exécuté d'après les projets de Vauban en 1668. Les deux ouvrages à corne qui fermaient l'intervalle entre la place et la Sambre, tant en amont qu'en aval, et les deux redoutes situées dans le marais qui est au pied des glacis du front, qu'on attaqua en 1693, dataient de la même époque, 1668 à 1678.

Le comte de Guiscard et le maréchal de Villeroy investirent la place le 10 septembre avec 38 bataillons et 38 escadrons. M. de Vigny commandait l'artillerie. Vauban, chargé de la direction des attaques, avait sous ses ordres immédiats, Mesgrigny, la compagnie de mineurs de Camelin et les six brigades d'ingénieurs Dupuis-Vauban, Dubosc, Dupuy de Mondragon, Grandcombe, Le Berthon et Delacombe. Le siége de Charleroi est un des siéges qui ont été conduits avec le plus d'art par Vauban. Il présentait des difficultés particulières. Les rapports de tranchée sont nombreux et ne laissent rien à désirer ; M. le général Haxo, si zélé pour son art, les avait recueillis et en avait fait une étude. La tranchée fut ouverte la nuit du 15 au 16 septembre, la capitulation signée le 11 octobre au soir. La garnison sortit de la place le 13 et fut dirigée sur Bruxelles. La perte que nous fîmes fut peu considérable.

En Espagne, M. Lapara dirigea dans le mois de juin les attaques de Roses, sous le maréchal de Noailles. La place se rendit après neuf jours de tranchée ouverte. Il est impossible de rendre plus de justice à un officier que ne le fit en cette occasion le duc de Noailles. Il écrivit au roi que M. de Vauban ne désavouerait peut-être pas l'ordre et la conduite que M. Lapara avait tenus dans tous ses ouvrages.

Le roi avait institué le 10 mai l'ordre militaire de Saint-Louis pour récompenser les services militaires des officiers de ses troupes. M. Lapara fut nommé chevalier et doté d'une pension de 1,000 livres.

Doué d'une imagination vive, l'esprit toujours occupé du bien public, assuré de la bienveillance du roi, qui l'encourageait à lui écrire *ce qui lui passait dans la tête* et à ne pas se rebuter (1), quoique Sa Majesté ne fît pas toujours ce qu'il proposait et ne lui répondît pas bien régulièrement, Vauban adressa à madame de Maintenon, le 4 août 1693, un *Mémoire des dépenses de la guerre, sur lesquelles le roi pourrait faire quelques épargnes* (2). Ce mémoire fut remis au roi en décembre, et, en janvier 1694, Sa Majesté reçut un autre mémoire sur les *places dont elle pourrait se défaire en faveur d'un traité de paix sans faire tort à*

(1) Lettre du roi du 13 juillet 1693, datée de Marly.

(2) *Oisivetés*, t. I, p. 225.

l'État ni affaiblir sa frontière (1). Nous ne dirons rien du second mémoire, qui est tout entier de circonstance. Le premier renferme des détails intéressants sur la force et la constitution des troupes que le roi avait sur pied et sur les réformes que l'on pouvait y opérer.

Les corsaires de nos ports de la Manche, et particulièrement ceux de Saint-Malo et de Dunkerque, faisaient un tort considérable au commerce de l'ennemi ; il résolut d'user de représailles par le bombardement de ces villes. Saint-Malo fut la première sur laquelle il fit tomber sa vengeance. Le 26 novembre, une flotte anglaise, composée de 12 vaisseaux de 50 à 70 canons, de 4 galiotes à bombes et de plusieurs autres petits bâtiments, parut dans la rade de Saint-Malo. Les galiotes s'en détachèrent et vinrent, sans rencontrer d'obstacles, jeter l'ancre dans la Fosse-aux-Normands (2), d'où elles lancèrent environ 150 bombes ; 26 seulement tombèrent dans la ville, elles y firent peu de dégât. L'ennemi comptait surtout sur l'effet d'une *machine infernale* (3) construite à Londres à l'instar de celle employée en 1585 pendant le siége d'Anvers pour détruire le pont fait sur l'Escaut par les assiégeants. Le 29, à sept heures du soir, le bâtiment qui la contenait vint à toutes voiles s'échouer à 40 mètres environ des murs de la place.

(1) *Oisivetés*, fin des t. II et III, p. 53.

(2) Les Pierres aux Normands sur les cartes.

(3) Voir sa *Description dans Saint-Remi*, t. I, p. 371, 2e édit.

L'ennemi mit le feu à sa machine, qui fit une explosion terrible : 40 hommes qui montaient le bâtiment n'eurent pas le temps de se sauver dans les canots et périrent. Des débris d'un poids énorme, un canon de 4 tout chargé, tombèrent dans la ville ; personne ne fut atteint..

Le 1er mars 1694, le roi écrivit à Vauban (1) qu'informé des desseins du prince d'Orange (Guillaume III) sur Brest, il l'avait choisi pour commander dans cette place, où il y avait 1500 hommes de la marine et où Sa Majesté faisait marcher 6 bataillons de ceux destinés à la défense des côtes, 1 régiment de cavalerie et 1 de dragons. Il mettait sous ses ordres deux maréchaux-de-camp.

« Je désire, lui disait-il, qu'après que vous aurez achevé la visite des côtes que vous avez entreprise, au lieu de vous rendre auprès de moi, vous alliez au dit Brest, pour que vous ayez le temps de bien examiner la place et les lieux où les ennemis pourraient mettre pied à terre et d'où ils pourraient la bombarder, afin que vous preniez les précautions que vous croirez nécessaires pour les empêcher de réussir dans les desseins qu'il pourraient avoir.

» L'emploi que je vous donne est un des plus considérables, par rapport au bien de mon service et de mon royaume ; c'est pourquoi je ne doute point que vous ne voyiez avec plaisir que je vous y destine, et ne m'y donniez des marques de votre zèle et de votre capacité, comme vous avez fait en toute rencontre. »

Vauban reçut cette lettre le 6 mai à Saint-Malo, où il était occupé de donner un supplément au projet qu'il avait fait il y a cinq ans pour fortifier cette ville

(1) *Journal de l'Institut historique*, t. V, 1836, p. 223. Communication de M. Le Peletier d'Aunay, d'après les originaux.

et les îles ou îlots nombreux répandus dans sa rade, Il appela auprès de lui le directeur des fortifications de Brest et les deux ingénieurs de la place, Mollart et Traverse, qui apportèrent avec eux les tableaux de l'armement qui existait à la date du 23 avril. A cette date, il y avait dans les batteries, tant de la rade que du goulet et des environs, 265 pièces de tout calibre et 17 mortiers. Vauban arrêta la construction de nouvelles batteries qui devaient porter l'armement à 468 canons et 36 mortiers ; il en dressa le devis estimatif, ainsi que celui d'un fort pour 500 hommes à la gorge de la presqu'île de Quelern. Ce fort bastionné, qui devait être revêtu plus tard, devait en ce moment être en terre battue et fascinée, à parement plaqué ou gazonné, et du surplus fraisé sur la berme et palissadé dans le fond du fossé et sur son chemin couvert. Il rendit compte au directeur-général, dans une lettre datée du 9 mai, de toutes les dispositions qu'il avait prises, des motifs qu'il avait eus pour les prendre, eu égard aux projets qu'on devait supposer à l'ennemi.

Dans son nouveau projet pour Saint-Malo, il agrandit notamment le fort de la Conchée, qui était à peine commencé en 1693. Ce fort, qui défend la principale passe, est casematé et remarquable par sa construction sur un rocher, qu'il occupe tout entier. Achevé, il coûta 400 000 livres.

Deux nouvelles lettres pressantes du roi, envoyées par des exprès, informaient Vauban qu'à la date du 10 mai une partie de la flotte ennemie était déjà rassemblée à l'île de Wight, et que sa destination était bien Brest. La première de ces deux lettres lui enjoignait de s'y rendre sans achever de visiter les côtes de Normandie ; la seconde, datée du 18 mai, étendait ses pouvoirs, lui donnait le commandement des milices des quatre évêchés de Basse-Bretagne (1), l'autorisait à assembler l'arrière-ban de la noblesse, en un mot à faire tout ce qu'il jugerait utile au bien du service de Sa Majesté. Un *post-scriptum* contenait ces mots qui prouvent que Louis XIV était bien servi par les amis du roi Jacques, restés en Angleterre :

« Je hasarde beaucoup en vous donnant cet avis ; c'est pourquoi je vous demande un très grand secret. Comptez qu'il n'y a rien de si sûr que ce que je vous mande, et prenez vos mesures là-dessus. »

Vauban arriva à Brest le 23 mai, et, de ce moment, il entretint avec le roi et avec les secrétaires d'État de la guerre et de la marine une correspondance suivie sur toutes les mesures qu'il prit pour la défense de Brest. Nous n'entrerons point dans ce détail ; nous nous bornerons à rapporter la lettre qu'il écrivit au roi la veille du jour où l'ennemi fit une descente dans l'anse de Camaret :

« Brest, 17 juin, 11 heures du soir.

» J'arrivai hier au soir de visiter la côte de Camaret et sa suite, jusques vers la baie de Douarnenez. J'ordonnai le retranchement de plusieurs anses où l'on peut faire descente pour prendre la presqu'île de Roscanvel par les derrières, et tous nos retranchements de Camaret. J'y marquai à même temps le camp des régiments de la Roche-Courbon et de la Boissière qui n'étaient pas

(1) Les évêchés de Dol, de Saint-Malo, Saint-Brieuc et Tréguier.

encore arrivés, les quartiers de MM. de Cervon et de la Vaisse, et les postes des milices du pays. Tout cela se devait exécuter incessamment et n'attendait que l'arrivée des troupes, et cinq ou six jours de travail auraient mis cette partie de la côte en bon état et d'une defense aisée.

» J'en revins satisfait et content, après y avoir donné tous les ordres nécessaires, quand sur les dix heures du soir on entendit des signaux d'Ouessant, qui marquaient la vue d'une grande flotte. Ce matin, au jour, les signaux se sont confirmés, et un bâtiment d'avis envoyé par celui qui commande à Ouessant, nous a appris qu'on avait découvert 30 ou 35 navires de guerre, et plus de 80 autres bâtiments de charge de toute espèce, ce qui s'est confirmé derechef sur les quatre à cinq heures du soir qu'il sont venus mouiller entre Camaret et Bertheaume, à la portée de la bombe de ces deux postes, d'où on leur en a tiré 8 ou 10 qui ont presque toutes crevé en l'air. Je les ai tous vus des batteries de Léon et de Cornouailles où j'étais allé donner quelques ordres; on pouvait les compter et très bien distinguer. Ils ont trois pavillons au grand mât et deux au mât d'avant, ce qui me persuade que c'est une armée composée d'Anglais et de Hollandais. Le vent leur est contraire; s'il change, je ne doute pas de les avoir demain à la descente ou dans la rade, peut-être tous les deux. Nos galères ne sont point venues, ce qui nous fait un grand tort. Je leur ai mandé ce soir de faire tous leurs efforts pour entrer, en longeant la côte de près à la faveur de nos batteries de terre. Je ne sais point ce qu'elles feront, mais je sais bien que je ferai tout de mon mieux pour que Votre Majesté soit contente de moi. Si les galères fussent venues, les troupes arrivées à temps, et nos retranchements achevés, nous étions bien. Dieu qui a toujours assisté Votre Majesté, ne l'abandonnera pas sans doute en cette occasion. Nos affaires sont assez bien disposées au dedans de la ville (1). »

Pareille lettre fut écrite le 17 juin par Vauban au marquis de Barbesieux.

On lit dans une notice sur Brest, insérée dans

(1) Vol. 1256 du dépôt de la guerre.

l'*Annuaire* de cette ville pour 1837, page 150, qu'*avant l'arrivée de la flotte anglaise*, Vauban avait écrit au roi *que Sa Majesté n'avait rien à craindre... que ses forces étaient suffisantes pour repousser l'ennemi.* Nous ne pouvons croire *qu'avant le 17 juin* Vauban ait pu donner au roi pareille assurance, contraire à toutes ses lettres du 23 mai au 17 juin, qui sont à la guerre et à la marine.

Les retranchements de l'anse de Camaret, où les ennemis firent une descente le 18 juin, étaient garnis de milices du pays et de 8 compagnies franches de marine (1), sous les ordres du marquis de Langeron. Après une fusillade qui s'engagea entre les défenseurs et les assaillants, au nombre de 700, le capitaine de l'une des compagnies franches, voyant un peu de confusion dans les rangs des ennemis, les chargea à la tête de sa compagnie et les poussa à l'eau. Comme ils avaient fait leur descente de Jusant, leurs bâtiments échoués ne pouvant reprendre la mer, 400 se rendirent prisonniers ; tous les autres furent tués, blessés ou se noyèrent. Vauban n'eut de part que dans les ordres et la disposition, car, comme il le dit dans une lettre à M. de Pontchartrain (2), la chose se passa à deux lieues du point où il était.

Repoussé de Brest, l'ennemi se porta d'abord sur Dieppe, qu'il bombarda le 22 juillet pendant douze heures sans beaucoup de succès ; ensuite sur le

(1) Vol. cité. Lettre de M. de Nointel.

(2) Lettre du 18 juin. Archives de la marine.

Havre, qu'il bombarda pendant six jours, du 26 au 31 juillet; il jeta dans la place environ 1100 bombes, qui y causèrent des dégâts évalués à 300 000 livres. Une bombe tirée des batteries de la Floride, à 1700 mètres de distance, fit sauter une de ses galiotes. Enfin, le 27 septembre, il termina sa campagne de bombardement devant Calais, où il essuya le feu des forts de la côte, et notamment celui du fort en bois, appelé le Fort-Rouge, nouvellement construit.

Sur un autre théâtre de guerre, en Catalogne, M. Lapara dirigea les attaques des siéges de Palamos et de Girone sous les ordres du maréchal de Noailles. Devant Palamos, il fut puissámment secondé par la nombreuse artillerie de la flotte que commandait le maréchal de Tourville. La ville et la citadelle furent battues et bombardées à la fois par terre et par mer. Le siége fut de courte durée, sans que l'on puisse reprocher aux défenseurs, qui furent obligés de se rendre à discrétion, de n'avoir pas fait leur devoir. On ouvrit la tranchée contre la ville la nuit du 1er au 2 juin : elle fut prise d'assaut le 7 ; la citadelle, remplie de morts et de mourants, se rendit le 10. L'armée investit Girone le 19. On sait que cette ville est bâtie sur la rive droite de l'Ona, affluent du Ter, au pied de hauteurs d'une configuration difficile à saisir. M. Lapara se montra incertain dans les premières opérations du siége ; le plan qu'on lui avait procuré représentait un fort où il n'y avait que le couvent de capucins, qui a donné son nom au fort, qui n'était alors que projeté (1). Mais cette erreur reconnue, le siége fut de courte durée. Redoutant le sort de Palamos, Girone se rendit le 30. Hostalrich fut surpris le 29 juillet, d'une manière très hardie, par les troupes françaises. Les Espagnols attaquèrent la place sans succès dans le mois de septembre.

L'événement le plus important de l'année 1695 fut le siége de Namur par les ennemis. On avait fait dans la place des travaux essentiels ; on avait surtout amélioré les chemins couverts du fort Guillaume et de Terra-Nova, et multiplié les traverses et les parados dans ces deux grands ouvrages ; on avait construit une demi-lune casematée entre la Cachotte et Terra-Nova ; enfin on avait occupé les hauteurs de Bouge par les trois lunettes de Saint-Fiacre, du Coquelet et de Balard, cette dernière située sur la pente, à gauche du front de la porte Saint-Nicolas. Ces lunettes étaient unies par un chemin couvert ; mais suivant Vauban, le salut de la place, si elle était assiégée, était tout entier dans le camp retranché du Vieux-Mur. Il écrivait de Brest, le 14 mai 1695, à M. Le Peletier :

« Si le roi veut sauver Namur, et empêcher qu'on ne le lui prenne comme il l'a pris, et même avec beaucoup plus de facilité, il faut une fois pour toutes faire le retranchement du Vieux-Mur ou dos de carpe, faute de quoi on pourra l'assiéger, et si on l'assiége il est sûr qu'on le prendra, notamment si l'ennemi peut avoir une armée d'observation, tout étant pour eux. Sa Majesté peut compter sur cela comme si elle le voyait de ses propres yeux. »

(1) *Notice sur Lapara*, in-8. Paris, 1839.

Ce conseil si pressant ne fut pas suivi ; on attendit que l'ennemi fût devant la place pour s'occuper de fortifier le camp retranché du Vieux-Mur, dit *le camp de Vauban.*

Le maréchal de Luxembourg était mort d'une attaque d'apoplexie le 4 janvier. On ne peut douter que, de son vivant, Guillaume III n'eût point tenté l'attaque de Namur. L'armée de Flandre était alors commandée par le maréchal de Villeroi.

Guillaume III unit ses forces à celles de l'électeur de Bavière, qui était gouverneur des Pays-Bas espagnols, et à celles de l'électeur de Brandebourg. Le 1er juillet, ils investirent la place, à l'ouest, depuis la Sambre jusqu'à la Meuse, et au nord dans l'Entre-Sambre et Meuse. Informé des mouvements de l'ennemi, le maréchal de Boufflers passa la Sambre à Solre, et, traversant l'Entre-Sambre et Meuse, puis la Meuse le 2, il entra dans Namur par le pont sur la Meuse avec sept régiments de dragons, Mesgrigny, une compagnie de mineurs, des canonniers et quelques ingénieurs. Au moyen de ce renfort, la garnison se trouvait composée de 18 bataillons, 4 compagnies franches, 1 compagnie de mineurs, 1 compagnie de canonniers et 8 régiments de dragons. L'armement consistait en 120 pièces de canon, 8 mortiers, 1200 grenades, etc. Le comte de Guiscard, lieutenant-général, était gouverneur de Namur ; Louis Filley était l'ingénieur en chef de la place.

Les ennemis se hâtèrent de compléter l'investissement et de faire, suivant l'usage, des lignes de circonvallation ; la nuit du 11 au 12 juillet, ils ouvrirent la tranchée devant le front de la porte Saint-Nicolas et sur la hauteur de Bouge. La cinquième nuit, ils établirent trois batteries sur la rive gauche de la Sambre pour battre à revers le retranchement du Vieux-Mur. La nuit du 17 au 18 (septième du siége), ils firent sur la hauteur de Bouge une parallèle à 60 mètres environ de nos retranchements. Le 18 au soir, ils les attaquèrent avec des forces considérables au moment où la garde de jour était relevée par celle de nuit. Cette circonstance mit de la confusion dans nos troupes ; il y eut un combat très opiniâtre qui dura trois heures, au bout desquelles l'ennemi resta maître de la position et de la redoute du Coquelet. Suivant Quincy, nous eûmes en cette occasion 15 à 1600 hommes hors de combat et les ennemis plus de 4000. Feuquière (1) fait un reproche au maréchal de Boufflers d'avoir construit et défendu de semblables re-

(1) *Mémoires du marquis de Feuquière*, t. IV, 5e édition, 1775, p. 209 et 210. Nous ferons remarquer qu'il y a plusieurs erreurs de faits dans les passages de ces mémoires sur les siéges de Namur, les raisonnements ne laissent pas que d'être justes. Page 207 : « Dans le premier siége, M. de Vauban embrassa la redoute de Balard. » Elle n'existait pas en 1692. « Au siége du château de Namur M. de Vauban négligea de faire attaquer un ouvrage détaché que l'on nommait le fort Cohorn, etc. » Vauban le fit, au contraire, attaquer. C'est Cohorn qui, au siége de 1695, ne fit pas attaquer son propre ouvrage. Page 209 : « A la tête du château de Namur, M. de Vauban avait fait construire un grand ouvrage que l'on nommait la *Cassotte*, etc. » La Cachotte ou Cassotte n'est pas de Vauban. Feuquière la confond avec la grande demi-lune casematée située entre la Cachotte et Terra-Nova.

tranchements, qui étaient fort hasardés, et, suivant lui, la perte que nous y fîmes hâta la prise de la place. La redoute de Balard avait été construite en décembre 1692 par Cladech, sur le dessin de Vauban. Le retranchement du Coquelet avait été ordonné par le roi. Sa perte eut peu d'influence sur la durée du siége de la ville, qui ne se rendit que le 4 août ; mais il se peut qu'on ait eu tort de le faire et de le soutenir de nuit. Vauban s'exprime ainsi dans une lettre du 19 août 1695, datée de Brest :

« Il me paraît que le retranchement d'entre les redoutes Saint-Fiacre et de Balard est fait en chemin couvert, du moins il est marqué comme cela sur le plan. Si cela est, c'est la plus téméraire chose du monde d'avoir entrepris de le soutenir de vive force, comme ils ont fait; car tout chemin couvert qui n'est pas soutenu d'ouvrages supérieurs dont le feu puisse raser la superficie de ses glacis ne vaut absolument rien, et entreprendre sa défense est se commettre à une perte évidente, et vous verrez que c'est là où nos gens ont fait la plus grande perte. »

La lunette de Balard tint encore jusqu'au 26, que l'ennemi y fit brèche par la mine. Le capitaine qui la commandait se rendit ce jour-là, à quatre heures du matin, avec 53 hommes et Jonville, ingénieur. Nous n'entrerons point dans le détail de la défense de la ville ; elle fut très honorable, bien conduite et dura encore plusieurs jours ; la capitulation fut signée le 4 août; le 6, les ennemis entrèrent dans la place.

A l'attaque du château, le 27 juillet, les assiégeants, soutenus par le feu de leurs batteries de la rive gauche de la Sambre, passèrent cette rivière au-dessus de l'abbaye de Salsinnes, dont ils s'emparèrent. On abandonna la droite du camp retranché, qui, par cette manœuvre, était tournée. Le 31, on en abandonna la gauche. « Nous portons la peine, écrivit Vauban, de nous être pris trop tard à l'achèvement du retranchement. » (Lettre du 11 août.)

Du 6 au 20 août, l'ennemi embrassa, par une grande parallèle, tout le front d'attaque du château, et construisit dans les jardins de la ville, sur la rive gauche de la Sambre, dix batteries. Quincy porte à 200 le nombre des bouches à feu qu'il mit en action le 21. La garnison marqua d'abord, dit-il, quelque consternation d'un si grand bruit. La branche droite du fort d'Orange, Terra-Nova et la basse ville furent battues en brèche. Une pluie de feu tomba pendant neuf jours sur tous les ouvrages sans que l'ennemi fît aucun progrès vers la place. Le 30, jour résolu pour un assaut général, l'électeur de Bavière fit sommer les défenseurs ; ils restèrent sourds aux propositions qu'on leur fit. A une heure après midi, au signal d'un baril de poudre auquel on mit le feu, six colonnes d'attaque sortirent de la parallèle et se dirigèrent, les unes vers les chemins couverts, les autres vers les brèches. On remarqua surtout trois colonnes de grenadiers anglais qui s'avancèrent fièrement en bataille, tambour battant, drapeaux déployés, ayant plus de 600 mètres à parcourir jusqu'à la brèche de la porte de Secours, à laquelle ils devaient monter. On a rarement vu des troupes aller à un assaut à découvert en partant de points si éloignés : c'est l'enfance de l'art (1). Aussi l'ennemi fut-il repoussé à toutes les brèches ; il ne fit que se loger sur les chemins couverts. Mais les ouvrages étaient dans un tel désordre, les brèches praticables étaient si nombreuses, que l'on capitula le 1er septembre, à quatre heures du soir, à la suite d'une suspension d'armes demandée par l'assiégeant pour enterrer ses morts et enlever ses blessés. La garnison sortit le 5 avec armes et bagages et 6 pièces de canon, et rentra libre en France par Givet.

La reddition de la ville, après vingt-quatre jours de tranchée ouverte, ne causa aucune surprise à Vauban. Il écrivit à M. Le Peletier qu'il ne fallait pas avoir regret à la perte de Namur, qui avait résisté tout le temps qu'on pouvait espérer ; que nos gens avaient bien rempli leur devoir et que l'ennemi avait payé cher sa conquête. Mais il apprit avec un étonnement extrême que les assiégeants n'avaient pris ni la Cachotte, ni le fort Guillaume, ni Terra-Nova, en un mot aucun dehors quand le maréchal de Boufflers avait rendu le château. Il écrivait de Saint-Malo le 13 septembre.

« Je ne puis cependant imputer cela à défaut d'esprit et de courage ; il faut que la garnison se soit énervée et usée à soutenir de mauvais postes dans le commencement du siége, et qu'elle ait manqué de quelque chose, ou qu'enfin la grande quantité de

(1) « J'ai vu quarante-cinq siéges (dit Vauban) de fort près, et où j'ai eu bonne part ; j'en ai lu six fois autant ; je n'ai jamais rien vu de pareil ni d'approchant, je dis pour la grossièreté de la faute, et non pour la beauté de l'action, que je trouve trop insensée pour l'estimer. » (Lettre du 25 septembre datée de Brest.)

bombes et l'horrible carabinage de canon l'ait consommée, et ouvert la place de tous côtés. Voilà les ennemis pleinement justifiés sur la défense de cette place, et en état de nous reprocher de nous être rendus bien plus tôt qu'eux. »

Ceci n'est pas exact. En 1692, le siége de la ville fut expédié en sept jours et celui du château en vingt-deux jours. En 1695, la ville résista vingt-deux jours et le château vingt-cinq. L'exergue de la médaille que le prince d'Orange fit frapper constate le fait dans les termes suivants (1) : *Guillelmus maximus Namurci urbem et arces XLVII die obsidionis cepit sub oculis Gallorum centum millibus MDCXCV*.

Suivant l'historien que nous venons de citer, Cohorn, alors général, dirigea les attaques sous les ordres de l'électeur de Bavière. Ce prince avait en outre à son service, en qualité d'ingénieur-major et quartier-maître général, M. de Verboom, homme distingué, d'origine française, qui, en 1708, eut le grade d'ingénieur-général en Espagne.

Louis XIV se montra satisfait de la défense de Namur ; il créa duc le maréchal de Boufflers. Mesgrigny rapporte, dans sa lettre à Vauban sur l'entretien qu'il eut avec le roi, qu'en arrivant à la cour il y trouva le brevet d'une pension de 6,000 livres expédié en son nom ; qu'à son départ le marquis de Barbesieux lui procura la commanderie de Watteville, de 4,000 livres de rente ; qu'enfin il fut fait lieute-

(1) Lecler, *Histoire des provinces unies des Pays-Bas*, avec les principales médailles et leur explication ; 3 tomes in-folio. Amsterdam, 1723-1728.

nant-général (1). Mesgrigny était un homme heureux. Filley fut nommé brigadier des armées. Les appointements de tous les ingénieurs qui avaient servi à la défense furent augmentés. Enfin le comte de Guiscard reçut l'ordre du Saint-Esprit. (Lettre de M. Le Peletier du 19 septembre.)

Dans son rapport au roi du 15 juillet 1695 sur la défense de la Bretagne, Vauban, comptant sur l'exécution des ouvrages qu'il avait proposés à Saint-Malo en 1694, croyait pouvoir assurer Sa Majesté que Saint-Malo n'avait plus rien à craindre de la bombarderie. Il était dans l'erreur : le même jour, l'ennemi, bravant les feux du fort de la Conchée, qui était loin d'être terminé, mouillait dans la Fosse-des-Normands avec 19 galiotes, soutenues par 28 vaisseaux de guerre. Il lança dans la ville 15 à 1,600 bombes, qui y allumèrent plusieurs incendies. Le dégât fut évalué à 103,532 livres, faible résultat en comparaison des pertes que fit l'ennemi et des dépenses qu'il avait faites pour cet armement.

Sa flotte se présenta le 11 août devant Dunkerque. Elle pénétra dans la rade par la passe de l'est, à marée haute. On a une lettre de Clément, accompagnée d'un plan sur ce qui se passa : nous avions à la tête du chenal une ligne de chaloupes qui était opposée à une ligne semblable de chaloupes anglaises et hollandaises. L'ennemi avait en seconde ligne 5 frégates, en troisième ligne 20 bombardes, et en réserve plu-

(1) Extrait des documents sur la défense de Namur, provenant des papiers de M. le général Haxo.

sieurs autres bâtiments. Le bombardement dura depuis huit heures du matin jusqu'à cinq heures du soir; 10 bombes tombèrent dans le Risban, dont 2 ou 3 endommagèrent les toitures des bâtiments; les autres firent des trous dans les plates-formes. Une seule tomba dans le château Verd, aucune dans le château d'Espérance, mais plusieurs sur ses bermes. La ville était trop éloignée pour pouvoir être atteinte. Dans le fort du combat, l'ennemi lança 4 brûlots, dont 2 échouèrent à 500 mètres du Risban; les 2 autres furent détournés par nos chaloupes. Enfin il se retira, laissant échoués sur le banc Brack 1 frégate, 2 galiotes et 1 brick. Le 27 août, il parut devant Calais; mais il se tint très éloigné des forts.

Pendant que Vauban était à Brest, Richerand, qui était directeur des fortifications des places du Dauphiné, fit en 1694 le projet des retranchements du camp de Tournoux dans la vallée de Barcelonnette, et de ses communications avec Embrun. On y travailla en 1695. La même année il fit commencer dans la vallée de Pragelas le fort de Fenestrelles, dit le *fort Mutin*, dont il avait envoyé le projet le 15 avril au directeur-général. Ce fort avait été proposé par le maréchal de Catinat, qui, dans la campagne de 1692, avait occupé un camp près de Fenestrelles et reconnu la bonté de ce poste pour soutenir Pignerol.

Une ordonnance royale du 30 juillet 1695, pour la conservation des fortifications des places, renouvela les dispositions contenues dans les ordonnances des

10 septembre 1668, 16 juillet 1670, 2 février 1675 et 14 août 1680, qui défendent expressément aux officiers majors des places et à toutes autres personnes de faire labourer ou semer sur les fortifications plus près que de 15 toises des crêtes des chemins couverts, d'envoyer ou souffrir qu'il soit envoyé des bestiaux y paître, d'y faire des jardins, etc. (Voyez pages 81 à 83.)

En 1695, Esprit, ingénieur, leva une compagnie de mineurs permanente qui, l'année suivante, fut employée à la démolition de Pignerol. Après sa mort, au siége de Barcelone, en 1697, le commandement de sa compagnie, qui prit le n° 2, fut donné à Dabin, ingénieur, lieutenant de mineurs dans la compagnie de Mesgrigny. Celle-ci prit le n° 3. En 1707, Delorme, célèbre comme capitaine de mineurs, en devint le commandant. En 1702, Vallière, plus justement célèbre, était commandant de la première. Enfin, en 1706, on en leva une quatrième qui fut destinée à servir en Piémont sous les ordres du capitaine Voilain. Les deux premières étaient fortes de 80 hommes, la troisième de 120, la quatrième de 60. Chacune avait jusqu'à cinq officiers.

Nous avons, pour l'année 1696, l'état des ingénieurs que le roi avait choisis pour servir dans les places (1). Cet état est le premier qui soit complet et dans lequel le titre de *directeur des fortifications* est donné à un certain nombre d'ingénieurs. Les autres,

(1) Vol. 1382 du Dépôt de la guerre.

sans avoir ce titre, y sont désignés comme ayant la direction ou le soin des ouvrages ou des fortifications de plusieurs places.

Voici les noms de ces divers ingénieurs, dont plusieurs ont été déjà cités dans cet *Aperçu :*

1° Garand, directeur des fortifications de Saint-Quentin, Péronne, Doulens, Amiens, Ham et La Fère.

2° Robelin, ayant la direction des ouvrages d'Abbeville, Montreuil, Boulogne, Ambleteuse, Ardres, Aire et Saint-Omer (1).

3° Dupuy de Mondragon, directeur des fortifications d'Arras, Hesdin, Bapaume et Béthune.

4° Clément, ayant la direction des ouvrages des ports de Dunkerque et de Calais, et de tous ceux qui se feront aux environs pour le mouvement des eaux.

5° De Caligny, directeur des fortifications des villes de Dunkerque, Furnes, Bergues, Gravelines, Ypres, La Kenoque et Calais (2).

6° De Valory, ayant la direction des fortifications de Lille, Menin et Courtrai (3).

(1) Vauban recommandait Robelin en ces termes, en 1693, à M. Le Peletier : « Il est très capable, homme de bien, plein d'honneur et de probité. Feu M. de Louvois avait une entière confiance en lui. Il mourut en 1709, directeur des fortifications à Dunkerque; il avait eu, en 1705, pour successeur, à Saint-Omer, Charles Robelin, son neveu.

(2) M. de Caligny avait fait exécuter à Ypres des travaux d'art difficiles. (Voyez notre Notice sur les ingénieurs Hue de Caligny, *Spectateur militaire*, numéro du 15 avril 1839.)

(3) M. de Valory s'est élevé rapidement par ses services, pendant

7° De Mesgrigny, directeur des fortifications de Tournai, Douai, Cambrai, Bouchain, Condé, Valenciennes, Mons, Le Quesnoy, Avesnes, Maubeuge et Landrecies.

8° Filley, des places de Dinant, Charlemont, Philippeville et Charleroi.

Raulet, ayant le soin des ouvrages de Mézières et de Rocroi ; de Sinsart, ayant celui des ouvrages de Sedan, Bouillon et Montmédy.

9° Le chevalier de Denonville, directeur des fortifications de Metz, Verdun, Nancy et Thionville (1).

10° De Chermont (2), directeur des fortifications de Luxembourg, Sarrelouis, Bitche, Hombourg, Lich-

la guerre de 1701, aux grades de brigadier, maréchal-de-camp et lieutenant-général des armées.

(1) Nous avons fait mention du chevalier de Denonville, envoyé en 1685 dans le Canada pour y faire exécuter les projets de fortification de Vauban. On a découvert récemment, en réparant les fortifications de Québec, une médaille en or avec cette inscription : « Cette fortification a été commencée par ordre du roi, le 25 avril 1687, sous la direction de M. Denonville, gouverneur, et sur les plans de M. de Vauban, commissaire général des fortifications du royaume. » (*Moniteur de l'armée* du 22 décembre 1857.)

(2) Alexandre de Chermont, gentilhomme, avait été employé à la construction de Maubeuge, de Longwy et d'Huningue. Il est auteur de Mémoires de fortification dans lesquels on trouve la tradition des principes de Vauban. Il mourut en 1721, laissant trois fils ingénieurs. L'aîné mourut en 1723. Le second, appelé Lemercier de Chermont, mourut en 1744 des suites d'une blessure reçue au siége d'Ypres. Le troisième, appelé le chevalier de Chermont, fut tué en 1748 au siége de Maestricht; il laissa six enfants. Lemercier de Chermont eut deux fils, Pierre-Claude de Chermont, tué le 10 octobre 1761 à l'attaque de Wolfenbuttel, et

temberg, Phalsbourg, Montroyal, Ebernbourg, Kirn, et généralement de toutes les places du Luxembourg, de la Sarre et de la basse Moselle.

11° Tarade, directeur des fortifications des places d'Alsace et de Philisbourg, Brisach et Fribourg.

12° Robelin, des places des comté et duché de Bourgogne (1).

13° Richerand, des fortifications des places de Dauphiné et de la frontière de Provence.

14° Delacour, directeur des places de Savoie, de fort Barrault et de fort l'Écluse.

15° Niquet, des places de Languedoc, Provence et comté de Nice, et du canal de communication des mers.

16° Rousselot, des places de Roussillon et de Catalogne.

17° Ferry, des places de Guyenne et du pays d'Aunis.

M. de Bouridal, ayant le soin des fortifications des places de Bretagne.

18° Esprit, ayant la direction des ouvrages de Brest, de Concarneau, Port-Louis, Lorient; Belle-Ile,

Jean-Gabriel Lemercier de Chermont, qui en 1759 passa au service du Portugal.

M. de Chermont, admis en 1743 dans le corps du génie, était en août 1792 maréchal-de-camp, chargé de l'inspection des places déclarées en état de guerre depuis Dunkerque jusqu'à Maubeuge.

(1) Robelin, directeur des fortifications, était fils de Robelin déjà cité. Il passa en 1704 à la direction de Brest, où il resta jusqu'en 1728.

îles d'Houat et d'Hédic, Nantes et îles d'Indrette et du Pilier.

Garengeau, ayant le soin des ouvrages de Saint-Malo, des forts qui en dépendent et du château du Taureau.

19° Decombe, directeur des fortifications des places de Normandie.

Bullet, architecte, recevait 2000 francs par an pour prendre soin de la Bastille. A dater de 1701 ce service fut joint à celui des plans-reliefs.

Sur cet état, les ingénieurs, au nombre de 274, sont répartis dans les divers départements d'intendance où ils sont payés. Viennent ensuite les noms de six ingénieurs payés à Paris, savoir : M. de Vauban, les sieurs de Lapara et de Grandcombe, Pène de Vaubonnet, ayant le soin des plans et cartes du roi ; Villeneuve, travaillant à différentes cartes, et Berthier, ayant le soin des plans en relief qui sont au château des Tuileries. Lapara résidait à Paris pour être à portée, en l'absence de Vauban, d'être consulté par le directeur-général ou par le ministre secrétaire d'État de la guerre. Grandcombe était attaché à Vauban comme aide-de-camp.

Nous compléterons ces détails sur les directeurs par le passage suivant de la lettre plusieurs fois citée de Vauban du 17 février 1693 :

« Puisque j'en suis sur ce chapitre, il faut que je vous fasse voir la différence de ceux qui savent bâtir et de ceux qui ne savent qu'attaquer des places. Il n'y a point d'officier qui ait un peu de bon sens que je ne puisse rendre capable de la conduite d'une tranchée, d'un logement de contrescarpe, d'une descente de fossé, attachement de mineur, etc., en trois siéges un peu raisonnables; mais un bon bâtisseur ne se fait qu'en quinze ou vingt ans d'application, encore faut-il qu'il soit employé à différentes choses, et qu'il soit homme de grande application. Nous en avons présentement une assez bonne quantité de ceux qui sont propres aux siéges, mais très peu qui entendent bien le bâtiment, et encore moins de ceux qui entendent l'un et l'autre; cela fait que je les épargne tant que je puis, car si vous saviez la peine que j'ai tous les jours à corriger et cacher les fautes des uns et des autres, je vous ferais pitié. Quand on peut parvenir à se rendre bien intelligent dans les ouvrages et dans les siéges, et à être bon officier d'infanterie, cela fait la perfection du métier. Mesgrigny et Choisy possèdent assez bien ces trois parties-là; mais M. de Choisy n'est plus portatif (il était goutteux), et l'autre n'est point fort sur les projets, mais en récompense il entend les ouvrages mieux qu'aucun homme du royaume; il est fort brave homme d'ailleurs, et ne manque aucunement d'intelligence, mais je l'épargne autant que je puis, par la raison que son pareil ne se retrouverait point. Le génie est un métier au-dessus de nos forces, il embrasse trop de choses pour qu'un homme le puisse posséder dans un souverain degré de perfection; j'ai assez bonne opinion de moi pour me croire un des plus forts de la troupe, et capable de faire leçon aux plus habiles, et avec tout cela, quand je m'examine, je ne me trouve qu'un demi-ingénieur, après quarante ans de très forte application et de la plus grande expérience qui fût jamais. La gloire en est à celui qui m'a sauvé et laissé vivre jusqu'à présent. »

Un arrêt du conseil du 21 août 1696, applicable aux anciennes enceintes fortifiées, statua que l'espace qui est en dedans de toutes les villes du royaume, près les murs desdites villes, jusqu'à concurrence de 9 pieds, fait partie des fortifications d'icelles, et en conséquence ordonna que tous les particuliers qui possédaient des places, maisons et héritages dans l'étendue dudit espace seraient maintenus et confirmés en possession et jouissance, en payant par eux les sommes pour lesquelles ils seront compris dans les rôles qui seront à cet effet arrêtés en conseil.

Cependant, le roi parvint à détacher le duc de Savoie de la ligue d'Augsbourg et l'amena à signer un traité en vertu duquel il unissait ses armes à celles de la France pour déterminer les alliés à reconnaître la neutralité de l'Italie. Les bases de ce traité furent arrêtées dans le mois de février entre le maréchal de Catinat pour le roi et le marquis de Saint-Thomas pour le duc de Savoie. Le traité ne fut signé que le 9 août. Le roi promit de rendre au duc Pignerol rasé, à condition que ses fortifications ne seraient pas relevées; il promit aussi de restituer les places dont il s'était emparé pendant la guerre. Les alliés occupaient Valence, place des États du duc de Savoie, sur la rive droite du Pô. Le siége en fut résolu. M. Lapara arriva de Paris dans le mois de septembre pour remplir les fonctions de directeur des attaques. On ouvrit la tranchée la nuit du 24 au 25 septembre. Goulon, ancien ingénieur français, qui s'est fait une réputation par ses mémoires imprimés sur l'attaque et la défense des places, était dans Valence comme principal ingénieur au service de l'empereur d'Allemagne. Il avait fait construire, à la queue du glacis du front d'attaque, une lunette qui était palissadée, coupée dans son milieu par un retranchement, et au saillant de laquelle étaient des fougasses. M. Lapara rendit tout cet appareil inutile en ouvrant une brèche près de l'angle d'épaule de cet ouvrage et en se logeant sur la gorge. Le siége touchait à son dénoûment, lorsque le maréchal de Catinat fut informé le 8 octobre que l'empereur d'Allemagne et le roi d'Espagne reconnaissaient la neutralité de l'Italie et consentaient à faire observer une suspension d'armes dans cette contrée jusqu'à la paix générale. Les Allemands évacuèrent Valence. M. Lapara vit Goulon, son ancien camarade, qui s'estima heureux que le siége eût fini par un accommodement, parce que, fait prisonnier, il eût été exposé à être traité comme déserteur ou à éprouver de mauvais traitements

L'année 1697, qui vit finir la guerre, fut marquée par deux siéges, le siége d'Ath et le siége de Barcelone, auxquels deux circonstances différentes ont donné une certaine célébrité. C'est au siége d'Ath que Vauban a fait pratiquer le tir à ricochet dans toute sa perfection. Les batteries furent établies à la seconde parallèle, sur le prolongement des faces des ouvrages, et les pièces furent tirées à petites charges. Les remparts et les chemins couverts où l'on n'avait fait aucune disposition contre ce genre de tir furent labourés par les boulets et ne furent pas tenables. La tranchée avait été ouverte la nuit du 22 au 23 mai; la place capitula le 6 juin. Jamais place n'a été attaquée avec tant d'art et de vitesse tout à la fois et avec une perte moindre d'hommes : 50 hommes tués et 250 blessés.

« La bonne chose que c'est, dit Vauban, que de bien connaître l'ennemi à qui on a affaire. Je n'ai songé à autre chose qu'à l'étude des attaques de cette place depuis que le roi eut tant fait que de m'en prononcer le nom, et bien m'en a pris d'en avoir fait faire un nouveau plan, avec toutes les remarques, quand il la céda aux ennemis. » (Lettre du 4 juin.)

Dans le projet du siége, daté du 20 mai, Vauban dit :

« La première parallèle s'appellera *contrevallation*, parce que son effet est le même que celui de cette espèce de ligne, mais d'une manière plus sûre et plus serrée. Elle reçoit toute la garde de tranchée.

» La deuxième parallèle sera dite *ligne des batteries*, parce que c'est sur elle que nous prenons toutes les premières qui se font pour rompre les défenses. Elle soutient les sapes et tranchées. Lorsqu'elle est faite, elle reçoit les deux tiers de la garde de tranchée. L'autre tiers reste dans la première, sur les ailes et dans le milieu.

Tous les journaux de siéges de Cormontaingne ou Fourcroy présentent l'application de ces principes, clairement exposés dans le journal des attaques d'Ath, inséré à la suite des mémoires de Goulon, et qui paraît devoir être attribué à Ferry, qui servait au siége comme aide-de-camp de Vauban. On a la copie complète de ce journal, dont on n'a imprimé qu'un extrait.

On doit dire que, si l'attaque a été savante, la défense a été molle, au point que Vauban ne jugea point une troisième parallèle nécessaire. Après avoir fait remarquer que l'ennemi ne tira point parti de la bonté de ses ouvrages, l'auteur anonyme du journal cité ajoute : « Ainsi on peut dire qu'il n'y avait en cette place que la fortification qui la défendait et non les hommes ; aussi ne fut-elle prise que par le canon, la pelle et la pioche. » Mais où l'on doit admirer la prudence de Vauban, toujours compagne du succès, « pour ne rien risquer, *et pour être en état de se mettre dans les règles en cas d'accident*, il fit continuer les sapes en avant, le long des arêtes des trois grands angles saillants, et, quoiqu'il eût été à la tranchée à son ordinaire, dès les cinq heures du matin jusqu'à onze heures et depuis trois heures jusqu'à sept, il résolut de rester la nuit (du 29 au 30 mai) pour être témoin de ce qui se passerait. »

Le roi avait offert plusieurs fois la paix aux puissances alliées; l'empereur d'Allemagne et l'Espagne se montrant contraires à toutes ses propositions, Sa Majesté résolut le siége de la capitale de la Catalogne. L'armée qui entra en Espagne, destinée à cette grande entreprise, était commandée par M. de Vendôme et ne comptait que 22,000 hommes d'infanterie et 6,000 de cavalerie. Elle campa le 5 juin à Badalone, sur la rive gauche du Besos, à 8 kilomètres de Barcelone, et ne conserva plus aucune communication que par mer avec la France. Elle fut soutenue dans ses travaux par une escadre de 9 vaisseaux de guerre, 1 frégate, 3 galiotes à bombes et 30 galères. Elle reçut de cette escadre l'équipage de siége dont elle avait besoin et un renfort de 3,400 hommes de marine. L'équipage de siége consistait en 34 pièces de 24, 12 de 16, 10 mortiers de 12 pouces et 23 autres; il fut augmenté de 8 pièces de 24 tirées des vaisseaux et des mortiers des galiotes. La garnison de Barcelone était forte de 12,000 hommes, savoir : 6,000 hommes d'infanterie espagnole, 4,600 d'infanterie allemande et 1,200 hommes de cavalerie. Le gouverneur arma en outre 4 à 6,000 bourgeois, qui prirent part à la défense. Enfin le vice-roi de Catalogne avait sur les bords du Llobregat un camp volant de 2,000 chevaux, qui resta en communication avec la garnison pendant tout le siége. L'armée assiégeante n'était pas assez nombreuse pour investir la place de tous les côtés. Les fortifications de Barcelone consistaient, sur les fronts de terre, dans une ancienne enceinte revêtue et terrassée, servant de retranchement à des bastions nouvellement construits qui en couvraient les saillants. Indépendamment de ce retranchement qu'on ne pouvait forcer que par la mine ou le canon, les assiégés en élevèrent d'autres pendant le siége dans les bastions. Un fossé peu profond et un chemin couvert palissadé régnaient devant le front d'attaque.

Vauban écrivait d'Ath, le 23 juin, au ministre Barbesieux : « L'entreprise de Barcelone me fait peur, car, bien que Barcelone soit la plus mauvaise place du monde, elle sera trop bonne pour l'armée qui l'assiége si ceux qui sont dedans savent faire usage de leurs forces. » C'est ce qui arriva : les Espagnols, qui en général avaient mal défendu les places de Flandre, se montrèrent plus braves, plus dévoués, plus opiniâtres, attaqués dans leurs foyers.

M. Lapara avait sous ses ordres six brigades d'ingénieurs, dont chaque jour, suivant l'usage, il en montait deux. Chacune était de sept à huit ingénieurs, compris les brigadiers, qui étaient Rousselot,

Saint-Louis, Noblesse, Robert, Laberrie et Tardif. Il y avait en outre deux brigadiers dit supernuméraires, qui étaient Ferry et Esprit, tous deux directeurs des fortifications.

Dans un conseil de guerre qui avait été tenu pendant que l'on était à Radalone, on avait agité la question de savoir lequel, de la ville ou du Mont-Jouy, on attaquerait le premier. La pluralité des voix fut pour attaquer la ville. La nuit du 15 au 16 juin, ou ouvrit la tranchée en partant d'un grand couvent de capucins situé à 900 mètres au sud de la place. Le terrain en avant était une plaine découverte, sillonnée par des ravins ou chemins creux dirigés en pente vers la fortification et offrant des avantages à l'ennemi pour faire des sorties. Il en profita : on ne tarda pas à reconnaître qu'il était résolu à se bien défendre ; en quatre jours, on eut 119 hommes tués et 151 blessés, dont 14 officiers. Le 26, à cinq heures du matin, comme M. Lapara visitait la tête du travail de la nuit, un coup de canon lui coupa la forme de son chapeau, rasibus au cordon, fit sauter sa perruque, et lui fit une si grande contusion qu'il en fut un demi-quart d'heure évanoui et resta dix-huit jours sans pouvoir aller à la tranchée.

Le 2 juillet, à la droite, les têtes des cheminements étaient à 20 ou 25 toises de distance des saillants du chemin couvert ; à la gauche elles en étaient distantes de 12 à 15 toises. Les ennemis faisaient toutes les nuits un grand feu de mousqueterie et de bombes. Malgré ce feu, les nuits du 2 au 4, dix-huitième et dix-neuvième du siége, on construisit la troisième parallèle. Le 4, M. de Vendôme se fit porter pour la première fois à la tranchée; jusque-là ses vapeurs et des tournoiements de tête auxquels il était sujet l'avaient empêché d'y paraître. Tous les officiers-généraux le pressèrent pour qu'on attaquât le chemin couvert de vive force. M. Lapara n'était pas encore en état d'aller à la tranchée; on s'assembla chez lui. Il combattit sans succès cette opinion, finit par céder et fit les dispositifs des attaques qui eurent lieu, la première, la nuit du 4 au 5 juillet, et une deuxième la nuit du 6 au 7. Elles réussirent; mais la perte que nous y fîmes fut considérable. La plupart des capitaines des 24 compagnies de grenadiers qui y furent employées furent tués ou blessés dangereusement.

La construction des contre-batteries et des batteries de brèche, les descentes de fossé, l'ouverture des brèches, le travail lent des mineurs, auquel on fut obligé pour les rendre praticables, exigèrent seize jours, en sorte que ce fut la nuit du 22 au 23, trente-huitième du siége, qu'on livra assaut aux bastions. L'ennemi ne défendit pas les brèches de pied ferme; il laissa faire les logements; mais au jour, il vint résolûment les attaquer; il fallut des prodiges de valeur pour les conserver. Les quarante et quarante et unième nuits, on chemina dans les bastions pour aller attacher les mineurs à l'ancien corps de place. M. Lapara envoya à cette époque à M. Le Peletier la liste des ingénieurs tués et blessés. Sur 48, 12 avaient été tués, et 22 blessés plus ou moins grièvement. Parmi ceux qui avaient été tués, il regrettait particulièrement Laberrie et Esprit. M. de Vendôme fit mention de la mort de ce dernier dans une lettre au roi, en ces termes : « Nous perdîmes hier (25 juillet) le sieur Esprit. C'est en vérité un très grand dommage. Je n'ai point vu d'homme qui ait plus de valeur, de capacité et d'esprit. » Le commandant de l'artillerie, M. Dandigné, rendait compte à la même époque des pertes considérables qu'il avait faites : le bataillon de Royal-Artillerie était perdu, 8 commissaires avaient été tués et 3 autres blessés ; le plus grand nombre des pièces étaient hors de service. On n'avait pas encore vu de siége, sous le règne de Louis XIV, où l'on eût rencontré autant de difficultés et où il eût fallu faire autant de travaux. Heureusement, l'infanterie était toujours gaie et de bonne volonté, parce qu'elle gagnait de l'argent et que le vin était à 8 sous le pot, ce qui fait que le soldat en avait tant qu'il voulait, oubliait tous les périls qu'il essuyait et les peines qu'il souffrait. (Lettre de M. de Vendôme du 26 juillet.)

Enfin, le 5 août, cinquante-deuxième jour du siége, trois mines étant chargées, deux à la gorge du bastion de la droite, et une à celle du bastion de la gauche, M. de Vendôme fit sommer la place. On échangea des ôtages et l'on traita des capitulations, qui furent au nombre de trois, pour la garnison, pour les bourgeois et pour le clergé. Elles furent signées le 10 ; la garnison, encore forte de 5,000 hommes de pied et 1,500 chevaux, sortit le 15 par les brèches, sans être prisonnière de guerre.

Nous eûmes à ce siége 3,900 hommes tués, dont 200 officiers, et 4,600 hommes blessés, dont 350 officiers (1). Une perte aussi considérable et cinquante-deux jours de tranchée justifient le blâme de Vauban : « La précipitation dans les siéges ne hâte point la prise des places, la recule souvent et ensanglante toujours la scène : témoin Barcelone, Landau et autres. »

Le roi nomma M. Lapara, maréchal-de-camp le 19 août, sans attendre le rapport de M. de Vendôme, qui en faisait la proposition.

La prise de Barcelone eut le résultat que le roi attendait. La paix fut signée à Ryswick le 20 septembre par la France, l'Angleterre, la Hollande et l'Espagne, et plus tard, le 30 octobre, par l'empereur d'Allemagne. La France rentra dans les limites du traité de Nimègue ; elle rendit à l'Espagne les places de Girone, Roses, Belver, Barcelone, Luxembourg, Charleroi, Ath et Courtrai ; à l'évêque de Liége, la ville de Dinant. Les bases de la paix avec l'Allemagne furent les traités de Westphalie et de Nimègue : le roi renonça à toutes les villes et seigneuries qu'il avait réunies à sa couronne dans le haut Rhin et entre le Rhin et la Moselle ; il dut faire démolir Montroyal, Kirn, Ebernbourg. Il fut stipulé que le grand Rhin formerait la frontière entre la France

(1) Voir, pour plus de détails, notre *Notice historique* sur le lieutenant-général Lapara, et sur les siéges dont il a dirigé les attaques. In-8, Paris, 1839.

et l'Allemagne. En conséquence, la France rendit les places de Philippsbourg, de Kehl, de Brisach et de Fribourg dans l'état où elles étaient. Elle resta en possession du Fort-Louis, bâti en 1687 dans une île du Rhin, et du fort du Mortier, situé sur la rive gauche du fleuve, vis-à-vis de Brisach. La ville neuve de Brisach, située dans une île, entre le grand Rhin et un bras de ce fleuve appartenant à la rive gauche, fut comprise dans les cessions faites à la France, à la condition qu'elle serait démolie, ainsi que le fort des Cadets, qui en dépendait. Le duc de Lorraine fut rétabli dans la pleine possession des États que le duc Charles, son grand-oncle, possédait en 1670, à la réserve de la ville et prévôté de Longwy, de la ville de Sarre-Louis et de ses environs, dans le rayon d'une lieue ; enfin à la condition que les fortifications de la ville neuve de Nancy et des châteaux de Bitche et de Hombourg seraient démolies.

En 1684, après la prise de Luxembourg, Vauban, enthousiasmé de cette conquête qu'il avait conseillée, écrivait : « Présentement, on peut dire que Charleville et le Mont-Olympe ne sont plus nécessaires, que Sedan et Bouillon le sont médiocrement, Stenay encore moins, Verdun et Toul point du tout, Montmédy et Longwy si peu que rien. » Après la paix de Ryswick, qui nous enlevait Luxembourg, il changea entièrement d'opinion ; les places de la Meuse surtout lui parurent nécessaires ; il regretta (1) extrêmement

(1) Lettre du 6 octobre 1697.

le rasement de Stenay et proposa avec insistance d'en relever les fortifications. L'attention du roi se porta sur Charlemont, où Vauban fut envoyé pour faire le projet des nouvelles fortifications qu'il était nécessaire d'y construire, afin de donner à cette place toute l'importance que sa position lui assigne. Le projet de Charlemont, daté du 10 novembre 1697 et achevé le 24, est l'un des plus difficiles par la variété du site et des plus intéressants par les objets qu'il embrasse que Vauban ait faits. Il montait à 4 millions et plus (1). Malgré la pénurie du trésor, on en exécuta une partie ; la dépense faite jusqu'en 1705 inclusivement s'éleva à 1 million. Charlemont, bâti en 1554, sur la rive gauche de la Meuse, avait été cédé à la France en 1678 par le traité de Nimègue. En 1681, on avait amélioré ses fortifications ; néanmoins c'était toujours une petite place qui avait besoin d'être agrandie pour être utile. Le grand Givet, dit Givet Saint-Hilaire, situé en aval sur la même rive de la Meuse, en était le faubourg et avait été renfermé dans une enceinte bastionnée. Mais Charlemont et le grand Givet, sans fortification sur la rive droite de la Meuse, n'auraient, comme Namur et Dinant, formé, suivant Vauban, qu'une demi-place. Dans le projet,

(1) Les estimations avaient été faites par Filley, et par Bernard, ingénieur distingué, auteur anonyme de l'ouvrage intitulé : *Nouvelle manière de fortifier les places, tirée des méthodes de Deville, Pagan, Vauban*, etc. In-8, Paris, 1689. Comme ouvrage d'un homme de l'art, ce traité est digne de quelque attention. Il est précédé d'une dédicace au marquis de Seignelay.

on fortifia le petit Givet dit Givet Notre-Dame, situé de l'autre côté de la Meuse, au pied du mont d'Haurs, qu'on occupa par une grande couronne ; Charlemont ne fut plus que la citadelle de cet ensemble de fortifications qui porte aujourd'hui le nom de Givet.

Dans le cours de la guerre, on fit usage de lignes continues sur la frontière du nord pour fermer la Flandre aux partis ennemis entre la mer et l'Escaut. Ces lignes, d'un tracé varié, le plus souvent à redans, étaient soutenues de distance en distance par des redoutes. Elles se divisaient en deux parties : l'une depuis Commines, sur la Lys, jusqu'à la mer ; l'autre, depuis la Lys jusqu'à l'Escaut. La première partie, soutenue par la place d'Ypres, par les forts de la Kenoque et de la Fintelle, ayant devant elle le canal de Boesinge et le canal de Loo, était très forte : elle avait existé pendant la guerre de 1672 sur une certaine étendue, savoir, depuis Commines jusqu'à Ypres, et depuis Beveren, sur l'Yser, jusqu'à Ghivelde, sur le canal de Dunkerque à Furnes. Après la paix de Nimègue, elle n'avait pas été entretenue ; on suivit un autre tracé en la rétablissant en 1688. En 1692, on construisit une autre ligne de retranchements continus depuis Menin sur la Lys jusqu'à Espierre sur l'Escaut, passant par Mouscron. Cette ligne, qui était dominée sur plusieurs points, qui n'avait pas moins de 20 kilomètres de développement, gardée par un détachement de troupes insuffisant, tiré principalement de la garnison de Lille, fut forcée le 18 juillet, sur les trois heures de l'après-midi, à la redoute de Libert par un camp volant commandé par le duc de Wurtemberg. Les partis ennemis envahirent alors les deux tiers de la riche châtellenie de Lille et la mirent à contribution; les maraudeurs y commirent toutes sortes de violences. En 1694, on rétablit la ligne entre la Lys et l'Escaut, en la faisant partir de Courtrai et passant par Clare pour aboutir sur l'Escaut près d'Espierre.

L'exemple du mauvais succès des lignes de Flandre, dit Vauban (1), n'en est pas un bien convaincant pour moi, parce que je sais, à n'en pas douter, que ce n'est pas leur faute si les ennemis ont fait des courses sur nos terres, mais bien du peu d'ordre que l'on y a tenu et de la mauvaise garde qu'on y a faite. Quand les lignes peuvent être attaquées par des armées, il faut les défendre par des armées qui soient capables d'arrêter l'ennemi et de lui faire changer de dessein, soit en se postant en lieu qui lui impose, soit en lui livrant combat : car, de l'attendre dans les lignes, l'expérience que je viens de voir (2) m'apprend que, quand il n'y a pas une étendue considérable des lignes qui soit inaccessible, il est bien difficile de les soutenir avec des corps inférieurs, d'autant que celui qui attaque choisit les points sur lesquels il tombe avec toutes ses forces, et que celui qui défend est obligé de l'attendre également partout, et, partant, de diviser ses forces, ce qui l'affaiblit. En tout autre cas, on soutient aisément les lignes avec des

(1) Lettre du 18 juin 1698.

(2) Lettre du 21 juillet 1693.

gardes ordinaires et beaucoup d'ordre contre toutes sortes de partis.

Pendant les dix ans que dura la guerre, Louis XIV accrut la force de ses armées jusqu'au chiffre de 350 000 hommes, et, à la même époque, le corps des ingénieurs était, suivant Cormontaingne, composé de 600 officiers, tous formés par les soins et l'exemple de M. de Vauban. Après la paix de Ryswick, 300 auraient été renvoyés sans la moindre récompense ou grâce qui pût les retenir dans l'état (1). M. Allent a répété cette assertion, ajoutant (2) que M. *Pelletier* (Le Peletier) s'était uni à Vauban pour éviter ou diminuer cette suppression. Cormontaingne, qui écrivait loin de Versailles, était mal informé, et M. Allent a été induit en erreur. Nous avons vu que l'état des ingénieurs, pour l'année 1696, ne s'élevait pas à plus de 280; en supposant qu'il y en eût eu un certain nombre, 20 par exemple, qui n'auraient pas été compris sur l'état, le nombre total s'élèverait à 300. Or l'état des ingénieurs qui étaient employés après la paix de Ryswick, en 1698, que l'on possède, nous fait connaître qu'ils étaient alors au nombre de 255, qui a peu varié. La différence avec l'état de 1696 est 45, dont il faut retrancher 16 (13 ingénieurs tués au siége de Barcelone et 3 à celui d'Ath), reste 29. Loin de combattre cette réforme des ingénieurs, M. Le Peletier en serait l'auteur, et, d'après une lettre de Vau-

(1) In-folio 87, p. 153.
(2) Page 362.

ban du 3 novembre 1693, datée de Mons, elle aurait été faite pendant la guerre ; le directeur général aurait, à cette date, depuis qu'il était à la tête du corps, réformé plus de 40 ingénieurs, parmi lesquels 2, 3 au plus lui auraient été recommandés par Vauban pour être replacés.

L'état des ingénieurs pour 1698 indique leurs traitements annuels, dans lesquels il y a une grande inégalité. Six directeurs, Robelin père, Mesgrigny, Filley, Richerand, Niquet et Ferry, recevaient 6000 livres ; les autres, de 5400 à 2400 livres. Le traitement des ingénieurs variait de 3600 à 720 livres. Le traitement de Vauban, en qualité de commissaire général des fortifications, avait été fixé par Louvois à 15 600 livres. Il recevait, en outre, sous le titre de gratification, pour sa visite annuelle des frontières, une indemnité qui variait de 8000 à 24 000 livres, et 2000 pour ses secrétaires. Le montant de l'état de 1698 est de 451 790 livres. En campagne et pendant les siéges, les ingénieurs avaient des appointements extraordinaires, et droit à un nombre déterminé de rations de pain.

La prise de Brisach, dont nous avions été maîtres pendant soixante ans, avait été pour la France une excellente tête de pont sur la rive droite du Rhin. Située au débouché du val d'Enfer, maintenant au pouvoir de l'Empereur, elle devait, à raison de son commandement sur la rive gauche, être regardée comme le point qui serait choisi de préférence par les Allemands pour passer le Rhin, et porter la guerre au cœur du royaume. Cette considération détermina le roi à charger Vauban de visiter les places de la frontière de l'Est, et à reconnaître particulièrement ce qu'il y avait à faire en face de Brisach pour la sûreté de l'Alsace. Parti de Paris le 9 avril 1698, Vauban prit sa route par Provins, Langres, Belfort, Huningue et Colmar, où il arriva le 13 mai. Après avoir reconnu avec soin les bords du Rhin, en face de Brisach, en amont et en aval, il resta convaincu que cette ville offrait, à cause des îles du Rhin soumises à son canon, une entrée facile en Alsace, et qu'il était d'autant plus nécessaire d'opposer une place neuve à l'ennemi sur ce point que, depuis la restitution de la Lorraine à son duc, l'Alsace étant isolée de la France, était un pays à défendre plutôt par les places que par les armées. Il fut longtemps indécis sur le lieu où cette place devrait être bâtie ; il rejeta toute position trop rapprochée du Rhin, comme exposée au bombardement de la rive droite ; il rejeta également toute position voisine du Rhin en amont de Brisach, l'objet n'étant pas d'être à portée d'empêcher l'ennemi de remonter le fleuve, mais bien plutôt d'être à portée de l'empêcher de le descendre. Il était incertain entre Biesheim, près de la ville neuve de Brisach, qui devait, d'après les traités, être démolie, et Colmar, plus éloignée du Rhin, qui, comme ville, offrait des ressources précieuses dans une place de guerre. Il penchait pour Colmar lorsque, le 22 mai, arriva le marquis d'Huxelles, qu'il attendait, et avec qui il fit une nouvelle reconnaissance des lieux, et convint qu'il ne fallait point s'éloigner du fort du Mortier, afin de pouvoir se lier à ce fort, en recevoir l'appui, et, au besoin, le soutenir. Ils fixèrent, en conséquence, le *centre* de la nouvelle place, qui reçut le nom de Neufbrisach, dans une troisième situation, à peu près sur la capitale du fort du Mortier, à 2400 mètres de distance, dans une plaine unie, sèche, sans habitations, ne pouvant avoir d'autre eau que celle des puits qu'on creuserait, et que par transpiration le Rhin alimenterait.

L'importance de cette place exigeant qu'elle eût une certaine grandeur, Vauban en fit un octogone régulier, auquel il devait même ajouter un grand dehors traversé par un canal dérivé du Rhin ou de la rivière d'Ill, et qui recevrait quelques établissements militaires. Par le projet du 19 juin 1698, qu'il présenta au roi, il soumettait à Sa Majesté trois dessins de la place. Le premier, avec des bastions à flancs droits et des demi-revêtements ; le second, avec des bastions à orillons et des revêtements entiers ; le troisième, avec des tours bastionnées, suivant le système de Landau perfectionné. Le roi agréa le troisième dessin, auquel Vauban donnait la préférence, par les puissantes raisons qui ont été rapportées à l'occasion du projet de Landau. Le tracé du front de Neufbrisach constitue le troisième système de Vauban. Le côté intérieur ou la distance entre les centres des tours est égale dans le deuxième et le troisième système, 140 toises; mais les tours, les contre-gardes et les demi-lunes sont plus grandes dans le troisième système ; les demi-lunes ont des réduits revêtus en maçonnerie jusqu'à la plongée du parapet ; les contre-gardes et les demi-lunes n'ont que des demi-revêtements surmontés d'une haie vive, que Vauban considérait comme plus difficile à rompre et d'un plus facile entretien qu'une palissade. L'avantage de diminuer la dépense des maçonneries n'était pas le seul qu'il trouvait aux demi-revêtements ; ils auraient encore, suivant lui, l'avantage, lorsqu'ils seraient battus par le canon, de former des brèches moins praticables, parce que leur chute n'entraînerait pas celle des terres du parapet, inconvénient grave dont il avait été frappé aux siéges récents de Charleroi et d'Ath, où les décombres des brèches avaient comblé à moitié les fossés. Enfin, comme perfectionnement proprement dit du système, il bastionna les longues courtines qui unissent les tours, ce qui lui procura sur chaque front deux nouveaux flancs, chacun pour deux pièces, l'un à découvert et l'autre casematé.

Neufbrisach eut pour entrepreneur, dans la personne de Jean-Baptiste Regemorte, un homme recommandable par sa capacité, son application et sa bonne foi. On lui doit le canal qui servit à amener les matériaux à pied d'œuvre, qui aujourd'hui est encore utile, et porte le nom de canal de Vauban, canal de Neufbrisach, canal d'Ensisheim. Vauban s'exprime ainsi dans un *post-scriptum* du projet de fortification de Brisach :

« Depuis ce projet achevé, l'un de ceux qui avaient envie d'entreprendre les ouvrages ayant fureté tous les environs pour voir où il pourrait prendre ses matériaux, trouva qu'il était praticable de les tirer par un canal depuis le pied des montagnes d'Alsace (à Pfaffenheim, près Rouffach), passant par-dessus les rivières de la Lauch, de la Thur et de l'Ill, au moyen de certains aqueducs de bois portés sur chevalets qu'on y fait actuellement. Ce canal est de l'heure qu'il est fort avancé, et on espère qu'il sera en état de servir vers la fin de mai ou 15 de juin (1699). »

Suit un long détail sur l'utilité de ce canal pour la place.

Neufbrisach construit, la partie du canal comprise entre Pfaffenheim et la rivière d'Ill fut abandonnée aux propriétaires des terrains, et comblée. La partie restante fut prolongée en remontant la rive droite de l'Ill jusqu'à Ensisheim.

La dépense faite pour la construction de Neufbrisach, jusqu'à l'an 1705 inclusivement, où s'arrête la collection des registres de fonds, s'élève à la somme de 2 916 565 livres, compris 100 000 livres accordées à l'entrepreneur, à titre d'indemnité, pour perte sur le prix des ouvrages. L'estimation jointe au projet était de 4 048 875 livres.

Vauban termina sa visite des places d'Alsace par Landau, où il donna, à la date du 12 août, une instruction sur ce qui restait à faire à la fortification de cette place. C'est alors seulement qu'il se décida à occuper la hauteur d'Allemagne par un ouvrage à couronne.

On se plaint toujours de cette hauteur, je ne vois personne qui ne la considère comme un grand défaut de la fortification de Landau. Comme cela blesse l'imagination des grands et des petits (1), je suis d'avis d'ôter le prétexte de ces plaintes et des mauvais effets qui peuvent s'ensuivre, attendu qu'elle ne l'accommode pas et qu'elle cache un très grand fond derrière, très propre à toutes les dispositions d'ouverture de tranchée.

Après Landau, Vauban visita toutes les places de la Lorraine, et passa les trois mois de septembre, octobre et novembre, à faire les projets des ouvrages nécessaires à l'achèvement des fortifications de ces places ou à la reconstruction de celles qui avaient été démolies en 1689, savoir Marsal, Stenay et Toul. L'instruction des ouvrages pour l'achèvement des fortifications de Metz peut être considérée comme une introduction aux travaux de Cormontaingne (2). Les projets de Marsal et de Toul (3) reçurent un commencement d'exécution ; on dépensa dans l'intervalle de

(1) En 1695, M. de Mélac, qui commandait à Landau, et le marquis d'Huxelles, gouverneur d'Alsace, avaient fait tracer par Tarade le projet d'un petit ouvrage sur la hauteur d'Allemagne. Le marquis d'Huxelles en avait rendu compte à Vauban, qui, en même temps qu'il recevait sa lettre, en recevait une autre de Regemorte, ingénieur géographe distingué, à qui il avait fait l'honneur de demander son sentiment, et qu'il ne faut point confondre avec l'entrepreneur de Neufbrisach. Regemorte fut de l'avis des généraux, mais il se montra meilleur ingénieur en occupant la hauteur par un ouvrage à couronne dit le fort d'Allemagne. Vauban, alors en Bretagne, eût voulu se borner à un ouvrage à corne pour soutenir les inondations.

(2) Voici, monsieur, l'un des plus grands projets de mon voyage, etc. (Lettre du 16 novembre 1698 à M. Le Peletier.)

(3) Le lendemain de son arrivée à Toul (septembre 1698), Vauban s'empressa d'aller visiter le point de partage des eaux de la Meuse et de la Moselle, qui est dans une vallée près de Toul, dans la prévôté de Foug, où, en 1659, étant capitaine au régiment de

temps de 1700 à 1705 inclusivement, à la première 300 000 livres, et à la seconde 400 000. En décembre Vauban visita Charlemont et Maubeuge, fit en janvier 1699 le projet définitif des fortifications de Tournai, et vint enfin se reposer dans la citadelle de Lille, sa résidence, d'une des tournées les plus longues qu'il eût faites.

La même année, le directeur général des fortifications fit la visite des ports de la haute Normandie, de toutes les places de Picardie, du Boulonnais, du Calaisis, de Saint-Omer, Aire, Gravelines, Dunkerque, Bergues, Furnes, Ypres, Menin, Lille, Tournai, Condé, Valenciennes et Douai. Il rédigea sur chacune de ces places un mémoire pour rendre compte au roi de l'état de leurs fortifications, et des projets d'amélioration de Vauban sur chacune. Il admira surtout les travaux de Dunkerque ; frappé du succès qu'on avait obtenu dans l'approfondissement du chenal en prolongeant les jetées, il proposa de prolonger celles du port de Calais, qui s'ensablait, et de créer dans cette place un bassin pour des frégates de 50 canons.

Dans les premiers mois de l'année 1699, Vauban

la Ferté, il avait eu son quartier avec sa compagnie. Il rapporte qu'étant alors un peu chasseur, et ce lieu étant très giboyeux, il y allait souvent et restait en admiration devant cette vallée où il semble qu'il avait dû y avoir autrefois une continuation de l'une à l'autre de ces rivières. Il ajoutait à son projet une carte faite exprès pour démontrer la possibilité de joindre la Meuse à la Moselle par un canal navigable, comme cela a eu lieu plus tard.

arrêta le projet définitif de Menin, examina le projet de Ferry sur la Rochelle, et visita Dunkerque, Calais, Abbeville et le port de Dieppe, sur lequel il rédigea un long travail. Dans le mois d'octobre, il visita tous les ports de la basse Normandie, et poussa jusqu'à Saint-Servan. Il proposa de relever les fortifications de Cherbourg, à la démolition desquelles il s'était opposé en 1688. Il s'arrêta onze jours, tant à la Hougue qu'à Tatihou, pour y étudier le projet d'un grand établissement de marine.

La même année, M. Le Pelctier, accompagné de Girval, visita la plupart des places qui l'avaient été l'année précédente par Vauban, savoir : Mézières, Rocroi, Charlemont, Bouillon, Sedan, Montmédy, Longwy, Verdun, Toul, Metz, Thionville, Marsal, Phalsbourg, Landau, fort Louis du Rhin, Strasbourg, Schelestadt, Huningue, Belfort. Chacune de ces places fut l'objet d'un mémoire au roi, qui renferme des vues qui lui sont propres ou qui lui ont été suggérées par les ingénieurs en chef.

Les travaux de Neufbrisach absorbèrent, en 1699, la plus grande partie des fonds affectés à la fortification ; on y dépensa 778 500 livres, somme énorme pour le temps ; à Mont-Dauphin, place neuve, 132 000 livres. Les autres places où l'on fit des travaux neufs sont : Calais, le port ; Charlemont, la couronne d'Haurs ; Landau, la couronne d'Allemagne ; Gravelines, la grande écluse, que l'on reconstruisit pour la troisième fois sur le devis de Clément ; à Sedan, les écluses du grand pont sur la Meuse ; la

Rochelle, Brest, Lille et Dieppe où M. de Ventabreu fit exécuter le projet de Vauban.

En avril 1700, Vauban rédigea le projet définitif de Saint-Malo, comprenant un bassin à flot, qui n'a été exécuté que longtemps après sa mort, en 1838. Ce projet était la conséquence de plusieurs autres antérieurs.

En 1700, M. Le Peletier se transporta dans les ports de la basse Normandie, visités l'année précédente par Vauban. Il semble qu'il eut pour but de s'instruire des places sur les lieux, pour pouvoir apprécier en juge éclairé les propositions de l'illustre ingénieur. Il visita ensuite Saint-Malo et ses forts, ainsi que Brest, passa à Nantes, visita l'île d'Aix, Rochefort, Brouage, fort Chapus, Blaye et Bordeaux. Pendant ses tournées, le directeur général entretenait avec le roi une correspondance dont on possède quelques lettres. De Brest, il écrivit une lettre à Sa Majesté sur la beauté de la situation de ce port, qu'il ne connaissait pas.

A la même époque, Vauban visita les places de la frontière des Alpes (1). Après avoir fait un projet d'agrandissement pour Grenoble, et inspecté Barrault, il quitta la vallée de l'Isère, se transporta dans

(1) D'après sa correspondance, il était le 30 juillet à Grenoble, le 6 août à Barrault, le 8 à Oulx jusqu'au 14, le 15 à Exilles, le 16 à Fenestrelles jusqu'au 22, le 23 à Briançon jusqu'au 3 septembre, le 4 et le 5 à Queyras, le 6 à Mont-Dauphin jusqu'au 9, le même jour à Embrun jusqu'au 25, le 10 octobre à Seyne, le 18 à Colmars, le 25 de nouveau à Embrun, le 19 novembre à Antibes, le 31 décembre à Marseille.

celle de la Doire, dite suzine ou ripuaire, et visita la position d'Oulx, ou l'on avait le projet d'établir un poste fortifié pour soutenir Exilles ; mais il ne se montra point partisan de ce projet, dont l'exécution eût demandé trois ans de travaux. « C'est pourquoi, dit-il (1), je reviens toujours à ma vieille opinion, qui est de bien accommoder nos vieilles places. Elles seront plus tôt prêtes, et on ne multipliera pas les êtres sans nécessité. » Après être resté sept jours à Oulx, il passa le col de Sestrières, et se rendit à Fenestrelles, qui, depuis la perte de Pignerol, avait acquis de l'importance. Nous avons dit que Richerand y avait fait commencer un fort en 1695. Ce fort, appelé fort Mutin, était situé au-dessus de la rive droite du Cluson, sur la déclivité d'un contre-fort escarpé qui le commandait de la manière la plus dangereuse, mais sur lequel il était difficile de s'établir. Vauban trouva la situation si ingrate, si défectueuse, que, sans la conjoncture présente et les grandes dépenses qu'on y avait faites, il n'aurait pas hésité un moment à opiner pour la démolition des fortifications qui y existaient. Voici le préambule de son mémoire :

« La situation de Fenestrelles est si extraordinaire que si l'on ne savait les raisons qui ont obligé à la choisir, on aurait peine à s'imaginer comme quoi les hommes ont pu se résoudre à y faire un établissement militaire ; le sens commun s'y refuse et la nature absolument ingrate nuit en tout et n'aide en rien. Le terrain sur lequel on a bâti est un éboulis de montagnes qui n'a rien de solide, et cinq ou six commandements à vue qui l'environnent de toutes

(1) Lettre du 18 septembre 1700, datée d'Embrun.

parts et qui la plongent à vue d'oiseau de 250 à 300 toises de haut, lui imposent si absolument qu'il n'y a capitale ni traverse, ni adossement qui puissent empêcher qu'on ne soit vu dans une infinité d'endroits, devant, derrière et par les côtés; c'est la situation la plus disgraciée et la plus révoltée contre les règles qui se puisse imaginer; tous les défauts des places du roi joints ensemble n'ont rien d'approchant de ceux qui se trouvent en celle-ci, et si j'avais été obligé de travailler aux dessins de ce fort, j'aurais été contraint de renoncer aux règles de la fortification et d'inventer un nouveau système exprès pour ce lieu, qui, sans doute, se serait réduit à la fortifier à l'antique et à la partager en plusieurs étages casematés, sans quoi il n'y a pas moyen de s'empêcher d'être vu partout, tant elle est mauvaise. Cependant il fallait quelque chose dans ces vallées, dans le temps que sa fortification a été résolue, et il ne s'y trouve point d'autre situation qui ne soit encore pire que celle-ci. La place que j'y ai trouvée m'a fait peur de voir que, malgré les pentes, les inégalités, les commandements et toutes les disgrâces de la situation, on s'est opiniâtrément attaché à continuer cette fortification après la paix ; et à l'observation des règles dans un lieu qui en est si peu capable et où il est impossible qu'elles puissent produire leur effet. »

Vauban blâmait que dans une position semblable on eût suivi les règles de la fortification régulière, à peu près comme on eût fait en terrain horizontal ; le fort Mutin était un pentagone bastionné, avec demi-lunes sur les courtines et un chemin couvert.

Une nouvelle charge de contrôleur des fortifications fut créée en 1700, par arrêt du conseil du 12 octobre.

Dans toutes les places de Provence que Vauban visita il fit des additions à ses anciens projets, qui, en général, ne furent pas exécutées. Le temps des grandes dépenses était passé. De Marseille il adressa, le 7 janvier 1701, une addition considérable aux projets d'Antibes, qu'il avait faite de concert avec Niquet. Il n'y avait pas alors de règlement ministériel qui interdît de traiter deux objets distincts dans la même lettre. La lettre d'envoi du projet d'Antibes annonçait en même temps les projets de Saint-Paul, du Gourjan (le golfe de Jouan) et des îles Sainte-Marguerite, et entrait dans des détails divers. En voici un extrait, accompagné des réponses interlignées dans sa lettre :

« Je n'ai pas considéré Saint-Paul (de Vence) comme une place bien nécessaire; mais, telle qu'elle est, elle n'aurait pas dû être indifférente si les affaires entre la France et l'Espagne avaient subsisté en l'état qu'elles étaient (1) quand j'en ai fait le projet. Le grand roi François Ier, qui fit commencer sa fortification en 1544, avait des raisons pour le faire qui ne sont pas encore bien éteintes, puisque la même frontière subsiste toujours contre un prince qui a la réputation de ne nous pas fort aimer.

» Je n'en parlerai plus que pour avoir l'honneur de vous dire que le soleil de Saint-Paul est le plus beau de la Provence et le pays où croissent les plus belles oranges de toutes espèces qui sont là en plein vent, hiver et été, ce qui ne se trouve point ailleurs, hors à Hyères où elles ont gelé à Saint-Laurent. Ce territoire est couvert de vignes, d'oliviers et de figuiers, et dans la même terre où y voit communément de ces trois sortes de plantes disposées par alignements avec des blés entre deux ; de sorte que le même héritage porte du blé, du vin, des olives et des figues. Tout cela est cultivé avec beaucoup de soin, mais le mal est que la sécheresse les désole et rend très souvent leurs travaux inutiles. Une dépense de 10 à 12 000 écus pourrait leur donner un arrosement qui doublerait les revenus de ce petit pays ; c'est une commodité inconnue dans celui où vous êtes, qui ne va pas à moins qu'à doubler le rapport de toutes les terres qu'on peut arroser ; je n'en vois que

(1) Charles II, roi d'Espagne, était mort le 1er novembre 1700, et son testament avait, le 11, été accepté par Louis XIV.

dans le Dauphiné, la Provence et le Roussillon, qui en font un excellent usage, notamment les Dauphinois de la montagne qui s'en servent avec une industrie merveilleuse. »

Réponse. — Vous jugez avec raison que, dans la situation présente, il ne s'agit pas de travailler à Saint-Paul ou autres petits postes que vous avez remarqués, quoiqu'ils puissent avoir leur mérite en certaines conjonctures. Je crois que nous devons nous attacher présentement à achever les ouvrages de nos places de première ligne, qui demeurent imparfaits depuis longtemps.

J'ai été autrefois en Provence, je connais un peu les avantages et les inconvénients de ce climat. Je conviens avec vous que rien n'est plus utile à des pays secs que de pouvoir leur procurer des arrosements, mais cela ne regarde point nos fortifications ; je vous conseille d'en entretenir M. Le Bret qui pourra faire un bon usage des avis que vous lui donnerez là-dessus.

Après cette digression, Vauban revient au projet d'Antibes ; M. Le Peletier lui répond :

« Autant que j'en puis juger de ce que j'ai parcouru de votre projet pour Antibes, il me paraît très beau et très magnifique ; je puis me vanter d'avoir pressé le roi, même avec instance, de faire travailler à cette place et d'y employer 100 000 livres par an comme nous l'avons fait depuis deux ans. Je serais d'avis de continuer jusqu'à ce que nous l'ayons mise, sinon dans la perfection proposée par votre projet, du moins en bon état de défense. »

Dans la même lettre d'envoi du 7 janvier 1701, Vauban répond à une lettre de M. Le Peletier sur Toulon :

« Des deux calles que M. Niquet a fait faire à Toulon, l'une s'est rompue et noyée comme vous savez, et l'autre subsiste et sert si bien qu'il y a un vaisseau dessus qu'on défait, mais on a eu beaucoup de peine à l'y mettre et le tirer hors de l'eau. M. de Langeron prétend, au moyen des rouleaux et d'un berceau qu'on doit appliquer, la rendre beaucoup plus aisée...

» Avant que d'entreprendre de tels ouvrages, inconnus parmi nous, il aurait fallu aller visiter celles d'Italie et voir comme elles étaient faites; la chose en valait bien la peine. Avec cela je compte beaucoup plus sur elles (les calles) que sur les formes. »

On voit par cette citation que c'est sur des calles que l'on radoubait les vaisseaux à Toulon; toutes les tentatives que l'on avait faites pour construire des formes n'avaient pas réussi; on n'y est parvenu qu'en 1774; l'honneur en est dû à Groignard, ingénieur des constructions navales. Auparavant, on avait proposé plusieurs fois d'établir le radoub des vaisseaux à la Seine, où l'on espérait ne pas rencontrer les difficultés insurmontables qu'opposait le sol de l'arsenal de Toulon. Ces difficultés consistent dans les sources que font jaillir les pilots qui sont enfoncés dans la vase, après avoir traversé une couche de safre qui se trouve à une profondeur variable de 5, 6 à 7 mètres. On était obligé, pour le radoub, de remonter les vaisseaux sur calle, comme cela se pratiquait à Venise notamment, et comme on le fait à Cherbourg (1) pour transformer l'arrière des navires d'une manière convenable à l'installation d'une hélice.

Suite de la lettre de Vauban.

« Par le peu qui m'est revenu de l'état des places de la présente année, il me semble qu'au lieu d'augmenter de fonds nous diminuons; qu'est-ce que cela, ne verrons-nous donc jamais finir une place? »

Réponse. — « Il me semble que vous ne devriez pas être sur-

(1) *Moniteur* du 7 novembre 1857, halage du *Saint-Louis*, vaisseau de 82 canons.

pris de ce que l'on n'augmente point le fonds des fortifications. Vous avez raison de l'être de ce qu'il parait, au contraire, qu'il diminue. Je vais vous expliquer ce mystère en peu de mots.

» Par une belle passion que j'ai conçue pour le Neufbrisach et parce que j'ai vu qu'il était important pour le service du roi de travailler diligemment à cette place, j'ai fait employer l'année passée 800 000 livres de revenant bon que j'avais ménagées pendant la guerre dans l'appréhension de manquer de fonds tout à coup, comme il nous est arrivé en 1693 et 1694. Ayant mangé toute mon épargne de neuf ou dix ans, je me trouve présentement à sec et réduit aux trois millions qu'on nous donne, tant pour les fortifications que pour les appointements des ingénieurs, et à 5 ou 600 000 livres des fonds que donnent les corps de ville et d'états. Au lieu de près de cinq millions que nous avons dépensés l'année passée, nous n'en aurons pas quatre cette année, ce qui doit nous obliger à vivre d'un grand régime. »

Fin de la lettre de Vauban :

« S'il y a quelque revenant bon de l'an passé par mort d'ingénieurs ou autrement, je vous prie de vous souvenir des plus pauvres. Nous en avons à 600 livres qui ont bien de la peine à subsister, et notamment dans un pays comme celui-ci où l'on vend le bois à la livre et où tout est plus cher, sans comparaison, qu'à Paris. Vous savez mieux qu'un autre que la nécessité fait beaucoup de fripons qui, sans elle, seraient de fort honnêtes gens.

» Vous avez le sieur Bonvoisin, à Colmars, pays du diable, qui n'a que 720 livres ; Le Nègre, à Briançon, qui n'en a pas davantage ; Gombert et Guirault, à Antibes, qui n'ont chacun que 600 livres ; Martin joli-garçon, à Dieppe, 600 livres, et plusieurs autres çà et là qui en ont d'autant plus besoin que j'apprends qu'ils sont presque tous mariés. »

Réponse. — « Je conviens avec vous que les ingénieurs qui n'ont que 600 ou 700 livres d'appointements sont à plaindre. Les lieutenants d'infanterie, parmi lesquels il y en a grand nombre de gentilshommes, le sont encore plus qu'eux, parce qu'ils ont beaucoup moins ; et toutes les fois qu'il s'agit de distribuer quelque augmentation d'appointements, je me trouve embarrassé entre les derniers ingénieurs qui à peine ont de quoi vivre, mais qui n'ont encore rien mérité par leurs services, et les anciens qui servent depuis longtemps avec honneur et distinction et qui croient mieux mériter que leurs appointements soient augmentés, puisque c'est presque l'unique récompense que vous et moi pouvons leur procurer. »

Louis XIV ayant accepté le testament de Charles II, qui appelait au trône de toute la monarchie espagnole Philippe de France, duc d'Anjou, en fit le 16 novembre la déclaration solennelle. Le nouveau roi fut proclamé à Madrid le 24, sous le nom de Philippe V, et partit de Versailles le 4 décembre. Le 22, il passa la frontière, s'arrêta au Buen-Retiro, et le 14 avril 1701 fit son entrée à Madrid. Toutes les puissances, à l'exception de la maison d'Autriche et de l'électeur de Brandebourg, à qui l'Empereur conféra le titre de roi, reconnurent d'abord Philippe V. L'électeur de Bavière, comme gouverneur général des Pays-Bas espagnols, se concerta avec le maréchal de Boufflers et le marquis de Bedmar, qui commandait les troupes d'Espagne en Flandre, pour faire recevoir les troupes françaises dans les places fortes qui avaient des garnisons hollandaises, Luxembourg, Namur, Charleroi, Mons, Ath, Oudenarde et Nieuport. L'occupation de ces places par les troupes de France eut lieu le 6 février ; les garnisons hollandaises en sortirent le 12. Bien que de la maison de Lorraine, le prince de Vaudemont, gouverneur du Milanez au nom de Charles II, fit une réponse négative aux lettres de l'Empereur, qui lui enjoignait de n'obéir qu'aux ordres de Sa Majesté Impériale, lui promettant la confirmation de tous ses emplois. A Naples, le vice-roi resta également fidèle à Philippe V. Le duc de Savoie, dont l'alliance était importante pour le passage des troupes en Italie, fit un traité avec le roi, par lequel Philippe V devait épouser la seconde fille de Son Altesse Royale, qui s'engageait à donner le libre passage et à fournir au roi 8,000 hommes d'infanterie et 2,500 chevaux. Enfin le Portugal fit une alliance offensive et défensive avec l'Espagne.

Le marquis de Barbesieux, secrétaire d'État pour la guerre, mourut le 5 janvier 1701, et eut pour successeur M. Chamillart, qui était déjà contrôleur général.

Le roi s'était hâté de faire passer des troupes en Italie. De son côté, l'Empereur y avait envoyé une armée sous le commandement du prince Eugène. La guerre commença en avril dans cette contrée ; il y eut plusieurs combats où l'ennemi eut l'avantage.

Après avoir fait reconnaître l'autorité de Philippe V dans tous les Pays-Bas espagnols, pourvu à la défense de leurs places fortes, Louis XIV y ordonna la construction d'une grande ligne de retranchements, divisée en plusieurs parties. La première, dite ligne du pays de Waes (1), qu'elle était destinée à couvrir, et où était Jonville, ingénieur distingué, s'appuyait à gauche au fort Rouge, élevé au point de jonction du canal du sas de Gand et du canal d'Hulst, et à

(1) Le pays de Waes est la partie nord de la Flandre orientale.

droite au fort la Perle, construit à la même époque sur la rive gauche de l'Escaut, au-dessous d'Anvers. Elle avait devant son front le canal d'Hulst jusqu'au lieu dit la Trompe, où l'on avait construit le fort Saint-Jean (commencé le 24 juin), au nord de Stekene, passait à Saint-Gilles (1), au fort Bedmar, suivait la digue de Kildrecht, et se terminait au fort la Perle. La seconde partie de la ligne, dont la construction était dirigée par Girval, s'appuyait à la rive droite de l'Escaut, au-dessous d'Anvers, passait par Merxem, Wyneghem, Oeleghem, où elle faisait un coude au sud, et se terminait à Lierre ou Liers, sur la grande Nethe. La troisième partie de la ligne, passant par Boisschot, unissait Liers à Werchter, au confluent de la Dyle et du Demer, bordait cette rivière par Aerschot, Sichem, Diest, Haelen, où elle se repliait au sud, passait à Léau sur la petite Gette, fermait l'intervalle entre les sources de cette rivière et la Mehaigne à Bonesse, enfin suivait cette rivière jusqu'à son embouchure dans la Meuse, au-dessus de Huy. Quincy rapporte qu'à la fin d'octobre toutes ces lignes étaient achevées, fraisées et palissadées, et contenaient près de cinquante lieues en comptant les détours. On avait, en outre, fortifié un camp à Richelle, sur la rive gauche de la Meuse, à peu près à égale distance de Huy et de Maestricht.

Ce n'était pas sincèrement que l'Angleterre et la Hollande avaient reconnu Philippe V. Le 7 septembre

(1) Différent de Saint-Gilles-Termonde.

de la même année, ces puissances signèrent le traité (1) qu'elles négociaient depuis longtemps avec l'Empereur, et qui donna naissance à une des plus grandes guerres des temps modernes. Elles attendaient, pour se déclarer, qu'elles fussent en mesure d'agir, et ne publièrent leurs manifestes, contenant les mêmes motifs de guerre, que le 15 mai de l'année suivante. Guillaume III était mort le 19 mars; la princesse Anne, fille de Jacques II, mais prostestante, lui succéda, et poursuivit l'exécution de ses desseins.

L'électeur de Cologne n'ayant pas pu obtenir la reconnaissance de sa neutralité par l'Empereur, admit, dans le mois de novembre, les troupes françaises dans ses places : à Bonn, sur la rive gauche du Rhin; à Kaiserswerth, sur la rive droite ; à Rheinberg, non loin de la rive gauche ; et à Liége, dont l'évêque était suffragant de Cologne. Longtemps auparavant de Chermont avait visité Bonn le 13 juillet, Kaiserswerth le 23 août, et Rheinberg le 11 septembre.

Les ennemis ouvrirent la campagne de 1702, en Allemagne, par le siége de Kaiserswerth. La fortification de cette petite place consistait dans quatre fronts bastionnés bien revêtus en maçonnerie, avec demi-lunes et chemins couverts, défilant l'escarpe sur les deux tiers de sa hauteur. Le marquis de Blainville, maréchal-de-camp, officier très brave, qui avait fait une étude des propriétés de la fortification

(1) Voir dans Quincy, t. III, p. 457, les bases de ce traité.

et de la défense des places, commandait à Kaiserswerth, et avait sous ses ordres six bataillons. Un corps ennemi composé de troupes anglaises et hollandaises, sous le nom de troupes auxiliaires de l'Empereur, investit la place dans le mois de mars, et ouvrit la tranchée le 15 avril en amont et en aval. Mais n'étant pas maître de la rive gauche du fleuve, et opérant à l'époque ordinaire des crues du Rhin, il fut obligé, au bout de peu de jours, d'abandonner sa double attaque, et d'en commencer une nouvelle contre les deux autres fronts. M. de Tallard, qui était sur la rive gauche, fit entrer dans la place, le 24 avril et le 4 mai, plusieurs bataillons, et fit élever des batteries avec lesquelles, malgré l'éloignement, il inquiéta les tranchées. Le 2 juin, Vauban et Lapara visitèrent Kaiserswerth, et le même jour Filley y entra en qualité d'ingénieur en chef. Jusque-là les travaux de la défense avaient été dirigés par Reïmond. Le 11, l'ennemi s'étant logé sur la crête du chemin couvert, y établit des batteries qui achevèrent d'ouvrir la place de tous côtés. Dans cette extrémité, et en vertu des ordres qu'il avait reçus, le marquis de Blainville capitula le 15 juin aux conditions les plus honorables et les plus avantageuses. Il avait tenu cinquante-neuf jours, causé des pertes considérables à l'ennemi ; le roi le nomma lieutenant-général.

Lorsque le siége de Kaiserswerth finissait, une armée de troupes allemandes, sous les ordres du margrave de Bade, général de l'Empereur, et à laquelle était attendu le roi des Romains, ouvrait la tranchée devant Landau. Le siége fut très long, quatre-vingt-six jours, non compris près de deux mois de blocus. M. de Bréande, capitaine au 4e bataillon du régiment royal-artillerie, en a écrit un *Journal* intéressant, qui a été imprimé à Metz chez Collignon ; l'ouvrage est rare. Villars-Lugein, qui a commandé les ingénieurs pendant le siége, a rendu compte, jour par jour, de tous les travaux de l'attaque et de la défense dans un manuscrit volumineux. Les détails dans lesquels nous entrerons sont tirés de cette relation. Après le siége, il eut l'honneur d'en entretenir le roi pendant une heure.

L'état-major de la place consistait dans MM. de Mélac, lieutenant-général, gouverneur ; de Lespéroux, brigadier d'infanterie, commandant sous ses ordres ; Damigny, brigadier, commandant l'infanterie ; deux commissaires des guerres, un lieutenant de roi, un major et un aide-major de place, un capitaine des portes ; Du Breuil, lieutenant commandant l'artillerie, avec quatre commissaires ordinaires d'artillerie sous ses ordres ; Villars-Lugein, commandant les ingénieurs, savoir : Abeille, ingénieur distingué, qui fut tué ; Duportal ; Ladodère, qui déserta ; Chanvallon et deux capitaines d'infanterie, dont un fut tué. Le personnel de l'administration se composait d'un trésorier de l'extraordinaire des guerres, un directeur des vivres, un garde général, un médecin, trois chirurgiens, un directeur de l'hôpital, un contrôleur, un directeur des postes.

Les troupes consistaient dans 7 bataillons d'infanterie, dont 2 du régiment de royal-artillerie, un détachement de mineurs de la compagnie de Vallière commandé par le chevalier de Lacroix, et 2 escadrons de cavalerie.

L'infanterie comptait	3161 soldats et	226 officiers.
Le détachement de mineurs	10	1
La cavalerie	299	29
Total	3470	256

Dans l'infanterie étaient comprises 4 compagnies de canonniers d'environ 50 hommes chacune. Les bataillons étaient de 13 compagnies, et ceux de royal-artillerie étaient forts de 656 à 628 hommes, non compris les officiers.

La place était abondamment pourvue de vivres, pain, vin, lard et légumes secs, et de munitions de guerre. Elle manquait de sel, de foin, de paille, de viande fraîche et d'argent.

Après avoir fait, près de Rastadt, la revue de son armée, qui ne montait encore qu'à 15 000 ou 16 000 hommes, le margrave passa le Rhin, le 20 avril, au-dessous de Spire, et se présenta devant Landau. Il établit la première ligne de ses troupes au sud de la place, et la seconde au nord, séparées l'une de l'autre par la Queich. Le 3 mai, il fit connaître à M. de Mélac qu'il avait ordre de l'Empereur de faire la guerre aux troupes de Sa Majesté très chrétienne; il fit élever des retranchements sur la rive gauche de la Lauter pour lui tenir lieu de ligne de contrevallation contre l'armée de secours que le maréchal de Catinat rassemblait en Alsace. Le 16 juin, il rapprocha son armée de la place et l'investit. Le matin du 17, on remarqua un premier travail de tranchée au lieu dit la Justice, à 300 toises des chemins couverts de la contre-garde, située à gauche de la porte de France (1). Le 18, on remarqua un semblable travail sur un rideau devant la gauche de l'ouvrage à couronne, et le 20 une tranchée de 100 à 120 mètres de longueur partant du village de Queicheim, ce qui fait trois attaques distinctes (2), dont la troisième fut une fausse attaque.

Pendant tout le temps qui s'écoula depuis le 20 avril jusqu'au 16 juin, M. de Mélac fit de fréquentes sorties avec sa cavalerie, et fit travailler à tous les ouvrages qui pouvaient être utiles à la dé-

(1) Pour faciliter l'intelligence des siéges de Landau, nous croyons devoir donner les numéros des ouvrages de la fortification, depuis l'entrée de la Queich dans la place jusqu'à sa sortie : Demi-lunes, 6, 8 ; porte de France, 10, 12 ; contre-gardes, 7, 9, 11 ; tours bastionnées correspondantes, 23, 25, 27, et cavaliers, 95, 96. La demi-lune 12, à droite de la sortié des eaux, est couverte par une contre-garde 92. A gauche de la sortie des eaux est, en place d'une tour bastionnée, le réduit 13, couvert par la contre-garde 90. Les trois bastions de l'ouvrage à couronne ont, à partir de la droite, les numéros 62, 63, 64 ; les demi-lunes, les numéros 133, 134, 135.

(2) Quincy a confondu les attaques. L'ouvrage qu'on appelle le *Réduit* ne fut pas attaqué et répondait à la fausse attaque. Or, il dit page 591, que la nuit du 7 au 8 septembre, on continua *à la grande attaque* de battre en brèche le réduit ; que la nuit du 8 au 9 on fit jouer encore une mine au réduit, et que l'ennemi y monta à l'assaut par trois endroits différents. Ces mines et ces assauts eurent lieu à l'attaque de l'ouvrage à couronne ou du Fort, appelée attaque de Thungen, nom du général qui la commandait.

fense. On construisit sur la hauteur de la commanderie deux redoutes unies à la place par une communication souterraine. On éleva à la queue des glacis deux lunettes, dont l'une, n° 124, sur la capitale de la contre-garde 9, et dans laquelle M. de Mélac fit pendant quelque temps placer sa tente. On fit quelques ouvrages à la sortie des eaux pour couvrir les écluses de fuite. Le 20, on fit planter une seconde ligne de palissades dans les chemins couverts des pièces 7, 8, 9 et 10. Le 22, on commença à établir des fourneaux de mines sous les glacis du même front. Le 25, M. de Mélac fit une sortie de toute sa cavalerie, soutenue de 100 grenadiers, pour connaître à peu près la force des gardes ennemies à la tranchée et aux environs. L'ennemi fut repoussé jusqu'à ses camps. Ayant une faible garnison, fatiguée par le travail et par les gardes à monter à trois attaques, M. de Mélac fit peu de sorties pour retarder le travail de l'ennemi ; elles n'étaient pas nécessaires, l'ennemi marchait très lentement, approfondissait ses tranchées, et en épaississait les parapets pour qu'ils pussent résister au feu de la place, qui ne fut jamais éteint.

La seizième nuit, du 1er au 2 juillet, à trois heures et demie du matin, l'ennemi commença à battre la place à la grande attaque avec 30 pièces de gros calibre, divisées en trois batteries. Quelques jours après, il y joignit le feu de 12 mortiers. Le 8 juillet, il mit en action contre l'ouvrage à couronne 8 pièces de canon et 4 mortiers. Sous la protection du feu de toute cette artillerie, qui tirait sans relâche, l'assiégeant avança ses cheminements. Le 12 juillet, ils étaient distants de 90 mètres des saillants du chemin couvert à la grande attaque. Jusque-là le service de la garnison n'avait pas été réglé en vue de la défense de la place ; sur le rapport de Villars-Lugein, appuyé par Duportal, le gouverneur arrêta une disposition particulière des troupes pour la garde des dehors. Quoique la place souffrît beaucoup du feu supérieur de l'ennemi, elle avait conservé 15 pièces de canon et 14 mortiers, avec lesquels elle ne laissait pas que d'inquiéter le travail de la tranchée.

La trente et unième nuit, du 16 au 17 juillet, l'ennemi termina à la grande attaque la parallèle qu'il avait commencée la nuit précédente au pied des glacis. Les nuits suivantes, il s'approcha de plus en plus du chemin couvert, et embrassa la lunette 124 par sa pointe et partie par ses deux faces. Le 25, on tint un conseil de guerre sur la garde du chemin couvert, et attendu la grande supériorité de l'ennemi on convint de la réduire à 90 hommes et 6 sergents dans six places d'armes, 20 hommes dans la lunette 124, et 50 hommes dans la place d'armes en arrière, 100 hommes dans la lunette de l'entrée des eaux, etc. Le soir même on mit un mètre de hauteur d'eau dans le grand fossé (1), et pour servir de pont l'on y plaça

(1) Dans le second et le troisième système de Vauban, le fossé du corps de place est divisé en deux parties, le grand et le petit fossé, qu'on rend indépendant du grand, en condamnant les passages entre les profils des tenailles et les flancs des contre-gardes.

des pontons de cuivre, dont la place avait un grand nombre. Jusque là l'assiégé avait perdu 250 hommes tués ou blessés, et 26 officiers. La force de l'armée ennemie, en y comprenant les troupes opposées au maréchal de Catinat, était alors de 40 000 à 50 000 hommes.

La quarantième nuit, du 25 au 26, on fit jouer la première mine contre une sape qui n'était plus qu'à 2 mètres du bord du fossé de la lunette 124. L'ennemi répara le dégât fait à son travail, continua ses cheminements vers les saillants du chemin couvert des pièces 9, 10, 11, fit une cinquième parallèle, et termina le 30, à la grande attaque, ses secondes batteries, armées de 38 pièces de canon et 17 mortiers. Elles commencèrent à tirer le 31. A cette époque, la place n'avait encore perdu aucun de ses ouvrages ; il n'y avait pas une palissade de moins à son chemin couvert, ni une pièce de canon hors de service par le feu de l'ennemi. Le gouverneur mit en circulation une nouvelle monnaie frappée avec son argenterie, portant ses armes et l'inscription suivante : *Ense et argento civitatem propugnavit.*

Ce ne fut que la cinquante-deuxième nuit, du 6 au 7 août, que l'ennemi ayant fait jouer une mine sous le saillant de la lunette 124, y donna l'assaut, et s'en rendit maître. La soixantième nuit, il commence le couronnement du chemin couvert, et une batterie de brèche contre la demi-lune 10. Les nuits suivantes il continue ses progrès, et l'on remet dans les grands fossés les eaux qui en avaient été retirées. L'attaque de l'ouvrage à couronne est au même degré d'avancement.

La soixante-dixième nuit, du 24 au 25 août, veille de la Saint-Louis, l'assiégeant célèbre cette fête en l'honneur du prince de Bade par des salves d'artillerie. La place, de son côté, la célèbre en l'honneur du roi par la décharge de 32 pièces de canon et 14 mortiers, et par trois salves consécutives de mousqueterie. Cependant la disette était dans la place : on tuait les chevaux de la cavalerie pour nourrir la garnison ; le pain, le vin et les légumes secs commençaient à manquer. Nonobstant la fatigue et la mauvaise nourriture, le soldat était rempli de bonne volonté à bien faire. Sa plus grande souffrance était le défaut de sommeil, la faiblesse de la garnison ne permettant pas de relever les postes dans la situation où l'on était depuis plusieurs jours.

Le 2 septembre, le gouverneur assembla un conseil, dans lequel il déclara qu'il se dépouillait de la qualité de gouverneur pour remettre entre les mains des membres réunis le pouvoir de prendre telles mesures qu'il conviendrait pour obtenir une capitulation honorable en ne poussant pas les choses à l'extrême. MM. Lespéroux et Damigny ayant été d'avis qu'il fallait encore attendre quelques jours, le conseil se sépara. Aucun ingénieur n'y avait été appelé. M. de Mélac était préoccupé de l'avantage d'obtenir ce qu'on appelait alors une capitulation honorable, c'est-à-dire n'être pas prisonnier de guerre.

La quatre-vingt-deuxième nuit, du 5 au 6 septembre, l'ennemi se logea dans le chemin couvert, fit sur le bord de la contrescarpe une tranchée d'où il tirait des terres pour combler le fossé ; en même temps il termina toutes ses batteries et contre-batteries, et les arma de 42 pièces de 24, avec lesquelles il ruina toutes les défenses, agrandit les brèches qu'il avait déjà faites. La fausse attaque cheminait sur les glacis et communiquait avec la grande. A l'ouvrage couronné, où les fossés n'étaient pas pleins d'eau et les brèches faites, on ne laissait depuis plusieurs jours qu'une garde de 50 hommes, prêts à se retirer. Le 9 septembre au matin, l'ennemi s'en empara. M. de Mélac s'exagéra les conséquences de la perte de cet ouvrage ; mais, d'un autre côté, l'effet prodigieux des dernières batteries de l'ennemi, le défaut de viande depuis vingt-deux jours, le défaut d'armes et de munitions pour l'infanterie, la petite quantité de poudre qui restait dans la place, 700 blessés ou malades dans un état d'abandon ; dans ces circonstances, le conseil de guerre assemblé fut d'avis de capituler. A une heure après-midi, on battit la chamade, et l'on arbora un drapeau blanc à la contregarde 9. Le roi des Romains accorda au gouverneur les conditions qu'il proposa ; la garnison, encore forte de 2,500 hommes, suivant une relation allemande, sortit de la place le 12 avec 1 pièce de 24, 1 de 16, et 2 mortiers, plusieurs caissons couverts, et rejoignit en Alsace l'armée du maréchal de Catinat.

Dans son *Traité de la défense des places*, Vauban dit que « Mélac, homme de cavalerie, bon officier et fort brave homme d'ailleurs, étant gouverneur de Landau, se déchaîna fort contre cette place après qu'il l'eut perdue, croyant sans doute excuser sa mauvaise défense par là, etc. » Dans une lettre du 21 octobre 1703, datée de Belfort, il lui reproche de s'être rendu sans voir sa place bien ouverte, ses dehors pris, et l'ennemi bien établi dans son fossé.

Nous n'entrerons dans aucun détail sur les défenses de Venlo, de Stephenswert et de Ruremonde, qui ne présentent rien de particulier, ni sur celle de la citadelle de Liége, qui fut prise d'assaut par suite d'un manque de parole de la part de l'ennemi. Sa dernière entreprise fut le siége de Rheinberg, qu'il convertit en bombardement, et ensuite, en blocus, après avoir épuisé ses munitions. La place se rendit le 7 février 1703.

Comptant sur l'alliance récente du Portugal avec l'Espagne, Louis XIV avait fait partir à la fin de 1701 pour Lisbonne une compagnie de grenadiers, 100 canonniers et 3 ingénieurs, Tardif, Lereau et Constantin. Ces troupes avaient été demandées par le roi de Portugal. Il suffit, en 1702, de l'apparition d'une armée navale ennemie dans le Tage, dans le mois d'août, pour déterminer ce souverain à faire publier une déclaration de neutralité. Pensant que la flotte anglaise se dirigerait sur Cadix, Tardif et Lereau se rendirent, de leur propre mouvement, dans cette place. On n'y avait encore pris aucune mesure de défense ; ils s'attachèrent surtout à mettre en bon état le fort de Matagorda. Après un mois de séjour à

Cadix, du 10 septembre au 10 octobre, ils revinrent à Lisbonne. A la fin de l'année, ils rentrèrent en France, ainsi que les troupes. (Volume 1601 du Dépôt de la guerre.)

Vauban rédigea en 1702, étant à Liége, une *Dissertation* (1) *sur les palissades* des chemins couverts, dans laquelle il proposa une nouvelle manière de les planter, qui fut approuvée par le roi, et qui fit le sujet d'un mémoire du directeur général daté du 15 septembre ; ce mémoire fut envoyé dans toutes les places, accompagné d'un profil. On n'y a depuis apporté d'autre changement que la suppression du clou coudé placé sur le liteau, déjà ordonnée en 1710.

Le directeur général fit connaître en décembre aux ingénieurs en chef que l'intention du roi n'était pas que l'on donnât des plans des places aux commandants, afin de ne pas les multiplier à l'infini.

Le roi créa, le 14 janvier 1702, dix maréchaux de France, du nombre desquels fut Vauban. Il nous apprend, dans l'*Abrégé de ses services*, qu'il reçut cette nouvelle, étant à Namur, avec un étonnement non moins surprenant qu'agréable. La correspondance de Catinat fait foi, contrairement à l'opinion commune, qu'il avait ambitionné cette haute dignité. Une lettre qu'il avait adressée au roi l'année précédente (2 janvier) ne laisse aucun doute à cet égard (2).

(1) *Traité de la défense*, édition de l'an III, par Foissac, p. 275.

(2) Cette lettre commence ainsi :

« Sire,

» Le bruit qui court à Paris, à Versailles et dans toutes vos

En insérant ici cette remarque, nous n'avons d'autre but que de rétablir la vérité des faits.

Fontenelle rapporte que Vauban, maréchal de France, proposa alors Sauveur, académicien, pour examiner les ingénieurs sur la fortification, fonction qu'il remplissait et qui ne convenait plus à sa dignité. D'après le registre des fonds de 1704, Sauveur, maître de mathématiques des ducs de Bourgogne et de Berry, professeur au collége royal, était depuis deux ans (1702, 1703) examinateur des ingénieurs qui se présentaient pour entrer au service du roi, et recevait à ce titre une gratification annuelle de 2 000 livres. « Admis dès 1681, dit Fontenelle, dans la société du grand prince Louis de Condé, il avait pris le temps de ses voyages de Chantilly pour travailler à un traité de fortification. Se défiant de la simple spéculation qu'il avait sur cette matière, il y voulut joindre la pratique, et même la plus périlleuse : il alla au siége de Mons en 1691, et il y monta tous les jours la tranchée. Le siége fini, il alla visiter toutes les places de la Flandre. » Sauveur a laissé la réputation d'un examinateur très habile à discerner le mérite et la capacité des sujets. Le dépôt des fortifications possède plusieurs exemplaires de son *Traité*

troupes d'une prochaine promotion de maréchaux de France, m'autorise à représenter à Votre Majesté, que ma qualité de lieutenant-général plus ancien que la plupart de ceux qui sont le plus à portée d'y prétendre, et mes services mieux marqués que les leurs, dont je ne veux pour témoin que Votre Majesté, me donnent lieu d'espérer qu'elle ne me jugera pas indigne de cette élévation, etc. »

de fortification ; deux sont reliés avec luxe : l'un porte l'écusson de France, l'autre celui du Dauphin. Aucun ne porte le nom de l'auteur. Un ingénieur moderne très distingué (1) a inséré, dans ses *Mémoires sur la fortification*, plusieurs longs extraits du traité de Sauveur, regardant comme probable que Vauban fut l'auteur. Les citations qu'il a faites prouvent la bonté de l'ouvrage. Il est certain, par les mémoires de Thomassin (2), dessinateur de Vauban, qu'il n'a jamais voulu écrire sur la fortification pour le public. L'art de la fortification consiste uniquement, disait-il, dans le bon sens et l'expérience.

Il importait au roi de reprendre une position sur la rive droite du Rhin pour unir ses forces à celles de l'électeur de Bavière. Sa Majesté résolut à cet effet d'entrer de bonne heure en campagne et de faire le siége du fort de Kehl, qui, situé en face de Strasbourg, au débouché de la vallée de la Kinzig, convenait parfaitement à ses vues. Elle fit choix du maréchal de Villars pour cette expédition. On induisit l'ennemi en erreur sur le but de la marche des troupes en les dirigeant sur Huningue, où elles passèrent le Rhin. Le maréchal arriva devant Kehl le 19 février avec 49 bataillons et 77 escadrons, et in-

(1) Choumara, *Mémoires sur la fortification*, 2e édition, in-8, Paris, 1847, p. 502 et suivantes.

(2) Dépôt des fortifications, manuscrits reliés. Nommé ingénieur en 1707, Thomassin mourut en 1734. Il est auteur de Mémoires imprimés sur les projets du canal de Bourgogne. Ses mémoires manuscrits sur la fortification forment trois volumes qui ont de l'intérêt.

vestit le fort; en même temps on jeta à Strasbourg un pont sur le Rhin, et la place fournit au maréchal un équipage de siége et un ingénieur, Tarade (1), directeur des fortifications d'Alsace, qui connaissait parfaitement le terrain. On ouvrit la tranchée devant le fort la nuit du 25 au 26 février ; MM. de Laubanie et du Bourg poussèrent vivement les travaux. L'assiégé arbora le drapeau blanc le 9 mars, à huit heures du soir. Le maréchal repassa le Rhin pour donner du repos à ses troupes, en attendant que la saison permît de reprendre les opérations.

Pendant ce temps, le prince de Bade éleva des lignes entre le Rhin et les montagnes pour empêcher le maréchal de tourner, par Pforzheim, les défilés de la forêt Noire. La droite de ces lignes s'appuyait au Rhin, au village de Stollhofen, dont elles ont pris le nom, et la gauche aux hauteurs de Bühl ; des inondations formées par la Sulzbach couvraient le front d'une partie. On ne doit pas confondre ces lignes, à raison de leur peu d'étendue, du degré de force qu'elles avaient acquis, avec les lignes de frontières destinées à empêcher les courses des partis ennemis. Le maréchal de Villars passa de nouveau le Rhin le 12 avril, et, ayant réuni son armée, il fit reconnaître les lignes de Stollhofen par une avant-garde aux ordres du marquis de Blainville, qui avait avec lui les ingénieurs Blanzy et Desventes. Le résultat de cette

(1) Au lieu de Tarade, Quincy écrit M. de la Rade. Il donne la direction des travaux du siége à M. de Lapara, ce qui est une erreur.

reconnaissance, qui eut lieu le 23, détermina le maréchal à prendre sa route par la vallée de la Kinzig pour se joindre à l'électeur de Bavière. Le détachement de Blainville revint le 25 à Urloffen, à la hauteur de Strasbourg, et forma l'avant-garde. Le défilé entre Hausach et Hornberg était défendu par plusieurs forts nouvellement construits, commandés par des hauteurs qui n'étaient pas occupées et qui étaient assez accessibles. Tardif, ingénieur, rapporte (1) qu'il en fit l'observation au marquis de Blainville, qui fit occuper ces hauteurs par des brigades d'infanterie, tandis que d'autres troupes continuaient à marcher par le vallon. L'ennemi abandonna ses positions. On arriva à Donaueschingen le 7 mai.

Le roi avait résolu le siége de Vieux-Brisach et celui de Landau, conseillés tous deux par le maréchal de Tallard. Le premier devait être commandé par le duc de Bourgogne en personne, avec deux maréchaux de France sous ses ordres, MM. de Tallard et Vauban. A cette occasion, Sa Majesté envoya au duc de Bourgogne l'ordre suivant, écrit de sa main, pour qu'il en donnât connaissance aux maréchaux de Vauban et de Tallard, afin qu'ils sussent ses intentions sur la manière dont ils devaient servir sous Son Altesse Royale.

« Marly (2), 29 juillet 1703.

» Le maréchal de Vauban m'a dit qu'il ne prétendait pas rien faire de plus à l'armée du duc de Bourgogne que ce qu'il a fait

(1) Dépôt des fortifications, *Histoire militaire*.

(2) Vol. 1640 du Dépôt de la guerre. *Mémoires militaires rela-*

avec moi à toutes les places que j'ai prises ; il ne se mêlait que de la tranchée et des attaques des places; il me disait ses pensées et m'expliquait ce qu'il croyait qu'on devait entreprendre, et quand je l'avais approuvé, il me donnait un projet de ce que l'on devait faire, et me demandait par écrit ce qui était nécessaire à chaque garde de tranchée; je lui faisais fournir, et il ne faisait que crier quand il n'avait pas tout à propos, ce qui n'arrivait guère.

» Présentement qu'il est maréchal de France, il faut qu'il prenne l'ordre quelquefois et qu'il ne se mêle en rien du détail de l'armée; le maréchal de Tallard fera tous les détails sous le duc de Bourgogne, hormis de la tranchée, après qu'il aura fait fournir tout ce que le maréchal de Vauban aura demandé.

» Le duc de Bourgogne pourra se fier en tout au maréchal de Vauban aussi bien qu'à celui de Tallard; mais pour l'exécution hors de la tranchée, ce sera le maréchal de Tallard qui en sera chargé et qui donnera tous les ordres sous le duc de Bourgogne.

» Mon intention est que l'on exécute ce qui est ci-dessus.

» LOUIS. »

L'ennemi fit deux fautes dont l'assiégeant se prévalut et qui abrégèrent considérablement la durée du siége (1) : il n'occupa par aucun ouvrage de fortification l'île dite des Cadets, qui est séparée de Vieux-Brisach par le grand bras du Rhin et où nous établîmes, dès les premiers jours de l'attaque, de fortes batteries. Un bâtardeau en maçonnerie fermait le

tifs à la succession d'Espagne, par le général de Vault, in-4, Paris, 1838, t. III. Ces mémoires ont été revus avec soin par les officiers employés au Dépôt de la guerre, sous la direction de M. le général Pelet. Ils ne renferment que les campagnes de Flandre, d'Italie et d'Allemagne. Les campagnes d'Espagne, si intéressantes, et pour lesquelles tous les matériaux existent au dépôt de la guerre, n'ont pas été écrites par le général de Vault. Cette lacune est très regrettable.

(1) Lettre de Vauban, du 19 septembre.

grand fossé de la place du côté du fleuve ; l'ennemi adossa à ce bâtardeau une digue en terre, épaisse de 6 mètres, qui tint lieu de passage de fossé. La place se rendit après quatorze jours de tranchée ouverte, du 24 août au 6 septembre. Ajoutons, avec le maréchal de Tallard, que les défenseurs, commandés par des hommes d'un caractère faible, ne montrèrent aucune énergie. Notre perte fut minime.

Le roi, ayant rappelé à la cour le duc de Bourgogne, fit écrire au maréchal de Vauban, par le ministre de la guerre, la lettre suivante, du 2 octobre :

« J'ai reçu, monsieur, dans le temps que j'étais au conseil du roi, la lettre que vous m'avez fait l'honneur de m'écrire. Je l'ai lue à Sa Majesté, qui n'a point été surprise de vous retrouver avec le même zèle et la même ardeur qu'elle vous a toujours connus pour son service. Elle veut bien même que je vous fasse part de la résolution qu'elle a prise de faire faire le siége de Landau, mais elle m'ordonne de vous dire en même temps qu'elle a résolu d'en laisser la conduite entièrement à M. le maréchal de Tallard, qui ne pourrait, monseigneur le duc de Bourgogne n'étant plus à la tête de l'armée, partager avec vous le commandement, sans que de part et d'autre, avec même intention et même désir de bien vivre ensemble, il n'arrivât tous les jours quelque incident. Vous ne trouverez, lorsque vous serez ici, que des marques d'amitié et de satisfaction de la part du roi, et quoique Sa Majesté m'ordonne de vous mander de vous rendre auprès d'elle, elle me commande en même temps de vous dire qu'elle veut vous conserver pour agir encore utilement pour son service dans la suite de cette guerre, et contribuer à la gloire de monseigneur le duc de Bourgogne. Pour moi, monsieur, je ferai toujours profession, très particulièrement, de vous honorer, et vous connaîtrez en tout ce qui dépendra de moi, etc. »

Le maréchal de Vauban rédigea alors, sous le titre d'*avis du 6 octobre* (1), une instruction sur les attaques de Landau, qui est un traité complet d'attaque des places. Il la lut à M. de Laubanie, lieutenant-général de réputation, qui devait avoir un commandement au siége ; il la lut à Louis Filley, qui devait avoir la direction des travaux. Tous deux l'approuvèrent et ne la suivirent pas (2). Vauban en fait le reproche au premier. Au lieu d'attaquer le front, qui l'avait déjà été en 1702, ce que voulait Vauban, pour ne pas mettre en ruines une nouvelle partie des fortifications, on attaqua le front qui suit à gauche en regardant la place. Cette différence est la moins importante.

Après avoir fait à l'ordinaire une ligne de circonvallation, on ouvrit la tranchée la nuit du 17 au 18 octobre. Le 22, après cinq nuits de travail, on était arrivé au même point, sur le bord du fossé de la lunette 124, que les Impériaux en 1702, après trente

(1) Cet avis commence ainsi : « Puisque par des raisons qui n'ont pas besoin d'être expliquées, il ne m'est pas permis de conduire en personne les attaques de Landau, etc. »

(2) Le général de Vault avance, tome III des *Mémoires militaires relatifs à la succession d'Espagne*, p. 475, que « le maré» chal de Tallard, après avoir reconnu la place avec M. de la » Frezelière, commandant l'artillerie, et M. de Lapara, directeur » du génie, résolut de suivre les avis de M. le maréchal de Vau» ban, renfermés dans un mémoire qu'il reçut de lui. » Il y a deux erreurs dans ce passage : 1° plusieurs lettres de la correspondance relative au siége de Landau font mention de Filley, directeur des attaques, et aucune de Lapara ; 2° dans une lettre du 25 octobre, Vauban se plaint qu'on ne suit pas son plan d'attaque. (Vol. 1668 du Dépôt de la guerre.)

et une nuits. Le 24, on commença la troisième parallèle ; la douzième nuit, du 28 au 29, on se logea, par le progrès des sapes, sans faire d'attaque, au moyen de cavaliers de tranchée, sur les trois angles saillants du chemin couvert. La nuit suivante, on étendit le logement le long des branches, et l'on y commença plusieurs batteries. Le 31, on commença à battre en brèche la demi-lune. Le 1er novembre, 32 pièces de gros canon et 11 mortiers ruinaient toutes les défenses de la place, faisaient brèche aux contre-gardes et à la courtine qui joint les tours bastionnées, en tirant dans les trouées, entre les contre-gardes et les profils de la tenaille, trouées que ne peuvent masquer les demi-lunes qui ont des flancs. Quatre descentes de fossé avaient été ouvertes la nuit précédente sur les glacis, et, le 2 novembre, elles atteignaient le revêtement de la contrescarpe.

Le 3, à quatre heures après midi, on commença les passages de fossé à la demi-lune d'attaque. A dix heures du soir, ils étaient terminés. Sur le rapport de MM. de Laubanie et Filley, le maréchal de Tallard ordonna de reconnaître la brèche ; un sergent qui y monta rapporta qu'il n'avait vu dans l'ouvrage qu'un poste de 12 hommes. Le lendemain 4, à cinq heures du matin, en conséquence des ordres du maréchal, M. de Laubanie fit monter à l'assaut 3 compagnies de grenadiers, qui chassèrent devant elles tout ce qui était dans la demi-lune et firent 16 prisonniers. Comme tous les angles de la contrescarpe s'étaient trouvés minés, dit le maréchal de Tailard dans une lettre au roi (1), les grenadiers demandèrent aux prisonniers si la demi-lune l'était; sur leur réponse affirmative, ils s'arrêtèrent, et les défenseurs de la demi-lune se retirèrent dans un retranchement qui était à la gorge. La nuit du 4 au 5, l'ennemi fut entièrement chassé à la sape de la demi-lune. Cette lettre est suivie d'un *post-scriptum :* « J'oubliais d'avoir l'honneur de dire à Votre Majesté qu'après que nous fûmes maîtres de la demi-lune les ennemis firent sauter deux compagnies de grenadiers ; mais on n'y a perdu que deux ou trois hommes, le reste ayant été simplement couvert de terre ou jeté dans le fossé, sans mal. » Un autre *post-scriptum* porte « qu'il est entré 79 blessés à l'hôpital, dont 9 sont morts, perte faible pour un logement aussi difficile. »

Le 4, on avait aussi commencé les passages du fossé aux deux contre-gardes. Le 7, à trois heures après midi, on fit monter à l'assaut à chaque brèche trois compagnies de grenadiers soutenues par trois autres. On fut repoussé à la brèche de la contre-garde de la droite; on emporta celle de la contre-garde de la gauche. Robert, ingénieur, y fit même un logement ; mais on n'y tint pas. Le maréchal de Tallard explique cet échec, causé par son impatience, en disant que notre infanterie ne satisfit point dans cette occasion à tout ce qu'on pouvait attendre d'elle, par l'appréhension qu'elle eut des mines que l'ennemi fit jouer. L'effroi que causent les mines peut y avoir eu

(1) Lettre du 5 novembre, vol. 1668.

part ; mais il paraît aussi que les brèches étaient étroites. On les élargit par la mine, et, le 13 au point du jour, immédiatement après l'explosion des fourneaux, on renouvela l'assaut aux deux contre-gardes avec le même nombre de compagnies de grenadiers. On en chassa entièrement l'ennemi ; la perte fut de 100 hommes environ.

Le même jour, le maréchal apprit qu'une armée, commandée par le prince de Hesse, s'avançait au secours de la place et qu'elle passait déjà le Spirbach. Il n'hésita point, laissa le commandement du siége à M. de Laubanie, sortit des lignes, le 14, avec 28 bataillons et 48 escadrons ; le 15, il marcha droit à l'ennemi sur cinq colonnes et le battit complétement.

Pendant ce temps, on occupa entièrement les contre-gardes où l'assiégé n'avait point fait de retranchement ; on travailla à gagner la tenaille du front d'attaque, et l'on unit par une parallèle à la courtine les logements faits dans les contre-gardes. Le 16, le comte de Frise, gouverneur, fit battre la chamade. Le maréchal lui accorda les mêmes conditions que le roi des Romains avait consenties à M. de Mélac. Il en rendit compte au roi par la lettre suivante, du 18 novembre :

« Sire,

» J'ai l'honneur d'envoyer à Votre Majesté la capitulation de Landau. Elle sera peut-être surprise de ce qu'on n'en a pas pris la garnison prisonnière de guerre, et c'était le premier ordre que j'avais envoyé ; mais je suis sûr qu'elle approuvera le parti que j'ai pris de la traiter favorablement, quand elle fera réflexion que nous sommes au 18 de novembre, que les fourrages commencent à manquer absolument, qu'il y a un séjour indispensable à faire après la prise de Landau; qu'il eût fallu monter le canon sur les contre-gardes et attacher le mineur au corps de place, parce que la courtine était assez couverte de la tenaille, pour que la brèche, qui était grande, ne fût pourtant pas assez basse; qu'il fallait outre cela détruire les flancs des tours bastionnées, combler encore un fossé, et que tout cela fait les ennemis n'avaient qu'à se retirer dans le réduit qui est fermé contre la ville. Le pis qui leur pouvait arriver était d'être prisonniers de guerre. Votre Majesté verra bien qu'ils n'y eussent consenti qu'à cette extrémité, et qu'il aurait fallu démordre de la première demande ou perdre encore un temps bien précieux à achever cet ouvrage. Enfin, Sire, l'armée de Votre Majesté y eût trop perdu pour qu'on eût pu hasarder de prolonger l'entreprise.

Le maréchal termine sa lettre en se louant de M. de la Frezelière, commandant l'artillerie, de M. Filley et de tous les ingénieurs.

Ni les archives de la guerre ni les archives du génie ne possèdent de rapports de tranchée sur ce siége; on n'a que les lettres du maréchal adressées au roi ou au ministre de la guerre, lettres qui ne sont point sans intérêt. Trois ingénieurs furent tués au siége: Chevalier, Lereau et Deschalleaux, regretté par le maréchal; quatre autres furent blessés, dont deux grièvement.

M. de Tallard loue la défense du comte de Frise, qui, avec 4,000 hommes de nouvelles troupes, à l'exception de 600 hommes, n'a rien cédé que pied à pied, et a suppléé par un très grand feu et par les mines aux coups de main qu'il ne pouvait tenter avec sa garnison. Elle était réduite à 1,888 hommes en sortant de la place.

On trouve dans sa lettre à Chamillart, du 13 novembre, ce passage : « La difficulté de prendre cette place, quoiqu'elle ait été vivement attaquée, est une épreuve des fortifications à tours bastionnées, qui leur est bien avantageuse. »

C'est sans aucun doute aux assauts livrés à la demi-lune et aux contre-gardes que Vauban fait allusion dans la 17e maxime de son *Traité de l'attaque des places* : « La précipitation dans les siéges ne hâte point la prise des places, la recule souvent et ensanglante toujours la scène, témoin Barcelone, Landau et plusieurs autres. »

Les ennemis ouvrirent la campagne de 1703, sur le bas Rhin, par le siége de la place de Bonn, qui se rendit le 15 mai après douze jours de tranchée ouverte. La garnison ne fut pas prisonnière de guerre. Ce siége n'eut de remarquable que l'emploi que l'on y fit d'une quantité prodigieuse des petits mortiers de l'invention de Cohorn, qui commandait une des attaques. Quincy en porte le nombre à 500. Les alliés en avaient mis 200 en batterie au siége de la citadelle de Liége. Nous ne voyons pas que cette arme ait puissamment contribué au succès des attaques : ce furent les brèches qui, dans les deux exemples cités, firent rendre les places.

Après la mort de Cohorn (1), qui arriva le 17 mars 1704, les alliés ne cessèrent point d'employer ses

(1) Une gravure de son portrait porte ces mots :
« Baro de Cœhorn, statuum fœderati Belgii generalis rei tormentariæ, locum tenens generalis militiæ pedestris, etc. »

mortiers, mais avec moins de profusion, et ils mirent plus d'art dans l'attaque des places.

L'événement le plus important qui eut lieu en Italie en 1703 fut la rupture de l'alliance du duc de Savoie avec la France. Ce prince était blessé par la fierté de Louis XIV et mécontent des conditions qu'on lui avait imposées. Informés des dispositions dans lesquelles il était, les alliés nouèrent avec lui des négociations secrètes dont Louis XIV eut avis. Sa Majesté prescrivit au duc de Vendôme, qui commandait en Italie, de surveiller les démarches du duc de Savoie et d'être prêt à désarmer ses troupes s'il était nécessaire. Dans le mois d'août, les intentions de Victor-Amédée n'étaient plus douteuses, la cour de Vienne les proclama en publiant (1), comme s'il avait été signé, le traité qu'elle était près de conclure. Cette ruse réussit : Louis XIV ordonna au duc de Vendôme, par une lettre du 10 septembre, d'exécuter les ordres qu'il avait reçus. Le 19 septembre, les troupes piémontaises furent désarmées sans opposition. Le 26 octobre l'empereur signa un traité par lequel il cédait au duc de Savoie la Lomelline, le Vigevanasque, l'Alexandrin, la vallée de la Sésia et les Langhes.

Le roi de Portugal, qui, en 1702, avait fait une déclaration de neutralité, signa, le 10 mai 1703, un traité d'alliance avec la cour de Vienne. A la même époque, cette cour prit la résolution d'envoyer en Espagne l'archiduc Charles, et, avant le départ de

(1) *Histoire militaire du Piémont*, t. V, 1818, p. 137.

ce prince, le 12 septembre, en présence de tous les ministres étrangers, elle le proclama roi d'Espagne sous le nom de Charles III. L'archiduc partit le 19 septembre et prit son chemin par la Hollande pour se rendre en Angleterre, où l'on préparait une flotte pour le transporter en Portugal. La Péninsule devant être le théâtre de la guerre, Louis XIV y envoya un corps de troupes commandé par le duc de Berwick.

Le directeur général fit imprimer en 1704 une *Instruction pour les ingénieurs, directeurs des fortifications des places du Roy* (1). Cette instruction prescrit aux directeurs de faire leur séjour ordinaire dans celle des places de leur direction où il y aura le plus d'ouvrage à faire, de rendre compte exactement au directeur général des fortifications et aux intendants de tous les abus, malfaçons d'ouvrages et autres choses préjudiciables au service du roi, qu'ils auront remarquées dans les visites des places; de tenir la main à ce que les ingénieurs en chef envoient soigneusement tous les quinze jours, ou tous les mois au moins, au directeur général et aux intendants des copies de l'état apostillé des ouvrages ordonnés par le roi.

La France perdit cette année en Bavière, sur la rive gauche du Danube, une grande bataille, la bataille d'Höchstett, qui fut livrée le 13 août, et suivie peu de temps après du siége de Landau. Le prince de Bade et le roi des Romains commandaient, comme

(1) In-4° de huit pages.

en 1702, l'armée assiégeante. Ils attaquèrent exactement le même front que le maréchal de Tallard en 1703. M. de Laubanie était gouverneur de Landau; sa défense, qui fut de soixante-dix jours, du 14 septembre au 22 novembre inclus, est un modèle de défense raisonnée, industrieuse, fondée sur la connaissance de la place et présentant l'application de toutes les chicanes par lesquelles on peut retarder les progrès de l'assiégeant. Il faisait lui-même les dispositifs de l'emploi des troupes et s'exposait sans ménagement. Le 10 octobre, étant dans le chemin couvert au moment d'une attaque, une bombe qui tomba près de lui le couvrit de terre et de pierres, et lui causa la perte d'un œil. Villemont, ingénieur en chef, dans lequel il avait une grande confiance, fut tué le 25. Trois autres ingénieurs furent tués. Vallière, capitaine de mineurs, est cité dans les relations de la défense comme ayant fait périr beaucoup d'ennemis par les mines, les fougasses et les camouflets qu'il fit jouer. Les manœuvres d'eau sur lesquelles on fondait quelque espoir pour emporter les ponts de l'ennemi dans les fossés ne réussirent pas, les portes des écluses étant en mauvais état. Tous les officiers firent parfaitement leur devoir; Quénau, ingénieur, se distingua sur la brèche, à l'une des contre-gardes où l'on soutint l'assaut Les soldats ne résistèrent pas, dans toutes les occasions, avec autant de fermeté qu'on aurait désiré. La garnison comptait 5,000 hommes en 12 bataillons, 2 escadrons; 2 compagnies franches, 3 compagnies des galiotes, 2 compagnies de canonniers et bombardiers, et 1 compagnie de mineurs (1).

Lorsque, le 22 novembre, après avoir assemblé les principaux officiers, M. de Laubanie fit battre la chamade, les ennemis étaient logés sur les deux contregardes et sur la demi-lune, dont ils n'avaient pourtant point fait encore abandonner le retranchement; mais on considéra que la courtine était tout ouverte, qu'il restait peu de soldats, les plus braves ayant péri et le reste étant très fatigué; que les armes manquaient et que l'on avait peu d'espérance d'être secouru. Ainsi, cette défense, toute belle qu'elle est, ne fut pas poussée à son dernier terme, on ne soutint pas l'assaut au corps de place.

L'armée de secours, qui était derrière la Moder, construisit pendant le siége, aidée de pionniers, les lignes qui ont pris le nom de ce cours d'eau. Ces lignes s'appuyaient, à droite, au Rhin, à Drusenheim; à gauche, aux montagnes des Vosges, à Ingweiler, sous le canon du fort de Lichtemberg; Haguenau était au centre. En avant, dans le vallon où coule la Moder, Regemorte, ingénieur géographe du roi, avait construit des barrages en fascines qui retenaient les eaux et formaient autant de bassins d'inondation.

(1) Quincy, t. IV, p. 296. Une relation de la défense écrite par ordre de M. de Laubanie, a été insérée dans les Mémoires de Goulon et fondue en partie textuellement dans la rédaction de Quincy. Mais le document le plus intéressant sur ce sujet est le *Journal de la défense* commencé par Villemont, continué par Jonville, inséré dans les *Mémoires inédits* de Vauban sur Landau, Luxembourg, etc., in-8. Paris, 1841.

Pendant que le prince de Bade et le roi des Romains assiégeaient Landau, le prince de Hesse (le même qui fut roi de Suède en 1721) assiégeait le château de Trarbach. Ce château d'origine féodale, remarquable par ses tours, par ses nombreux souterrains et surtout par sa position bizarre sur une arête escarpée des hauteurs de la rive droite de la Moselle, avait eu de l'importance pendant la guerre de la ligue d'Augsbourg, à cause de sa proximité de Montroyal. On y avait ajouté pendant cette guerre plusieurs ouvrages tant du côté de la ville que du côté de la montagne qui la domine et sur laquelle on avait construit un fort appelé la *Lanterne*. Tous ces ouvrages avaient été démolis et entièrement effacés après la paix de Ryswick, en 1697. Au commencement de la guerre de succession, en 1702, le château de Trarbach était occupé par 300 hommes de troupes alliées. M. de Tallard, lieutenant-général qui commandait un corps séparé dans l'électorat de Trèves, considérant que ce château procurerait au roi tous les avantages qu'il retirait de Montroyal, qui avait été aussi démoli, résolut de faire une tentative pour s'en emparer. A la fin d'octobre il s'en approcha et dans la nuit du 30 au 31 il fit occuper la ville qui est au-dessous sur la rive droite de la Moselle : toute son artillerie, consistant dans 2 canons et 1 mortier, arriva par la Moselle et fut mise en batterie le 1er novembre contre le château. Les pièces commencèrent à tirer le 2, mais on trouva qu'elles étaient mal placées. Le chevalier Destouches, officier d'artillerie distingué, les établit, en surmontant de grandes difficultés, dans une autre position très avantageuse qui n'est pas indiquée (1), et où elles ouvrirent leur feu le 4 à trois heures après midi. En même temps, Filley, ingénieur, faisait un logement à 20 mètres du fossé, devant le front qui regarde la ville, et poussait une attaque contre une tour qui n'avait pas de fossé et à laquelle on était près d'attacher le mineur, lorsque le 7 au matin la garnison capitula, et nous livra le même jour les deux portes du château. M. de Tallard n'insista point pour la faire prisonnière de guerre et consentit à ce qu'elle fût conduite à Rheinfels; pour trois raisons, dit-il, la première, c'est que le château était trop bon, la deuxième, c'est qu'il n'était pas ouvert, la troisième, c'est qu'il aimait mieux la conservation des hommes qu'il aurait perdus en continuant l'attaque, que la rançon de 350 prisonniers. Nous eûmes un officier tué, un ingénieur blessé, 20 soldats tués et 40 blessés. Dans l'espace de deux ans, les ingénieurs français rétablirent en grande partie à l'exception des batteries et de la redoute de la Lanterne, tous les ouvrages qui existaient avant le traité de Ryswick.

En 1704, les alliés investirent le château de Trarbach le 3 novembre. La garnison était de 500 hommes d'un bataillon de Cambresis; le commandant du château, M. de Bars, fut informé à la fin d'octobre des projets des ennemis par des lettres que les partis de

(1) Quincy dit que ce fut sur les murs de la ville. Un plan de Filley indique le cimetière.

sa garnison prirent sur un courrier du duc de Marlborough. Le prince de Hesse qui commandait les troupes destinées au siége, confia la direction des attaques au baron de Trogné. Ce général fit construire trois batteries l'une de treize pièces de 29 et de 33 sur les hauteurs de la rive gauche de la Moselle à 350 toises du château, la seconde de onze pièces de 29 et de 33 sur le plateau de Kotberg à 500 toises du château, la troisième de six mortiers de divers calibres à quelque distance en arrière de l'emplacement de la ci-devant redoute de la Lanterne. La mise en batterie de cette artillerie sur de hautes montagnes fut difficile. Elle commença à tirer le 18; le feu des vingt-quatre pièces de canon fut dirigé contre le côté du château qui regarde la Moselle pour faire brèche à une partie de la muraille à laquelle étaient adossés des bâtiments. Elles firent dans une cave, dit-on, un trou qui avait l'apparence d'une brèche; les difficultés d'y arriver à cause des escarpements et les bonnes dispositions de défense de M. de Bars, firent que, lorsque le dimanche 23, les ennemis livrèrent assaut à cette brèche, ils furent repoussés avec perte. On fit rouler de gros arbres de haut en bas du rocher qui renversèrent hommes et échelles. Il arriva malheureusement le 23 un accident qui occasionna une grande perte aux assiégés. Le feu prit à un sac de poudre et causa l'explosion d'un tas de bombes et de grenades qui étaient à l'endroit où les ennemis donnaient l'assaut. M. de Bars fut blessé à la jambe d'un éclat de grenade et en mourut au bout de quelques jours. Un lieutenant fut tué ainsi que plusieurs grenadiers. Un ingénieur, plusieurs officiers et soldats furent blessés.

Après l'assaut du 23, les ennemis établirent contre le front de la porte de secours plusieurs batteries d'une, deux, trois pièces, firent deux portions de parallèles, et sous la protection de cette nouvelle artillerie qui commença à tirer le 1er décembre, ils parvinrent à construire un logement et une batterie sur la contrescarpe de l'avancée (1). M. Duclaux, lieutenant de roi, qui dirigeait alors la défense, ne montra pas moins de courage et de fermeté que son prédécesseur n'avait fait. Le baron de Trogné fut tué le 11 décembre d'un coup de mousquet aux côtés du prince de Hesse et fut remplacé par M. Top. Les ennemis ne renonçant pas à l'emploi de batteries éloignées, avaient encore établi le 30 novembre treize pièces sur la haute montagne d'Hedesberg à 580 toises du château.

Voyant la brèche fort avancée, le 16, M. Duclaux fit parvenir au marquis d'Alègre, lieutenant-général, qui commandait sur la frontière depuis la Sarre jusqu'au Rhin, un billet contenant ces seuls mots : *Urget auxilium.* Toutes les défenses étant ruinées et les troupes manquant d'armes et de pierres à fusil, le 18 il capitula. La garnison sortit le 20 avec les honneurs de la guerre et fut dirigée sur Thionville où elle arriva le 25, encore forte de près de 400 hommes armés. (Lettre de Candau, ingénieur.)

(1) Voir le front d'attaque, pl. 7 du *Mémorial de Cormontaingne pour l'attaque des places.*

Les événements militaires qui se sont passés en Piémont en 1704 offrent plusieurs exemples intéressants d'attaque et de défense de places et de forts, parmi lesquels nous citerons les siéges de Verceil et de Verrue par le duc de Vendôme, commandant l'armée des deux couronnes.

Verceil était une grande place sur la rive droite de la Sésia, renfermée dans un polygone de quatorze côtés bastionnés, avec fossés, demi-lunes et chemins couverts. Le duc de Savoie, qui attachait une extrême importance à la conserver, avait chargé de sa défense un officier général, français de nation, en qui il avait une grande confiance. Il avait mis sous ses ordres une forte garnison, composée de bonnes troupes, et lui avait envoyé en termes formels l'ordre de ne point capituler tant qu'il y aurait quelque terrain à défendre. Le duc de Vendôme avait pour commandant des ingénieurs Richerand, maréchal-de-camp, qui avait assisté à nombre de siéges.

La tranchée fut ouverte, la nuit du 14 au 15 juin, devant le front, à droite de la porte de Milan, assez voisin de la Sésia pour que l'on pût le battre à revers au moyen de batteries établies sur la rive gauche de cette rivière. On profita de cet avantage, toujours très précieux dans l'attaque, et de quelques couverts naturels du terrain, pour arriver, dès la première nuit, à 240 mètres de la palissade Néanmoins, les chemins couverts étant contre-minés, bien que notre artillerie fût nombreuse et que l'ennemi ne tirât point parti de sa garnison, les progrès ne furent pas rapides ; on ne fut entièrement maître du chemin couvert que la vingt et unième nuit, du 4 au 5 juillet. On construisit dans le couronnement des batteries pour 13 pièces de 24, dont 4 commencèrent à tirer le 9.

Une lettre de Lozières Dastier, du 10 juillet, n'était point rassurante ; la suite a prouvé combien il se trompait, en annonçant que l'affaire serait longue, le passage du fossé difficile, la galerie que l'on serait obligé d'y faire ruinée par le canon de l'ennemi. La nuit du 15 au 16 (trente-deuxième du siége), les mineurs ayant terminé les descentes de fossés, et une brèche à passer dix hommes de front étant ouverte à la demi-lune, on monta à l'assaut à cet ouvrage, et l'on s'y logea sans trouver de résistance. Le 20, la place étant ouverte par une brèche faite à la courtine, le gouverneur fit demander à capituler. On reconnaît ici la fermeté et l'esprit militaire du duc de Vendôme. La garnison était encore forte de 4,000 hommes valides. Il importait infiniment de la faire prisonnière de guerre ; il l'exigea, sans avoir égard aux menaces du gouverneur et aux représentations des officiers généraux de son armée sur la dureté de cette condition. Il accorda pour toute faveur à la garnison de sortir par la brèche.

La perte connue des ingénieurs fut de deux tués et de cinq blessés, nommément de Meun, brigadier, Delorme, lieutenant de mineurs, et La Blottière. Les Espagnols eurent aussi quelques ingénieurs tués ou blessés.

La prise de Verrue, située sur la rive droite du

Pô, était un acheminement nécessaire au siége de Turin, qui était dans la pensée du roi. Le duc de Savoie, qui avait apprécié toute l'importance de cette place, l'avait fortifiée avec le plus grand soin et y avait mis en pratique les principes de Vauban en construisant sur la rive gauche du Pô un grand camp retranché qui communiquait avec Verrue par un pont défendu par des forts à ses deux extrémités. En avant de Verrue, qui est sur une hauteur, est la montagne de Guerbignano, plus élevée, qui était occupée par des retranchements dont il fallut d'abord s'emparer: ce fut un premier siége qui dura quatorze jours, du 23 octobre au 5 novembre. Richerand y fut tué; Tardif le remplaça. On ouvrit la tranchée contre Verrue la nuit du 7 au 8 novembre. Le duc de Savoie était de sa personne à Crescentino, petite ville fortifiée comprise dans le camp auquel elle donnait son nom. On attaquait en hiver une place qui n'était pas investie et qui pouvait être ravitaillée. Cette circonstance, le défaut d'artillerie et la mauvaise saison, firent traîner le siége en longueur. A la fin de janvier 1705, le roi donna l'ordre à M. Lapara de rejoindre M. de Vendôme. Cet habile ingénieur arriva au camp le 9 février, entre sept et huit heures du matin, et, sans perdre de temps, alla mettre pied à terre à la tranchée, la visita et se présenta ensuite vers midi au général en chef, qui l'accueillit avec empressement. Tardif n'avait pas attendu son arrivée pour diriger une attaque contre le fort qui était à la tête du pont, sur la rive droite du Pô, afin de couper la communication de la place avec le camp retranché. Le 2 mars, on s'empara du fort et l'on rompit le pont. Le 11 mars, le duc de Savoie abandonna Crescentino. Enfin, le 9 avril, le gouverneur se retira dans le donjon, où il capitula. Ce siége dura cent cinquante-deux jours et cent soixante-six avec l'attaque de Guerbignano. La perte de l'armée des deux couronnes fut de 994 hommes tués et 1,953 blessés.

A la fin de l'année 1703, deux brigades d'ingénieurs, de six chacune, commandées par Robert, directeur des fortifications, avaient été attachées au corps d'armée que le roi envoya en Espagne, sous les ordres du maréchal de Berwick, en 1704. La première brigade, commandée par Villars Lugein, alla à Badajoz et fit partie du corps d'armée espagnol du prince de Tserclaes; la seconde, qui était commandée par Goulet de Breuvannes, alla à Alcantara et marcha avec le principal corps d'armée, à la tête duquel était le roi, accompagné du maréchal de Berwick. Le principal corps d'armée passa le Tage le 7 mai, entra en Portugal et s'empara successivement de Salvatierra, d'Idanha-Nova, de Rosminhal, de Monsanto, et de Castello-Branco, le 23 mai. Les ingénieurs prirent part aux attaques de toutes ces petites places. A celle de Rosminhal, Goulet de Breuvannes reçut un coup de mousquet à la tête, dont il mourut plus tard. La prise de Monsanto, réputé inexpugnable, a fait le sujet d'une relation intéressante écrite par Larérye, ingénieur, qui y assista. Robert, qui fut tué à l'attaque de Castello-Branco, fut très regretté. (Quincy, tome IV, p. 406.)

Le 29 mai, le roi passa sur la rive gauche du Tage, au-dessous d'Alcantara, et, après une marche de quatre jours, arriva le 2 juin devant Portalegre, où il se lia avec le corps du prince de Tserclaes, qui, parti le 3 mai de Badajoz, était alors en position devant Arronches. Quelques jours auparavant, Villars Lugein avait reconnu Portalegre et en avait représenté l'attaque comme très difficile. Goulet de Breuvannes, qui la reconnut à son tour, le 6 juin, lorsqu'elle était investie par l'armée du roi, en découvrit le côté faible et promit au maréchal de Berwick que ce ne serait qu'une affaire de deux jours, et, en effet, le 8, Portalegre capitula. Quincy explique par l'explosion d'un magasin à poudre cette prompte reddition, due, suivant Goulet de Breuvannes, à un coup de main exécuté avec vigueur auquel il eut beaucoup de part.

Le 3 août 1704, l'amiral Hook, commandant l'armée navale anglaise et hollandaise dans la Méditerranée, attaqua Gibraltar, qui était faiblement gardé. Après s'être emparé d'une partie des fortifications, il somma le gouverneur, qui capitula. Le 4, le prince de Darmstadt entra dans la place avec environ 2,000 hommes et en prit possession. Le maréchal de Berwick détacha alors 8,000 hommes de son armée, avec les ingénieurs français et espagnols, pour en faire le siége sous le commandement de M. de Villadarias. Renau, au service d'Espagne, avec le grade de général, et Villars-Lugein étaient chargés de la conduite des attaques. On ouvrit la tranchée la nuit du 21 au 22 octobre, d'après le dispositif de l'ingénieur français. On chemina régulièrement jusqu'à 400 mètres, près du chemin couvert du front qui ferme la place entre la mer et le pied de la montagne. Le 9 novembre, à cette distance, on établit une seconde parallèle, assez rapprochée d'une flaque d'eau* qui, depuis, a été agrandie et approfondie. Entre cette flaque d'eau et le front d'attaque, le flanc de la montagne présente deux terrasses qu'on peut escalader et par lesquelles on pouvait tourner le demi-bastion de droite. Une batterie de 7 pièces de 24 battait d'enfilade les terrasses; une autre, également de 7 pièces, battait de la distance de 450 mètres le front d'attaque ; une batterie de 2 pièces contre-battait le vieux môle. Enfin, 8 mortiers joignaient leurs feux à ceux de ces batteries. Suivant M. Allent (p. 462), la place pouvait être prise à cette époque; suivant Quincy, on comptait d'emporter la place dans huit jours au plus tard. Nous ne partageons pas l'avis de ces auteurs. Quoi qu'il en soit, le 9, une flotte ennemie, composée de 16 vaisseaux anglais et hollandais, parut dans la baie, ravitailla Gibraltar et détruisit toutes les espérances que l'on avait de reprendre ce point important aussi promptement.

M. de Villadarias fit continuer les travaux avec beaucoup de persévérance. On poussa les cheminements en avant, entre la flaque et le pied de la montagne ; on construisit une nouvelle batterie moins éloignée du front d'attaque, et, le 23, on ouvrit le feu; mais il y avait une fatalité « à tout le canon que nous avons ici (1) : les lumières s'agrandissent épouvantablement dès le premier jour, et plusieurs s'éventent. » Le 18 décembre, la nouvelle batterie armée de 3 pièces de 36 et de 5 de 24, commença de tirer; mais elle cessa bientôt son feu, faute de munitions. Le 21, l'ennemi ravitailla de nouveau la place.

Tous ces contre-temps ne décourageaient point M. de Villadarias. Le 7 février 1705, il fit donner l'assaut aux terrasses par 600 grenadiers, dont 500 Français et 100 Espagnols. Ces braves troupes escaladèrent des escarpements de rochers de 12 à 15 mètres de hauteur et repoussèrent l'ennemi. Mais comment, sans communications, s'établir sur un roc vif? Après une demi-heure de travail, on y renonça. On perdit 140 hommes dans cette tentative. Enfin, le 16 avril, Philippe V ordonna de lever le siége de Gibraltar.

Après la perte de Landau (23 novembre 1704), on regarda comme probable que les armées ennemies d'Allemagne tenteraient en 1705 de pénétrer en France par la vallée de la Moselle et assiégeraient Thionville, Sarrelouis, peut-être Luxembourg. Sur cette donnée, Vauban écrivit à M. Le Peletier (10 décembre 1704) qu'il ne faudrait pas hésiter, pour empêcher le siége de Thionville, de faire un bon camp retranché sous cette place pour 8 ou 10,000 hommes.

(1) Lettre de Renau du 23 novembre, vol. 1789 du Dépôt de la guerre.

« Je sais, lui disait-il, que cela n'est pas du goût du roi non plus que de ses généraux qui lui ont fait une désagréable peinture des camps retranchés; c'est qu'ils ne les entendent pas. Je ne sais pas comment ils persistent si longtemps dans cette erreur-là, vu les belles leçons que les Allemands leur en donnent tous les jours. »

Quincy rapporte qu'après que le roi eut nommé les trois maréchaux de Villeroi, de Villars, de Marcin, auxquels il donnait le commandement de ses armées en Flandre, sur la Moselle et le Rhin, il tint avec eux dans le mois de janvier, en présence du duc de Bourgogne et de Chamillart, un conseil de guerre dans lequel furent arrêtés les projets de la campagne prochaine. Nous savons aussi, par l'extrait suivant d'une lettre (1) de Vauban à M. Le Peletier, que, dans le mois de janvier, il lut au roi un mémoire sur les camps retranchés sous Thionville.

« Il n'est pas impossible, disait-il, que la situation à laquelle je me suis arrêté ne fût pas la meilleure; il se pourra qu'on en propose une autre, ce qui n'empêche pas que les mêmes propriétés ne s'y trouvent et que la proposition prise en général ne soit fort bonne. Il serait fort à désirer que le roi voulût bien y entrer un peu plus qu'il ne fait, car je vois que nous allons tomber dans une guerre défensive, où on nous fera voir bien du pays si on ne s'accoutume pas davantage à cette manière de guerroyer, pour laquelle je vois qu'on est dans une extrême ignorance en France, d'autant plus dangereuse que jusqu'ici on a reçu toutes les propositions que j'ai faites à cet égard comme autant d'absurdités qui ne méritaient pas d'être écoutées. Dieu veuille que j'aie tort. »

De Chermont, directeur des fortifications sur la

(1) Lettre du 30 janvier 1705.

frontière de la Moselle, trouva en effet des inconvénients aux situations de camps retranchés indiquées de Paris par Vauban ; mais il en découvrit une qui pourrait remplir l'objet qu'on se proposait ; seulement, elle avait beaucoup d'étendue et exigeait des travaux de campagne considérables. Vauban abandonna son idée favorite.

« Cependant, dit-il (1), je ne le conseille pas parce qu'il y a de fort bons postes à prendre entre la Moselle et la Sarre au-dessous de Thionville et de Sarrelouis, dont M. le maréchal de Villars pourrait tirer de grands avantages, s'il veut bien les occuper et s'y retrancher, se contentant de donner de petits combats quand il trouvera des occasions favorables, et éviter toutes les affaires générales qui, à mon avis, ne conviennent point du tout, notamment dans le commencement de cette campagne. Les ennemis ne trouveront pas leur compte en ce pays-là ; les fourrages y étant rares, ils seront obligés de s'écarter et aller au loin, moyennant quoi les partis de Luxembourg, Longwy, Sarrelouis, Metz, Thionville et autres lieux auront de belles moissons à faire, et les ennemis nè mettront guère à s'en trouver très incommodés. Je souhaite qu'il pense comme moi, et qu'il veuille bien joindre la peau du lion à celle du renard, car c'est ainsi qu'il en faut user à la guerre ou ne pas s'en mêler. »

Cette tactique est celle que le maréchal de Villars pratiqua. Par la position de Sierck, qu'il occupa à la fin du mois de mai sur la rive gauche de la Moselle, il fit échouer les projets de Marlborough. Cette position, qu'il fit fortifier et dont on a une carte faite par de Chermont, est parfaitement décrite dans Quincy, tome IV, p. 491.

(1) Lettre du 16 mars 1705.

Le maréchal de Villars rapporte dans sa vie, écrite par lui-même et publiée par Anquetil, que c'est à lui que l'on doit la réforme d'un abus qui, depuis les perfectionnements de l'attaque, s'était introduit dans la défense des places, les gouverneurs prétendant avoir le droit, pour obtenir une capitulation honorable et avantageuse, qui conservait les troupes du roi, de se rendre sitôt que les dehors étaient pris et le corps de place attaqué. Pour remédier à cet abus, le roi rappela aux gouverneurs des places-frontières, dans une circulaire du 5 avril 1705, qui a été recueillie par Cangé (1), que, dès le règne de son prédécesseur, il avait été enjoint à tous gouverneurs de places de guerre, par une clause expresse qui s'est toujours depuis insérée dans leurs provisions, de ne point se rendre avant qu'il n'y ait brèche considérable au corps de la place et qu'après y avoir soutenu plusieurs assauts. Sa Majesté jugeait à propos de renouveler les mêmes ordres à tous les commandants de ses places : c'est pourquoi elle leur écrivait qu'au cas que les places où ils commandent viennent à être attaquées, « ils ne les rendent point qu'il n'y ait brèche considérable au corps d'icelles et qu'après y avoir soutenu au moins un assaut. »

On verra dans le cours de cet aperçu comment cet ordre fut exécuté.

En 1705, Vauban présenta au duc de Bourgogne son *Traité des siéges et de l'attaque des places*, ou-

(1) Cangé, Bibliothèque impériale, section des imprimés.

vrage qui contient des règles précises sur ce sujet, résumées dans un certain nombre de maximes admirables.

Les alliés prirent Huy, sur la Meuse, et forcèrent sur plusieurs points les lignes que Louis XIV avait fait construire en 1701 sur la frontière du Nord, depuis l'Océan jusqu'à la Meuse.

En Italie, M. Lapara eut le commandement en chef du siége de la Mirandole, honneur rarement accordé aux ingénieurs. La place capitula le 11 mai, après vingt-un jours de tranchée ouverte. M. de Vendôme écrivit au roi : « On ne peut conduire un siége plus sagement ni avec plus de capacité que M. Lapara a conduit celui de la Mirandole. »

Le siége de Chivas, qui succéda, fut entrepris comme l'avait été celui de Verrue, sans avoir investi la place. Après quarante jours de tranchée, la nuit du 29 au 30 juillet, les assiégés l'abandonnèrent après avoir mis le feu au pont de bateaux par lequel ils communiquaient avec la rive droite du Pô. M. Lapara, qui, sur la fin du siége, en reçut le commandement du duc de la Feuillade, écrivit : « Il faut venir au fait et convenir, quelque chose qu'on ait dit de Chivas, que c'est une besogne bien dure de prendre une place qui n'est pas investie, si mauvaise qu'elle puisse être. »

A la fin de l'année 1705, l'armée qui était dans le comté de Nice, sous le commandement du maréchal de Berwick, assiégea le château de Nice. Cette forteresse est située sur un rocher de forme oblongue, escarpé sur trois côtés, à l'est, au sud et à l'ouest. Le côté sud est baigné par la mer ; le côté nord présente une pente douce, accessible, sur laquelle les défenses avaient été accumulées. Devant l'ancienne muraille du château, flanquée de trois tours, était un front bastionné; sur ce front, un ouvrage à corne dit citadelle, commandé par le château ; en avant de cet ouvrage, un double chemin couvert revêtu. La ville, dont on s'était d'abord rendu maître, est en grande partie à l'ouest, sur la rive gauche du Paglione. Le duc de Berwick attaqua la place par le côté le plus fort, par le côté de l'est. Il y trouvait l'avantage de priver la garnison de toute communication avec l'armée de secours qu'elle attendait. On fit ce siége avec une artillerie nombreuse et de fort calibre; ces grands moyens étaient nécessaires, le château ayant également un armement considérable. La tranchée, ouverte la nuit du 17 au 18 novembre, le gouverneur abandonna le 1er janvier la citadelle, qui était ouverte sur plusieurs points, et se retira dans le château, où il capitula le 4 janvier. Il avait fait une belle défense, résisté quarante-huit jours (1), perdu plus des deux tiers de sa garnison. Le reste était près de se mutiner lorsqu'il se rendit. Suivant Quincy, ce siége ne coûta au roi que 700 à 800 hommes tués, parmi lesquels il n'y eut de gens de marque que Filley, maréchal de camp, commandant les ingénieurs, et Senneton

(1) M. Allent dit vingt-huit jours, Quincy cinquante-quatre jours.

de Chermont, ingénieur, tués tous deux le 9 décembre par un boulet de canon. La consommation des munitions fut de 60,000 coups de canon et 8,000 bombes.

Le duc de Berwick adressa, à la fin du siége, au directeur général des fortifications la lettre suivante :

Nice, le 6 janvier 1706.

Enfin, monsieur, voilà le château de Nice pris, et cela non-seulement en très peu de temps (1), mais aussi par le côté que l'on vous assurait être impraticable. Je crois que de là vous conclurez aisément que ceux qui voient de près doivent être crus préférablement à ceux (2) qui en sont à deux cents lieues.

Je commencerai, monsieur, par vous dire que l'on ne peut être plus content que je le suis de tous vos ingénieurs en général ; après quoi, pour entrer plus en détail, M. de Lozières m'a paru, depuis un mois que nous commerçons ensemble, homme très entendu, très sage, très actif, et raisonnant très juste sur son métier. Comme je ne doute point que vous ne soyez très content de la manière dont il a conduit ce siége depuis la mort de M. Filley, j'espère que, profitant de l'occasion de l'heureuse réussite de cette expédition qu'il a faite en chef, vous voudrez bien lui accorder l'honneur de votre protection auprès du roi pour lui faire obtenir un grade honorable en considération de la gloire que la prise de ce château donne aux armes du roi ; je vous en aurai en mon particulier une sensible obligation.

M. de Langrune est très brave homme et de très bonne volonté. M. de Freville mérite infiniment, étant très actif, entendu et infa-

(1) Quarante-huit jours n'est pas très peu de temps.

(2) *Ceux* signifie, si nous ne nous trompons, le maréchal de Vauban, qui avait donné en octobre un avis sur l'attaque du château de Nice, qui eut le sort de son avis sur l'attaque de Landau en 1704. On ne le suivit pas ; il est probable que si on l'eût suivi, on n'eût pas, avec l'artillerie qui fut mise en batterie devant le château de Nice, employé quarante-huit jours à le prendre.

tigable ; ainsi, j'espère que vous voudrez bien ne pas le faire devenir d'évêque meunier. Le chevalier Duverger, les sieurs de Blanzy, Salmon et de Gaumin, se sont aussi donné beaucoup de mouvement ; en un mot, tout le corps ne s'est point épargné.

Je ne vous parlerai point de la situation de la place ni de l'état où elle se trouve maintenant, d'autant que M. de Lozières vous en rendra un compte exact. Ainsi, je finirai en vous suppliant de croire que je suis très sincèrement, monsieur, votre, etc.

Le duc DE BERWICK.

Pendant que ces événements se passaient en Italie, les alliés faisaient des progrès en Espagne. Leurs flottes ayant débarqué 8,000 hommes en Catalogne, la province entière se souleva en faveur de l'archiduc : Girone lui ouvrit ses portes le 4 octobre. Le général anglais, comte de Peterborough, assiégea Barcelone et s'en empara le 9. En Estramadure, le maréchal de Tessé, qui avait remplacé le duc de Berwick, fit lever le siége de Badajoz, attaqué par les Portugais.

La bataille de Ramillies, que le maréchal de Villeroy perdit en 1706, le 23 mai, est le second des grands revers que Louis XIV éprouva pendant la guerre de succession ; il réveilla dans l'esprit de Vauban le projet de fortifier Paris. Le maréchal en parcourut les environs avec Thomassin, qui, sans entrer dans aucun détail, fait mention de cette reconnaissance dans ses mémoires précédemment cités. Craignant pour les places de la Flandre maritime, le roi en confia le commandement à Vauban, avec les pouvoirs les plus étendus, « approuvant tout ce qu'il jugerait à propos d'ordonner pour la sûreté de ces places et pour leur défense si elles sont attaquées (1). » Ces places étaient Dunkerque, Bergues, Furnes et Ypres. Vauban y comprit Nieuport. Avant qu'il arrivât à Dunkerque, où il établit son quartier général, sur les représentations de Moyenneville, ingénieur en chef de la place, le maréchal de Villeroy avait commandé 10,000 pionniers, qui avaient été employés pendant quinze jours à la construction du camp retranché, objet de la plus grande sollicitude de Vauban, pendant tout le temps que dura son commandement, c'est-à-dire jusqu'au 15 novembre, non point qu'il le jugeât nécessaire après que les projets des ennemis furent connus, mais il attachait de l'importance à l'achèvement de ce camp une fois commencé (2).

Les ennemis assiégèrent d'abord Ostende, qui se rendit prématurément le 6 juillet, après douze jours d'attaque, par suite des divisions qui existaient dans la place entre les chefs français et espagnols. Ils parurent ensuite devant Menin le 23 juillet. Cette place, que Vauban regardait comme l'une des meilleures du royaume, ne fit pas la résistance à laquelle on devait s'attendre. La nuit du 4 au 5 août, suivant Quincy, ou du 2 ou 3, suivant la relation de M. de Valory, qui commandait les ingénieurs dans la place, les alliés ouvrirent la tranchée devant le front de la porte

(1) Lettre du roi du 20 juin.

(2) Noizet de Saint-Paul en a donné la description, *Traité complet de fortification*, 3e édition, 1818, t. Ier, p. 411, et t. II, p. 288.

d'Ypres, et établirent leur première parallèle à la distance d'environ 450 mètres des saillants du chemin couvert, la droite appuyée à l'inondation de la Lys, et la gauche à celle de la Guelve. Le terrain étant un peu plus élevé derrière la parallèle, ils y construisirent leurs premières batteries, et donnèrent même aux plates-formes 65 centimètres de hauteur au-dessus du sol, en sorte que les pièces pouvaient battre en brèche l'escarpe de la face droite du bastion des Capucins, à 3 mètres au-dessous du cordon, et celle de la face gauche du bastion d'Ypres à 1m,30. Le 9, ils commencèrent le feu avec 60 pièces de gros calibre et 40 mortiers. Les maçonneries résistèrent d'autant moins à ce tir qu'elles avaient été construites avec de mauvais matériaux, et les remblais ayant été faits avec les terres sablonneuses tirées des fossés, les décombres des brèches furent considérables. La place tenta plusieurs sorties qui furent repoussées. Les alliés élevèrent, en outre, deux autres batteries armées de canons et d'obusiers pour ruiner l'écluse de retenue des eaux. Quoique cette écluse fût couverte par une contre-garde, ils parvinrent à briser quelques poutrelles à l'une des arcades ; il n'en fallut pas davantage pour ouvrir aux eaux une fuite qui fit baisser l'inondation d'un mètre. Le 14, ils achevèrent leur seconde parallèle, et le soir ils en débouchèrent à la sape sur les capitales des trois saillants d'attaque. Ce jour-là le gouverneur prévint le duc de Vendôme, qui avait remplacé le maréchal de Villeroy, que passé le 22 il ne serait plus certain de la capitulation qu'il pourrait obtenir. Il en reçut le 16 une réponse, qui contenait ces mots : *Tenez autant que vous le pourrez, et cependant tâchez de sauver votre garnison* (1). Le 18, sur le bruit (non fondé) de l'approche de l'armée de secours, les alliés résolurent d'attaquer de vive force le chemin couvert. A cinq heures du soir, ils redoublèrent le feu de toutes leurs batteries avec une violence indicible, et entre sept et huit ils exécutèrent leur attaque, perdirent environ 1,500 hommes, mais enfin se logèrent aux trois saillants, sur la crête des glacis. La nuit du 19 au 20, ils joignirent leurs logements, et commencèrent trois batteries, deux au saillant du chemin couvert de la demi-lune, pour battre en brèche par la trouée des fossés de cet ouvrage les orillons, et prendre à revers les flancs des bastions qu'ils ne pouvaient pas contre-battre, et la troisième devant la face gauche du bastion d'Ypres. Ils commencèrent en même temps trois descentes de fossés. Le 21, le gouverneur assembla un conseil de guerre dans lequel fut lue la dépêche du duc de Vendôme. Les principaux officiers ayant été d'avis de ne pas attendre que les brèches fussent totalement achevées, parce qu'alors on ne serait plus reçu à demander que la garnison ne fût pas prisonnière de guerre, le gouverneur fit battre la chamade le 22, entre huit et neuf heures du matin. En vertu de la capitulation, la garnison, qui était forte de 11 bataillons et un régiment de dragons, rentra en France avec les hon-

(1) Relation de M. de Valory. Dépôt des fortifications.

neurs de la guerre. Vauban blâma la reddition de Menin, qui n'aurait pas dû avoir lieu si tôt si le gouverneur eût mieux connu les propriétés de sa fortification. (*Traité de la défense des places*, édition de Foissac, p. 294.)

Dans les premiers jours de septembre, les alliés attaquèrent Dendermonde, qu'ils tenaient bloquée depuis deux mois, et qui se rendit après cinq jours de tranchée. Il n'y avait plus de vivres; la mésintelligence régnait entre les deux commandants, l'un français, l'autre espagnol.

Le duc de Vendôme écrivit ce qui suit à Chamillart le 7 septembre 1706 :

« Il se passe en ce pays des choses si extraordinaires, que si le roi ne parle en maître pour réveiller tout le monde, il ne doit plus compter sur ses armées ni sur les places. Pour Menin, il n'y a rien à dire, car il ne s'est rendu que par ordre ; mais il est absolument nécessaire, si Sa Majesté veut être bien servie, qu'elle donne ordre à tous les gouverneurs de ne se point rendre qu'après avoir soutenu un assaut au moins au corps de leurs places. Croyez, monseigneur, que je ne vous parle point en l'air, et qu'il est de la dernière importance, pour le service du roi, que Sa Majesté m'envoie au plus tôt l'ordre que je demande afin de le faire publier. »

Cet ordre avait été donné ; nous l'avons rapporté; on ne peut que s'étonner que le duc de Vendôme l'ignorât.

La campagne de Flandre se termina par le siége d'Ath, qui se rendit le 2 octobre, après onze jours de tranchée. Un armement insuffisant (1) et la faiblesse

N'est-ce pas une chose cruelle que de n'avoir laissé que

de la garnison, qui était à peine de 2,000 hommes, expliquent cette brève résistance, à laquelle ne laissent pas que d'avoir puissamment contribué les dispositions de l'attaque et la nombreuse artillerie de l'assiégeant. Il ouvrit la tranchée la nuit du 20 au 21 septembre, devant le front de la porte de Mons, et construisit quatre batteries, qui, armées de 53 pièces de canon et de 30 mortiers, commencèrent à tirer le 23. Une de ces batteries fit brèche au corps de place par la trouée du fossé d'un tenaillon. L'ennemi éleva en même temps sur le mont Férou une batterie de 10 pièces, qui rompit le pont de communication de la place avec ses dehors (1). Sous la protection de son artillerie, il se logea la huitième nuit sur les trois saillants du chemin couvert, et, cheminant sur le glacis du tenaillon, il gagna, la onzième nuit, le pied d'une contre-garde vis-à-vis la brèche, qui était tout à fait accessible. Il en était encore séparé par un fossé plein d'eau, mais tous ses préparatifs étaient prêts pour le combler ou le franchir avec des pontons de cuir (2). Le 1er octobre, sur l'avis du conseil de guerre, le gouverneur fit battre la chamade, et le 2, après de longs débats, il se rendit prisonnier de guerre ; la garnison était réduite à 800 hommes.

2,000 hommes, un peu plus un peu moins, dans Ath, où il n'y a que sept ou huit pièces de canon (Vauban, lettre du 8 octobre 1706)

(1) On suppléa au défaut de ponts par les radeaux qui sont décrits dans le *Traité de la défense*, et dont le dessin est de M. de Rochepine, ingénieur, qui était dans la place.

(2) Journal de la défense d'Ath. Dépôt des fortifications.

Dans son *Traité de la défense des places*, Vauban fait mention du siége d'Ath de 1706, pour montrer comment le gouverneur aurait pu faire en plein jour une sortie de 400 hommes sur la batterie du mont Férou.

Thomassin rapporte de Vauban ce qui suit dans ses mémoires déjà cités :

« Je lui ai souvent entendu dire, et beaucoup d'autres aussi, qu'il n'avait plus qu'une chose à souhaiter, qui était de se trouver assiégé, parce qu'il avait en tête une manière très sûre pour bien défendre une place. Ses amis l'ont souvent questionné là-dessus, mais il est mort sans en rien déclarer. »

Il nous reste à parler, pour compléter l'aperçu historique de l'année 1706, du siége de Turin (1). Ce siége devait avoir lieu en 1705, et le duc de la

(1) M. le général Mengin a publié en 1832, étant alors capitaine, une *Relation du siége de Turin en* 1706, qui est une étude intéressante sur ce siége au double point de vue de l'art et de l'histoire. Cette relation renferme un journal détaillé des attaques et de la défense, rédigé sur les documents les plus authentiques français et étrangers, et suivi d'une nombreuse correspondance puisée au dépôt de la guerre. Nous croyons, toutefois, que l'auteur témoigne trop de dédain pour l'ingénieur français chargé de la conduite des attaques, en l'appelant le *nommé* Tardif et en passant sous silence son mémoire sur le siége. Les services de Tardif sont consignés dans la *Chronologie militaire* de Pinard ; il servait en qualité d'ingénieur depuis 1677, et s'était trouvé à trente siéges ou défenses de places. Il s'était distingué, en 1697, au grand siége de Barcelone. En 1702, il s'était jeté dans Cadix lorsque le Portugal s'était séparé de la France. Il avait assisté au siége de Kehl en 1703. En 1704, avant que commençât le siége de Verrue, dont il dirigea en chef les attaques jusqu'à la fin, il avait été, le 20 octobre, nommé

Feuillade, qui commandait l'armée de Piémont, s'était approché de la place, et en avait commencé la circonvallation, lorsqu'à la fin de septembre Sa Majesté lui fit connaître qu'il ne fallait plus songer à suivre présentement cette entreprise. La nouvelle détermination du roi était fondée sur l'état dans lequel se trouvait l'infanterie qui devait faire le siége, et sur l'opinion du maréchal de Vauban. L'infanterie de l'armée de Piémont était fort affaiblie par les maladies et par les pertes qu'elle avait faites dans les siéges précédents. Le maréchal de Vauban, habitué à prendre l'initiative des projets utiles à sa patrie, avait émis son avis dans une lettre du 28 avril sur la campagne prochaine d'Italie, et dans un mémoire postérieur rédigé à l'époque où le siége était résolu. Dans sa lettre du 28 avril, Vauban renvoyait le siége de Turin à l'année suivante, attendu qu'après les consommations qui s'étaient faites en tant de lieux il était impossible d'avoir présentement les munitions nécessaires pour cette grande entreprise. Il proposait d'employer l'année 1705 à prendre Nice et Montmélian, pour ne rien laisser en deçà des montagnes qui pût donner lieu à aucune espérance à M. de Savoie.

brigadier d'infanterie, n'ayant passé par aucun des grades militaires inférieurs, exemple rare. Tout cela n'empêche pas que le rôle de directeur des attaques au siége de Turin ne fût au-dessus de sa capacité. « Le mal qu'il y a, disait Vauban à la fin de son mémoire, c'est que tous tant qu'ils sont n'ont pas la tête assez forte pour résister aux contradictions qu'ils auront à essuyer de la part du tiers et du quart, à moins qu'ils ne soient fortement appuyés de l'autorité de M. de Vendosme. » Cet appui leur manqua.

Il terminait en disant : « Un simple avis ouvert à propos peut quelquefois être utile. »

Dans son mémoire sur Turin, Vauban approfondissait la question du siége. Turin est situé dans une plaine sur la rive gauche du Pô, très près en amont de l'embouchure de la Doire; plus loin est celle de la Sture. Sur la rive droite, devant la place, est la hauteur des Capucins, sur laquelle étaient un fort et des retranchements de campagne élevés pendant la guerre. Vauban connaissait bien Turin; il rapporte, dans l'*Abrégé de ses services*, qu'en 1671 (1) il avait passé six semaines auprès de M. le duc de Savoie à visiter, à sa réquisition, les places de Verrue, Verceil et Turin, dont il avait fait des dessins pour son Altesse Royale. Il proposait de commencer le siége de Turin par l'attaque du fort sur la rive droite du Pô. Cette attaque était conforme aux règles de l'art, qui veulent qu'une place assiégée soit autant que possible parfaitement investie. L'occupation de la hauteur des Capucins rendait facile l'attaque de la ville; celle ensuite de la citadelle, par le bastion tourné vers la ville, n'eût pas présenté de difficultés. C'était l'opinion de M. Lapara et celle d'un autre ingénieur distingué. Le projet de Vauban fut envoyé en Italie. Tardif rapporte que le duc de la Feuillade le fit voir à plusieurs personnes, à Casal, et particulièrement aux ingénieurs qui s'y trouvaient. Il ajoute :

(1) Il faut 1670. On a une lettre de Louvois du 15 septembre 1670 dans laquelle il répond à une du 29 août de Vauban, qui était retenu à Turin par l'amitié intéressée du duc de Savoie.

« L'un d'eux (Tardif) lui dit que l'attaque proposée devait être absolument préférée à toute autre. Comme ce général avait déjà pris son parti, il y trouva des difficultés, et témoigna enfin par un grand raisonnement que l'attaque de la citadelle qu'il choisissait n'ayant pas plus de cent toises de polygone ne pourrait lui opposer autant de canons qu'il en placerait pour battre ce front. C'est la raison qu'il alléguait, et qui cependant n'était pas tout à fait conforme à la vérité, ce front ayant cent soixante toises de polygone. On lui répéta plusieurs fois qu'il fallait y penser, et qu'il n'était guère d'usage d'attaquer une citadelle qui pouvait recevoir tous les secours possibles d'une grande ville comme Turin. Ce fut en vain. »

Cette citation prouve, contre l'assertion du duc de la Feuillade (lettre du 11 septembre 1705), que, parmi tous les ingénieurs qui avaient examiné la chose de fort près avec lui, il y en avait au moins un qui, avec M. Lapara, n'était pas de son avis.

Chamillart écrivit à son gendre le 26 août 1705 :

. . . .

M. le maréchal de Vauban avait grande envie de finir sa carrière par le siége de Turin, si le roi avait voulu lui donner tout ce qui est porté dans son mémoire, et même quelque chose de moins ; il me l'a dit à moi-même.

La réponse du duc de la Feuillade peint le grand seigneur de ce temps, et le plus présomptueux.

La Vénerie, 1er septembre 1705.

. . . .

Ayez confiance en moi, et vous vous en trouverez mieux, et le roi aussi, que de tous les ingénieurs du monde. Il y a des gens nés pour commander, et ces sortes de messieurs-là sont faits seulement pour exécuter les ordres qu'on leur donne.

Dans une autre lettre du 2 octobre 1705, Chamillart rapporte que Vauban s'était offert plusieurs fois au roi pour le siége de Turin. C'est dans une de ces occasions que Vauban aura pu dire au roi les mots que Saint-Simon lui prête, et que Gaillard rapporte (1) : « *Je laisserai le bâton de maréchal à la porte, et je le reprendrai quand nous serons dans la place.* »

Cependant le ministre, inquiet de la gloire de son gendre, prie Vauban de lui écrire. Vauban le fait dans une lettre datée du 13 septembre, qui renferme les conseils les plus sages, basés sur sa longue expérience. Il lui dit :

« Je ne suis nullement d'avis que vous attaquiez à la Cohorn : cette méthode, qui n'en est pas une, n'est bonne que contre des bicoques comme Venlo, Ruremonde, la citadelle de Liége et Bonn.

. . . .

« Si vous ne vous rendez pas maître du fort des Capucins, vous pourrez bien attaquer la place, mais vous ne l'assiégerez pas ; je veux dire que vous ne viendrez jamais à bout d'empêcher M. de Savoie d'y entrer et d'en sortir quand bon lui semblera, et d'y jeter du monde par conséquent, à même temps que vous vous priverez du plus désirable avantage que vous puissiez obtenir pour favoriser vos attaques. »

Le siége fut remis à l'année suivante ; mais la discussion continua sur le choix du front d'attaque. M. Pallavicini, réfugié piémontais, maréchal de camp au service de France en Flandre, soutint l'opinion du duc de la Feuillade dans une longue lettre qu'il

(1) Discours prononcé par M. Gaillard au sujet de l'éloge de Vauban proposé pour prix d'éloquence en 1787 (*Oisivetés*, fin des tomes II et III, Paris, 1845).

lui adressa, et qui fut communiquée à Vauban. Les arguments de M. Pallavicini étaient faibles ; Vauban les réfuta dans une lettre datée du 16 janvier 1706, qui est très connue, et que nous ne reproduirons pas ; c'est dans cette lettre qu'il parle de lui et de ses services en termes si dignes, et avec une rare modestie.

M. Lapara devait diriger les attaques de Turin, si on ne l'eût d'abord envoyé devant Barcelone où il fut frappé à mort d'une balle à l'attaque du fort Montjouy. On a beaucoup erré dans tous les récits de cette attaque. Ainsi, suivant Quincy, qui est en général très exact, M. Lapara prit le mauvais parti de pousser ses tranchées entre la ville et le fort Montjouy. Il est, au contraire, certain que le plan de M. Lapara consistait à s'emparer d'abord du Montjouy, et qu'aussitôt débarqué, il suivit ce plan, en sorte qu'il n'y eut point d'autre retard que celui qui fut causé par la nature du terrain où il fallait cheminer. La mort de M. Lapara fut une perte très regrettable. Villars-Lugein et Joblot, qui le remplacèrent, ne restèrent point au-dessous de la tâche qu'ils devaient remplir. Après vingt-deux jours de tranchée, on était maître du fort, et des brèches étaient ouvertes dans l'enceinte de la ville, lorsque, à l'apparition d'une flotte ennemie plus forte que la flotte française, le maréchal de Tessé qui commandait fit lever le siége.

L'armée qui était destinée en 1706 à faire le siége de Turin était forte de 31,000 hommes d'infanterie, 8,000 hommes de cavaleric, 1,000 hommes de Royal artillerie, et de 300 mineurs au plus (1). Le parc de siége se composait de 110 pièces de canon de gros calibre et de 49 mortiers, avec quantité de munitions et d'approvisionnements. Les ingénieurs étaient au nombre de 50, compris Tardif, qui les commandait, et Villars Lugein, qui arriva peu de jours après l'ouverture de la tranchée, et qui fut chargé du détail, fonction équivalente à celle de commandant en second ou chef d'état-major. Tardif était, comme nous l'avons dit, brigadier d'infanterie; Sa Majesté éleva Villars Lugein au même grade, en considération de ses services au siége de Barcelone, bien que la place n'eût pas été prise. La lettre d'avis de sa nomination (9 juin) enjoignait, suivant l'usage, de lui faire prendre jour comme brigadier, mais une fois seulement, c'est-à-dire de lui faire remplir une fois les fonctions de son grade, pour qu'il fût reconnu. Villars Lugein rendit peu de services au siége. Les brigades, au nombre de 8, avaient pour commandants, sous le nom de brigadiers, Lozières Dastier, Demus, Thibergeau, Jonville, de Langrune, Bertrand, Desventes, de Lerette, de Leuse. Deux furent tués, Jonville et Bertrand, et quatre blessés. Parmi les autres ingénieurs six furent tués et douze blessés.

Les commandants de l'artillerie étaient Houville,

(1) Quincy porte le nombre des mineurs à 600. Nous croyons qu'il y a erreur dans cette évaluation, parce qu'il n'y avait que trois compagnies de mineurs, fortes chacune de 99 à 100 hommes. Quincy se trompe quelquefois : ainsi il dit, page 91, que Tardif avait trois brigades d'infanterie sous ses ordres.

lieutenant d'artillerie et brigadier d'infanterie, Chantelou et de Saint-Périer.

Les compagnies de mineurs étaient la 1re, la 2e et la 4e. Vallière, qui commandait la 1re, et qui avait déjà de la réputation, n'arriva au siége que le 17 juillet. Delorme était un des lieutenants de sa compagnie.

La garnison était forte de 14,770 hommes de troupes régulières, parmi lesquelles on comptait 1,500 Autrichiens, 6,670 soldats de nouvelle levée, dont un grand nombre déserta. Les habitants avaient offert leurs services au roi, et formaient huit bataillons. La publicité que l'on avait donnée au projet d'attaquer par la citadelle avait engagé le duc de Savoie à en augmenter les fortifications extérieures. L'auteur de l'*Histoire militaire de Piémont* rapporte que les nouveaux ouvrages que l'on ajouta furent exécutés d'après les projets de l'avocat Bertola, qui fut ensuite chargé en chef de la partie de la défense réservée aux ingénieurs. Ces ouvrages consistaient dans des contre-gardes sur les demi-lunes et les bastions, des lunettes, un avant-chemin couvert, et de nouvelles galeries de mines.

Le 12 mai, l'armée partie de Chivas passa la Sture, et s'établit sur la rive gauche du Pô, le duc de la Feuillade étant toujours dans l'intention d'attaquer par la citadelle. Il fit d'abord travailler à une ligne de contrevallation pour resserrer la garnison sur la rive qu'on occupait, depuis le Pô en amont jusqu'au Pô en aval. Tardif arriva le 17. Le duc de la Feuillade lui fit voir le front qu'il voulait attaquer, qui regarde l'ouest. Tardif lui représenta (1) que, ne voulant point songer à l'attaque par la hauteur des Capucins, qui était la véritable, il devait préférer le front de la citadelle qui regarde le sud, parce que ce front laissait la liberté de faire une attaque à la partie de la ville qui joint la citadelle; il répéta plusieurs fois au duc qu'il était important de faire une attaque à la ville pour obliger les bourgeois, par les bombes qui tomberaient dans les maisons, à quitter les armes; que c'était le sentiment de feu M. Lapara. Tout cela fut vain. Le 2 juin, le duc de la Feuillade expliqua derechef ses intentions à Tardif, et lui dit qu'il n'avait qu'à prendre la conduite de l'attaque et la continuer.

Nous n'entrerons point dans le détail de ce long siége. Le plus grand mal, comme Vauban l'avait prédit, c'est que les ingénieurs n'avaient pas la tête assez forte pour résister aux contradictions. Tardif pense que les premiers travaux auraient pu être conduits avec plus de diligence et de vigueur, c'était son intention (2); mais M. de la Feuillade lui dit qu'il n'était point pressé, et qu'il n'y avait point de secours à craindre, et ordonna plusieurs redoutes qui assuraient véritablement notre droite, mais qui con-

(1) *Mémoire du siége de Turin.*

(2) « J'eusse poussé les attaques un peu plus vivement si M. de la Feuillade ne m'eût prescrit d'aller plus doucement pour aller plus sûrement. » (Lettre du 3 juillet, de Tardif, vol. 1975 du dépôt de la guerre). Ce volume renferme particulièrement la correspondance des officiers qui étaient au siége. Cependant il y a des lettres citées par M. Allent qui ne s'y trouvent pas et qui ne sont pas au dépôt des fortifications.

sommèrent beaucoup de temps. Qui ne sait cependant combien le temps est précieux à la guerre, et surtout devant une place? Aussi nous osons croire, contrairement au grand maître, qui pendant le siége écrivait au ministre, et disait à qui voulait l'entendre, qu'on ne prendrait jamais Turin par les fronts de la citadelle, qu'avec tout autre général moins présomptueux que le duc de la Feuillade on l'aurait pris avant l'arrivée de l'armée de secours.

La perte de la bataille de Turin, le 7 septembre, la levée du siége, qui en fut la conséquence immédiate au moment où l'armée commençait à reprendre courage et à se flatter d'un heureux et prompt dénoûment, jetèrent la consternation dans Paris plus encore que la bataille de Ramillies, après laquelle « tout » parut alors si désespéré pour Philippe V, dit Vol» taire, que le maréchal de Vauban, le premier des » ingénieurs, le meilleur des citoyens, homme toujours » occupé de projets, les uns utiles, les autres peu pra» ticables, et tous singuliers, proposa à la cour de » France d'envoyer Philippe V régner en Amérique; » ce prince y consentit... On délibéra sur ce projet à » Versailles; mais la constance des Castillans et les » fautes des ennemis conservèrent la couronne à Phi» lippe V. » (Siècle de Louis XIV.)

Vauban rédigea, en effet, en 1706, un projet de paix; mais ce projet, qui a pour titre : *Projet de paix assez raisonnable pour que tous les intéressés à la guerre présente en dussent être contents, s'il avait lieu, et qu'il plût à Dieu d'y donner sa bénédiction*, ne contient point la clause dont Voltaire fait mention. Vauban était à Lille lorsqu'il en entretint Chamillart, dans une lettre datée du 12 septembre, dont voici l'extrait qui y est relatif:

La France a sans doute besoin d'une bonne et solide paix qui ne soit pas de la nature de celles qu'on appelle *fourées ;* me trouvant fort désœuvré il y a sept ou huit ans, je m'amusai à en faire une espèce de projet, qui, tel qu'il est, contient beaucoup de choses qui pourraient nous convenir si on venait à une négociation. Cela vous paraîtra sans doute ridicule et visionnaire d'un homme comme moi ; mais je m'embarrasse peu des qualités qu'on peut me donner pourvu que le roi y trouve quelque utilité. Du reste, la présomption n'y a nulle part, mais uniquement le zèle que j'aurai, comme je le dois, toute ma vie pour son service. Si vous avez curiosité de le voir, je manderai à Paris qu'on vous le porte à l'Étang quand vous y serez.

Dans ce projet, qui est du 2 février, Vauban ne s'occupe point de Philippe V. L'article 1er porte que la France cède l'Espagne et tout ce qui dépend de cette monarchie à la maison d'Autriche. L'article 2, que la maison d'Autriche cède à la France Luxembourg et le surplus de cette province, les comtés de Beaumont et de Chimay, avec leurs dépendances, et les terres franches de Fumay et de Revin. L'article 3, qu'elle cède le duché de Milan au duc de Lorraine en échange des duchés de Lorraine et de Bar en faveur de la France, de même que la basse Alsace, avec toutes les places qu'elle contient, Germersheim, Philippsbourg, enfin la mouvance de Montbéliard au comté de Bourgogne. C'étaient là de faibles compensations en échange de toute la monarchie espagnole;

c'était faire de grands sacrifices à la paix. Cette guerre effrayait Vauban ; il craignait un nouveau traité de Ryswick, qui fît perdre à la France l'agrandissement qui la constituait un état plus puissant qu'elle n'avait jamais été depuis l'avénement des Capets au trône, et qu'elle ne serait avec l'Espagne et les Indes. Il voulait la paix pour mettre un terme aux souffrances des peuples, pour rétablir la discipline dans les troupes, pour achever nos ports de mer et nos places fortes. « *Quoiqu'on ait plus travaillé aux fortifications de ce règne-ci*, dit-il, *qu'on n'a fait en douze autres, cela ne veut pas dire que nos frontières soient en bon état, bien au contraire, je les trouve très mauvaises, parce que nous n'avons pas une seule place qu'on puisse dire totalement achevée.* » Suivent des détails sur chaque frontière.

Le maréchal de Villars, qui commandait en Alsace en 1706, reprit Haguenau le 11 mai, et, par le conseil de Regemorte, ingénieur géographe du roi, qui connaissait bien l'Alsace, en ayant levé des cartes, il fit élever des retranchements sur la rive droite de la Lauter pour empêcher les courses de la garnison de Landau. Ces retranchements connus sous les noms de *Lignes de la Lauter*, *Lignes de Wissembourg*, perfectionnées en 1708 par le maréchal Du Bourg, ont depuis cette époque été considérés comme lignes de défense de l'Alsace. Regemorte les proposait sous ce point de vue. La droite s'appuie à Lauterbourg, petite place en terre qui constitue un poste militaire important, de même de Wissembourg qui a de plus un revêtement en maçonnerie ; la gauche remonte jusqu'à la montagne du Pigeonnier sur la crête des Vosges. Les deux rives de la Lauter sont assez élevées et assez distantes l'une de l'autre pour permettre des inondations dans son bassin.

Le maréchal de Vauban mourut à Paris le 30 mars 1707, âgé de soixante-quatorze ans moins un mois et demi, étant né le 15 mai 1633. Son corps fut inhumé dans l'église Saint-Roch ; son cœur, déposé dans le caveau de l'église de Bazoches, en Nivernais, en fut retiré en 1807, et mis aux Invalides. On a attribué la mort de Vauban au profond chagrin qu'il aurait ressenti d'avoir déplu à Louis XIV par la publication de sa DIXME ROYALE (1), qui parut la même année. C'est l'opinion de Saint-Simon, à qui nous accordons une médiocre confiance. Le maréchal souffrait tous les ans, pendant six ou sept mois, d'un gros rhume, auquel il est plus probable qu'à la fin de l'hiver il ait

(1) « Projet d'une Dixme royale qui, supprimant la taille, les aydes, les douanes d'une province à l'autre, les décimes du clergé, les affaires extraordinaires, et tous autres impôts onéreux et non volontaires, et diminuant le prix du sel de moitié et plus, produiroit au Roy un revenu certain et supérieur, sans frais, et sans être à charge à l'un de ses sujets plus qu'à l'autre, qui s'augmenteroit considérablement par la meilleure culture des terres ; par M. le maréchal de Vauban, chevalier des ordres du Roy, commissaire général des fortifications et gouverneur de la citadelle de Lille. Paris, MDCCVII. » In-4° de 129 pages, avec les armes du maréchal au titre et à la dernière page. Il en parut la même année une édition In-12. Les armes de Vauban étaient : d'azur, un chevron d'or accompagné de trois trèfles de même, et d'un croissant d'argent en chef.

succombé. Il savait que son projet blesserait l'église, la noblesse, et surtout la cour et les traitants; il ne pouvait croire qu'on pût l'exécuter prochainement, mais le principe en était juste, et en vue de l'avenir il voulut lui donner de la publicité. C'est ainsi que deux ans auparavant, voulant, dit-il, avoir l'honneur et la satisfaction de donner un bon avis au roi avant que l'âge et le fameux rhume qui l'accable six ou sept mois de l'année aient achevé d'abattre le peu de forces qui lui restent, il voulut, en 1705, s'assurer de la possibilité de mettre Lille en communication avec la mer par Gravelines, et, à cet effet, parcourut en bateau, la sonde à la main, avec MM. de Valory, Guillyn, et sept députés des États et de la ville de Lille, la ligne de navigation qu'il faudrait suivre. Ce projet utile, qui fut exécuté sous Louis XV, présenté dans un temps calamiteux, souleva tant d'opposition, de la part des villes de Lille, Douai et Gravelines, auxquelles il aurait imposé de nouvelles charges, que Chamillart écrivit à M. Le Peletier, par ordre du roi, d'empêcher qu'il y fût donné suite. Vauban rédigea son projet, et en fit à ses frais graver les planches, au nombre de sept. Il s'en fit même un tirage.

Voici ce que M. Le Peletier écrivait le 7 février 1715 au directeur des fortifications de Saint-Omer, qui voulait reproduire une partie du projet de Vauban:

J'ai, parmi les papiers qui m'ont été remis après la mort de M. le maréchal de Vauban, un livre in-folio écrit à la main et relié qui contient toutes les vues qu'il avait pour différentes navigations qu'il proposait en Flandre. La communication de la Lys à l'Aa par le Neuf-Fossé n'y est pas oubliée. Il y a dans ce même livre sept feuilles de cartes à la main fort curieusement dessinées, entre lesquelles il y en a une générale contenant tout ce qu'il jugeait se pouvoir faire depuis la Sambre jusqu'à la mer, et six autres particulières contenant la navigation de Cambrai à Valenciennes, de Bouchain à Douai, de Douai à Lille, de la haute Deule à la basse, de la Lys jusqu'à Aire, et du Neuf-Fossé jusqu'à l'Aa. Il serait difficile que je pusse vous prêter ce livre; mais je crois avoir au bureau des fortifications ces mêmes cartes imprimées, auquel cas, etc., etc.

Sébastien Le Prestre de Vauban avait épousé en 1660 Jeanne d'Osnay, fille de Claude d'Osnay, écuyer, baron d'Épiry, et d'Urbaine de Roumier. Le contrat de mariage avait été passé le 25 mars au château d'Épiry, situé près de Corbigny, dans le Nivernais, et dont il reste encore une grosse tour carrée (1). De ce mariage naquirent deux filles, dont l'une fut mariée en 1679, à Jacques-Louis de Mesgrigny, comte d'Aunay, baron de Villebertin, et l'autre en 1691, à Louis Bernin de Valentinay, marquis d'Ussé (2). La première eut un fils, Jean-

(1) Cette tour porte l'inscription suivante, rédigée par M. Allent, et qui y fut mise en 1809 par ordre de S. M. Napoléon Ier : « Ici fut la demeure de Vauban ; il y médita les travaux qui l'ont rendu immortel. La France reconnaissante a déposé le cœur de ce grand homme non loin des restes de Turenne, sous le dôme des Invalides. » La première phrase n'est pas exacte : Vauban faisait sa demeure habituelle à la citadelle de Lille et au château de Bazoches, et non à Épiry.

(2) Le château d'Ussé, situé dans la Touraine, sur la rive gauche de l'Indre et pour ainsi dire de la Loire, qui se joignent à peu de distance, fait partie de la commune de Rigny, département d'Indre-et-Loire.

Charles de Mesgrigny, comte d'Aunay, qui signait D'aunay, devint lieutenant-général, et n'eut qu'une fille, Marie-Claire-Aimée de Mesgrigny, laquelle, en 1738, épousa Louis Le Peletier, seigneur de Coskaet de Rosanbo, président à mortier au parlement de Paris, mort en 1760 (1).

De ce mariage sont issus :

Louis Le Peletier, marquis de Rosanbo, président à mortier, gendre de Malesherbes, et Charles-Louis-David Le Peletier, comte d'Aunay, maréchal-de-camp en 1789.

Louis Le Peletier, marquis de Rosanbo, a péri sur l'échafaud avec Malesherbes. Il avait, en qualité d'aîné, hérité de tous les biens de famille situés en Bretagne. Son fils, le marquis de Rosanbo, homme très respectable par ses vertus, fut créé pair de France par Louis XVIII, est mort, et a laissé un héritier de son nom, qui possède les manuscrits de Vauban.

Charles-Louis-David Le Peletier, comte d'Aunay, avait hérité de son aïeul Jean-Charles de Mesgrigny, comte d'Aunay, de tous les biens possédés par Vauban dans le Nivernais, à l'exception de Vauban (2)

(1) Louis Le Peletier de Rosanbo, mort en 1760, était petit-fils de Claude Le Peletier, prévôt des marchands, qui fut contrôleur général des finances après la mort de Colbert, et qui était frère de Michel Le Peletier de Souzy, directeur général des fortifications.

(2) Le domaine qui porte le nom de Vauban dans le Nivernais appartient aujourd'hui à M. Alphonse Millereau. Un de ses aïeux avait, dans le XVIIe siècle, épousé Madeleine Le Prestre, à qui

et de Bazoches (1). Il a été le chef de la branche Le Peletier d'Aunay, et avait épousé Élisabeth de Chastenet de Puységur, petite-fille du maréchal de Puységur.

De ce mariage sont nés : 1) le comte Louis Le Peletier d'Aunay; 2) le comte Hector Le Peletier d'Aunay, ancien député de la Nièvre, dont un fils est député du même département; 3) le baron Félix Le Peletier d'Aunay, ancien député de Seine-et-Oise; 4) Élisabeth Le Peletier d'Aunay, mariée au comte de la Myre.

La tour d'Épiry, que possédait le baron Félix Le Peletier d'Aunay, a passé à sa fille unique, mariée à M. le baron Séguier, membre libre de l'Académie des sciences.

La marquise d'Ussé eut un fils et deux filles, décédés tous trois sans postérité. Son fils embrassa la carrière des armes, se distingua sous Louis XV, dans les guerres de 1733 et 1741, se retira du service à la paix de 1748, cultiva les lettres, et mourut en 1772. (*Allent*, page 699.)

Vauban avait deux cousins germains, fils du frère

était échue cette propriété dans un partage de biens fait en 1631.

Le nom de Vauban a été en outre donné en 1725 à la terre de Saint-Sernain, dans le Charolais, par les lettres-patentes qui l'érigèrent en comté en faveur du neveu du maréchal. Cette terre est située près de la Pacaudière, au sud-ouest de la Clayette.

(1) Le château de Bazoches, qui avait été l'apanage de la marquise d'Ussé, donné par elle à son mari, vendu par les héritiers en ligne collatérale de ce dernier, appartient maintenant à M. le comte de Vibraye.

aîné de son père, et six neveux issus de germains. L'un de ces neveux qui était ingénieur, qui est devenu lieutenant-général, et qui a été fait comte par Louis XIV en 1710 (1), signait, du vivant du maréchal, DupuisVauban ou DupuyVauban, d'un seul mot, et était connu sous ce nom. Après la mort du maréchal, il n'a plus signé que Vauban et quelquefois D. Vauban. Il a plu à Quincy, qui n'est rien moins qu'une autorité pour les noms de lieux et de personnes, de l'appeler du Puy-Vauban, et Pinard, qui est venu après Quincy, l'a inscrit dans sa table des lieutenants-généraux sous le nom de *Puy-Vauban*. Rien ne justifie cette altération du nom véritable. Les provisions de commandeur de l'ordre militaire de Saint Louis, qui furent accordées au neveu du maréchal le 12 mars 1694, sont expédiées au nom de DupuisVauban, écrit très distinctement. Ce document, dont il existe aux archives de la guerre une copie authentique faite en 1699, ne nous laisse point de doute sur l'orthographe du premier nom du neveu du maréchal (2).

(1) Dans les provisions de grand'croix de Saint-Louis datées du 10 août 1715 et dans le brevet d'une pension de 4,000 livres du 22 mai 1711, le lieutenant-général de Vauban a le titre de comte. Il n'a pas ce titre dans les provisions de 1694. Il fut probablement fait comte après sa défense de Béthune, en 1710.

(2) Le comte de Vauban a eu deux fils : l'aîné, qui était lieutenant-général en 1758, n'a pas eu de postérité ; le second a eu trois fils : le comte de Vauban, maréchal-de-camp en 1789, mort en 1816, au château de Vauban, dans le Charolais ; le vicomte de Vauban, mort en 1832, à Dijon, et père de M. le colonel du génie

La campagne de Flandre de 1707 ne présente aucun fait qui se rapporte à l'objet de cet aperçu.

En Allemagne, le maréchal de Villars s'empara des lignes de Stollhofen, en en faisant tourner la droite par un corps de troupes fort de 20 bataillons, 45 escadrons et 34 pièces de canon, qui passa le Rhin près de Neubourg, entre Lauterbourg et Hagenbach, la nuit du 22 au 23 mai. Ce passage fut facilité par les démonstrations d'attaque que le maréchal faisait devant la gauche des lignes, en face de Buehl, et par les tentatives de passage du Rhin qui avaient lieu à leur extrême droite, et qui étaient soutenues par le fort Louis. Cette manœuvre, la plus convenable pour attaquer des lignes aussi fortes que l'étaient alors celles de Stollhofen, eut un plein succès. L'ennemi les abandonna sans coup férir le 23, à quatre heures du matin. Tarade, ingénieur, fit alors construire sur la rive droite du Rhin, pour rester maître du passage du fleuve en face du fort Louis, la tête de pont de Sellingen. Le maréchal de Villars occupa le marquisat de Bade pendant toute la campagne. Le margrave fit élever pendant l'automne les lignes d'Ettlingen, couvrant Karlsruhe, et destinées à remplacer celles de Stollhofen, rendues inutiles par le fort de Sellingen.

En Italie, le prince Eugène assiégea pendant un mois, du 12 février au 12 mars, le château de Mi-

de Vauban, directeur des fortifications à Besançon, et un autre fils, mort à Paris en 1845, et qui était le second. (*Généalogie des MM. de Vauban*, archives du dépôt des fortifications.)

lan, vaillamment défendu par le marquis de la Floride. Le siége aurait duré encore longtemps si les généraux en chef n'avaient, en vertu des ordres de leurs cours, conclu un traité de suspension d'armes qui stipulait l'évacuation de toute la Lombardie par les troupes françaises. Quant au royaume de Naples, une conspiration ourdie à Rome le soumit à la maison d'Autriche.

Le grand but que se proposaient le duc de Savoie et le prince Eugène, pour la campagne de 1707, était le siége de Toulon. Cette entreprise, à laquelle devait concourir une armée navale chargée de fournir des vivres aux troupes, tourna entièrement à la confusion des ennemis. Le roi avait mis sous les ordres du maréchal de Tessé, à qui il avait confié la défense de la frontière des Alpes, 78 bataillons et 38 escadrons. Le maréchal distribua ses troupes depuis la Savoie jusqu'en Provence, en plusieurs camps et de manière à garder tous les passages des montagnes. De son côté, sur la fin de mai, le duc de Savoie forma trois camps, l'un près d'Ivrée, l'autre aux environs de Pignerol, et le troisième près de Coni. Ce dernier menaçait évidemment la Provence et par conséquent Toulon. L'apparition de la flotte des alliés vis-à-vis de Final, le 14 juin, indiquait leur dessein. Le maréchal de Tessé détacha alors 5,000 hommes d'infanterie et 1,500 chevaux pour renforcer les troupes qui étaient en Provence, et porta la garnison de Toulon à 3,000 hommes. Depuis l'an 1679 jusqu'en 1706, on avait, en vingt-huit ans, dépensé

4,100,000 livres à Toulon, et rien plus. Cette somme n'est point exorbitante pour une grande place maritime où tout avait été à créer. Les fronts qui regardent la mer étaient en bon état ; mais, du côté de terre, les fortifications n'étaient pas achevées: ainsi les glacis et les chemins couverts n'existaient pas, plusieurs fronts n'étaient pas terrassés; les courtines avaient si peu de largeur en quelques endroits que c'est à l'aide d'échafaudages qu'on se procura l'espace nécessaire au service de l'artillerie. La place n'eut pas d'autre ingénieur pendant tout le mois de juin que Niquet, directeur des fortifications. Lozières Dastier (1), qui prit une grande part aux travaux et à la défense, n'y entra que le 2 juillet. La Blottière, dont le maréchal de Tessé prit les avis en plusieurs occasions importantes, y arriva un peu plus tard, ainsi que de Langrune. Le commandement était partagé entre le marquis de Langeron et

(1) Le général de Vault ne fait mention que de Lozières Dastier, dont il existe beaucoup de lettres dans les volumes 2041 et 2042 du dépôt de la guerre, tandis qu'il n'y en a qu'une de Niquet et une de La Blottière. Niquet adressait ses rapports à M. Le Peletier; Lozières Dastier adressait les siens à Chamillart. Dans une de ses lettres, il se plaint d'être subordonné à Niquet, qui a soixante-dix ans et lui laisse très volontiers la conduite des travaux. Il témoigne la crainte d'encourir la disgrâce du directeur général des fortifications en correspondant avec le secrétaire d'État de la guerre; sur quoi Chamillart le rassure et lui fait observer qu'il ne s'agit point ici de construction de places, qu'il s'agit d'entreprises de guerre, de retranchements et autres ouvrages pour les armées, dont les ingénieurs doivent rendre compte au ministre de la guerre.

M. de Saint-Pater, tous deux lieutenants-généraux distingués et remplis de zèle. Le premier commandait la marine, le second la place. Aucun plan de défense n'avait jamais été arrêté pour Toulon; les environs n'en avaient jamais été explorés ni reconnus. M. de Langeron, arrivé le premier, avait ordonné des retranchements sur la hauteur de Sainte-Catherine. M. de Saint-Pater ne jugea pas, le 5 juillet, qu'on pût soutenir ces retranchements, et en fit abandonner la construction pour s'attacher uniquement à la place et aux dehors. Le maréchal de Tessé, qui vint, le 10, visiter Toulon, fut si frappé de l'état imparfait de ses fortifications, qu'il écrivit au roi le 12 juillet:

> Il n'y a qu'une chose qui puisse sauver Toulon, c'est de faire continuer le camp retranché auquel Langeron avait commencé de faire travailler, et que j'ai ordonné que l'on continuât ; se servir des hauteurs de Toulon, qui sont bonnes, les défendre ; elles valent mieux que la place, et y jeter trente et même quarante bataillons. Dieu veuille que M. le duc de Savoie m'en donne le temps.

Le duc de Savoie en donna le temps. Il avait cependant franchi le col de Tende et était à la même époque devant Vintimille.

Le 22, 7 bataillons arrivèrent avec M. de Goesbriand, lieutenant-général; le 23, 9 autres, et, le 25, 13. Toutes ces troupes campèrent en ordre de bataille sur les plateaux de Sainte-Anne, la droite appuyée au chemin couvert de la place et la gauche à la montagne de la Croix-Faron. Dès le 23, elles travaillèrent à deux lignes de retranchements parallèles partant du pied de la montagne et tombant, l'une sur la place d'armes, entre les bastions de la Fonderie et Sainte-Ursule, et l'autre sur l'angle saillant de la demi-lune Royale. Tel fut le premier camp retranché de Sainte-Anne. Le 25, M. de Goesbriand fit occuper la hauteur Sainte-Catherine par 1,000 hommes environ et le point même dit la Croix-Faron par un détachement de 86 hommes, sous les ordres de M. Le Guerchois, brigadier. Il n'y avait point de liaison entre ces deux postes, assez distants l'un de l'autre.

Le 26, à la pointe du jour, la tête de l'armée ennemie parut dans la Valette, qui est au pied de la Croix-Faron. Le commandant de l'avant-garde, voyant la faiblesse du poste qui l'occupait, coupa sa communication avec Sainte-Catherine et l'aurait fait prisonnier si le guide qu'avait M. Le Guerchois ne l'eût ramené par des chemins entièrement inconnus au camp Sainte-Anne. Jusque-là on avait cru la montagne de la Croix-Faron inaccessible du côté de la place, soit pour y monter, soit pour en descendre(1). La Blottière en fit la reconnaissance, et proposa, dans un conseil de guerre où on lui fit l'honneur de l'appeler, le nouveau camp retranché Sainte-Anne,

(1) MM. de Saint-Pater, de Dillon, Destouches, de Lozières et de La Blottière y ont été avec des guides et des chasseurs, qui ont été très surpris de voir des chemins fort aisés à des troupes. (Lettre du 27 juillet, n° 296.) « C'est dans ma retraite de la Croix-Faron par ces montagnes que nous avons reconnu qu'elles étaient accessibles. » (Le Guerchois, lettre du 27 juillet, n° 299, vol. 2041.)

qui a existé jusqu'à ces derniers temps. Le 31, le maréchal de Tessé écrivit au roi :

Votre Majesté verra, par les deux lettres ci-jointes, l'une de M. de Goesbriand, l'autre de La Blottière, ingénieur, les espérances que l'un et l'autre me donnent que les difficultés de M. le duc de Savoie peuvent se multiplier.

Voici la lettre de La Blottière du 28 juillet (vol. 2041, n° 318) :

Je prends la liberté de vous rendre compte de dessus nos ouvrages d'un camp retranché que j'ai proposé, où l'on travaille actuellement, et dont MM. les généraux qui sont ici ont fait le détail ; mais je ne sais pas, monseigneur, s'ils auront eu la bonté de vous marquer que je ne l'ai proposé qu'après que j'ai bien reconnu la montagne qui est vis-à-vis de cette place, qu'on avait regardée comme inaccessible, et où je passai hier au matin par deux endroits. Il est certain que si les ennemis nous donnent deux ou trois jours de temps pour nous ajuster, il n'est pas possible qu'ils osent tenter de nous venir forcer dans ce camp, où il y aura une nombreuse artillerie et soutenue par celle de la ville, et j'ose même dire que je ne crois pas qu'ils pensent à former un siége ; mais, pour un bombardement, je crains qu'on ne puisse pas les en empêcher.

Le roi écrivit le 24 au maréchal de Tessé d'ordonner de sa part aux commandants des places ou des postes qui pourraient être attaqués de ne faire aucune capitulation qu'aux conditions de se joindre à lui, de se défendre jusqu'à la dernière extrémité, et de se laisser forcer plutôt que de se rendre prisonniers de guerre.

Les 40 bataillons qui étaient alors à Toulon ne comptaient que 12,000 hommes. Le maréchal avait en outre établi un camp à Aubagne, où devaient se rassembler 17 autres bataillons, 33 escadrons de cavalerie et 2 régiments de dragons.

Malgré l'abandon de la Croix-Faron, le retranchement de Sainte-Catherine n'avait pas cessé d'être occupé. Le 29, il fut attaqué par l'ennemi, qui avait établi sur une hauteur qui le commande une batterie de 4 pièces de canon. Le détachement qui l'occupait repoussa cette attaque. L'ennemi la renouvela le lendemain avec des forces supérieures, et s'empara de la position. Il nous restait encore la chapelle Sainte-Catherine, dont il se rendit maître dans la nuit du 1er au 2 août. Il y construisit une batterie, et trois autres sur les hauteurs de la Malgue. Le 5, il unit toutes ces batteries par une parallèle ou ligne de communication qui franchissait sur un pont le ruisseau de l'Égoutier. Le 8, le maréchal fit venir à Toulon 16 bataillons du camp d'Aubagne. Ces bataillons s'établirent, la droite au château de Missiessy, et la gauche à Saint-Antoine. L'opinion était alors générale dans la place qu'il fallait chasser l'ennemi des positions qu'il occupait. Le maréchal demanda son sentiment à La Blottière, qui lui remit, le 14 août, une disposition d'attaque pour s'emparer en même temps de la montagne de la Croix-Faron, de la hauteur de Sainte-Catherine et de la montagne de la Malgue (1). L'attaque eut lieu le 15, à la pointe du jour. La Blottière marcha avec la colonne principale,

(1) Dépôt des fortifications, carton siéges de Toulon.

commandée par le comte de Dillon, qui avait sous ses ordres 7 bataillons, 12 compagnies de dragons et 100 dragons à pied, et qui devait s'emparer de la montagne de la Croix-Faron. L'expédition réussit, sauf que l'attaque de la Malgue ne fut qu'une diversion. On ne conserva pas les positions qu'on avait prises. Après avoir examiné la situation de la Croix-Faron, le comte de Dillon envoya La Blottière auprès du maréchal pour lui dire qu'elle ne pouvait pas se garder sans un nombre considérable de troupes, attendu son étendue et les chemins aisés que les ennemis ont pour y venir, au lieu que nous ne pouvons y aller que par des sentiers (1).

Le 19, le duc de Savoie et le prince Eugène, voyant qu'ils avaient échoué dans leurs projets, commencèrent à faire des dispositions de retraite et à rembarquer leur artillerie. La nuit du 21 au 22, ils reprirent, avec leurs troupes, la route par laquelle ils étaient venus. Tout le dégât que causa le bombardement se réduisit à deux vaisseaux brûlés et à environ cent cinquante maisons plus ou moins endommagées. Satisfait du résultat qu'il avait obtenu, et que l'on considéra comme un grand service qu'il avait rendu au roi, le maréchal de Tessé ne profita pas de ses avantages dans la journée du 15 ; il n'attaqua pas l'ennemi, dont la droite était sans appui, et le laissa se retirer tranquillement. Il avait dégarni la frontière des Alpes pour rassembler à Toulon des

(1) Volume 2042 du dépôt de la guerre, n° 165.

forces considérables, dont il ne fit pas usage dans la crainte d'engager une affaire générale. Le duc de Savoie profita de cette faute pour attaquer Suze, qu'il reprit facilement.

A la même époque, le duc d'Orléans, qui commandait l'armée des deux couronnes en Aragon, attaquait Lérida et s'en rendait maître. Cette ville, située sur la rive droite de la Segre, est renfermée dans une enceinte ancienne, irrégulière, et flanquée par des tours. Au centre s'élève une montagne, sur laquelle est un château avec donjon ; en aval est un grand faubourg fermé par une enceinte semblable à celle de la ville ; plus loin est le fort Garden, bâti sur une hauteur. Le côté d'amont est le plus faible et celui par lequel on attaqua. Il présente un saillant couvert par une espèce de contre-garde. A droite, par rapport à la place, en avant de l'enceinte, était le retranchement en terre du Carmen. Du reste, ni fossé ni chemin couvert. La place était défendue par le prince de Darmstadt, qui avait sous ses ordres environ 3,000 hommes. L'armée assiégeante était du double. Le commandant de l'artillerie était M. de Saint-Périer, le commandant des ingénieurs Delacour, connu par la défense de Mayence en 1689. Les ingénieurs étaient au nombre de huit, formant quatre brigades, chacune de deux et d'un volontaire.

On ouvrit la tranchée la nuit du 2 au 3 octobre, avec 1,400 travailleurs, conduits par six ingénieurs et trois volontaires. On fit une grande partie de la première parallèle et sa communication au dépôt de tranchée. La nuit du 3 au 4, on continua le travail avec 800 travailleurs, la 4e brigade d'ingénieurs et la 1re, qui ne fut pas relevée. La nuit du 4 au 5, Larérye, qui était de tranchée, fit sur la gauche un travail considérable et hardi, très rapproché de la place, et qui servit à l'établissement de quatre batteries de canons.

Le dimanche 9, 11 pièces de canon, dont 6 de 24 et 5 de 16, et 4 mortiers, commencèrent à tirer, et furent si bien servis que, le 11 au soir, il y avait trois brèches considérables, l'une à droite de la première enceinte, la deuxième à la contre-garde, et la troisième à la deuxième enceinte, située en arrière du retranchement du Carmen, qui n'était pas achevé. Notre batterie du centre avait été presque entièrement détruite par le feu plongeant de 13 pièces du château. L'assaut fut livré le 12 au soir, et vaillamment soutenu par les ennemis. Néanmoins on se logea sur les brèches ; mais, pour éviter la confusion et le désordre de la nuit, Son Altesse royale différa l'entrée dans la place. Le 13, elle en fit occuper tous les postes, et, le 14, la ville subit le sort des villes prises d'assaut, sort quelle méritait pour la part que ses habitants avaient prise à la défense. Toutefois, les gardes qui avaient été placées aux églises et aux couvents les firent respecter, avec les femmes et les vieillards qui s'y étaient réfugiés. Le duc d'Orléans termine son rapport par ces mots :

Je ne puis m'empêcher de témoigner à Votre Majesté les soins et la peine que M. le maréchal de Berwick s'est donnés dans ce siége, s'exposant pour tout connaître, comme un simple ingénieur pourrait faire.

Nous avons eu encore un bonheur assez rare dans ce siége, qui est une parfaite intelligence entre messieurs de l'artillerie et les ingénieurs. J'ai lieu de me louer très fort des uns et des autres.

La nuit du 16 au 17, on ouvrit la tranchée devant le château dans la ville et dans la campagne. L'attaque par la ville fut abandonnée. Le château était fort par son grand commandement sur tous les environs, par l'épaisseur de ses murailles et par la difficulté d'en faire les approches, le terrain ne présentant presque partout qu'un roc nu. Le siége dura vingt-cinq jours. Le prince de Darmstadt fit battre la chamade le 10 novembre, lorsque toutes les dispositions étaient faites pour donner l'assaut. La garnison sortit par la brèche le 14, avec tous les honneurs de la guerre.

L'artillerie, qui avait contribué puissamment à la prise du château, fut comblée d'éloges par le maréchal de Berwick et par le duc d'Orléans dans leurs lettres au roi.

Le maréchal de Berwick, lettre du 29 octobre :

MM. de l'artillerie, dont on ne peut trop se louer, ont extrêmement souffert, ayant eu une douzaine d'officiers tués ou blessés, perte considérable, vu leur petit nombre.

Le duc d'Orléans, lettre du 12 novembre :

L'artillerie s'est fort distinguée, surtout M. de Saint-Périer, qui l'a commandée pendant tout le siége. La Roche-Aimont et La Roussière, qui sont les deux seuls commissaires qui restent entiers, demandent la croix de Saint-Louis; Borstel, lieutenant d'artillerie, demande aussi la même grâce. Ce sont choses d'honneur qui les touchent plus que de vraies grâces.

Le maréchal de Berwick recommanda les ingénieurs à M. Le Peletier dans les termes suivants :

Au camp de Lerida, ce 12 novembre 1707.

Le château de Lerida, monsieur, est pris. Hier au soir, les assiégés battirent la chamade, et aujourd'hui ils nous ont livré la porte.

Je ne saurais m'empêcher de vous répéter les louanges que méritent M. Delacour et tout le corps de MM. les ingénieurs. Ils ont servi pendant ce siége avec toute l'union et toute l'application possibles, ce qui n'a pas peu contribué à la reddition de cette importante place.

Delacour fut nommé brigadier d'infanterie. Les ingénieurs qui étaient avec lui étaient Larérye, de Girval, Joblot, Saint-Julien, Delavoye, qui fut blessé, Latour, proposé, avec un éloge particulier de ses services, pour une réforme de capitaine d'infanterie.

La campagne se termina par le siége de Morella, en Aragon, qui fut l'objet d'une expédition commandée par M. d'Arênes, lieutenant-général, avec 13 bataillons et 11 escadrons sous ses ordres, 4 pièces de 24 et de 18, et cinq ingénieurs, Joblot, Jacquez, Feris, Darles, Durant de la Rocque. On ouvrit la tranchée devant la ville le 2 décembre; elle capitula le 11. Le gouverneur fut assez bon pour consentir à rendre le château, qui était inexpugnable, si dans cinq jours il n'était pas secouru; il ne le fut pas.

Joblot a écrit sous forme de lettre un journal très détaillé de ce petit siége, accompagné d'un plan (1).

Au commencement de la campagne de 1708, le duc de Bourgogne, qui commandait l'armée de Flandre, campée à Braine-Lalleud, en détacha un corps de troupes qui, passant la Senne, la Dendre, l'Escaut, surprit Gand le 5 juillet et le 6 Bruges. Son Altesse Royale se mit en marche le 4 au soir avec toute son armée pour se porter dans la Flandre occidentale. Prévenue sur l'Escaut par l'ennemi, qui était maître d'Oudenarde, elle fut obligée, pour exécuter son dessein, de livrer, le 11, le combat d'Oudenarde, où elle essuya une défaite fatale. Les ennemis résolurent alors de faire le siége de Lille. Le prince Eugène quitta avec son armée les lignes d'Ettlingen, passa le Rhin et vint en Flandre chargé des travaux du siége, tandis que l'armée du duc de Marlborough remplirait le rôle d'armée d'observation. Le maréchal de Boufflers, gouverneur de la Flandre, s'offrit au Roi pour défendre Lille; Sa Majesté accepta cette proposition généreuse. Le maréchal partit une demi-heure après avoir reçu les ordres du Roi et arriva à Lille le 28 juillet. Avant son départ, il avait jeté les yeux sur les hommes qu'il croyait les plus capables de servir utilement dans cette occasion. Il avait demandé le marquis de Surville, lieutenant-général; M. de Vauban, ingénieur, lieutenant-général; le marquis de la Frezelière, maréchal-de-camp et lieutenant-général

(1) Volume 2050 du dépôt de la guerre, n° 292.

d'artillerie, et, ajoute Quincy, de Lalande, ancien ingénieur. La garnison de Lille consistait en 16 bataillons d'infanterie, 9 régiments de dragons et 800 invalides. A ces troupes, il faut ajouter un détachement de 20 mineurs commandés par le capitaine Dabin et 4 bataillons formés de soldats séparés de leurs corps après le combat d'Oudenarde et qui s'étaient jetés dans la place. Deux de ces bataillons furent attachés au service de l'artillerie. Tous ensemble ne faisaient que 10,000 hommes. Le 28 septembre, il y entra un secours de 1,800 cavaliers montés qui y apportèrent de la poudre. M. de Vauban avait sous ses ordres M. de Valory, directeur des fortifications de Lille, et plusieurs autres ingénieurs choisis qui avaient été envoyés dans la place. « Rien ne manquait de ce qui concernait le corps du génie, qui était trop bien commandé pour ne pas faire son devoir (1). » En 1706, tandis qu'il commandait à Dunkerque, le maréchal de Vauban s'était rendu à Lille par ordre du Roi et y avait laissé des instructions pour la défense en cas de siége (2).

La nuit du 22 au 23 août, l'ennemi ouvrit la tranchée devant le front de la sortie des eaux de la Deule, au nord de la place, pour être à portée de ses dépôts établis à Menin. Les chemins couverts de ce front forment une tenaille en avant de laquelle sont une petite demi-lune et deux tenaillons. La Deule passe

(1) *Journal manuscrit du siége de Lille*, par le marquis de la Frezelière. Ce journal ne contient que la défense de la ville.

(2) *Défense des places*. Édition de Foissac, page 290.

sous le milieu de la courtine, traverse, entre deux bâtardeaux, le fossé du corps de place, coupe l'angle rentrant des chemins couverts, et, passant au pied de leurs glacis, circule dans les fossés de la demi-lune et des tenaillons. Les chemins couverts de la place masquent entièrement sur ce front les trouées des fossés des dehors. Les glacis de ceux ci sont flanqués, à droite, par la face gauche d'une demi-lune et par la branche gauche de l'ouvrage à corne de la Madelaine, et, à gauche, par la face droite d'une autre demi-lune et par la branche droite de l'ouvrage à corne de Saint-André. La première parallèle de l'ennemi appuyait sa gauche au faubourg de la Madelaine; sa droite franchissait la Deule près et en avant du lieu dit *la Vacquerie.* Cette parallèle fut, sur une grande partie de sa longueur, transformée en batteries pour 75 pièces de gros canon et plus de 30 mortiers, qui, les uns et les autres, commencèrent à tirer le 27 à sept heures du matin. En trois jours, les faces gauches des deux bastions attaqués, dont les maçonneries étaient vues de la campagne, furent entièrement mises en brèche; mais, comme l'observe Quincy, ce résultat ne hâtait pas le progrès des sapes, parce qu'on n'éteignait pas le feu d'artillerie de la place.

La nuit du 2 au 3 septembre (douzième du siége), les assiégeants poussèrent deux sapes, l'une sur le saillant du tenaillon de droite, jusqu'à environ 40 mètres de la palissade, l'autre sur le saillant de droite de la corne de Saint-André, jusqu'à près de

20 mètres du chemin couvert. Maître de ce point, l'ennemi coupait la communication des fronts à gauche de la corne Saint-André avec les chemins couverts du front d'attaque, qu'il serait plus difficile de soutenir. Pour s'y opposer, le maréchal de Boufflers conçut le projet d'une grande sortie sur l'attaque de droite des ennemis, qui était séparée de celle de gauche par la Deule, dont le canal est profond. Les généraux de Vauban et de la Frezelière approuvaient fort cette sortie; mais les officiers-généraux qui commandaient les troupes représentèrent au maréchal qu'il ne convenait peut-être pas d'entreprendre une si grosse affaire à la veille du secours de l'armée du duc de Bourgogne, dont le bruit était répandu. Le maréchal adopta cet avis à la pluralité des voix.

La quinzième nuit (du 5 au 6), les assiégeants s'opiniâtrèrent inutilement à vouloir pousser les mêmes sapes, qui étaient arrêtées depuis deux jours. Un feu très vif et plusieurs petites sorties, exécutées avec valeur et intelligence, les obligèrent d'abandonner ce travail. Ils résolurent alors d'attaquer le chemin couvert de vive force. Cette action eut lieu le 7, entre sept et huit heures du soir, et fut une des plus considérables du siége et des plus glorieuses pour les assiégés.

Avant d'en faire le récit détaillé, le marquis de la Frezelière, d'accord avec Quincy, rapporte ce qui suit :

« Il s'était établi une fausse opinion parmi les troupes, que tout chemin couvert attaqué devait être forcé. On présenta même à

M. le maréchal de Boufflers un Mémoire de feu M. de Vauban, concernant la défense des places, par lequel il paraissait que son sentiment était qu'on abandonnât les angles saillants du chemin couvert, et qu'il en fallait seulement garder les places d'armes, parce que étant dans des angles rentrants elles recevaient plus de protection du rempart. Presque tous les officiers généraux et les ingénieurs voulaient qu'on suivit cette maxime, mais heureusement elle ne fut pas du goût de M. le maréchal de Boufflers qui n'a jamais douté un moment sur le parti qu'il avait à prendre en cette occasion, et outre ses grandes connaissances, il avait l'expérience du fameux siége de Namur (1695), où il soutint avec succès toutes les parties de son chemin couvert. Il me fit l'honneur de me demander ce que j'en pensais avant que de déclarer son sentiment; il me trouva entièrement du même avis, qui était entièrement contraire à celui de ces messieurs. Je lui représentai que s'il quittait les angles saillants du chemin couvert, les ennemis s'y logeraient sans doute, et que poussant ensuite des sapes à droite et à gauche le long des branches, ils gagneraient bientôt les places d'armes. . . . . La résolution de soutenir le chemin couvert dans toute son étendue fut prise sur-le-champ, et M. le maréchal voulut bien m'en laisser diriger la disposition. »

La défense des chemins couverts est une question qui a été approfondie par Vauban; elle varie avec la manière de les attaquer. Ce qui s'est passé à Lille n'infirme en rien les principes de Vauban (1), mal présentés par M. de la Frezelière. Vauban veut, en effet, dans le cas d'une attaque générale, notamment si le ricochet s'en est mêlé, que l'on prenne le parti de céder, mais peu à peu, en gens de guerre qui savent leur métier; il veut qu'au lieu de remplir le chemin couvert de troupes pour repousser la force par la force, on se borne à laisser dans chacun des

(1) Voir le *Traité de la défense*, p. 198. Édition de 1829.

grands angles saillants (qu'il n'abandonne pas, comme dit M. de la Frezelière) une garde de 20 ou de 50 hommes, suivant les cas, 10 hommes derrière les traverses, etc.

Les chemins couverts de Lille furent défendus avec une grande valeur. Les ennemis eurent 2,000 hommes tués et 2,667 blessés, et ne parvinrent à se loger que sur les angles saillants des tenaillons. Les assiégés perdirent 300 hommes. Voici le récit de Landsberg, ingénieur hollandais, qui a de l'intérêt (1) :

« Je fus commandé à ce fameux assaut, à cette terrible expédition de l'attaque gauche ; j'avais une douzaine d'ingénieurs avec moi, et nous étions partagés en quatre parties avec le monde qui devait attaquer et ceux qui devaient se loger sur les palissades. Nous devions nous loger depuis l'ouvrage à corne de la Madelaine jusque devant la tenaille de la Deule.

» La disposition étant faite et le signal étant donné, nous sortîmes pour prendre le chemin couvert ; nos gens chassèrent d'abord les ennemis hors du chemin couvert, et toute la question était de faire le logement sur les palissades. Je le fis commencer, mais les gabions étaient si grands et si mal faits que je vis que quatre hommes avaient de la peine à en porter un. Il y eut d'abord du monde de tué et de blessé de ceux qui devaient porter ces malheureux gabions, les autres furent obligés de les abandonner, et toute la campagne en était couverte avec des soldats auprès, tués ou blessés : les officiers eux-mêmes aidaient à travailler, mais dans un moment la plupart furent tués ou blessés, de même que mes ingénieurs. Je restai avec peu de monde, et si peu qu'il me fallut abandonner le dessein que j'avais, qui était celui du général et du directeur des approches. J'avais bien été dans des ba-

(1) *Nouvelle manière de fortifier les places*, par J.-H.-D. Landsberg. In-4 de 84 pages. A la Haye, 1712.

tailles, dans des prises de lignes et dans des assauts fort rudes, mais jamais dans un feu pareil à celui-là.

» Me voyant sans travailleurs, et nos gens toujours maîtres du chemin couvert, je cherchais les moyens de les maintenir ; il me restait trois officiers des travailleurs qui ne m'abandonnèrent point. Je trouvai deux trous de mines sur l'angle saillant devant la tenaille. Ces trois officiers me ramassèrent une trentaine d'hommes ; je fis faire une communication d'un trou de mine à l'autre ; j'envoyai au général pour lui demander du monde, il me donna des gens commandés, qui mirent leurs armes bas pour travailler, et je réussis ; et c'est là le seul logement qui nous a servi dans la suite, et qui a coûté tant de mille hommes. On aurait pu cependant le faire sans en perdre 200, si l'on eût voulu m'écouter.

» Je n'aurais jamais pu m'imaginer que les ingénieurs pussent attaquer une place si mal qu'ils ont attaqué Lille, et si je n'y avais pas été moi-même, j'aurais de la peine à le croire. »

Les chemins couverts des bastions du front d'attaque furent défendus avec autant de vigueur que l'avaient été ceux des tenaillons. L'assiégé soutint plusieurs assauts à ces derniers ouvrages ; il fut surpris à la demi-lune, qui ne fit pas la résistance qu'on devait attendre. Enfin ce ne fut que le 22 octobre, à trois heures du soir, après soixante-deux jours de siége, que le maréchal de Boufflers fit battre la chamade. Le prince Eugène lui accorda la capitulation la plus honorable. Le maréchal se retira dans la citadelle avec 5,600 hommes et toute l'artillerie des remparts de la place ; les blessés et les malades en état d'être transportés furent conduits à Douai. Des 1,800 cavaliers montés qui avaient apporté de la poudre dans la place, il en restait 1,200 auxquels il fut loisible de se rendre à Douai.

Le siége de la citadelle commença le 29 octobre. Le maréchal demanda à capituler le 8 décembre, après avoir reçu une lettre du Roi qui lui ordonnait de ne pas attendre à l'extrémité pour rendre la citadelle, afin de ne pas commettre sa personne en particulier, qui lui était précieuse, et sa garnison, dont il avait tant sujet de se louer, à subir des conditions rigoureuses. Le maréchal et toute la garnison en sortirent le 10 avec armes et bagages, et furent conduits à Douai en toute sûreté par le chemin le plus court.

Les alliés terminèrent la campagne par la prise de Gand.

Le Roi choisit en 1708 le maréchal de Villars pour commander en Dauphiné et mit sous ses ordres, pour défendre les Alpes depuis le lac de Genève jusqu'à la mer, 74 bataillons et 24 escadrons, savoir: en Savoie, 12 bataillons et 16 escadrons; dans le Dauphiné, 42 bataillons; dans la Provence et le comté de Nice, 20 bataillons et 8 escadrons. Le maréchal eut son quartier-général à Oulx, au pied du mont Genèvre; il occupait Exilles, dans la vallée de la Doire; Pérouse et Fenestrelles, dans la vallée de Pragelas, où coule le Cluson. On savait que le duc de Savoie avait réuni 36 bataillons à Suze, avec 3,000 mulets chargés de farine; 9 à 10,000 hommes dans la vallée d'Aoste, 3 ou 4,000 dans la vallée de Pragelas. Ces dispositions, ces préparatifs, faisaient craindre que l'ennemi n'eût le projet d'entrer en Savoie et de passer le Rhône. A la fin de juin, le maréchal chargea La Blottière, ingénieur, de reconnaître la position de Barrault, sur les hauteurs de la rive droite de l'Isère, et le cours du Rhône, depuis le confluent du Guier jusqu'à Genève. La Blottière remplit cette mission avec le soin et l'habileté dont il était capable; il fut de retour à Oulx au bout de quinze jours, le 12 juillet. Le maréchal assembla un conseil de guerre dans lequel il fut résolu que l'armée du Roi irait, à l'exception de 12 bataillons qui resteraient dans le Briançonnais, camper du côté de Barrault. Le 21 juillet, le duc de Savoie, ayant passé le mont Cenis, le maréchal de Villars fit son mouvement sur Barrault, et le duc de Medavi, qui commandait les 12 bataillons en Savoie, abandonna les retranchements de Modane et se retira sur Aiguebelle. Le duc de Savoie s'avança jusqu'à Modane, et, le 2 août, marchant par sa gauche, il franchit le col de la Roue et tomba à Bardonèche, de là à Oulx, et investit Exilles. Si le maréchal de Villars fût resté à Oulx, il aurait pu, passant le col de la Roue, tomber sur les derrières de M. de Savoie; mais il ne connaissait pas e pays, dit La Blottière, et, ne faisant que d'y arriver, il fallait bien qu'il s'en rapportât à ceux qui disaient le connaître.

Le maréchal décampa de Barrault et se porta à marches forcées dans le Briançonnais; il arriva le 6 à Saint-Jean-de-Maurienne et le 9 à Briançon, ayant franchi le col du Galibier avec ses 30 bataillons. Il passa le mont Genèvre, et le 11, attaqua avec un plein succès le bourg de Césanne, où les ennemis étaient retranchés. Il avait l'espoir fondé de secourir Exilles, lorsque ce fort capitula le 12 au matin, après avoir seulement soutenu trois jours de canon et sans ouverture de tranchée. Le commandant, nommé Laboullaie, s'était rendu prisonnier de guerre avec sa garnison, forte d'environ 300 hommes. On en obtint l'échange, et, l'année suivante, on lui fit son procès, comme n'ayant pas rempli son devoir : il fut dégradé des armes, condamné à une prison perpétuelle et tous ses biens confisqués.

Le poste de la Pérouse se rendit également le 13; le 15, l'ennemi investit les forts de Fenestrelles. Nous avons décrit la mauvaise situation du fort Mutin, qui était le principal. Toute la difficulté d'en faire l'attaque consistait à conduire du gros canon sur un plateau escarpé de la rive gauche du Cluson, dit le plateau de l'Aiguille, occupé par une redoute du même nom et d'où l'on pouvait faire brèche à un bastion du fort. La nuit du 17 au 18 août, l'ennemi ouvrit la tranchée devant la redoute de l'Aiguille; une batterie éloignée qu'il construisit détermina les défenseurs à abandonner cet ouvrage le 24. L'ennemi s'établit sur la position et y éleva une batterie pour 9 pièces de gros calibre ; en même temps, il taillait dans le roc un chemin pour pouvoir y conduire cette artillerie (1). Le 26, la batterie ouvrit son feu et fit une large brèche au fort, dont l'intérieur était battu de plusieurs points des tranchées. Le 31, le com-

(1) *Histoire militaire du Piémont*. Turin, 1818, t. V, p. 235.

mandant se rendit prisonnier de guerre avec 700 hommes. Pendant tout le temps que dura ce siége, le maréchal de Villars eut son quartier-général au Puy-de-Pragelas et fit plusieurs tentatives pour forcer sur un point ou sur l'autre la ligne d'investissement de l'ennemi. Il trouva partout des postes d'une assiette forte parfaitement occupés; ce qui prouve, dit La Blottière, que *les premiers occupants dans les montagnes peuvent difficilement être débusqués*, axiome souvent répété en d'autres termes dans la correspondance des généraux et par le général d'Arçon dans ses ouvrages.

La campagne des Alpes fut regardée comme terminée. Dans le mois de novembre, M. de Dillon, lieutenant-général très distingué, commandant à Briançon, proposa aux ingénieurs de la place la construction d'un camp retranché sur la hauteur des Têtes, comme le moyen le plus sûr pour la défense de ce point de la frontière. On donna suite à ce projet l'année suivante.

En Espagne, le duc d'Orléans fit le siége de Tortose. La plus grande difficulté était d'arriver devant cette place avec l'artillerie, les munitions, les équipages et les vivres nécessaires. La rive gauche de l'Èbre est bordée de montagnes escarpées. Son Altesse Royale expédia de Saragosse, par Caspé et la rive droite de l'Èbre, le corps le plus nombreux de ses troupes, avec l'artillerie, sous le commandement du lieutenant-général d'Arennes, chargé d'escorter en même temps un convoi de vivres et de munitions qui devait descendre l'Èbre; les stations de la rive droite avec lesquelles la rive gauche communique sont Flix, Mora, Miravet et Jerta. Son Altesse Royale se dirigea par la rive gauche de l'Èbre avec 24 bataillons et 22 escadrons commandés par le lieutenant-général d'Estaing, qui le devançait d'une journée. N'ayant pu faire établir un pont au-dessous de la jonction de la Cinca et de la Segre, Elle fut obligée de franchir ces deux rivières, la première à Fraga, le 11 mai; la seconde à Lerida. Elle était le 16 en face de Flix, en même temps que d'Arennes y arrivait avec le convoi de bateaux. Toutes les tentatives que l'on fit pour jeter un pont furent rendues inutiles par la rapidité de l'Èbre. Au moyen de bateaux, en quatre jours on fit passer sur la rive gauche 12 bataillons qui renforcèrent le corps du général d'Estaing. Le 18, Son Altesse Royale se porta plus bas, à Vinèbre, et fit avancer le général d'Estaing jusqu'au ruisseau de Garcia, qui se jette dans l'Èbre au-dessus de Mora. C'est entre Vinèbre et Garcia qu'est le *pas de l'âne*, défilé affreux dans des précipices au bord de l'Èbre (1). Il eût été facile à l'ennemi d'arrêter l'armée en cet endroit; mais il s'y prit un peu tard pour le faire. Le défilé était passé lorsque M. Starhemberg fit avancer jusqu'à Falset 1,000 hommes et 300 chevaux, qui ne tinrent pas à l'approche des troupes françaises.

Le 20, le baron de Mircourt, gentilhomme lorrain, à qui Son Altesse Royale donnait les titres d'in-

(1) Vol. 2104 du Dépôt de la guerre, lettre n° 219.

génieur et de maréchal-des-logis de l'armée, parvint à établir un pont de bateaux au-dessous de Mora. Sans cette communication, les troupes de la rive gauche manquaient de vivres. M. d'Estaing arriva à la hauteur de Mora le 23. Le duc d'Orléans s'avança plus loin, jusqu'à Ginestar, à la hauteur de Miravet, où l'artillerie arriva de Caspé par terre le 5 juin, et fut embarquée, la route étant, à partir de Miravet, impraticable sur l'une comme sur l'autre rive de l'Èbre.

Le chevalier d'Asfeld, lieutenant-général, qui commandait à Valence et qui devait prendre part au siége avec un corps de troupes qu'il avait rassemblé, s'était mis en marche, et, le 4 juin, il investit Tortose, sur la rive droite de l'Èbre, amena 15 pièces de canon, des munitions et des bateaux, qui servirent à aire un pont sur le fleuve, au-dessous de la place. Le 12 juin, le duc d'Orléans l'investit sur la rive gauche et fit ouvrir la tranchée, la nuit du 21 au 22, devant le fort des Carmes, qui fait partie des fortifications de la place et qui est situé sur un plateau isolé entièrement nu. M. de Saint-Périer commandait l'artillerie et Delacour les ingénieurs, dont les principaux étaient de Langrune, Larérye, de Blanzy, Desventes, Biancolelly, Delavoye. Le manque de terre sur le terrain des attaques (il y en avait 20 centimètres au plus d'épaisseur) rendit très difficile la construction des batteries et ne permit pas de donner au parapet des tranchées l'épaisseur ordinaire. Tous les ouvrages furent tracés à la demi-sape. Heureusement on avait des oliviers et des *garottiers* en abondance pour faire des gabions et des fascines sans s'éloigner des camps, et l'on eut grande attention à ce que les gabions fussent serrés de bois et de 16 centimètres plus haut que l'ordinaire (1).

La nuit du 9 au 10 juillet (dix-neuvième du siége), Son Altesse Royale, voyant la lenteur des sapes, fit attaquer le chemin couvert par 10 compagnies de grenadiers, dont 4 descendirent par la gauche et y entrèrent par un ravin, et 2 autres l'abordèrent de front à la droite, où il était entier. Les autres compagnies restèrent en réserve. Le logement fut si bien établi que, le 10 au matin, l'ennemi battit la chamade, quoique la brèche ne fût pas praticable. On employa deux jours pour la mettre en état que la garnison y pût passer le 15, qu'elle sortit de la place avec les honneurs de la guerre, sans être prisonnière de guerre, condition à laquelle Son Altesse Royale consentit en faveur de la reddition des forts et du château, qui fut stipulée dans la capitulation. On n'y comprit pas la tour des Alfaques, qui ne se rendit que le 30 novembre.

On ne peut être plus modeste que Delacour ni rendre plus de justice qu'il le fit à l'artillerie et aux ingénieurs sous ses ordres. Il écrivit le 18 juillet à Chamillart :

« J'ose vous assurer que ce que nous sommes d'ingénieurs à l'armée de Mgr le duc d'Orléans, n'avons d'autres vues que de

(1) Vol. 2104, lettre du 23 juin de Delacour.

faire notre devoir et d'avancer les ouvrages pour les attaques le plus que nous pouvons. Son Altesse Royale parait contente de notre conduite à l'expédition de Tortose, et a eu la bonté de témoigner l'être à Lérida, où nos messieurs ont toujours avancé plus qu'il ne leur était marqué. Le dernier (des ingénieurs) a plus de part que moi à ces deux siéges où je n'ai été que spectateur de leur ouvrage, après leur avoir montré ce que Son Altesse royale avait ordonné de faire. Messieurs de l'artillerie ont plus de part que nous à ces deux siéges; elle n'a jamais été mieux servie qu'à Lérida et à Tortose.

» Je suis bien opposé aux ingénieurs qui croient avoir plus de mérite à faire durer un siége plus longtemps qu'il ne faut pour prendre une place. Je croirais être déshonoré de passer pour un ignorant si je n'avais pas une grande attention à conserver les troupes du Roi et mes camarades. Nous en avons eu deux de tués et deux de blessés ici, qui étaient les morts de dignes sujets (Chapotot et Delavergne).

» L'état des tués ou blessés porte 42 officiers et 662 soldats, qui n'est pas à beaucoup près le nombre que j'appréhendais par le peu de terre que nous avions pour faire nos tranchées et batteries. Les ingénieurs ont tracé tous les ouvrages avec des gabions doubles, qui est la meilleure chose qu'il y ait pour conserver les travailleurs, et il sera bon de faire de même à tous les siéges pour sauver bien des soldats au Roi quand on aura la commodité des bois comme nous l'avions ici. »

Le chevalier d'Asfeld resta quelque temps à Tortose pour en faire réparer les fortifications, et se rendit ensuite à Valence, où il attendit les troupes avec lesquelles il devait faire les siéges de Denia et d'Alicante. Le chevalier d'Asfeld, qui, dix ans plus tard, a été nommé directeur-général des fortifications et qui, en 1734, fut élevé à la dignité de maréchal de France, conduisit ces deux opérations avec vigueur et succès.

Denia est une petite place située sur le bord de la

Méditerranée, et qui a pour toute enceinte une muraille flanquée par des tours. On y distingue une ville basse et une ville haute; cette dernière est adossée à une montagne sur laquelle est un château. Les principaux ingénieurs qui étaient avec Delacour étaient Larérye, Delavoye, Biancolelly, de Beauregard, qui fut tué; de Belly, Piémontais, qui fut blessé très grièvement. On ouvrit la tranchée devant la ville basse la nuit du 7 au 8 novembre, à 140 mètres de distance du mur d'enceinte, et la même nuit on commença une batterie pour y faire brèche. Les nuits suivantes, on poussa en avant deux cheminements en zigzag; le chevalier d'Asfeld reçut une balle au genou qui lui fit une forte contusion. Ayant remarqué que l'ennemi travaillait à un retranchement derrière les brèches, il n'attendit pas qu'elles fussent parfaitement praticables. Le 12 novembre, à cinq heures et demie du soir, il les fit attaquer; on emporta la ville basse, et le même jour, à dix heures et demie, on ouvrit devant la ville haute une tranchée qui nous rendait maîtres d'un couvent et du port. On y fit une batterie pour 15 pièces de canon. Le général s'y fit porter le 15 novembre. Le 17, la garnison, forte de 800 hommes, se rendit prisonnière de guerre.

Le chevalier d'Asfeld détacha alors de son armée don Pedro Ronquillo, maréchal-de-camp, avec quelques régiments espagnols, pour faire l'investissement d'Alicante. Il arriva de sa personne devant la place le 30, avec le reste de ses troupes, savoir: 21 bataillons et 14 escadrons. On s'empara des faubourgs le 1er et le 2 décembre, et, au moyen de communications percées dans les maisons, on arriva de proche en proche jusqu'aux murs de la ville. Sir Richard Siburch, maréchal-de-camp, qui en était gouverneur, conclut le 3 avec le général français une capitulation en vertu de laquelle il se retira dans le château avec 800 hommes, et stipula que la garnison de la ville serait conduite à la plus prochaine place au pouvoir des alliés.

M. d'Asfeld retourna à Valence et laissa le commandement des troupes à don Pedro Ronquillo, qui fit les dispositions nécessaires pour bloquer le château, qui, situé sur une montagne rocheuse escarpée, haute de 40 mètres environ au-dessus de la mer, paraissait inexpugnable. Delorme proposa de le faire sauter au moyen d'une mine chargée de 120,000 livres de poudre, qui est la contenance des magasins à poudre ordinaires des places de guerre. Son projet fut approuvé. On pratiqua d'abord un long chemin en zigzag depuis la ville jusqu'au point où, le 7, l'on attacha le mineur. Au bout d'un mois, la galerie avait atteint la longueur de 17 mètres. A cette distance, le roc se trouva si dur qu'il fallait y faire jouer des pétards de 6 livres de poudre pour pouvoir la continuer. Le gouverneur s'inquiéta de ce travail, fit faire une sortie pour le troubler et fit construire de petits logements en sacs à terre sur le bord des rochers, où des hommes descendaient du château par des échelles et rendaient la communication des mineurs impraticable le jour et très dangereuse la nuit.

Le 26 février 1709, la galerie avait atteint la longueur de 35 mètres; elle donnait entrée dans trois chambres de mines, creusées dans le roc et pouvant contenir, l'une 20,000 livres de poudre, la deuxième 40,000 livres et la troisième 60,000 livres. Le chevalier d'Asfeld et Delacour, qui, tous deux, ne doutaient point du succès de Delorme, arrivèrent sur les lieux pour être témoins des dernières opérations. M. de Ronquillo fit transporter la poudre dans les fourneaux des mines, le 28 et le 1er mars, sous la protection d'un grand feu de canon et de mousqueterie dirigé contre le château, qui n'eut connaissance de rien. Le 2, il somma pour la seconde fois le gouverneur, qui continua à ne pas vouloir croire au danger qui le menaçait. Le 4, à la pointe du jour, la mine joua (1); elle fit sauter un bastion entier, ouvrit une brèche à la seconde enceinte, ensevelit sous les décombres sir Richard, Puget, son ingénieur, 5 capitaines, 3 lieutenants et 40 soldats. Mais les fourneaux ayant joué dans le roc, la brèche était escarpée et n'était pas praticable. Un lieutenant-colonel anglais prit le commandement, et, soutenu par les religionnaires français qui faisaient partie de la garnison, il ne capitula que le 17 avril, faute de vivres.

Au commencement de l'année 1709, M. Le Peletier établit, par une décision du 3 janvier, une rete-

(1) Cormontaingne donne (in-folio 70) le profil de l'entonnoir, d'après Delorme, mais il met en doute le chiffre de la charge qui est incontestable d'après les rapports officiels. *Spectateur militaire*, n° du 15 mai 1847.

nue de 3 deniers pour livre, 1/80e sur les appointements des ingénieurs pour les pensions de leurs veuves.

L'hiver de 1709 a été un des plus rigoureux qu'on ait éprouvés en France. Le Rhin gela à la profondeur de 80 centimètres; on éleva sur son lit glacé une espèce de ligne de défense dont le fossé avait 2 mètres 60 centimètres de largeur, et le parapet la hauteur d'appui pour tirer. Cette ligne ne régnait que par intervalles; elle était interrompue en face des îles de la rive gauche, parce que le fleuve n'était pas gelé derrière ces îles. Le 22 janvier, on comptait entre Huningue et Strasbourg quatre portions de lignes à petits redans formées de glaçons et qui ensemble avaient 14 kilomètres de longueur (1).

La rigueur de l'hiver, qui fit périr presque tous les blés qui étaient sur la terre, jointe à l'épuisement des finances, rendit très difficile l'approvisionnement des places et des armées.

En Flandre, les ennemis assiégèrent Tournai. Cette place n'avait pas une garnison proportionnée à sa grandeur. Le maréchal de Villars, qui commandait l'armée sur cette frontière, n'y avait laissé que 6,268 hommes, compris 800 invalides, qui formaient la garde de la citadelle. Les munitions de guerre étaient en quantité suffisante; mais il n'y avait ni blé, ni farine, ni argent, dans la place. Un mois avant le

(1) Frontières du Rhin 1709, carte du Rhin glacé par Gourdon.

commencement du siége, le 8 juin, le marquis de Surville, gouverneur de Tournai, écrivait au ministre de la guerre.

. . . .

« J'ai été obligé depuis trois jours, d'assembler messieurs du magistrat pour me faire prêter 3 à 400 sacs de blé, qu'ils m'ont accordés fort gracieusement. Il a pourtant fallu donner mon billet et répondre du remplacement ou du paiement en argent comptant incessamment ; mais quand il a fallu les enlever chez les particuliers pour les porter au magasin du Roi, il y a eu une émeute. Ces 300 sacs ne devront durer que cinq à six jours. Je serai dans l'obligation d'en redemander encore ; il me sera bien douloureux d'user de violence avec des peuples aussi zélés et aussi bien intentionnés pour le service du Roi que ceux-ci me paraissent l'être. » (Il y avait quarante ans que la ville de Tournai était réunie à la France).

» Si j'avais un peu d'argent comptant à donner en paiement, quand ce ne serait que moitié, nous pourrions trouver quelques blés à acheter.... Mais vous savez que nous n'avons à peine que pour faire le prêt ; que des cent mille francs que vous aviez eu la bonté de destiner pour Tournai, M. le maréchal de Villars en a disposé autrement, et ne nous a fait passer que trente mille francs. »

La nuit du 26 au 27 juin, les ennemis commencèrent à investir Tournai. M. de Surville écrivit, le 1er juillet, au ministre de la guerre, qui, depuis le 11 juin, était M. Voysin :

« Je ne vous dis rien de l'état fâcheux où je me trouve, n'ayant pas un sol, point de crédit, une ville épuisée absolument, point de magasins de blé ni de farine, aucune viande fraîche ni salée ; en un mot, la plupart de ce qui est nécessaire à la vie manque. Ce n'est pas faute de l'avoir représenté plusieurs fois à M. de Chamillart dans le commencement que je suis arrivé ici, et j'ai eu l'honneur de vous en informer aussi. Je ferai néanmoins tout de mon mieux pour que le Roi soit content de moi. Je viens de faire porter ma vaisselle d'argent chez les orfèvres pour en faire des espèces de plusieurs prix, lesquelles serviront à faire le prêt aux soldats, malheureusement j'en ai fort peu ; cet exemple fait un assez bon effet..... Je fais battre de la monnaie de cuivre. »

Plusieurs autres places de la frontière, Aire, Béthune, Saint-Venant, étaient dans un pareil dénûment de vivres. La prédiction de Vauban et de Catinat, que, s'il survenait une grosse guerre en France, on s'apercevrait qu'il y a trop de places fortes, cette prédiction se vérifiait par le concours de la disette des blés et du manque de numéraire pour en tirer de l'étranger.

Tournai est traversé par l'Escaut, dont les eaux peuvent être retenues pas une écluse dite *le Luquet* jusqu'à la hauteur de 8 mètres 1/2 au-dessus de leur lit. Il faut un mois en été pour qu'elles parviennent à cette élévation ; elles forment alors une inondation qui remonte très haut, mais qui s'étend peu en largeur. Sur la rive gauche, les eaux sont contenues dans leur lit par l'éminence sur laquelle est bâtie la citadelle, et, sur la rive droite, elles ne couvrent qu'une bande étroite de prairies au delà desquelles le terrain est supérieur à l'inondation. Néanmoins, les fossés de tous les fronts situés à la rive droite de l'Escaut ont été creusés assez profonds pour être remplis par les eaux de l'inondation. La nécessité de fournir de l'eau sur quatre roues des moulins employés à moudre les blés de la garnison ne permit de tendre l'inondation qu'à la hauteur de 6 mètres 20 centimètres.

Pour profiter de la faiblesse de la garnison, en l'obligeant de diviser ses forces, les ennemis formèrent trois attaques distinctes, deux en amont de la place, séparées par l'Escaut, et la troisième en aval, sur la rive droite du fleuve. La fortification de Tournai consiste dans un vieux corps de place flanqué par des tours, et couvert par des bastions détachés et par des ouvrages à corne qui ne remplissent pas leur objet; l'art de disposer les dehors d'une place, de manière à cacher ses maçonneries aux vues de la campagne, n'était pas alors connu. Ainsi, à l'attaque du bas Escaut, le corps de place pouvait être facilement mis en brèche par les premières batteries dans tout l'intervalle entre le bastion Blandinoise et l'ouvrage à corne des Sept-Fontaines.

La nuit du 7 au 8 juillet, l'ennemi ouvrit la tranchée aux trois attaques. M. de Surville donna le soin de la défense, à la première dite la grande attaque, en amont sur la rive gauche de l'Escaut, à M. de Ravignan, maréchal-de-camp, ayant pour ingénieur principal Demus père, ingénieur en chef de la place; le soin de la défense, à la seconde dite l'attaque d'Antoing, sur l'autre rive de l'Escaut, à M. Dolet, maréchal de-camp, ayant pour ingénieur principal Favart, ingénieur en chef de Valenciennes, qui, le jour de l'investissement, profitant de l'intervalle des camps, était entré à pied dans la place; enfin, le soin de la défense, à la troisième, à M. de Laval, colonel, avec Demus fils comme ingénieur principal. Il commanda sur toute la garnison 500 travailleurs, qui furent sans relâche employés aux ouvrages de défense; il régla avec économie la distribution des munitions de guerre et de bouche, prit des précautions pour l'hôpital, etc.; en un mot, la disposition générale qu'il fit fut suivie avec un ordre exempt de tout embarras. Les détails dans lesquels nous entrons, tirés d'un journal du siége que nous attribuons à Demus et Favart, justifient M. de Surville, que Feuquière blâme en tout sévèrement.

MM. de Surville, de Mesgrigny, les généraux et brigadiers, prenant en considération la grandeur des attaques trop au-dessus de la faiblesse de la garnison, résolurent que, sans avoir égard au brillant et à l'éclat des actions de vigueur, on se ferait un principe de ménager les troupes; qu'on préférerait de petites sorties aux grandes, mais que l'on aurait une vigilance exacte à diriger et à entretenir sans confusion un feu continuel de canon et de mousqueterie, y joignant les bombes, les pierres et les fourneaux de mines, observant toutefois de soutenir avec fermeté les terrains et les ouvrages qui seraient attaqués pour les faire acheter chèrement aux ennemis.

Dans ce système de défense, commandé par la faiblesse de la garnison, les assiégeants avancèrent rapidement leurs travaux. La nuit du 13 au 14 (septième du siége), à l'attaque de Sept-Fontaines, ils portèrent leur troisième parallèle à 12 mètres des chemins couverts du demi-bastion gauche et de la demi-lune de l'ouvrage à corne. Le 15, la droite de la tranchée de Sept-Fontaines fut portée près la palissade du demi-bastion droit de la corne de Lille. Favart et Demus père pensèrent en ce moment qu'il fallait tenter une action de vigueur pour obliger les assiégeants à attaquer en détail l'ouvrage à corne de Sept-Fontaines et leur ôter l'espérance d'arriver au bastion Blandinoise, entre les branches des deux ouvrages à corne, sans prendre les ouvrages. Ils en firent la proposition; MM. de Surville, Mesgrigny, les généraux, brigadiers et principaux officiers, persistèrent dans la nécessité d'éviter les grandes actions, qui pourraient trop affaiblir la garnison. Ce fut une faute.

Les ennemis marchèrent la nuit du 15 au 16 (neuvième du siége) par sape (1) entre les deux ouvrages à corne, droit au bastion Blandinoise. M. de Laval, les officiers et toute la brigade, s'y opposèrent de leur mieux par les feux des chemins couverts et des ouvrages; mais 22 pièces de canon, avec 24 mortiers bien établis, justifièrent que cette attaque devenait très dangereuse.

Les progrès furent également rapides aux deux autres attaques, où l'ennemi avait en batterie 82 pièces de canon et 54 mortiers, sans les pierriers et les obusiers. A la grande attaque, celle de la porte de Valenciennes, il avait, dès le 16, fait au corps de place

(1) Feuquière (t. IV, p. 185) dit de cette sape qu'ils en jetaient la terre sur les deux revers, et qu'elle était entièrement blindée. Gillot (*Fortification souterraine*, p. 152) dit que c'était une espèce de sape couverte.

une brèche praticable qu'il fallut défendre à corps découvert jusqu'à la fin du siége. Il n'y avait point de fossé dans cet endroit, et l'inondation, n'ayant pu, par la raison que nous avons dite, être tendue à toute sa hauteur, n'en défendait pas l'accès.

Le 27, à huit heures du soir, le bastion Blandinoise et le demi-bastion gauche de Sept-Fontaines furent attaqués et emportés.

L'état du siége détermina M. de Surville à se rendre chez M. de Mesgrigny (cet officier-général avait la goutte et tous les conseils de défense se tenaient chez lui) avec les généraux et les principaux ingénieurs. Il y avait au corps de place, à chaque attaque, une large brèche praticable; on ne pouvait y soutenir l'assaut sans exposer la ville à être saccagée et à ce que la retraite dans la citadelle fût coupée aux défenseurs de la troisième attaque. On battit la chamade le 28 au soir. Le 31, 3,500 soldats et sous-officiers, et environ 1,500 hommes, dragons, officiers, employés et valets, entrèrent dans la citadelle.

Quelques jours auparavant, M. de Surville avait été obligé d'apaiser une émeute sérieuse causée par l'enlèvement des grains, et où sa personne avait été menacée. Tous ses efforts n'aboutirent qu'à réunir dans la citadelle l'approvisionnement d'un mois de vivres; encore fallut-il faire subir à la ration de pain une réduction qui causa une mutinerie parmi les troupes, auxquelles on eut beaucoup de peine à faire entendre raison. M. de Surville avait jusque-là suivi l'usage de donner dans les places assiégées le pain double, c'est-à-dire 2 livres de pain par jour, à chaque soldat lorsqu'il est réduit à son pain seul (1). La ration ordinaire est d'une livre et demie de pain. Le lendemain de l'entrée dans la citadelle, il fit diminuer de 4 onces le poids de la ration, qui ne fut plus que de 2 livres, de 14 onces l'une. Les troupes murmurèrent; un dragon frappa un major d'un coup de sabre. On fit cesser le désordre en ajoutant à la ration un peu de viande de cheval et un sou à la paie.

Les ennemis commencèrent l'attaque de la citadelle la nuit du 31 juillet au 1er août et y employèrent 400 mineurs. Mesgrigny n'avait à leur opposer que 52 hommes, commandés par son lieutenant Voilain. Néanmoins, la résistance pouvait être longue; le défaut de vivres obligea le conseil de défense à entrer en pourparlers de reddition le 31 au matin. Le prince Eugène exigeant que la garnison fût prisonnière de guerre, généraux, officiers et soldats se révoltèrent à cette pensée. Mesgrigny dit aux otages de l'ennemi qu'on renvoya, d'annoncer au prince qu'il ferait sauter deux ou trois bastions de la citadelle pour lui marquer ce que la garnison valait, et, le même jour, il fit déposer 100 milliers de poudre dans les contremines du bastion Dauphin. Le 3 septembre, on reprit les conférences, et l'on convint que la garnison ne serait pas prisonnière de guerre; qu'elle serait con-

(1) Vauban, *Défense des places*. — Sur l'augmentation des rations.

duite escortée, avec armes et bagages, jusqu'à Condé, où elle arriva le 6, et qu'elle ne pourrait servir qu'après avoir été échangée. Il sortit de la citadelle 3,188 hommes; notre perte fut de 1,710 soldats et 40 officiers tués (1), et de 1,479 soldats et 81 officiers blessés.

Le maréchal de Villars, qui commandait l'armée de Flandre, accabla de reproches amers M. de Surville, prétendant qu'il avait ménagé les habitants dans l'enlèvement des grains et qu'il aurait dû diminuer la ration de pain du soldat. M. de Surville se justifia (2), comme il nous semble l'être, par les détails dans lesquels nous sommes entré. Feuquière ne lui a pas non plus épargné les reproches; il accuse même d'avarice Mesgrigny, qui, en 1715, n'était pas encore indemnisé du sacrifice de sa vaisselle d'argent et d'une somme de 8,000 francs qu'il avait empruntée pour payer sa compagnie de mineurs.

Pendant le siége de Tournai, l'ingénieur en chef de Maubeuge fit construire un camp retranché sur la hauteur de Falise qui domine la place.

Aussitôt que le maréchal de Villars fut informé, par les mouvements des ennemis, du projet qu'ils avaient formé de faire le siége de Mons, il quitta le camp retranché qu'il occupait en arrière de la Bassée pour couvrir l'Artois, passa l'Escaut à Valenciennes le 4 septembre et se mit en marche pour déboucher

(1) Ce nombre comprend deux ingénieurs; deux autres furent blessés.

(2) Vol. 2152 du Dépôt de la guerre, lettre n° 125.

dans la plaine de Mons, où, le 11 septembre, eut lieu la bataille de Malplaquet, la plus sanglante de cette guerre. Les ennemis y remportèrent une victoire qui leur coûta, suivant Quincy, 18,353 hommes, sans compter les officiers-généraux et les pertes de la cavalerie; l'armée française se retira en bon ordre sur Valenciennes, n'ayant perdu que 8,137 hommes, tant officiers que soldats tués et blessés.

La garnison de Mons était forte de 4,566 hommes de troupes, la plupart espagnoles; on n'y comptait que 844 hommes d'infanterie française et 777 hommes des troupes de l'électeur de Bavière. Elle était commandée par le comte de Grimaldi, lieutenant-général au service d'Espagne. La place renfermait plusieurs personnages: le duc de Croy, le comte de Bergeick, ministre des finances d'Espagne en Flandre. Delacombe, brigadier d'infanterie, y commandait les ingénieurs français et espagnols, au nombre de 7. L'ennemi ouvrit la tranchée la nuit du 25 au 26 septembre devant l'ouvrage à corne de la porte de Bertamont et devant l'ouvrage à corne de la porte d'Havré. La nuit du 17 au 18 octobre (vingt-deuxième du siége), il donna l'assaut au premier ouvrage à corne, et il y fit un logement. Le 20, il eût pu être aussi avancé à la porte d'Havré, lorsque le comte de Grimaldi, qui avait fait une défense honorable, considérant qu'il pourrait être forcé à l'attaque de Bertamont et que la perte de la garnison, prisonnière de guerre, ne ferait pas les affaires de son maître, fit battre la chamade le 20 à midi. L'ennemi lui accorda les conditions les plus honorables. Delacombe fut recommandé au roi par M. de Grimaldi dans les termes suivants :

« M. Delacombe, directeur des places du Hainaut et brigadier d'infanterie, s'est particulièrement distingué, et a donné tant de marques de sa grande capacité pendant le siége, que tout ce qu'on a fait lui est dû. Il n'y a point de grâce qu'il ne mérite d'ailleurs. Toutes les bontés que le Roi voudra bien avoir pour lui, je les estime comme faites à ma personne. »

Le maréchal de Berwick, qui fut chargé en 1709 de la défense de la frontière de Dauphiné et Provence, arriva dans le mois de mai à Briançon et y trouva Tardif directeur des fortifications, à qui il donna ses ordres pour le tracé de deux camps retranchés, l'un sur la hauteur des Têtes et l'autre sur la hauteur du Randouillet. Il jugea avec raison que dans l'état où était la place elle ne pouvait être défendue autrement. Faisant en même temps fortifier le point dit les Salettes et laissant 18 bataillons dans les deux camps, il pouvait manœuvrer avec le reste de son armée. Tardif qui exécuta ses ordres en a rendu un compte clair et exact.

A la fin de l'année 1709, Robelin, directeur des fortifications des places de Flandre du côté de la mer, mourut. Il fut remplacé par M. de Moyenneville. Il avait succédé à Clément d'Affincourt, décédé à Dunkerque le 21 mars 1704. Depuis la guerre de la succession, Ypres, la Kenoque et Furnes, composaient, avec les places espagnoles de Nieuport, Ostende, Bruges, Gand et Dixmude, une autre direction, à laquelle M. de Caligny avait été nommé.

En 1710, les ennemis réunirent en Flandre, longtemps avant l'époque de mai, où l'on entre ordinairement en campagne, une armée considérable évaluée à 138,000 hommes, supérieure de plus de 40,000 à celle que la France devait leur opposer et qui n'était pas encore rassemblée. Leur première entreprise fut le siége de Douai. Cette grande place est située en plaine et traversée par la Scarpe, qui coule du sud-ouest au nord-est. Sa fortification consiste dans une ancienne enceinte flanquée par des tours et couverte par des contre-gardes et des demi-lunes avec chemins couverts et avant-fossés pleins d'eau, et, en outre, à la gauche, avec un avant-chemin couvert précédé de flaques d'eau. La Scarpe, qui remplit les fossés et avant-fossés des ouvrages, peut être retenue à une hauteur telle qu'elle forme devant les fronts du nord-ouest une inondation qui les rend inattaquables; mais cette inondation ne put avoir lieu qu'en partie, l'ennemi ayant détourné les eaux de cette rivière par une digue construite dans son lit, près de Biache, et qui les jetait dans la Sensée, affluent de l'Escaut, au-dessous de Bouchain; elle fut même tous les jours diminuée par la nécessité de se servir des moulins de la place pour faire des farines.

La garnison était forte de 7,500 hommes de toutes armes, non compris trois bataillons dans le fort de Scarpe. Elle était commandée par M. Albergotti, lieutenant-général, avec trois maréchaux-de-camp sous ses ordres; l'un d'eux, M. de Valory, ingénieur, a écrit un journal détaillé du siége et de la défense dans lequel nous avons puisé les renseignements qui suivent. Le chevalier de Jaucourt, lieutenant d'artillerie, commandait cette arme. Les ingénieurs cités par M. de Valory sont le chevalier de Valory, Larérye et Desforges.

La nuit du 4 au 5 mai, l'ennemi ouvrit la tranchée devant les fronts du nord-ouest, qui ont l'avantage d'être développés en ligne droite, mais qu'il choisit pour la commodité du transport de ses munitions, qu'il tirait de Lille par le canal de la haute Deule. Il fit une première parallèle, qui partait du dépôt de tranchée de sa droite et dont la gauche s'appuyait à une redoute à 600 mètres de la place. La deuxième nuit, il ouvrit des communications avec sa première parallèle ; la troisième, il fit deux amorces d'une seconde parallèle. Dans la place, on doubla la palissade dans tout le front du chemin couvert attaqué, qui comprenait la contre-garde 27 dite des Bourgeois, la demi-lune 28, devant la porte d'Esquerchin ; la demi-lune 29 dite de la Brèche, à droite de la précédente ; la contre-garde 39 dite des Blocus, et la demi-lune 30 dite des Chartreux. On palissada sur berme et dans le fossé les demi-lunes de terre 29 et 30. La quatrième nuit, M. Albergotti commanda sur les amorces de la deuxième parallèle une grande sortie qui réussit pleinement. La cinquième, on fit trois flèches entre l'avant-fossé et le chemin couvert, sur les saillants des demi-lunes 28, 29 et 30 ; ces petits ouvrages gênèrent infiniment l'ennemi dans le passage de l'avant-fossé. Enfin on construisit à la gauche, sur une partie de terrain que l'inondation ne recouvrait pas et dite le Mont-de-Douai, où était une redoute, une ligne de contre-approche qui joignait cette redoute à la place.

La dixième nuit (du 13 au 14 mai), l'ennemi arma les batteries de sa troisième parallèle de 43 pièces de gros canon et de 55 mortiers. On remarqua que ses pièces de canon faisaient peu d'effet contre les ouvrages dont la fortification était rasante ; mais ses bombes faisaient un dégât infini dans l'intérieur de tous les ouvrages attaqués. Enfin, sous la protection de sa nombreuse artillerie, il parvint, les dix-septième et dix-huitième nuits, à terminer ses ponts de fascines sur les flaques et les avant-fossés, et à prendre pied sur les glacis du front d'attaque. A dater de ce moment, où l'assiégeant entrait dans les avantages de l'assiégé, M. Albergotti retarda ses progrès en multipliant les petites sorties de 15, 20 à 30 hommes.

La nuit du 24 au 25 (vingt et unième du siége), l'ennemi commença à cheminer en *sape couverte ;* on donne ce nom à une espèce de galerie à fleur de terre dont on fait tomber le ciel quand on le juge à propos. Cette galerie ne peut avoir que peu de largeur (1 mètre environ) ; on la construit par parties de 2 mètres de long et 1^{m}, 80 de hauteur. Les alliés en firent un grand usage, particulièrement aux siéges de Douai et de Béthune. Belidor fait une remarque qui nous paraît juste (1), c'est qu'après avoir fait tomber

(1) Belidor, Traité manuscrit, chap. XI, p. 446.

le ciel de la galerie à coups de pioche, on n'a qu'une tranchée étroite où sont extrêmement gênés les travailleurs qui doivent l'élargir à découvert. Ce mode de cheminement a toute la lenteur des travaux souterrains. Au siége de Douai, les mineurs de l'assiégé pratiquaient des rameaux à droite ou à gauche des sapes couvertes et les crevaient par des camouflets, ou ils allaient au-devant du travail de l'ennemi pour le faire sauter. Dans une occasion, ils s'aperçurent que le fond de la sape couverte n'était pas à 30 centimètres au-dessus du ciel de leur galerie. En effet, la terre, manquant sous les pieds d'un des mineurs ennemis, la moitié de son corps parut dans la galerie, d'où il se retira précipitamment. Le siége se changea en guerre souterraine.

Après quinze jours de chicanes semblables, la nuit du 8 au 9 juin (trente-sixième du siége), les ennemis firent sauter l'angle saillant du chemin couvert de la contre-garde 27; la trente-huitième nuit, ils avancèrent considérablement leur logement sur le glacis de la face droite de cet ouvrage; ils découvrirent aussi leur sape couverte sur le glacis de la face droite de la contre-garde 39. La quarante et unième nuit, ils continuèrent leur sape couverte à la droite et à la gauche de leur attaque; la quarante-deuxième nuit, ils firent une descente de fossé vers la pointe de la demi-lune 30 dite des Chartreux; ils perfectionnèrent aussi leurs batteries sur la palissade, vis-à-vis les faces droites et gauches de la même demi-lune et de la contre-garde 39. Le 16, ils continuèrent de battre en brèche les contre-gardes 27 et 39 et la demi-lune de terre 30. La quarante-cinquième nuit, ils travaillèrent au passage de fossé de ces deux derniers ouvrages. Enfin, la quarante-septième nuit (du 19 au 20), ils les attaquèrent; ils furent repoussés à la contre-garde 39, où tout ce qu'ils purent faire, après une perte considérable, fut de se loger aux deux tiers de la hauteur de la rampe de la brèche; à la demi-lune 30, qui était éboulée à pouvoir y monter à cheval, ils entrèrent par les deux faces, et, comme l'on vit qu'ils s'établissaient pour se loger, on mit le feu à trois fourneaux, qui en firent périr un grand nombre; les défenseurs s'étant retirés dans un retranchement pratiqué à la gorge, l'ennemi se logea sur le saillant de l'ouvrage. A peine y était-il établi que M. Albergotti fit passer dans la demi-lune deux compagnies de grenadiers qui, conduites par Desforges, ingénieur, l'obligèrent à abandonner son logement.

L'action des deux attaques aux ouvrages 39 et 30 dura trois heures, avec une égale vivacité de part et d'autre; nous y perdîmes 150 hommes, tant tués que blessés. On apprit que la perte des ennemis avait été très considérable, ce qui ne pouvait être autrement. (*Journal de M. de Valory.*)

La cinquante et unième nuit (du 23 au 24), les ennemis donnèrent l'assaut à la contre-garde 27 et à la demi-lune 28, dite d'Esquerchin ou d'Ecrechin, et s'en emparèrent; ils entrèrent même pêle-mêle avec les défenseurs dans le réduit de la demi-lune; mais on fit sortir de la place M. de Larérye, ingénieur, à la tête d'une compagnie de grenadiers, avec M. de Verceil, capitaine de distinction, qui marchèrent aux ennemis et les chassèrent du réduit et de la demi-lune.

La cinquante-deuxième nuit, ils continuèrent à jeter des fascines sur les passages de fossé du corps de place. Le 25 juin au matin, M. Albergotti assembla un conseil de guerre composé de tous les principaux officiers de la garnison, et, sur l'exposé qu'il fit de l'état de la place et des intentions du Roi, dont il avait reçu des ordres, on convint unanimement qu'il était à propos de battre la chamade, ce qui fut exécuté. La capitulation fut arrêtée et signée le 27 après midi, aux conditions que la garnison sortirait le 29 au matin avec tous les honneurs de la guerre et serait conduite à Cambrai par le plus court chemin.

La défense de Douai compte parmi les belles défenses de places. M. Albergotti fut nommé cordon bleu, M. de Larérye brigadier d'infanterie (29 juillet 1710).

Après le siége de Douai, les alliés firent celui de Béthune, qui est remarquable par les travaux considérables qu'ils exécutèrent pour saigner les inondations dans lesquelles consiste la force de cette petite place. Béthune est un heptagone très irrégulier situé au nord-ouest de Douai, que les ennemis avaient d'abord négligé ; mais cette place, servant d'appui aux positions que le maréchal de Villars occupait, ils crurent devoir s'en emparer pour élargir la trouée par laquelle ils semblaient vouloir pénétrer en

France. Le même motif les porta à assiéger ensuite Aire, située encore plus au nord-ouest.

M. de Vauban, lieutenant-général, gouverneur de Béthune, en fut nommé commandant. Il avait sous ses ordres un maréchal-de-camp, plusieurs brigadiers et colonels, 9 bataillons, 1 régiment de dragons et 1 compagnie de canonniers et bombardiers, en tout 3,250 hommes. Parmi les colonels était le comte d'Aunay, petit-fils du maréchal de Vauban. Les ingénieurs cités dans les journaux du siége sont MM. de Salmon, Desforges, Perdiguier et De la Gibaudière. Salmon, qui les commandait, avait fait les siéges de Mons, de Charleroy, d'Ath, de Nice, de Turin, et jouissait d'une grande considération. Desforges, qui mourut en 1712 d'une blessure reçue à la reprise de Douai, n'était pas moins distingué; il a laissé un journal du siége de Béthune tel qu'il l'a écrit pendant le siége même, et qui est en ce genre le document le plus intéressant que nous connaissions. Perdiguier a laissé des mémoires sur l'attaque et la défense des places qui sont instructifs.

La Lave, petite rivière qui forme les inondations de Béthune, coule du sud-ouest au nord-est. A 4,400 mètres au-dessus de la place, à Gosnay, elle se divise en deux branches. La branche droite, dite la Blanche, passe dans la ville; la branche gauche, dite la Brette, passe en dehors et se réunit à la première au pied des glacis. Pour produire la grande inondation des Ouches, on tient barrée à Gosnay, pendant quinze à vingt jours, la Brette. L'inondation des Ouches, au sud-ouest de la place, alimente toutes les autres, au nombre de cinq, situées à l'ouest, et séparées les unes des autres par des digues ou des langues de terre. Ces petites inondations se forment au moyen de la Brette et d'un petit affluent, le courant de Saint-Martin.

La nuit du 19 au 20 juillet, l'ennemi ouvrit la tranchée au sud, devant le front de la porte d'Arras, et fit une première parallèle de peu d'étendue, éloignée de 1,200 mètres de la place. La nuit du 23 au 24, il traça sa seconde parallèle à 900 mètres de la première. Après avoir bien reconnu que l'assiégeant ne pourrait pas soutenir cette nouvelle parallèle, M. de Vauban la fit attaquer le 24 par 9 compagnies de grenadiers suivies de 300 travailleurs, à la tête desquels marchaient les ingénieurs. Les grenadiers ennemis prirent la fuite; les tranchées furent comblées. L'assiégeant ayant reçu des renforts, les officiers, mécontents de leurs grenadiers, les ramenèrent à coups de bâton dans les tranchées, les firent monter sur le revers et les tinrent exposés pendant un gros quart d'heure au feu de la place.

La neuvième nuit (du 27 au 28), les ennemis firent une troisième parallèle, distante d'environ 140 mètres du saillant du chemin couvert du bastion de Saint-Ignace, à la gauche de la porte d'Arras. S'apercevant alors qu'ils avaient attaqué un des côtés les plus forts de la place, dont les maçonneries n'étaient pas vues de la campagne, la même nuit, ils commencèrent une seconde attaque, à l'ouest, devant la porte

Saint-Prix ou de Saint-Pol. Cette attaque, qui devait cheminer en deux parties, l'une à droite, sur une langue de terre, l'autre à gauche, sur une digue, exigeait qu'ils se débarrassassent des eaux autant qu'il serait possible. A cet effet, ils commencèrent le 30, avec 4,000 hommes détachés de l'armée d'observation, une coupure entre l'inondation des Ouches et les marais de Verquigneul; cette coupure, qui fut l'ouvrage de huit jours, n'avait pas moins de 9 mètres de profondeur à son point le plus bas sur 12 mètres de largeur et 2 kilomètres au moins de longueur; elle ne fit baisser que d'un mètre au plus les eaux de la grande inondation, ce qui suffit toutefois pour ne pouvoir pas entretenir les plus petites, qu'il leur fut facile de saigner en faisant des coupures dans les digues; mais les prairies qui avaient été inondées restèrent plus ou moins humides. Ils détournèrent en même temps la Brette au moyen d'un long canal de dérivation d'une exécution aisée.

La dixième nuit, ils firent à l'attaque de Saint-Prix une parallèle dont la droite s'appuyait à la grande inondation et la gauche au moulin d'Annezin, près duquel ils construisirent trois batteries. Les nuits suivantes, ils cheminèrent à droite sur une langue de terre, en capitale de la demi-lune du château cotée 40, et à gauche sur une digue. Le 5 août (dix-septième jour du siége), ils commencèrent à battre le château, la demi-lune 40 et la demi-lune de terre 22, avec 33 pièces de canon et 15 mortiers, qui ne cessèrent pas de tirer jusqu'à la fin du siége et qui voyaient jusqu'au pied les murailles des deux premiers ouvrages. Le 8 août, la brèche du château était des plus praticables.

L'ennemi n'avait pas, afin de fatiguer la garnison, abandonné l'attaque de la porte d'Arras. Le 3 août, il avait en batterie à cette attaque 26 pièces de canon et 12 mortiers, et, la nuit du 3 au 4 (seizième du siége), il y terminait une quatrième parallèle, à partir de laquelle il chemina en sapes couvertes ou galeries souterraines, peu profondes, dont le ciel (1) n'avait que l'épaisseur du gazon qui recouvrait les glacis. Quelquefois on voyait paraître la tête de ses mineurs, qui se donnaient du jour ou qui se montraient pour reconnaître à quelle distance ils étaient du chemin couvert. Où le terrain était sablonneux, ils faisaient usage de châssis de mines. Ils mirent beaucoup de temps par ce procédé à gagner le chemin couvert.

La nuit du 16 au 17 (vingt-neuvième du siége, vingt et unième de l'attaque à la porte Saint-Prix), ils commencèrent à jeter cinq ponts (2) sur l'avant-fossé, entre les places d'armes saillantes du chemin couvert des demi-lunes 40 et 22; trois de ces ponts étaient faits en radeaux (3) et par travées, chacune de

(1) Le ciel de ces galeries était cintré, c'est-à-dire arrondi.

(2) Landsberg, qui construisit l'un des ponts faits sur l'avant-fossé, ne fait mention que de deux ponts et tous deux de fascines. (*Nouvelle manière de fortifier*, p. 54.)

(3) Le silence que garde Landsberg sur les ponts de radeaux nous ferait douter de leur existence, si les détails que donne sur

2m,30 à 2m,60 de longueur et de 1m,60 de largeur, multipliées suivant la longueur que le pont devait avoir et faites de bois de sapin fort léger dont l'assemblage était par-dessous. Les planches qui couvraient ces travées étaient en long et non en travers, le tout si bien joint et si proprement fait qu'on avait de la peine à en distinguer les joints. L'un de ces ponts fut poussé sur toute la largeur du fossé. Les deux ponts à droite et à gauche des ponts de radeaux étaient faits avec des fascines et furent poussés aux deux tiers de la largeur de l'avant-fossé.

Salmon et De la Gibaudière voyant que, malgré le feu de notre chemin couvert, le passage était si avancé, firent sortir sur l'extrémité du glacis, vis-à-vis les ponts, une compagnie de grenadiers qui mit le désordre parmi les travailleurs de l'ennemi. Cette sortie fut répétée; mais ce fut vainement que les gre-

leur construction l'ingénieur français étaient moins positifs. Desforges ajoute en note ce qui suit :

« Ces radeaux étaient construits avec des poutrelles de sapin de 2m,30 de longueur, 22 centimètres de largeur et 16 d'épaisseur, assemblées à languettes sans autres pièces de bois. Au bout de chaque table, il y avait des charnières de fer qu'on faisait entrer les unes dans les autres, et dans lesquelles on passait un boulon. Quand la première table était jointe à la seconde, on la poussait dans l'eau par le moyen d'un cric; on joignait la troisième à la deuxième, la quatrième à la troisième en poussant toujours à mesure le pont devant soi, comme il est dit par le moyen de crics, et ainsi successivement jusqu'à ce que le pont joignit la rive sur laquelle on voulait passer. Au bout de la première table, il y avait trois pointes de fer qui entraient dans les terres des glacis par un effort qu'on donnait au pont quand il était achevé, par le moyen de plusieurs crics. »

nadiers tâchèrent de rompre le pont de radeaux qui joignait les glacis. Ils le trouvèrent si ferme qu'ils ne purent en venir à bout, ce qui fit croire, sans qu'on en ait acquis la preuve, qu'il y avait des chaînes de fer qui régnaient sur toute la longueur.

La trente-deuxième nuit (du 19 au 20), l'ennemi acheva ses ponts ; à cinq heures, il donna à ses troupes le signal de l'attaque de nos chemins couverts, entre les demi-lunes 40 et 22. Notre garde, fatiguée de la nuit, ne résista pas ; l'ennemi fit ses logements et les perfectionna les nuits suivantes. Ses travaux étaient au même degré d'avancement à l'attaque de la porte d'Arras, à la différence cependant que le corps de place n'avait pas été battu en brèche.

La nuit du 27 au 28 (quarantième du siége), les ennemis, ayant établi à l'attaque de Saint-Prix, dans le fossé de la demi-lune 22, une culée en fascines, et trois radeaux prêts à être poussés en avant, et disposés pour n'en faire qu'un, étant joints l'un contre l'autre avec un épaulement de gabions sur celui de la droite (1), Salmon et Desforges en avertirent M. de

(1) Voici, page 50 de l'ouvrage de Landsberg, son récit sur le pont commencé dans le fossé de la demi-lune 22. « Il y avait quelqu'un qui avait inventé une machine pour faire ce pont sans perdre de monde ; c'étaient deux pontons qu'on avait attachés ensemble, et sur lesquels on pouvait faire un épaulement pour couvrir ceux qui devaient combler le fossé, en le poussant devant eux. » Landsberg ajoute qu'on en fit l'essai, mais les pontons étant petits et les épaulements trop hauts et plus pesants que la machine, elle ne fut pas plus tôt sur l'eau qu'elle se renversa sans qu'il fût possible de la relever. Alors il fit commencer le pont à

Vauban, qui fit assembler un conseil de guerre pour délibérer sur l'état de la place. On exposa qu'il était temps de se rendre, puisque l'on serait hors d'état de capituler lorsque le pont des ennemis serait achevé (et il pouvait l'être en deux heures de temps), parce que la demi-lune 22 n'est point revêtue, peut-être enveloppée, n'est séparée du château que par un très mauvais fossé de 8 à 10 mètres de large sur 65 centimètres de profondeur d'eau; que, par conséquent, l'ennemi pourrait dans le même assaut gagner jusqu'aux débris des brèches du château, où l'on ne peut faire aucun retranchement ni soutenir un assaut; qu'il convenait mieux au service du Roi de s'en tenir au point auquel on croyait pouvoir encore prétendre des conditions honorables. Il fut résolu que l'on battrait la chamade sur les quatre heures du soir, ce qui fut exécuté. Après beaucoup de difficultés de la part des généraux ennemis, excepté de M. de Schulembourg, M. de Vauban obtint que les troupes de toutes armes sous ses ordres sortiraient de la place le 31 avec armes et bagages et 2 pièces de canon, et seraient conduites à Saint-Omer. Elles y arrivèrent le 1er septembre. Sur le compte que M. de Vauban rendit au Roi de la conduite, de la valeur et de la manière dont MM. de Salmon et Desforges l'avaient

sa manière avec des fascines et des sacs à terre; mais le jour le surprit, et il fallut finir. Le récit de Landsberg prouverait que les ingénieurs de la place jugèrent mal le travail de l'ennemi. C'est pourquoi il dit que nous lui fîmes le plaisir de capituler.

secondé, Sa Majesté les nomma tous deux brigadiers d'infanterie (23 septembre 1710).

Le maréchal de Villars, qui, en 1710, commandait l'armée de Flandre, avait ordre de n'engager aucune action générale; il occupa des positions qui obligèrent l'ennemi à faire des siéges. Sur le bruit répandu qu'après Béthune, Aire et Saint-Venant seraient attaqués, il renforça les garnisons de ces places. Celle de Saint-Venant fut composée de 7 bataillons, celle d'Aire de 10 bataillons, 7 escadrons, 108 canonniers et 45 mineurs, avec un état-major d'élite. Les bataillons n'étaient comptés que pour 3 à 400 hommes au plus et les escadrons pour 100. M. de Goesbriant, lieutenant-général, commandait à Aire; il était très hardi, mais d'un caractère inquiet. Le maréchal de Villars mit sous ses ordres le comte d'Estrade, homme sage et ferme. Suivant le maréchal, la qualité la plus nécessaire, après la fermeté, à celui qui défend une place est l'économie. Vallière commandait l'artillerie, Charles Robelin, directeur des fortifications, très capable, commandait les ingénieurs; parmi ceux-ci était Fréville, ingénieur en chef de la place, Vialis et d'Alvemont.

Les ennemis, assez nombreux pour mener de front l'attaque des deux places, peu éloignées l'une de l'autre, ouvrirent la tranchée devant Aire la nuit du 12 au 13 septembre, et devant Saint-Venant la nuit du 15 au 16. Saint-Venant, situé sur la Lys, interceptait les communications par cette rivière, que remontaient les convois des alliés. Après avoir repoussé, la nuit du 28 au 29, une attaque au chemin couvert, le commandant de Saint-Venant rendit sa place, qui n'était pas revêtue, sous la condition, à laquelle l'ennemi consentit, que la garnison serait conduite à Arras.

Aire est une place de moyenne grandeur qui a la forme d'un quadrilatère, dont deux longs côtés à peu près parallèles regardent l'un le nord, l'autre le sud ; les deux autres côtés regardent l'un l'ouest, l'autre l'est. Cette place tire sa force de quatre petites rivières : la Lys, qui n'est encore qu'un faible cours d'eau ; le Servois, qui en est dérivé au Moulin-le-Comte, le Madick et la Laquette. La Lys forme des inondations et remplit les fossés et avant-fossés des fronts du côté nord ; le Servois forme une inondation devant les fronts de l'ouest et se perd dans les fossés ; le Madick et la Laquette coulent au sud de la place, venant de l'ouest comme la Lys. Ils forment des inondations qui remplissent les fossés et avant-fossés des fronts du long côté sud, et qui peuvent être saignées.

Les ennemis ouvrirent la tranchée en même temps : à la gauche, devant les fronts de l'ouest, et, à la droite, au sud, devant le demi-front, composé de la demi-lune du Marais cotée 19 et du demi-bastion de Thienne coté 20, sur la capitale duquel était une lunette. Après quinze jours de travail, ils abandonnèrent la première attaque, n'ayant pu saigner l'inondation du Servois, qu'il eût fallu traverser. Ils y firent l'essai, pour passer le fossé d'une redoute, de *ponts secrets* qui se trouvèrent rompus (1) et ne purent leur servir. Ces ponts secrets étaient cités dans les gazettes hollandaises. Nous ne saurions dire en quoi ils consistaient; mais la manière dont Landsberg en parle ne nous laisse point de regret.

« Pour revenir à ces fameux ponts secrets, dit-il, page 62, nous en avons encore vu une expérience au siége de Béthune lorsqu'on voulut donner l'assaut. Il n'y put passer qu'un homme l'un après l'autre, de sorte que les gens commandés à l'assaut furent obligés de rebrousser chemin, lorsqu'ils eurent passé la moitié du fossé, c'est-à-dire les premiers. . . . . . . Au siége d'Aire, les ennemis les brûlèrent tous. Je ne sais s'il nous prendrait encore envie de nous servir de ces pontons dans des siéges. Mon sentiment n'est pourtant pas de vouloir mépriser ces ponts ; on peut s'en servir pour passer un canal ou quelque eau calme quand l'occasion se présente : mais ils ne sont d'aucune utilité dans les siéges. » (Landsberg, *Nouvelle manière de fortifier*, p. 63.)

L'attaque de la droite avait déjà fait des progrès lorsque l'ennemi commença à la gauche une nouvelle attaque qui fut dirigée contre le bastion de la porte d'Arras. Elle resta toujours en arrière de l'autre et ne servit que comme diversion pour partager les forces de la garnison. Nous n'entrerons dans quelques détails que sur celle de la droite. Les ennemis n'atteignirent qu'à la trente-deuxième nuit, le 13 octobre, les bords de l'avant-fossé ; ils tentèrent d'y jeter deux ponts de fascines ; mais il sortit du chemin couvert un si grand feu qu'ils furent obligés de cesser le travail. Le 14, à dix heures du soir, ils le reprirent et

(1) Quincy, t. VI, p. 379.

achevèrent leurs ponts. Le 15, ils passèrent l'avant-fossé et attaquèrent une flèche construite au pied du glacis de la demi-lune ; cet ouvrage fut pris et repris plusieurs fois. Le 16, ils firent un troisième pont et se logèrent sur le glacis de la face droite du chemin couvert de la lunette. La facilité qu'ils y trouvèrent leur donna envie d'attaquer le chemin couvert de la demi-lune 19 ; ils y furent repoussés avec perte considérable. Ils firent un quatrième et un cinquième pont, où, au rapport de Landsberg, autant d'hommes qu'il y allait, autant en restait-il. Enfin, tous les ponts faits, ils passèrent l'avant-fossé la trente-huitième nuit, et cheminèrent lentement à la sape sur les glacis. La quarante-deuxième nuit, ils firent deux ouvertures pour pénétrer dans le chemin couvert de la demi-lune ; la quarante-septième, ils couronnèrent le chemin couvert du bastion et commencèrent les passages du fossé du corps de place. Des batteries de la seconde parallèle, l'ennemi avait depuis longtemps ouvert des brèches à la demi-lune, au bastion et à la longue courtine, dont les maçonneries étaient vues de la campagne sur une grande hauteur. La largeur du rempart avait permis de faire un retranchement en arrière de la brèche de la courtine, mais qui n'aurait pu arrêter une colonne d'assaut. Le 20 octobre, le Roi fit écrire à M. de Goesbriant :

« Sa Majesté approuve que vous demandiez à capituler lorsque les ennemis seront maîtres de la demi-lune et que le fossé sera près d'être comblé, supposé qu'il y ait une brèche au corps de place praticable. Sa Majesté juge qu'il est plus de son intérêt de conserver 16 bataillons de ses meilleures troupes que de prolonger le siége qui ne pourrait aller qu'à peu de jours. Le Roi est persuadé que les ennemis n'insisteront pas pour faire la garnison prisonnière de guerre, connaissant la fermeté et le courage avec lesquels elle serait capable de se défendre si on la réduisait à cette extrémité. C'est le seul cas où il vaudrait mieux soutenir un premier assaut au corps de place. »

Le 8 novembre (cinquante-septième jour du siége), le mineur ennemi attaché à la brèche de la demi-lune (1), le pont sur le fossé du bastion poussé jusqu'à trois toises du pied de la brèche, M. de Goesbriant demanda à capituler un peu avant la cinquante-huitième nuit, sans attendre que le pont fût fini ni qu'ils fussent entièrement maîtres de la demi-lune ni du chemin couvert, qu'ils pouvaient laisser ou attaquer en même temps que les brèches, afin d'ôter par là, dit-il (2), toute occasion de difficultés sur la capitulation. Il n'y en eut pas; la capitulation fut telle que le Roi la désirait : la garnison sortit de la place avec tous les honneurs de la guerre et fut conduite à Saint-Omer. M. de Goesbriant fut appelé à la cour pour rendre compte du siége au Roi et recevoir les

(1) Suivant Robelin (atlas 116), en se pressant trop de faire entrer les eaux de la Laquette dans les grands fossés, M. de Goesbriant perdit l'effet d'une mine qu'il avait fait faire à la demi-lune, et se priva de l'avantage de mettre sous l'eau tout le travail de l'ennemi, qui, maître du saillant du chemin couvert de la demi-lune, connaissant la hauteur des eaux, les fit écouler par l'avant-fossé au travers du glacis.

(2) Vol. 2217, Lettres de M. de Goesbriant, accompagnées de dessins portant la signature de Robelin.

témoignages de satisfaction de Sa Majesté. Il se loua de toute sa garnison, nommément des officiers-généraux, de Robelin et de Fréville, brigadiers des armées, et de Vallière, qui avait été blessé. Charles Robelin fut nommé maréchal-de-camp (1).

On termina, en 1710, le premier agrandissement de Saint-Malo, approuvé en 1708. On en proposa un second, en 1712, qui fut exécuté en 1717. Ces deux agrandissements furent entrepris par des particuliers qui avaient traité avec l'évêque et son chapitre, seigneurs du fief de la ville.

Le Roi qui, en général, était assez bien informé des projets de ses ennemis, sut que le duc de Savoie voulait renouveler l'invasion qu'il fit en 1692 en Dauphiné. Il en donna avis au maréchal de Berwick, qui prévint les ennemis en établissant son camp sur la montagne de Vars. Ce fut notre général, dit La Blottière, qui trouva cette belle position, qui obligea les ennemis de rester environ six semaines dans la partie septentrionale de la vallée de Barcelonnette. Pendant ce temps, ils ne firent d'autre entreprise que d'attaquer une maison fortifiée dont le commandant se rendit prisonnier de guerre. Après quoi ils retournèrent en Piémont.

Aussitôt que la rigueur de la saison ne permit plus de tenir la campagne dans les Alpes, les troupes passèrent en Catalogne, où le duc de Noailles les at-

(1) Ce grade ne satisfit pas son ambition. En 1719, il déserta et passa au service de l'Espagne.

tendait pour faire le siége de Girone. Les Anglais s'étaient, en 1705, emparés de cette place et en avaient augmenté les fortifications. Les habitants avaient pris parti pour l'archiduc et paraissaient résolus à se bien défendre avec l'appui de la garnison. Le duc de Noailles investit Girone le 15 décembre et fit travailler à des chemins pour conduire la grosse artillerie sur les points qu'il se proposait d'occuper et d'où l'on découvrait les revêtements du fort Rouge, aujourd'hui le fort Montjouy, sur 5 mètres de hauteur au-dessous du cordon. Avant l'ouverture de la tranchée, il fit construire sur ces points une batterie de mortiers et trois batteries, pour cinq pièces chacune, sur la même ligne; le 26, les mortiers, et, le 27, les pièces de canon commencèrent à tirer; la nuit du 27 au 28, le clair de lune permit de continuer le feu. Jacquez, ingénieur brigadier, ouvrit la tranchée en s'approchant du fort. La nuit suivante, Dumains continua les cheminements. Le 29, à neuf heures du matin, le duc de Noailles, qui dirigeait en personne toutes les opérations, fit reconnaître l'état des brèches. Sur le rapport qu'elles étaient praticables, il allait ordonner l'assaut, lorsque l'explosion de deux mines annonça l'évacuation du fort par l'ennemi.

La troisième nuit (du 29 au 30), on ouvrit la tranchée devant la ville basse (1), et l'on commença

(1) Girone est divisée en trois parties, la ville haute et la ville basse, toutes deux sur la rive droite de l'Oña, et la troisième par-

une batterie pour trois pièces de 24, destinées à battre la tour Saint-Jean, située entre le fort Rouge et la ville. Ces pièces tirèrent le 31 au matin; mais les généraux et peut-être Delacour, qui commandait les ingénieurs (Rigollot (1), qui commandait l'artillerie, s'en défend), déterminèrent le duc de Noailles à abandonner l'attaque commencée et à en entreprendre une nouvelle sur la rive gauche du Ter, au-dessous du confluent de l'Oña, où le terrain n'opposait point de difficultés à l'exécution des travaux. Au bout de quatre jours, on reconnut qu'il était plus avantageux de reprendre l'attaque par le fort Rouge. Le 4 janvier 1711, la tour Saint-Jean, qui était un obstacle à cette attaque, étant ruinée, le duc de Noailles la fit attaquer à huit heures du soir, et l'on y fit un logement. La nuit du 4 au 5 (neuvième du siége), Bezin, ingénieur, sous-brigadier, déboucha du chemin couvert du fort avec 600 travailleurs, portant chacun un gabion, et aidé de deux ingénieurs et d'un volontaire, traça une parallèle dont la droite s'appuyait à la tour Saint-Jean et qui, avec ses communications, faisait un ouvrage de près de 800 mètres, travail difficile et très hardi. Le 5, la garde y entra. La nuit du 5 au 6, on exhaussa le parapet de la tranchée avec des fascines et des gabions, la plupart

tie, le Mercadal, sur la rive gauche. La ville basse est très près du confluent de l'Oña dans le Ter et séparée de la ville haute par un cours d'eau appelé le Galligans, qui se jette dans l'Oña.

(1) Volume 2330 du Dépôt de la guerre. — Lettre du 8 janvier 1711.

vides, pour se couvrir de la vue seulement. La même nuit, on commença deux batteries dont la construction exigea des déblais de roc par la mine : l'une était pour 6 pièces, destinées à battre en brèche la courtine entre le bastion Sainte-Marie et la tour Sainte-Lucie ; l'autre pour 8 pièces, destinées à ouvrir la ville haute, afin de pouvoir tourner les retranchements de l'ennemi sur la rive gauche du Galligans.

Depuis le 9, à deux heures du matin, jusqu'au 11, à dix heures du soir, il ne cessa de pleuvoir, au point qu'il fut impossible de travailler. Le 12, on commença à battre en brèche ; la muraille de la courtine de Sainte-Lucie n'étant pas terrassée et étant d'une dureté qui passait tout ce qu'on en pourrait dire, on employa sept jours à y faire une brèche qui avait 10 à 12 mètres de largeur. Le 19, Delorme, capitaine de mineurs, la reconnut en plein jour et rapporta qu'il y avait derrière un ressaut de 5 mètres. La nuit du 19 au 20, on poussa plusieurs boyaux jusqu'à la courtine, à droite de la brèche, où l'on attacha le mineur. Le 22 au soir, on chargea la mine, et, le 23, à la pointe du jour, Delorme y mit le feu. Elle produisit une ouverture qui n'avait que 6 à 8 mètres de largeur, par laquelle déboucha aussitôt la tête de la colonne d'assaut. On fut pendant trois heures exposé au feu, tant des ouvrages que des maisons, avant de se reconnaître et d'avoir fait des chemins à travers les coupures et les débris de maçonnerie ; enfin on emporta le bastion Sainte-Marie et la tour Sainte-Lucie, et l'on poussa les ennemis jusqu'au retranchement qui séparait la ville basse de la ville haute, derrière lequel ils demandèrent à capituler. Le duc de Noailles n'insista pas pour les faire prisonniers de guerre, à condition qu'ils capituleraient pour tous les forts qui restaient encore à prendre, à quoi ils consentirent. La lettre dans laquelle il annonce au ministre la prise de Girone contient ces mots : « Le » succès en est dû à la valeur, à la conduite et à la » capacité du sieur Delorme, notre capitaine de mi- » neurs, dont je ne saurais assez me louer et pour » lequel je prendrai la liberté de demander quelque » grâce au Roi dans la suite. » (D. G. vol. 2330.)

Dans une autre lettre, datée du 3 février 1711, le duc de Noailles recommanda les ingénieurs à M. Voysin dans les termes suivants :

« Trouvez bon, monsieur, qu'en vous parlant pour tous ceux qui ont eu part au siége de Girone, je rende à MM. les ingénieurs toute la justice qui leur est due, et que je vous supplie de vouloir bien assurer Sa Majesté que l'on ne peut avoir plus de sujet que j'en ai de me louer d'eux, ayant marqué toute la vivacité, tout le zèle, et l'activité que l'on pouvait désirer, je ne puis me dispenser de vous prier de vouloir bien faire valoir à Sa Majesté les services qu'ils lui ont rendus dans la conquête d'une place de cette importance. Je m'en remets à ce que M. Le Peletier aura l'honneur d'en dire plus en détail à Sa Majesté, vous suppliant seulement de vouloir bien joindre vos bons offices aux siens pour leur procurer les grâces qu'ils ont lieu d'attendre de Sa Majesté. »

Delacour fut nommé maréchal-de-camp des armées le 18 février. Il présenta au Roi, en 1712, un modèle de système de fortification qui est resté inconnu.

Après le siége de Girone, l'armée se sépara. La cavalerie rentra en France ; les bataillons qui avaient été tirés du Dauphiné y retournèrent. Toutes les autres troupes restèrent dans les environs de Girone jusqu'à la fin d'avril. A cette époque, 13 bataillons, 15 escadrons, l'artillerie et les ingénieurs, passèrent sous les ordres du duc de Vendôme, qui devait commander l'armée de Sa Majesté Catholique, qui s'assemblait à Cervera en Catalogne. Le projet du prince était de s'emparer de plusieurs forts situés dans les montagnes et sous la protection desquels se retiraient les miquelets. La difficulté d'assiéger ces forts consistait tout entière dans les obstacles à surmonter pour transporter les pièces de gros calibre nécessaires pour les battre en brèche. Le fort d'Aren, situé en Aragon, sur la rive droite de la Noguera Ribagorzana, qui sépare la Catalogne de l'Aragon, fut le premier que l'on attaqua. Le marquis d'Arpajon, maréchal-de-camp, en fit l'investissement le 10 juillet avec un petit nombre de troupes ; le 29, il reçut deux pièces de gros calibre qu'avec la plus grande peine on lui amena de Lerida. Le 30 au soir, le fort, qui avait été battu pendant tout le jour, se rendit. On y fit une capture importante, celle du maréchal-de-camp Schobert ou Schowel, partisan redouté, avec 8 officiers et 70 soldats.

Après avoir conduit ces deux pièces de siége devant Aren, on pensa qu'il ne serait pas plus difficile de les transporter jusqu'au port de Venasque, un des plus élevés de la chaîne et qui ouvre une communication, soit avec Bagnères-de-Luchon, soit avec Castel-Léon, dans la vallée d'Aran. Ce passage était défendu par un fort situé sur la rive gauche de l'Essera. Le 1er septembre, le marquis d'Arpajon en fit l'investissement ; le 11, il reçut ses deux pièces d'artillerie, et, le soir, il fit ouvrir la tranchée et commencer une batterie ; le 16, après trois jours de feu, la brèche rendue praticable, le commandant se rendit prisonnier de guerre avec toute sa garnison, composée de 200 soldats allemands et espagnols et 8 officiers. Le marquis d'Arpajon accorda aux officiers, en considération de leur belle défense, leurs épées et leurs bagages, et, sur leur demande, les Allemands furent conduits en France et les Espagnols en Aragon.

Il restait, pour avoir une communication sûre avec Toulouse, à prendre le fort de Castel-Léon, qui est situé sur la rive gauche de la Haute-Garonne et que Vauban a tant reproché aux commissaires de la paix des Pyrénées en 1659 de n'avoir pas compris dans les limites du territoire français. Le marquis d'Arpajon arriva le 25 devant Castel-Léon avec deux petites pièces de 4, dont il se proposait de faire usage à boulets rouges pour mettre le feu au magasin à poudre, ce qui lui avait réussi à Venasque. Le fameux Delorme, envoyé le 1er octobre à Navarreins pour en amener deux pièces de 16, avait, dit-on, demandé un mois et 40 milliers de poudre pour faire sauter le fort par la mine. En attendant les pièces, que l'on contremanda, M. d'Arpajon fit ouvrir la tranchée devant Castel-Léon la nuit du 28 au 29 septembre ; à défaut d'artillerie, il eut recours aux menaces, et, après des peines infinies, il parvint à intimider le commandant, qui, le 9 octobre, se rendit prisonnier de guerre avec 12 officiers et 150 soldats, à la condition d'être rendus à la liberté au bout de six mois.

Ces expéditions valurent au marquis d'Arpajon l'ordre de la Toison-d'Or, que Louis XIV lui permit d'accepter. Pendant qu'elles avaient lieu, le duc de Vendôme avait son quartier-général à Calaf et faisait assiéger la petite ville de Prats del Rey, à laquelle s'appuyait la droite de l'armée ennemie ; la gauche s'appuyait au bourg de Monserrat. Dans cette position, M. de Starhemberg couvrait Barcelone. Le duc de Vendôme avait pour commandant des ingénieurs Joblot, directeur des fortifications à Perpignan. Prats del Rey n'avait qu'une simple enceinte flanquée par des tours, mais elle était soutenue par une armée entière, en sorte que le vainqueur de Villaviciosa se trouvait dans la même situation que devant Verrue en 1705.

Le comte de Muret, lieutenant-général, ouvrit la tranchée devant Prats del Rey la nuit du 25 au 26 septembre avec 300 travailleurs conduits par les ingénieurs Biancolelly, Razaud, Dutrou, Senès et Palmas, aidés par 6 sapeurs et 4 sergents. Les travailleurs étaient soutenus par 4 compagnies de grenadiers et par 4 piquets qui, de jour, devaient relever les travailleurs.

La deuxième nuit, les ingénieurs de Verville, Desfourneaux, Pretteseille, Pontmartin et Dumoutier, tracèrent, avec un égal nombre de travailleurs que la nuit précédente et 150 de plus pour l'artillerie, la première parallèle à 100 mètres de distance de la place. L'ennemi fit une petite sortie qui causa du désordre. Son Altesse ordonna d'aller à la sape et doucement, n'étant pas pressée.

La troisième nuit, les ingénieurs Perdiguier, Bernardi, Menoilhon, Ranc et de Ferre, continuèrent la parallèle et perfectionnèrent les communications de la gauche. L'artillerie travailla à deux batteries qui commencèrent à tirer le 30. Ces batteries, armées de 8 pièces de 24, ruinèrent entièrement l'enceinte de la ville.

La sixième nuit (du 30 septembre au 1er octobre), on fit une seconde parallèle, et l'on poussa un cheminement jusqu'à 20 mètres de distance du corps de place et des brèches. L'artillerie tira avec tant de succès qu'elle démolit les tours. On reconnut que l'ennemi avait fait dans la ville des coupures et des retranchements qui étaient soutenus par son armée entière. En présence de semblables obstacles, Son Altesse ne voulut pas engager une action qui serait devenue générale et dans laquelle elle aurait perdu beaucoup de monde pour s'emparer d'un poste qui ne lui était pas essentiel. On se logea au pied des brèches, et l'on resta dans cette position, montant régulièrement la tranchée avec une faible garde et deux ingénieurs jusqu'à la fin de la campagne.

Joblot rapporte dans une lettre, datée du 13 octobre, qu'ayant eu l'honneur de dire il y a quelques jours au duc de Vendôme que Son Altesse n'avait sans doute eu que l'intention de faire une école pour l'infanterie espagnole, Son Altesse lui répondit qu'il avait pensé juste. (D. G., vol. 2329.)

M. de Starhemberg profita de cette situation pour tenter de nouveau, le 25 octobre, une entreprise sur Tortose, dans laquelle il échoua comme il avait fait en 1708, avec même une perte plus considérable de troupes.

Dans le mois de novembre, le duc de Vendôme mit sous le commandement du comte de Muret un corps de 3000 hommes tiré de l'armée des deux couronnes, avec deux brigades d'ingénieurs espagnols et tous les ingénieurs français, pour faire le siége de Cardonne. On arriva devant la place le 12. Cardonne est située au pied d'un château, fort par sa situation sur une montagne conique et par sa fortification, qui consiste dans deux enceintes en amphithéâtre précédées d'un chemin couvert, en avant duquel étaient, sur le point qu'on attaqua, deux redans revêtus. La ville est renfermée dans une enceinte qui n'était pas capable de résistance. Elle était couverte par un retranchement en terre qui en était assez éloigné et qui n'était pas fermé à sa gorge. Il était soutenu par deux tours antiques situées dans l'intérieur ; en avant était une maison retranchée. Le 13 et le 14, on en fit la reconnaissance avec soin ; la nuit du 14 au 15, la tranchée fut ouverte par une brigade d'ingénieurs espagnols, et l'on fit une batterie qui commença à tirer le 15, mais avec peu de succès. Informé par des déserteurs que le retranchement était faiblement gardé par 200 hommes, le comte de Muret prit le parti de le faire attaquer de vive force. Biancolelly, ingénieur distingué, a rendu un compte intéressant des dispositions de cette attaque.

La nuit du 15 au 16, la seconde brigade d'ingénieurs espagnols releva la première et se mit plus à portée de la maison retranchée. La nuit suivante, Dumains, avec sa brigade d'ingénieurs français, fit travailler à des rampes et porta les débouchés jusqu'au jet de pierre de la maison.

L'attaque eut lieu le 17 au matin par trois colonnes, la première à notre droite, la deuxième à notre gauche et la troisième au centre. La première colonne, commandée par le comte de Rozel, maréchal-de-camp, était composée de 6 compagnies de grenadiers et 3 piquets ; à sa tête étaient deux ingénieurs, de Changy et Legouthail. Elle devait attaquer le retranchement par la gorge et se mettre en marche après le neuvième coup de canon tiré, qui était le signal fixé par le comte de Muret. La seconde, composée de 400 dragons à pied et commandée par le comte de Melun, brigadier, devait pénétrer pareillement par la gorge aux premières décharges que la droite aurait faites. Enfin le marquis d'Arpajon devait donner dans le centre avec 6 compagnies de grenadiers et 4 piquets ; à sa tête marchaient les ingénieurs Dumains, Bezin, Desvallons et Pèue. Deux petites pièces de canon portées à dos de mulet suivaient nos troupes.

Les trois colonnes rencontrèrent des chemins si affreux et si peu praticables qu'elles pensèrent être arrêtées par la difficulté de franchir les précipices qui se présentaient à chaque pas. La droite, ayant suspendu sa marche pendant plus d'un quart d'heure après le signal donné, le marquis d'Arpajon prit les ordres du comte de Muret et déboucha avec toutes ses troupes, qui donnèrent avec tant de valeur qu'elles replièrent les ennemis, coupés en même temps par la gauche et par la droite, qui avait enfin surmonté les obstacles qu'elle avait crus invincibles.

On poursuivit les défenseurs jusqu'aux murs de la ville, d'où toutes les troupes ennemies qui étaient en bataille sur la place sortirent avec précipitation pour se retirer dans le château. La ville se trouva livrée à la discrétion du soldat, qui y trouva beaucoup de vin et de grains.

La nuit du 17 au 18 novembre, on commença des traverses dans la ville et deux batteries, l'une sur la place d'armes, l'autre à droite, sur une hauteur. Ces batteries, qui furent armées avec les seules 12 pièces que l'on eût, savoir, 8 de 24, 2 de 20 et 2 de 12, ouvrirent leur feu contre les défenses du château le 20 et le continuèrent jusqu'au 28, consommant à peu près toutes les munitions qu'on avait. Pendant ce temps, on déboucha de la ville et l'on poussa les tranchées jusqu'au pied du premier des deux redans situés l'un sur la capitale de l'autre et devant la seule partie du château qui parût accessible. La nuit du 28 au 29, la brigade de Biancolelly fit une tentative inutile pour se loger sur le premier redan, dont on avait cru la brèche accessible. Elle se borna à faire un chemin pour attacher le mineur à cet ouvrage. Le général en chef, qui était pressé de terminer le siége, ordonna de tenir la mine prête à jouer, en quelque état qu'elle fût, pour le 30 au point du jour, et à Thibergeau, ingénieur, de se loger dans le redan pour lequel il y avait 4 compagnies de grenadiers commandées. La mine joua le 30, mais avec une charge de poudre insuffisante; elle ne fit sauter que le parement du revêtement. Après avoir tenté vainement de monter à la brèche, les grenadiers rentrèrent dans la tranchée. Le comte de Muret fit alors apporter des échelles à l'aide desquelles on entra dans le redan. Les ennemis en furent chassés et abandonnèrent même tous les ouvrages de ce front; mais, peu de temps après, ils revinrent, firent un feu si épouvantable et jetèrent une si grande quantité de pierres et de grenades dans le redan qu'on fut obligé de l'abandonner.

Non-seulement les munitions, mais les vivres manquaient. Le comte de Muret proposa de lever le siége, d'autant plus que la place n'était pas investie. Le duc de Vendôme, avec sa ténacité ordinaire, ordonna de le continuer. Le 2 décembre, on reçut un convoi de poudre et de boulets, et l'on reprit les travaux. Le 11, on fit jouer sous le premier redan une nouvelle mine qui en fit crouler la face gauche à notre égard;

la nuit du 11 au 12, les ingénieurs parvinrent avec infiniment de peine à y faire un petit logement de 6 mètres de longueur, qui reçut six grenadiers. Les nuits suivantes, on l'agrandit; mais les munitions étant épuisées, les vivres manquant, les pièces étant hors de service par l'élargissement de leurs lumières, force fut le 20 décembre, par l'approche d'une armée de secours, de lever le siége.

Malgré ses revers, l'épuisement de ses finances, la misère des officiers, dont la solde était toujours en retard de plusieurs mois, Louis XIV avait, en 1711, rassemblé sur la frontière de Flandre, sous le commandement du maréchal de Villars, une belle et nombreuse armée qui était son dernier espoir. Pénétré de la responsabilité qui pesait sur lui, le maréchal se tint sur la défensive, et l'ennemi ne lui ayant, pendant toute la campagne, offert aucune occasion de combattre avec un avantage certain, il n'engagea aucune affaire générale, de l'issue de laquelle aurait dépendu le salut du royaume. Sa ligne de défense s'étendait de la mer à l'Escaut : elle était formée par la Canche et la Scarpe jusqu'à Arras, et de cette ville à Bouchain par la Sensée, petite rivière dont les bords sont marécageux. L'ennemi avait sa base d'opérations sur la Scarpe, à Marchiennes et à Douai, où arrivaient tous les approvisionnements nécessaires à son armée, soit de Tournai par l'Escaut et la Scarpe, soit de Lille par la Lys et la Deule.

Le maréchal arriva le 25 avril à Arras et établit son armée au camp d'Oisy, derrière la Sensée. Dans le mois de mai, il fit barrer la Scarpe à Biache, et à Arleux le bras de la Sensée, qui, à Palluel, en est dérivé sur Douai sous le nom du Moulinet. Par ces deux opérations, il privait Douai des eaux qui y sont nécessaires pour moudre. Enfin il fit fortifier Arleux. La garnison de Condé attaqua le 9 un convoi ennemi qui remontait la Scarpe et en détruisit la plus grande partie. Le 25, la garnison d'Ypres, qui était forte de 6,460 hommes, fit un détachement qui se porta à Harlebeck, près de Courtray sur la Lys, s'empara d'un poste retranché qui défendait une écluse de navigation, mina les bajoyers de l'écluse et la détruisit. De la Brosse, ingénieur, servit très utilement dans cette expédition.

Le 6 juillet, les ennemis attaquèrent avec du canon le château d'Arleux, qui soutenait la digue faite pour empêcher la Sensée d'entrer dans le Moulinet. Ils s'en emparèrent. Le maréchal de Montesquiou, qui commandait la droite de l'armée, le reprit sur eux le 23, en rasa les fortifications et l'abandonna.

A la fin de juillet, l'ennemi, marchant par sa droite, passa la Scarpe au-dessous de Douai et prit position à Bethonsart, sa droite à Monchy-Breton. Le maréchal de Villars fit un mouvement parallèle, couvert par les lignes qui étaient entre Hesdin et Arras. Les deux armées restèrent trois jours en présence sans rien entreprendre : Marlborough reconnaissant la difficulté de forcer nos retranchements, Villars ne pouvant les abandonner sans perdre ses avantages. La nuit du 3 au 4 août, l'ennemi nous déroba sa marche, repassa la Scarpe derrière Douai et vint se placer en avant de la Sensée, sa droite à Oisy et sa gauche à l'Escaut. Aussitôt que le maréchal de Villars fut informé de ce mouvement, il mit son armée en marche sur cinq colonnes et arriva le 6 en face de l'ennemi, sa droite à l'Escaut, sa gauche à Sains, le quartier-général à Bourlon. On s'attendait à une bataille; les officiers-généraux et les troupes marquaient la plus grande ardeur et la meilleure volonté. Le maréchal resta sur la défensive. Il écrivit au Roi le 7 : « Notre surprise n'a pas été médiocre d'apprendre que l'ennemi a passé l'Escaut cette nuit. Hors de gagner une bataille, je ne vois rien, dans la conjoncture présente, de plus avantageux aux intérêts de Votre Majesté que cette retraite. Je ne suis point disposé, dit-il ailleurs, à jouer l'armée et le royaume à mauvais jeu. C'est notre tout. »

L'ennemi avait atteint son but : il avait déplacé l'armée française. Il repassa l'Escaut à Denain, et, le 9 août, commença l'investissement de Bouchain. Cette ville est divisée en deux : la ville haute, sur la rive gauche de la Sensée, et la ville basse, sur la rive droite. Le maréchal occupa la position de Paillencourt, derrière la Sensée, croyant qu'il fût impossible à l'ennemi de prendre Bouchain en sa présence. Il fut entretenu dans cette erreur par son major-général, M. de Contades; par M. Albergotti et par Delacombe, ingénieur en chef de l'armée : tous trois pensaient qu'au moyen d'une digue construite en fascines dans les marais on unirait Bouchain d'une manière sûre à un camp retranché qui serait en communication avec l'armée par deux ponts jetés sur la Sensée, l'un à Wasnes-au-Bac, et l'autre à Wavrechain. Le 8 août, M. Albergotti occupa avec 40 bataillons, sur la rive gauche de la Sensée, une position avantageuse qui s'appuyait à ces deux points, et fit travailler à un camp retranché et à la digue de jonction avec Bouchain. Cette digue partait d'un point près de Wavrechain, laissait la Sensée en avant d'elle, du côté de l'ennemi, était étroite et avait près de 3 kilomètres de longueur par les détours qu'elle faisait pour arriver à la basse ville. Il ne paraissait pas impossible au maréchal (1) que l'ennemi ne pût la couper; mais il avait une entière confiance dans son major-général et dans Delacombe, qui l'assuraient qu'elle ne pouvait l'être.

Le 16, on élevait sur la digue terminée un léger parapet en fascines que l'ennemi canonna. Jusque-là, M. Albergotti s'était contenté de la faire garder par quelques compagnies de grenadiers. Le 17, le maréchal avait mis à l'ordre que les deux lieutenants-généraux de jour y monteraient la garde avec 5000 hommes. Le comte d'Estaing et le marquis de Balivière, lieutenants-généraux de jour, s'y rendaient avec leurs troupes sur les sept heures du soir, lorsqu'ils entendirent quelques coups de fusil. Le premier, qui était chargé de la gauche et plus près du point menacé, pressa la marche de son détachement; mais, lorsqu'il arriva à portée, les ennemis avaient

(1) Lettre du 15 août, volume 2305.

déjà passé la Sensée et s'avançaient en bataille dans l'eau jusqu'aux genoux, poussant devant eux des radeaux qui leur aidèrent à franchir un fossé qu'on prétendait être profond au pied de la digue. Ils essuyèrent, sans perdre un seul homme, le feu des grenadiers du Roi, qui étaient à la gauche, et montèrent sur la communication, au moyen de quoi ils séparèrent les grenadiers de la brigade de Picardie qui était plus près de Bouchain. Les deux lieutenants-généraux de jour tinrent conseil avec MM. de Contades et Albergotti, et, comme l'on ne pouvait marcher que deux de front sur la digue, ils ne jugèrent pas qu'on pût espérer d'en chasser les ennemis, vu qu'ils étaient flanqués par leur armée.

« Suivant le comte d'Estaing (1), ce malheur était inévitable : c'était un front d'une demi-lieue, sans flancs, sans places d'armes, presque partout sans parapet, sans aucun moyen de se secourir, sans aucun de se mettre à l'abri du canon, qui croisait de la Sensée et de l'Escaut, enfin un bonheur qu'on n'y ait point perdu inutilement des troupes. »

Le maréchal ne voulut jeter la faute sur personne; mais la perte de la communication avec Bouchain le toucha au delà de toute expression. Le siége de cette place n'était plus une difficulté pour l'ennemi. Il fut occupé jusqu'au 21 à en compléter l'investissement au moyen d'une digue en fascines construite entre la Sensée et l'Escaut.

(1) Volume 2305 du Dépôt de la guerre, lettre du 18 août.

La nuit du 22 au 23, le général Fagel ouvrit la tranchée devant les deux fronts de la haute et de la basse Sensée, à la ville haute, ce qui faisait deux attaques. La nuit du 23 au 24, Marlborough en forma une troisième devant la basse ville. Cette multiplicité d'attaques contre une petite place, qui n'avait guère plus de 3000 hommes de garnison, rendait la défense d'autant plus difficile. Le maréchal de Villars écrivait le 8 septembre :

« Je ne sais jusqu'où M. de Ravignan poussera sa défense, mais il est attaqué bien violemment. J'ai vu plusieurs des siéges que le Roi a faits, mais ni moi ni aucun de ceux qui s'y sont trouvés n'avons jamais vu tant de moyens que les ennemis en emploient pour le pousser, et certainement l'on ne peut trop louer M. de Ravignan et toutes ses troupes. Il y a eu des journées où les ennemis ont tiré de soixante pièces, et pour les bombes, les perdreaux et les pierriers, c'est par salves. »

Du 11 septembre : « On ne peut voir une plus belle défense parce que l'on n'a peut-être jamais vu d'attaque si vive. »

Le 12, après vingt et une nuits de tranchée ouverte, M. de Ravignan assembla un conseil pour constater la situation de la place. On y représenta qu'à la ville haute les bastions d'attaque étaient insultables ; qu'il n'y avait que deux pieds d'eau dans le fossé de l'un, en partie rempli par les débris des brèches, accessibles depuis plusieurs jours ; que le fossé de l'autre était étroit et tout comblé par les ruines de la brèche et que les eaux en étaient écoulées ; enfin que, depuis douze jours, Bouchain ne devait plus être considéré que comme un hôpital infecté défendu par des malades. Sur des circonstances si véritables (1), on conclut unanimement qu'il fallait essayer de ménager des conditions pour sauver au Roi le fonds des huit bataillons et du détachement de 600 Suisses qui avaient composé la garnison. Cet avis ayant été signé, on battit la chamade le 12 septembre, à deux heures après midi. Les otages donnés de part et d'autre, on porta les propositions à Marlborough, qui répondit ne pouvoir accorder autre condition que celle de prisonniers de guerre. Sur ce refus, on rendit les otages, le feu recommença et aurait continué, si un colonel ennemi, qui avait été un des otages, n'eût demandé à parler. Il s'aboucha avec Favart, ingénieur en chef, et promit au nom du général Fagel, que la garnison serait simplement sujette à un échange ; qu'elle sortirait avec armes et bagages, et serait conduite à Cambrai. Pour sûreté de cette convention, on donna de nouveau des otages, et, pour marquer sa bonne foi, M. de Ravignan fit livrer aux assiégés la demi-lune de la porte haute. Ni le général Fagel ni Marlborough ne voulurent approuver la nouvelle capitulation ; tous deux désavouèrent le colonel de leur armée qui avait rouvert la négociation. Force fut à la garnison de sortir prisonnière de guerre ; le 14, elle fut conduite à Marchiennes et ensuite à Douai. Il parut dans le temps un mémoire fidèle (2), signé de tous les principaux officiers, affirmant l'exac-

(1) Favart, *Journal du siége*. Dépôt des fortifications.

(2) Dépôt de la guerre, volume 2305, pièce n° 185.

titude des faits qui viennent d'être rapportés. Il n'y eut point de capitulation.

Le maréchal de Villars eût préféré que la garnison se fût rendue deux jours plus tôt et qu'elle n'eût pas été prisonnière de guerre.

L'armée resta dans la position de Paillencourt jusqu'à la fin d'octobre, qu'en vertu d'un ordre du Roi le maréchal la sépara, et se rendit à Paris.

Dans le mois de décembre, le maréchal de Montesquiou, qui était à Arras, tira des places voisines 45 bataillons et 30 escadrons, avec lesquels il se porta à Pont-à-Vendin, entre Lille et Douai, fit sauter les écluses du canal de la Deule et le combla sur plusieurs points. Il fut accompagné dans cette expédition, qui dura plusieurs jours, par M. de Vauban, lieutenant-général, et par tous les ingénieurs de la place (Villars-Lugein, de Tigné, Durant, d'Artezay, d'Aumale), dont il loua fort les services dans cette occasion.

Maigret, auteur du *Traité de la sûreté des États par le moyen des forteresses* (1), employé à la même époque dans une expédition semblable, est cité par M. de Goesbriant.

En 1711, l'armée impériale et piémontaise, toujours supérieure à celle du roi, traversa encore les Alpes et, dans le mois de juillet, prit position, la droite à Chambéry, la gauche à Montmélian. Le maréchal de Berwick, qui se faisait une application

(1) In-12. Paris, 1726. Cet ouvrage est encore estimé.

particulière, dit La Blottière (1), de reconnaître les bons postes, se détermina sur-le-champ à former son camp entre Chapareillan et Fort-Barrault, à la portée de la carabine de ce fort, où l'on se retrancha en diligence. C'est dans ce camp qu'étaient le gros et la droite de l'armée; la gauche était aux environs des Échelles, où l'on se communiquait par le désert de la Grande-Chartreuse. Cette position déconcerta infiniment les ennemis, qui, après nous avoir obligés à abandonner notre camp de Montmélian et des Bauges, comptaient qu'ils seraient en état de faire des courses en Dauphiné, ayant un corps de 5 ou 6000 chevaux; mais ils trouvèrent que notre armée était campée si avantageusement, qu'il n'y eut pas seulement un parti qui voulût s'exposer à passer sur nos frontières. Le maréchal eut aussi de grandes attentions à conserver les communications de Barrault à Briançon, traversant l'Isère sur un pont de bateaux construit sous le fort, et de là on passait dans la vallée de Maurienne et au Galibier.

Lorsque, dans le mois d'octobre, les ennemis retournèrent en Piémont, le maréchal prit dans le Briançonnais la même position que le maréchal de Villars en 1708, avec cette différence que la droite du maréchal de Villars était au Puy-de-Pragelas et que celle du maréchal de Berwick était au village des Traverses, se tenant à cheval sur le col du Bourget, la gauche toujours à Oulx et le quartier-général

(1) Dépôt des fortifications, in-fol. 180.

à Sauze-d'Oulx. L'armée ennemie s'étant séparée à la fin de novembre, le maréchal de Berwick reprit possession de la Savoie.

La fin de l'année 1711 fut marquée par un événement important. Le 30 décembre, en conseil, la reine Anne destitua de tous ses emplois le duc de Marlborough. Un parti puissant, à la tête duquel elle était, s'était formé en faveur de la paix. Jugeant en 1710 que l'opinion publique était favorable à un changement de ministère, en septembre elle avait réuni le conseil, fait lire une proclamation portant dissolution du parlement, et, quelques jours après, annoncé la formation d'un nouveau cabinet. Parmi les membres qui le composaient, nous ne citerons que Bolingbroke, connu alors sous le nom de Saint-John, qui fut secrétaire d'État des affaires étrangères et qui eut la plus grande part à la conclusion de la paix. Du premier coup d'œil (1) Marlborough jugea sa situation ; mais, comptant sur ses services pour prévenir ou grandir sa retraite, il dissimula et consentit à tout pour conserver son commandement.

Louis XIV avait fait en 1706 et 1709 des efforts qui furent vains pour traiter de la paix sur des bases compatibles avec sa dignité. Le moment était favorable pour en faire de nouveaux. Une négociation secrète, irrégulière, fut ouverte à Londres dans le mois d'août, et les préliminaires de la paix furent convenus et signés dans le mois d'octobre. Le roi

(1) Rémusat, *L'Angleterre au XVIIIe siècle*. Paris, 1856, t. I, p. 209.

reconnaissait la reine et la succession au trône dans la ligne protestante; les deux couronnes de France et d'Espagne ne pouvaient être réunies; quoique Dunkerque eût coûté au roi des sommes considérables, tant pour l'acquérir que pour le fortifier, Sa Majesté s'engageait à en faire démolir tous les ouvrages militaires et maritimes, sous la promesse d'un équivalent. Cette condition avait été mise en avant en 1709 par les États-généraux ; l'Angleterre y attachait une égale importance pour la sûreté de son commerce, auquel les corsaires de Dunkerque portaient un si grand préjudice. Ce sacrifice coûta au roi ; mais la nécessité le commandait. Marlborough était un obstacle à la paix; la reine le détestait; depuis longtemps l'opinion l'accusait de malversations. Une lettre qu'il publia, et dans laquelle il établit que les gratifications qu'il avait prélevées sur les fonds destinés à l'approvisionnement des troupes ou à la solde des auxiliaires étaient accordées à ses devanciers ou autorisées par la reine (1), servit de prétexte à cette princesse : sans attendre l'examen de la gestion du général en chef, pour lui retirer, comme nous l'avons dit, tous ses emplois, elle le remplaça par le duc Dormonde (2); en même temps elle provoqua le congrès qui s'ouvrit à Utrecht le 12 janvier 1712.

Un arrêt du conseil du 20 février 1712 annula

(1) Rémusat, ouvrage cité, p. 247.

(2) Dans deux autographes (11 et 12 juin 1712), le général anglais signe en belles et grosses lettres *Dormonde* et non *d'Ormonde*, volume 2377 du Dépôt de la guerre.

une apposition de scellés faite par le prévôt royal sur les effets d'un militaire décédé dans une place, et décida que c'était au major de place à remplir pareille formalité.

L'armée française de Flandre se rassembla derrière la Sensée; le maréchal de Villars vint dans le mois de mai en prendre le commandement et eut d'abord son quartier-général à Oisy, celui du maréchal de Montesquiou fut à Vis-en-Artois, et celui du comte de Broglie, qui commandait la réserve, fut à Monchy-le-Preux. Après avoir tenu un conseil à Tournai avec ses généraux sur les projets de la campagne, le prince Eugène fit marcher toute son armée, à l'exception des troupes qui gardaient le poste de Marchiennes et le camp retranché de Denain, sur le Quesnoy; il employa onze jours, du 8 au 18 juin, à s'établir solidement aux environs de cette place, dont il avait résolu de faire le siége. Le maréchal de Villars rapprocha son armée de l'Escaut et eut son quartier-général à Noyelles-sur-Escaut, à 5 kilomètres en amont de Cambrai. Il entra en correspondance secrète avec le duc Dormonde, qui avait le sien au Cateau. Le général anglais lui fit savoir le 12 juin, par ordre de sa souveraine, qu'il ne saurait s'empêcher de soutenir le prince Eugène au cas qu'il fût attaqué. Sur cette déclaration, Villars régla sa conduite et temporisa. Le 17, la reine ouvrit la session parlementaire par un long discours écrit avec art pour flatter l'orgueil national : elle y exposait le plan général de la paix, tous les avantages que l'Angleterre en retirerait, tous ceux qu'elle avait eu le soin d'assurer à ses alliés. Après ce discours, elle fit écrire par Saint-John à M. de Torcy qu'elle consentait à une suspension d'armes, à certaines conditions qui, quelque temps débattues, furent acceptées le 22 juin par Louis XIV (1). Ces conditions concernaient la remise de Dunkerque entre les mains des troupes de la reine jusqu'à ce que les États généraux aient consenti à donner au roi très chrétien un équivalent de Dunkerque, dont la démolition avait déjà été stipulée.

Cette suspension d'armes, si vivement attendue par le maréchal de Villars, devait suivre la déclaration du gouverneur de Dunkerque qu'il était prêt à remettre la place aux troupes de la reine. Ce ne fut que le 17 juillet, à cause de retards causés par différents arrangements à prendre, que le duc Dormonde reçut cette déclaration; le même jour, la suspension d'armes, qui ne devait d'abord durer que deux mois, mais qui fut prolongée, fut portée à la connaissance du prince Eugène et publiée dans les camps; 21 bataillons et 26 escadrons, avec toute l'artillerie, composant les troupes d'Angleterre, se séparèrent de l'armée des alliés.

Pendant tout le temps qui s'écoula depuis le 18 juin jusqu'au 17 juillet, le prince Eugène fit le siége du Quesnoy. Le maréchal de Villars ne tenta rien pour

(1) Faulconnier, *Description historique de Dunkerque*, in-folio, 1730, 2e volume, page 160.

secourir la place. Le Quesnoy est un octogone dont le relief était défectueux; la garnison était de 3,000 hommes au plus, commandés par M. de Labadie, lieutenant-général déjà âgé, ayant cinquante-deux ans d'honorables services. Il avait sous ses ordres M. de Damas, maréchal-de-camp, deux brigadiers d'infanterie, Delacombe, ingénieur en chef, et sept autres ingénieurs dont quatre furent blessés. Le maréchal de Villars lui avait écrit le 12 juin que l'intention du roi était qu'il poussât sa défense jusqu'à la dernière extrémité; qu'il soutînt des assauts au corps de place; qu'il serait secouru. L'ennemi ouvrit la tranchée devant Le Quesnoy la nuit du 18 au 19 juin, fit deux attaques, et, du 20 au 30, mit en batterie 68 pièces de gros canon, 28 mortiers ordinaires et 42 autres à perdreaux. Sous la protection de cette nombreuse artillerie, il avança rapidement ses cheminements, malgré plusieurs sorties des assiégés, et, le 1er juillet, à sept heures du soir, il fit attaquer le chemin couvert par 1,400 grenadiers, soutenus par 2,000 fusiliers. Cette attaque réussit; l'ennemi se logea sur les angles et le long des branches du chemin couvert, et commença une batterie devant la face droite du bastion d'attaque (le bastion Impérial), qui avait déjà été mise en brèche par les premières batteries. La nuit du 2 au 3 juillet (quatorzième du siége), il entra dans la place d'armes rentrante en face de la brèche et y commença une descente de fossé. L'assiégé fit jouer sous le saillant du chemin couvert du bastion une mine qui produisit beaucoup d'effet. Le 3, à deux heures de l'après-midi, pensant qu'il obtiendrait une capitulation avantageuse, M. de Labadie fit battre la chamade. Sur le refus du prince Eugène de consentir à ce que la garnison ne fût pas prisonnière de guerre, il réunit tous les principaux officiers, qui firent la déclaration suivante, après laquelle la capitulation fut signée :

« Déclarent MM. de Damas, maréchal-de-camp, de Jarnac et d'Épinay, brigadiers d'infanterie, tous les colonels et lieutenants-colonels, de Rouby, commandant l'artillerie, Delacombe, brigadier d'infanterie, commandant les ingénieurs, conviennent unanimement qu'il faut se soumettre à la capitulation de Bouchain; que les deux brèches étant accessibles et fort ouvertes, et ne pouvant les soutenir à cause du défaut des bastions qui sont vides, on ne saurait y faire aucun retranchement, il a été déterminé de se rendre prisonniers de guerre. — Fait au Quesnoy, le 4 juillet 1712, à trois heures après-midi. »

M. de Labadie écrivit au secrétaire d'État de la guerre qu'il espérait que le malheur d'être prisonnier de guerre ne le priverait pas, après cinquante-deux ans de services, des grâces du roi.

M. de Damas écrivit au ministre : « Nous avions derrière nous deux brèches assez grandes pour qu'un bataillon y pût passer de front, et, s'ils s'étaient entièrement emparés du chemin couvert, nous aurions été en danger d'être pris d'assaut, la place étant tout ouverte. »

Le ministre écrivit à M. de Labadie le 12 juillet :

« Vous n'ignorez pas, monsieur, que le roi a été mal satisfait du peu de défense que vous avez fait dans la place du Quesnoy.

Pour rendre la garnison prisonnière de guerre, il fallait au moins soutenir l'assaut au corps de la place. Sa Majesté m'a ordonné de vous dire que son intention est que vous vous rendiez promptement à la Bastille, où je mande à M. de Barnaville de vous recevoir. »

Un an après, la paix étant faite, M. de Labadie rentra dans le gouvernement de la citadelle de Lille, où il avait succédé en 1707 au maréchal de Vauban.

Prévoyant qu'après la prise du Quesnoy, le prince Eugène ferait le siége de Landrecies, le roi écrivit au maréchal de Villars le 10 et le 13 juillet, et lui donna l'ordre formel de chercher l'ennemi et de le combattre pour empêcher la perte d'une place à laquelle il attachait avec raison la plus grande importance. Jusque-là le maréchal avait cru convenable aux intérêts de Sa Majesté que la guerre pût se terminer sans en venir à la décision d'une bataille. Le 16, il lut les lettres du roi au maréchal de Montesquiou et aux principaux officiers-généraux. Les ordres furent donnés pour rassembler l'armée. La suspension d'armes conclue avec l'Angleterre vint favoriser les projets du roi. Le 18, le maréchal assembla de nouveau les principaux officiers-généraux, et l'on convint unanimement de passer l'Escaut entre Crevecœur et le Catelet, et de marcher vers les sources de la Selle et de là à la Sambre sur Cattillon, ou tout au moins sur l'abbaye de Fesmy, afin de reconnaître par soi-même les meilleurs postes que l'on pourrait prendre pour secourir Landrecies. Toute l'armée passa l'Escaut le 19 et campa entre Crevecœur et le Catelet. Le 20, elle campa près de Cateau-Cambresis, sur la Selle, où le maréchal eut son quartier-général. Dans une lettre datée du 21, où il rend compte au roi des reconnaissances qu'il a faites des postes de l'ennemi sur la rive gauche de la Sambre, on lit ces mots remarquables :

« J'ai été voir, d'un autre côté, comment nous pourrons attaquer le camp de Denain à qui l'on n'a pu songer que dans le temps que nous éloignons l'armée ennemie de l'Escaut. . . . . . Je compte donc faire demain toutes les démarches qui peuvent persuader l'ennemi que je veux passer la Sambre, je tâcherai d'exécuter le projet de Denain qui serait d'une grande utilité. »

Le 22, l'armée se rapprocha de la Sambre et campa à Mazinghien sur quatre lignes, deux d'infanterie, deux de cavalerie. Le maréchal donna la commission d'attaquer le camp de Denain au marquis de Vieuxpont et au comte de Broglie (1) ; mais sur une lettre reçue du prince de Montmorency-Tingry, qui commandait à Valenciennes, ils reconnurent l'entreprise impossible. « J'en suis très fâché, écrivit le maréchal le 22 ; mais, quand ceux-là refusent, je n'irai pas offrir cette commission à d'autres. Cette affaire ne pouvant s'exécuter, j'ai marché à la Sambre ; l'armée la passera dès que tous les ponts seront préparés. » (D. G. vol. 2380.)

Le 23, sur les instances de son collégue, le maréchal de Villars revint au projet qu'il avait conçu d'attaquer le camp de Denain. A cinq heures du soir, l'armée, marchant par sa gauche toute la nuit, cou-

(1) Celui qui fut maréchal de France en 1734.

verte par la Selle, passa l'Escaut sur trois ponts près de Neuville le 24, et six brigades d'infanterie, faisant chacune deux colonnes, les bataillons en bataille, les colonnes de trois bataillons qui se soutenaient, ayant chacune leurs grenadiers et leurs piquets à leur tête dans le centre, abordèrent les retranchements de Denain, grimpèrent sur les talus et les franchirent. Les ennemis furent si étourdis de cette manœuvre, qu'ils ne tinrent qu'un moment quand ils virent nos soldats sur leurs retranchements, et plièrent également partout. Ils avaient, à ce que les prisonniers ont dit, 16 bataillons dans ces retranchements.

Les deux maréchaux s'empressèrent, le même jour, d'informer le roi et le secrétaire d'État de la guerre de la victoire qu'ils venaient de remporter, et expédièrent M. de Nangis pour donner à Sa Majesté tous les détails désirables. Le roi répondit au maréchal de Montesquiou :

« Mon cousin, j'ai reçu la lettre qne vous m'avez écrite le 24 de ce mois ; vous ne me dites rien du détail de l'action, mais je sais toute la part que vous y avez eue et dans le projet et dans l'exécution. J'en écris plus long au maréchal de Villars, en lui marquant combien je suis satisfait de la valeur de mes troupes. »

M. Voysin, qui répondit à peu près dans les mêmes termes au maréchal de Montesquiou, en reçut la lettre suivante :

« Je vous avoue que la part que j'ai mise au projet et mon opiniâtreté à faire passer l'Escaut à l'armée et à attaquer les lignes de Denain, m'ont fait passer de mauvais quarts d'heure depuis notre départ de près de la Sambre jusques au moment que l'action a été finie, car cela n'était du goût de personne, et je voyais toute l'armée prête à tomber sur moi, et je vous assure qu'il faut être hardi pour se charger de paquets de cette importance. »

La victoire de Denain rétablit entièrement les affaires de la France. Dans les premiers jours qui la suivirent, le maréchal de Villars s'empara, sans trouver de résistance, de tous les postes de l'ennemi sur la Scarpe, excepté celui de Marchiennes, devant lequel il fallut ouvrir la tranchée, et qui soutint un siége de trois jours. Villars-Lugein y fut tué d'un coup de canon le dernier jour, le 30 juillet. Le comte de Broglie, qui commandait l'attaque, fit la garnison prisonnière de guerre. Marchiennes renfermait des approvisionnements de toute espèce pour une valeur considérable; on ne profita que des munitions de guerre par suite de l'oubli d'une précaution essentielle, celle de ne permettre à aucune troupe d'entrer dans la place avant que la remise en ait été faite au général qui doit y commander. Les troupes françaises y entrèrent, après la capitulation, comme dans une ville prise d'assaut et s'y livrèrent aux plus grands désordres pendant plusieurs jours.

Le prince Eugène n'avait pas encore ouvert la tranchée devant Landrecies lorsque l'armée française fit son mouvement sur Denain. Le 2 août, il leva le siége. Le même jour, le maréchal de Villars se porta avec toute son armée devant Douai, dont le siége était résolu depuis longtemps. Il fit prendre au comte de Broglie une forte position au nord de la place, à cheval sur la route de Lille, se couvrit à l'est des anciennes lignes de circonvallation de l'ennemi qui n'avaient pas été effacées, et chargea particulièrement de la conduite du siége, sans en abandonner le commandement, le comte Albergotti et M. de Valory, qui tous deux avaient défendu la place en 1710. L'artillerie était commandée par le chevalier Destouches, lieutenant-général, assisté de Dumagny et de Vallière, qui lui furent fort utiles, parce que, dès le 15 août, une contusion causée par un boulet ennemi, qui le toucha au genou, le mit hors d'état de se transporter dans les batteries. Le comte d'Hompesch, qui jouissait de considération, était gouverneur de Douai; il n'y avait d'abord dans la place que 1,800 hommes et 180 chevaux; il y entra, après la prise de Marchiennes, quatre bataillons; en un mot, la garnison n'était pas nombreuse, et la place était mal pourvue de tout ce qui est nécessaire pour faire une longue défense. Mais aux obstacles matériels, tels que fossés et avant-fossés qui font la force de Douai, l'ennemi avait ajouté devant les fronts de l'est-sud quelques ouvrages, et creusé des flaques que nous ignorions, et qui n'empêchaient pas que ces fronts que l'on attaqua ne fussent les plus faibles.

La vieille enceinte, qui s'étend depuis la porte Notre-Dame ou de Bouchain jusqu'à la porte Saint-Éloy ou de Cambrai, est couverte par quatre demi-lunes, 18, 19, 20, 21, situées dans le grand fossé de la place. Ces demi-lunes sont enveloppées d'un chemin couvert et d'un avant-fossé. Entre ces quatre demi-lunes en sont trois autres, 22, 23 et 24, situées dans l'avant-fossé; celle n° 24, qui est traversée par la route de Bouchain, a de plus un avant-chemin couvert. Tous ces ouvrages, qui sont revêtus, laissaient entre eux de larges trouées, qui donnèrent beau jeu aux batteries de la seconde parallèle pour démolir la place, surtout à la gauche de la porte Saint-Éloy.

La nuit du 14 au 15 août, on ouvrit la tranchée, et l'on fit une première parallèle, dont la gauche s'appuyait à la grande inondation de la place, et la droite aux marais de Sin. M. de Valory fit en même temps entreprendre, sans une nécessité bien évidente (c'est l'avis du maréchal de Montesquiou), une attaque contre le fort de Scarpe, situé à une assez grande distance sur notre droite. Son but était de distraire l'ennemi par une double attaque, et de lui enlever ce fort, où le comte d'Hompesch pourrait se retirer, ce qui était peu vraisemblable. Quoi qu'il en soit, l'attaque du fort de Scarpe ne nuisit pas à l'attaque principale ; la petite garnison de 400 hommes, qui y était, se rendit prisonnière de guerre le 27 août ; elle était réduite à 200 hommes ; elle aurait pu, avec un peu de résolution, rentrer dans la place, car on n'avait pu intercepter sa communication qu'au moyen d'un poste de grenadiers.

A la grande attaque, on construisit dans la première parallèle deux batteries, l'une pour 16 canons, l'autre pour 6 mortiers, et l'on ouvrit trois marches de zigzags. Le 20 et les jours suivants, l'ennemi donna plusieurs éclusées d'eau de la grande inondation dans les fossés, et fit des coupures dans la chaussée de Cambrai ; les flaques et les tranchées furent remplies d'eau. M. de Valory remédia habilement à ce grave inconvénient en faisant ouvrir une rigole d'écoulement dirigée vers les marais de Sin, dont l'exécution fut favorisée par la pente du terrain. Elle fut terminée le 27, et les eaux s'écoulèrent. On n'avait pas interrompu les travaux, les flaques avaient été laissées en arrière de la seconde parallèle. A la gauche, on avait fait des batteries pour 12 mortiers et pour 25 pièces de gros canon destinées à battre en brèche le corps de place ; vingt de ces pièces furent en état de tirer le 26, et les autres le 30.

La dix-septième nuit, du 30 au 31 août, on fit des logements sur deux des angles de l'avant-fossé ; les deux nuits suivantes, on étendit les logements à droite et à gauche, et l'on construisit quatre ponts de fascines sur les avant-fossés. L'ennemi fit une sortie qui fut repoussée par les grenadiers, qui étaient couchés ventre à terre derrière les travailleurs. Le 2 septembre au soir, M. de Valory étant à la tranchée, fit porter au maréchal de Villars un billet dans lequel il lui proposait d'attaquer à deux heures du matin les demi-lunes 23 et 24 de la première ligne, dont la prise donnerait de grandes facilités pour l'attaque de celles qui étaient dans le fossé du corps de place. Le maréchal y consentit ; mais, dans la nuit, l'ennemi incendia deux de nos ponts qui n'avaient pas été recouverts de peaux de bœuf. M. de Valory ne fit attaquer que la demi-lune 24, qui résista.

Le maréchal n'adressa point de reproches à son

ingénieur en chef, dont il appréciait les services et la capacité ; il ordonna, de sa propre initiative, de nouvelles dispositions, qui eurent un plein succès. Considérant que le grand nombre de troupes qu'il avait et la faiblesse de la garnison exigeaient que, loin de restreindre l'attaque, on l'étendît, maxime générale, disait-il, pour toute action de guerre, il proposa à M. de Valory d'ouvrir de nouveaux débouchés sur l'avant-fossé, d'y construire six ponts, et de faire une attaque générale en plein jour. « Conférez sur cette lettre avec Albergotti, parce qu'ayant tous deux défendu cette place j'ai eu l'honneur d'écrire à Sa Majesté, dès le commencement du siége, que je suivrai vos conseils de tous deux dans la conduite du siége. »

Tout étant prêt le 6, ainsi que le maréchal l'avait ordonné, l'attaque eut lieu à trois heures après-midi, et dura trois grandes heures. On y employa 32 compagnies de grenadiers, chacune de 50 hommes, suivant l'usage, soutenues par quatre bataillons. On s'empara des trois demi-lunes 22, 23, 24 de la première ligne, et l'on se logea sur le chemin couvert de la demi-lune 20.

« La plus grande attention de l'ennemi (1) s'était portée sur la demi-lune 24 et aux passages de l'avant-fossé, vis-à-vis de la demi-lune 19, où les grenadiers passèrent avec toute la valeur possible. Les ennemis furent chassés du chemin couvert et poussés fort loin, mais un peu de confusion dans ces passages fut cause que nos ponts de fascines, qu'on n'avait pas eu le loisir de rendre bien

(1) Rapport de M. de Valory. D. G. vol. 2383.

solides, se rompirent. Les grenadiers ne se voyant pas soutenus, se retirèrent comme ils purent, non sans se mouiller, et les ennemis revinrent sur ce même angle. Cet inconvénient produisit le bon effet que notre attaque de la gauche se poussa avec succès et sans essuyer un grand feu. »

L'attaque de la demi-lune 23 ne présenta aucun incident.

Le chevalier de Broglie, frère du comte, et qui n'avait qu'un bras, passa avec deux compagnies de grenadiers l'avant-fossé de la demi-lune 20 sur un des ponts de radeaux (1) pris à Marchiennes ; tandis qu'il se logeait sur la pointe du chemin couvert de cet ouvrage, un capitaine de grenadiers poussa les ennemis dans leur retraite jusqu'à la demi-lune même, y entra avec eux, et leur fit 40 prisonniers ; mais, ne pouvant soutenir un logement dans cet ouvrage sous le feu du corps de place, sans autre communication qu'un pont de la largeur de deux planches, il repassa ce pont. Les ennemis avaient abandonné la demi-lune 20, et rompu son pont de communication avec la place.

Enfin le prince d'Issenghien passa l'avant-fossé de la demi-lune 22 sur un pont de fascines, et se logea dans cet ouvrage.

La perte que l'on fit ne s'éleva pas au-dessus de 313 hommes tués ou blessés.

(1) Le chevalier de Broglie rapporte dans une lettre que ce pont était de ces ponts volants qu'on avait pris à Marchiennes, et dont personne ne connaissait la construction, qu'il se rompit seize fois différentes, ce qui retarda le passage des travailleurs et des fascines et gabions pour se loger promptement.

Assuré du succès du siége par ce brillant coup de main, le maréchal de Villars marcha le lendemain, avec le gros de son armée, sur le Quesnoy, ne laissant devant la place à M. d'Albergotti que 50 bataillons et 35 escadrons, et l'ordre de faire la garnison prisonnière de guerre. Le 7, à dix heures du matin, le comte d'Hompesch fit arborer le drapeau blanc ; on échangea des otages. Comme il demandait tous les honneurs de la guerre, qu'on ne voulait pas lui accorder, on se rendit les otages. Le lendemain il accepta la capitulation que la même année le prince Eugène avait imposée à la garnison du Quesnoy, dont la rigueur pour les officiers était adoucie par des congés qu'on leur accordait. Le siége avait duré vingt-quatre jours.

Deux ingénieurs furent tués, 15 autres furent blessés, nommément Demus père, brigadier, le chevalier d'Aumale, d'Artus, Langlois, Vialis, Chambre, Desbordes, etc. M. de Valory demanda le grade de maréchal-de-camp pour M. de Fréville, qui ne l'obtint qu'en 1719.

Le 8 septembre, le maréchal de Villars investit le Quesnoy. On savait que la place n'avait que 2 000 hommes de garnison ; mais elle renfermait une artillerie nombreuse, qui pouvait être bien servie. Destouches présenta pour le remplacer Vallière comme un sujet dont la capacité et la sagesse étaient au-dessus de tout éloge, et qui s'acquitterait parfaitement du commandement de l'artillerie. Vallière justifia cet éloge. On peut citer le siége du Quesnoy comme un des siéges où les batteries ont été disposées avec le plus d'intelligence. Ni l'artillerie ni les ingénieurs ne purent être prêts pour ouvrir la tranchée avant le 18. Le maréchal de Villars écrivait le 16 à M. Voysin :

« Mais enfin MM. Valory et Vallière et les autres ingénieurs m'ont encore demandé demain, et l'on m'a conseillé de me rendre, car Contades dit que les ingénieurs sont comme les nourrices auxquelles il ne faut jamais rien refuser. Après cela j'en ai été content à Douai, puisque assurément nous avons attaqué la place par le plus faible, et je vous assure, monsieur, que c'est une belle place..... »

On ouvrit la tranchée la nuit du 18 au 19 septembre, devant le front de la porte de Valenciennes et devant les deux demi-fronts collatéraux, pour avoir l'étendue d'attaque nécessaire pour bien distribuer les batteries. Elles ouvrirent leur feu le 25, armées de 50 pièces de 24 et de 16, et de 18 mortiers; en deux jours elles firent taire la nombreuse artillerie de la place. Le 30, on était logé sur les trois angles saillants du chemin couvert du front d'attaque. Le 3 octobre, les batteries de brèche commencèrent à tirer avec tant de succès, que le lendemain 4, après midi, le gouverneur fit battre la chamade. Le maréchal de Villars en rendit compte en ces termes le 4 octobre :

« J'étais à la tranchée, disposant l'assaut, lorsque le gouverneur a fait battre la chamade. Comme le passage du fossé était presque fini, et qu'il ne fallait plus que cent coups de canon pour rendre la brèche entièrement praticable, je n'ai rien voulu accorder aux ennemis que les bataillons des gardes de Votre Majesté ne fussent dans la place ; après quoi les colonels qui étaient en otages m'ont prié qu'on ne dépouillât point les soldats. J'ai cru que Votre Majesté ne désapprouverait pas que je leur accordasse cette grâce, et même qu'on laissât les épées aux officiers et le peu d'équipages qu'ils ont. Ainsi on peut compter que c'est presque les prendre à discrétion. Je ne donnerai aucun congé à M. d'Ivoy (le gouverneur, ancien religionnaire français), et tout sera conduit en France. »

Le prince Eugène avait pris le Quesnoy en quatorze jours ; le maréchal de Villars le reprit en quinze. M. de Valory dit au maréchal qu'il espérait qu'il ne lui serait pas demandé compte d'un jour de plus, attendu que l'ennemi nous avait tiré plus de canons et deux fois autant de bombes qu'il n'en était parti de nos batteries.

Nous eûmes deux ingénieurs tués, qui furent fort regrettés, Du Sauzay et Descrot. M. de Fréville cite, dans un précis du siége, les brigadiers d'ingénieurs Larérye, déjà très connu, Duverger, Delabrosse, de Blanzy et Létoffé.

Dans une lettre du 6 octobre adressée à M. Voysin, le maréchal de Villars s'exprima dans les termes suivants sur Vallière et sur M. de Valory :

« Je dois bien me louer de ce commandant d'artillerie, lequel, n'ayant pas encore une autorité assez ancienne (1), et d'ailleurs ne la voulant pas établir par trop de sévérité, a cependant parfaitement bien servi dans les deux siéges que nous venons de faire. Je dois aussi me louer de M. de Valory dont les lumières et les connaissances m'ont paru solides. Il est âgé (2) et d'une santé

(1) Né en 1666, Vallière avait alors quarante-six ans, et avait été fait brigadier d'infanterie en 1710, après la défense d'Aire.

(2) Né le 24 septembre 1655, Charles Guy, marquis de Valory,

très délicate, et mérite bien quelque établissement de ceux qui vaquent présentement. »

Le roi donna à M. de Valory le gouvernement du Quesnoy, où, à dater du 20 mai 1713, il fit sa résidence, sans cesser d'être directeur des fortifications.

La même année il avait récompensé par le gouvernement de Clisson, en Bretagne, le dévouement de Lefebvre, ingénieur en chef au Havre, qui servait depuis l'année 1680, avait donné souvent des preuves de sa valeur, et qui, en 1703, s'était jeté dans Belle-Ile en passant à travers l'armée navale ennemie. L'extrait suivant des lettres de provision qui lui furent expédiées à la date du 6 janvier 1712 fera connaître ce qu'étaient ces charges.

« Louis, par la grâce de Dieu, roi de France et de Navarre, par notre édit du mois de décembre 1708, et autres déclarations et arrêts rendus en conséquence, nous avions, entre autres choses, rétabli les offices de gouverneurs héréditaires qui n'ont pas été levés en exécution de notre édit du mois d'août 1693, et étant nécessaire d'en pourvoir des personnes dont la capacité, le mérite et l'expérience au fait des armes nous soient connus, nous aurions cru que nous ne pouvions faire un meilleur, ni plus digne choix, pour remplir le gouvernement de Clisson, en notre pays et duché de Bretagne, que de notre cher et bien-aimé Charles-Joseph Lefebvre..

» Pour ces causes et autres à ce nous mouvant, nous lui avons donné et octroyé, et par ces présentes signées de notre main, donnons et octroyons l'office de gouverneur pour nous de notre ville de Clisson en Bretagne, auquel il n'a encore été pourvu ; pour ledit office avoir tenir et dorénavant exercer et jouir et user par

lieutenant-général, avait cinquante-sept ans, et comptait trente-huit ans de service. Il était sans biens et avait une nombreuse famille.

ledit sieur Lefebvre, à titre de survivance, en conséquence de notre édit du mois de décembre 1709, et déclaration du 14 janvier, en suivant, aux honneurs, rangs, séance, prééminence, privilége, franchises, libertés, logements et droits, avoir le pas et prendre place dans toutes les assemblées publiques et particulières, être exempt pour sa provision de tous droits d'entrée, même de ceux appartenant à nos villes et communautés, pouvoir chasser dans les lieux dépendants de notre dite ville, jouir des fruits, foins, herbages et pêches des fossés, remparts et glacis de ladite ville, ainsi et de même qu'en jouissent les gouverneurs pour nous des places frontières, à moins qu'il n'en ait été fait une concession particulière à notre dite ville, etc., car tel est notre bon plaisir. En témoin de quoi, etc. »

Le siége de Bouchain succéda immédiatement à celui du Quesnoy. Les ennemis avaient ajouté à cette place de nouveaux ouvrages en avant des fronts d'attaque, et sous lesquels ils avaient établi des fourneaux de mines. Sa garnison n'était que de 940 hommes, et son armement ne consistait que dans 23 pièces de canon, 2 mortiers et 2 pierriers. Le maréchal de Villars fit ouvrir la tranchée la nuit du 9 au 10 octobre, « et suivant, dit-il (1), une très bonne coutume que M. de Valory m'a conseillée dans ces trois siéges, nous avons fait un prodigieux ouvrage cette dernière nuit, c'est-à-dire enfermé généralement tout Bouchain, depuis le bas Escaut jusqu'au haut Sensée, et toutes nos parallèles poussées jusqu'à 50 toises du chemin couvert. » Le 14, on ouvrit contre la place le feu de 40 canons et 8 mortiers, disposés en plusieurs batteries, suivant la méthode de Vauban, pratiquée par Vallière. Le gouverneur avait

(1) Volume 2,385 du Dépôt de la guerre.

compté sur l'usage des mines pour suppléer à la faiblesse de sa garnison. M. de Valory les éluda habilement par la manière dont il conduisit l'attaque des ouvrages avancés. Le 19, la garnison se rendit prisonnière de guerre.

La prise de Bouchain termina une campagne qui a rendu immortel le nom du maréchal de Villars. Toutes ces prospérités causèrent une joie sensible au roi, qui depuis des années n'avait éprouvé que des revers.

Après de longues négociations, les plénipotentiaires réunis à Utrecht signèrent en avril 1713 plusieurs traités de paix dont nous ne rapporterons que les articles qu'il nous paraît nécessaire de rappeler dans cet aperçu.

Le traité du 11 avril entre la France et l'Angleterre portait :

Art. IX. — Le roi T. C. fera raser toutes les fortifications de la ville de Dunkerque, combler le port, ruiner les écluses qui servent au nettoiement du port, le tout à ses dépens, dans le terme de cinq mois après la paix conclue et signée ; à condition encore que lesdites fortifications, port et écluses ne pourront jamais être rétablis : laquelle démolition, toutefois, ne commencera qu'après que le roi T. C. aura été mis en possession généralement de tout ce qui lui doit être cédé en équivalent de la susdite démolition.

Le traité de paix signé le même jour entre la couronne de France et S. A. R. de Savoie portait :

Art. III. — Après la ratification du présent traité, le roi T. C. restituera à S. A. R. de Savoie le duché de Savoie et le comté de Nice, avec leurs appartenances et dépendances et les places fortes en l'état qu'ils sont présentement.

Art. IV. — S. M. T. C. cède et transporte en toute souveraineté à S. A. R. la vallée de Pragelas avec les forts d'Exilles et de Fenestrelles, les vallées d'Oulx, de Césanne, de Bardonnèche et de Château-Dauphin, et tout ce qui est à l'eau pendante des Alpes du côté du Piémont. S. A. R. cède réciproquement à S. M. T. C. et à ses successeurs, en toute souveraineté, la vallée de Barcelonnette et ses dépendances, de manière que les sommités des Alpes et montagnes serviront à l'avenir de limites entre la France, le Piémont et le comté de Nice ; et que les plaines qui sont au-dessus seront partagées et les limites en seront réglées par des commissaires de part et d'autre, qui se rendront sur les lieux dans l'espace de quatre mois.

Ajoutons que le roi reconnaissait le duc de Savoie comme roi de Sicile, par la cession qui lui en était faite par le roi d'Espagne.

Les traités de paix avec le Portugal et la Prusse ne contiennent aucun article relatif aux places ou aux frontières.

Le traité de paix entre la France et la Hollande signé le 11 avril, et dont les ratifications furent échangées le 11 mai 1713, contient les articles suivants :

Art. VII. — Le roi T. C. remettra aux États-généraux, en faveur de la maison d'Autriche, tout ce que S. M. T. C. ou les princes ses alliés possèdent encore dans les Pays-Bas espagnols, tels que le feu roi Charles II les possédait suivant le traité de Ryswick. La maison d'Autriche en jouira après que les États-généraux seront convenus avec elle de la manière dont ledit pays doit leur servir de barrière et de sûreté (1).

Art. VIII. — *Idem* le duché, ville et forteresse de Luxembourg, le comté de Chini ; les comté, ville et forteresse de Namur ; les villes de Charleroi, de Nieuport, leurs appartenances et dépendances.

(1) Cette clause donna lieu au traité de la Barrière, conclu en 1715.

Art. XI. — *Idem* les villes de Menin et de Tournai, leurs territoires et dépendances, excepté Saint-Amand et Mortagne, qui demeureront à Sa Majesté.

Art. XII. — *Idem* Furnes, la Kenoque, les villes de Loo, Dixmude et leurs dépendances ; Ypres avec sa châtellenie, y compris Rousselaer.

Art. XV. — Les États-généraux remettront au roi T. C. la ville et châtellenie de Lille, Orchies, le pays de Laleu, le bourg de la Gourgue, Aire, Béthune, Saint-Venant, leurs bailliages, appartenances et dépendances ; le tout ainsi qu'ils ont été possédés par le roi avant la présente guerre, avec les papiers, documents, archives et particulièrement ceux de la chambre des comptes de Lille.

Après ces traités, l'Empereur d'Allemagne resta seul pour continuer la guerre contre la France. Louis XIV résolut de faire assiéger Landau. Deux armées furent rassemblées pour cette entreprise : une armée d'observation, sous le commandement du maréchal de Villars, qui dans le mois de juin eut son quartier-général à Spire, et une armée de siége sous le commandement du maréchal de Bezons, avec M. de Valory pour directeur des attaques, et Vallière pour commandant de l'artillerie. Les ennemis avaient beaucoup augmenté la fortification des fronts qui avaient été attaqués en 1703 et 1704. Ils avaient ajouté à ces fronts un avant-chemin couvert, soutenu par quatre lunettes, n°s 1, 2, 3, 4. La lunette n° 1, la première à droite en regardant la place, était revêtue en maçonnerie ; la lunette n° 4, dite de Mélac, n'était autre que la lunette que ce général avait fait construire pendant le siége de 1702 (1), mais perfec-

(1) Voyez page 253, note 1, la description de la place avec les numéros des ouvrages.

tionnée. Les quatre lunettes, ainsi que leurs chemins couverts, étaient contre-minés. A 800 mètres en avant de la lunette de Mélac, à l'endroit dit la Justice, était un ouvrage en forme de queue d'hironde, revêtu, avec fossé et chemin couvert, et contre-miné. La communication de la place avec cet ouvrage était soutenue par une lunette intermédiaire, et avait lieu au moyen de doubles capounières et d'une galerie souterraine qui partait du fossé de la lunette de Mélac.

La place avait une nombreuse artillerie, et 8,123 hommes de garnison, non compris les officiers. Elle avait pour gouverneur le prince Alexandre de Wurtemberg.

M. de Valory arriva au camp le 15 juin, et après avoir bien examiné les environs de la place, il rendit compte de sa reconnaissance aux maréchaux de Villars et de Bezons, qui pensèrent comme lui qu'il fallait se déterminer aux fronts de la place, par où elle avait été attaquée et reprise les années précédentes. Le 22, il écrivit au secrétaire d'État de la guerre :

« Après y avoir mûrement pensé, je ne vois rien de mieux à faire que de fixer les attaques entre les contregardes 9 et 11, et s'étendre jusqu'à la basse Queich *pour s'approcher et attaquer le réduit coté* 13, dont le rempart est fort découvert. Il y aura bien quelque difficulté à passer la rivière et à se rendre maître de la contre-garde 92; mais gens qui connaissent parfaitement Landau m'ont assuré qu'on peut vaincre ces difficultés : et, supposé que cela ne fût pas ainsi, il est toujours à propos d'occuper une aussi forte garnison qu'est celle de cette place par un grand front d'attaque, et l'on est toujours sûr de la pouvoir prendre par les contre-gardes 9 et 11, demi-lune 10. On sera dans la nécessité d'attaquer plusieurs lunettes de l'avant-chemin couvert que les ennemis ont faites.

» L'étendue de ces ouvrages et dehors nous obligera à ouvrir la tranchée beaucoup plus loin qu'on ne l'a fait lorsque la place fut attaquée en 1703. Il faut aussi marcher avec beaucoup plus de précaution devant une garnison de 8,000 hommes, que si elle était moins nombreuse. Nous aurons à combattre beaucoup de fougasses et de fourneaux. Il y a dans la place un capitaine de mineurs fort expérimenté. »

On ouvrit la tranchée la nuit du 24 au 25 juin par une place d'armes sur le bord du ruisseau de Wolmersheim, à 400 mètres de la queue d'hironde. On employa les nuits suivantes à perfectionner ce travail, à construire une batterie sur une hauteur en arrière, et à faire des boyaux de communication, auxquels on donna, sans nécessité, un développement démesuré, fortement blâmé par M. de Valory.

La quatrième nuit on passa le ruisseau de Wolmersheim, et l'on commença la première parallèle, dont la droite s'arrêta la cinquième nuit à 400 mètres de la lunette n° 3, tandis que la gauche était à 800 mètres de la lunette n° 4. La queue d'hironde était contre-minée ; M. de Valory l'enveloppa par ses tranchées ; l'ennemi fit jouer ses fourneaux de mines dans le vide, et l'abandonna à l'entrée de la onzième nuit du 4 au 5 juillet. Cette nuit-là on étendit la première parallèle sur la droite, jusqu'à la capitale de la lunette n° 1, et sur la gauche jusqu'au prolongement du chemin couvert de la lunette n° 5, afin de donner à l'artillerie les emplacements de batteries à ricochet demandés par Vallière. On commença en même temps la seconde parallèle à la gorge de la queue d'hironde. La communication à cet ouvrage était soutenue par une lunette que M. de Valory fit également tomber en l'enveloppant par ses tranchées. Enfin, la vingtième nuit, du 14 au 15 juillet, on exécuta à la queue des glacis des quatre lunettes une troisième parallèle, dont la droite fut poussée très près de la Queich. Vallière établit de nombreuses batteries dans cette parallèle même, en les disposant de la manière la plus avantageuse, ce qui obligea à faire passer à leur gorge des boyaux de communication.

Bien que l'ennemi ne montrât point de vigueur dans sa défense, ne fit pas de sorties, M. de Valory ne crut pas devoir entreprendre l'attaque de vive force de l'avant-chemin couvert, il craignit de commettre les troupes du roi dans une action qui ne pouvait être que très meurtrière, et peut-être sans résultat. Il dirigea une attaque régulière contre la lunette n° 1, la plus avancée, qui était revêtue, et dont le fossé était plein d'eau ; il couronna à la sape les trois angles des chemins couverts des lunettes 2, 3 et 4, et poussa des rameaux de mines sous le fossé sec de ces ouvrages, pour les bouleverser par de gros fourneaux. La nuit du 31 juillet au 1er août, trente-huitième du siége, on les fit jouer ; ils produisirent l'effet qu'on en attendait ; on s'empara des lunettes, conformément à une disposition d'attaque faite par M. de Valory : « *Les troupes se comportèrent à mer-*

veille, comme elles font toujours quand elles sont bien conduites, et qu'on leur donne des besognes possibles, dont le succès paraît en quelque façon démontré (1). » L'ennemi fit jouer dix-sept fourneaux de mines, et n'opposa pas de résistance. Les nuits suivantes on fit une quatrième parallèle à la gorge des lunettes, et l'on chemina sur les capitales des quatre ouvrages du front d'attaque. Le feu de la place nous causa une perte considérable ; 250 hommes furent tués, et 500 furent blessés. Parmi les premiers, il y eut deux ingénieurs, et six parmi les blessés.

A dater de cette époque, M. de Valory s'attacha exclusivement à l'attaque de la droite, avec l'intention d'entrer dans la place par le réduit 13. Vallière partageait entièrement cette opinion, mais il ne rend pas, dans la lettre suivante du 6 août, toute la justice qui est due à M. de Valory, qui, dès le commencement du siége, avait annoncé cette attaque.

« Je suis étonné que M. de Valory ne vous ait point encore marqué sa *velléité* à l'attaque du réduit ; cependant, monsieur, vous pouvez voir par la disposition des travaux et des batteries, sur les plans que vous avez eus de ce temps, que l'on y portait ses attentions. Je suis un de ceux qui l'ont le plus pressé sur cette attaque ; il serait à désirer qu'il s'y fût laissé aller quinze jours plus tôt. On fait bien de suivre l'attaque de la gauche, parce qu'elle fait diversion. Je suis persuadé que c'est par la droite que nous réussirons avec moins de peine et de temps, surtout à présent que nous sommes les maîtres de l'écoulement des eaux. »

On sait que ce qu'on appelle le réduit 13 à Lan-

(1) Vol. 2,456. Lettre de M. de Valory, du 1er août.

dau est un grand bastion fermé à la gorge par un bon mur. Ce bastion était couvert par la contre-garde 92, en terre, dont la face droite a le pied baigné par la Queich. Les eaux de cette petite rivière n'étant plus retenues, elle n'avait que 60 centimètres de profondeur. La contre-garde avait été endommagée par le canon; mais M. de Valory, qui voulait rendre la besogne facile aux troupes, y fit ouvrir une brèche par la mine, en même temps que le canon en ouvrait une autre dans la contre-garde 90, située sur la rive droite de la Queich. La mine joua la nuit du 18 au 19 août, cinquante-sixième du siége, et son explosion fut suivie de celle de deux autres mines, qui servit de signal à l'assaut des deux contre-gardes. Cette action fut grande et fit honneur aux troupes. Nous eûmes 165 hommes tués, et 306 blessés. Les maréchaux trouvèrent que la disposition que M. de Valory avait faite pour cette attaque était bien concertée, et l'heureuse exécution l'a justifiée.

Le prince de Wurtemberg fit, le 20, battre la chamade, et se rendit prisonnier de guerre avec toutes les troupes sous son commandement, à des conditions particulières que le roi approuva.

La garnison était forte de 8,123 hommes, sans les officiers, au commencement du siége; il sortit de la place 6,079 hommes, dont 630 blessés, plus 209 officiers. Nous eûmes 1,404 hommes tués, compris 40 officiers, et 2,856 blessés, compris 170 officiers. Ce nombre de blessés est supérieur à celui de Quincy.

Nous regrettons de ne pouvoir donner la composition des brigades d'ingénieurs qui furent employées à ce siége classique. Nous savons seulement, par une lettre de M. Le Peletier, en réponse à une de M. de Salmon, qui lui rendait compte du siége, que cet habile ingénieur y prit une part distinguée. M. de Valory se louait beaucoup de sa coopération. Nous eûmes 5 ingénieurs tués (1) et 15 qui furent blessés (2).

Le maréchal de Bezons écrivit au roi :

« Je crois être pareillement obligé de marquer à Votre Majesté l'extrême volonté des ingénieurs. C'est un corps qui se rend digne des grâces de Votre Majesté par les périls qu'ils essuient dans les siéges. »

Le maréchal de Villars ne laissa pas longtemps reposer l'armée. Après avoir ordonné les préparatifs du siége de Fribourg, qu'il avait résolu, il passa le Rhin le 12 septembre au Fort-Louis, fit des démonstrations du côté des lignes d'Ettlingen pour y retenir le prince Eugène, et se rendit à Strasbourg. Le 18, il partit de cette ville, se rendit à Kehl et marcha sur Fribourg avec 60 bataillons et 100 escadrons. Il laissa à Offenbourg le maréchal de Bezons avec la cavalerie et 30 bataillons pour composer l'armée d'observation, et rejoignit à Dinglingen le comte Dubourg, qui avait pris les devants avec 17 batail-

(1) Jacquez, brigadier; Maby, Morinville, Savigny et Du Rocheret.

(2) Lecamus, Belin, Létoffé, Laverne, Tiénot, Gouffié, Verville, Boispinet, Breval, Quénau, Triaire, Gilbert, Coulon, De la Brosse, le chevalier d'Aumale.

lons et un corps de cavalerie, et plus loin le chevalier d'Asfeld, qui avait passé le Rhin à Brisach.

Le général autrichien Vaubonne occupait, sur les hauteurs de Rosshaupt, près Fribourg, une position retranchée par des chevaux de frise et des palissades. Forcé le 20 septembre, dans cette position, par le maréchal de Villars, il jeta en se retirant 12 bataillons dans Fribourg, ce qui en porta la garnison à 16 bataillons, faisant 10,000 hommes et 100 dragons (1). Ces troupes, sur la bravoure desquelles on pouvait compter, étaient commandées par le comte d'Harsch et le major-général Wachtendonck, qui avaient ordre de se défendre jusqu'à la dernière extrémité.

La ville de Fribourg-en-Brisgau est située à l'entrée du val d'Enfer, un des passages fréquentés de la forêt Noire, à peu près sur le parallèle de Neufbrisach. Elle avait été cédée au roi en 1677 par le traité de Nimègue, et Vauban, en 1679, en avait fait une place neuve à laquelle il avait appliqué son premier tracé. Nous l'avions rendue en 1697. Il y avait huit bastions, dont six avec des flancs concaves à orillons, se suivant unis par des courtines et portant les n°s 8, 9, 10, 11, 20, 21. La Treissam, petite rivière torrentueuse, sort du val d'Enfer, coule de l'est à l'ouest, passant au pied de la montagne Saint-Pierre et à la queue des glacis des trois bastions 21, 20 et 11. Les trois autres regardent l'ouest. Un canal

(1) *Œstreisische Zeitschrift*, 1811. Ce journal contient une relation détaillée de la défense.

très court, dérivé de la Treissam, en porte les eaux dans le fossé de la place, dont la profondeur d'eau va en augmentant depuis le saillant du bastion 21, où elle n'est que de 0^m,65 jusqu'au saillant du bastion 8, où elle est de près de 7 mètres. Vauban proposait, pour se débarrasser des eaux de la Treissam, si l'on assiégeait Fribourg, de les détourner dans un canal de main d'homme. Enfin la montagne Saint-Pierre, qui présente une côte rapide depuis son pied dans la place jusqu'à son sommet, élevé de 130 mètres au-dessus de la Treissam, était occupée par un ancien château et par plusieurs forts.

Le premier soin du comte d'Harsch, lorsque nous parûmes devant la place, fut de faire travailler jour et nuit à une lunette située sur la capitale du bastion 10, appelé par l'ennemi le bastion Saint-Léopold, à une double caponnière, longue de 60 à 70 mètres, qui unissait cette lunette au chemin couvert du bastion.

Après avoir investi la place le 22 septembre, le maréchal de Villars arrêta avec M. de Valory que l'on attaquerait le front des bastions, 9, 10, et demi-lune 14; il paraît qu'ils se déterminèrent pour cette attaque par la considération d'un rideau qui régnait devant ce front à 400 mètres de distance. M. de Valory, ne jugeant pas pouvoir résister à la fatigue de diriger à la fois l'attaque de la ville et celle de la montagne Saint-Pierre, tant par l'éloignement que par l'impossibilité de monter et descendre des côtes très escarpées, chargea du soin particulier de la seconde attaque Duportal, directeur des fortifications d'Alsace (1), qui était dans la force de l'âge et ne manquait point de capacité.

La nuit du 30 septembre au 1er octobre, on ouvrit la tranchée devant la ville, et comme il arrive souvent, la première nuit on fit un grand travail sans perdre un seul homme. La droite de l'attaque s'appuyait à la Treissam. On fit une première et une seconde parallèle ; on arma les batteries de cette dernière de 10 mortiers et de 34 pièces de canon, qui endommagèrent considérablement les maçonneries des bastions 9 et 10. « Il est important, écrivait le 11 M. de Valory, de détruire les défenses de ces deux ouvrages avant d'attaquer le chemin couvert. Notre batterie à ricochet commença à tirer hier matin, et les cavaliers des bastions 9 et 10 en souffrent. »

M. de Saint-Périer commandait l'artillerie ; mais le maréchal de Villars pria Vallière de venir passer quatre à cinq jours au siége. Cet habile officier examina particulièrement l'attaque de la montagne Saint-Pierre, qui n'avançait pas au gré du maréchal. Il trouva qu'il n'y avait point à choisir pour l'emplacement des batteries; qu'elles ne pouvaient être plus près, et qu'elles produisaient un bon effet.

Le maréchait était impatient. M. de Valory écrivit le 13 (D. G. vol. 2458) :

M. le maréchal de Villars souhaite que nous attaquions, demain 14, les angles du chemin couvert des bastions 9 et 10, demi-

(1) Il avait remplacé Tarade, son beau-père, qui vivait encore.

lune 14, et chasser en même temps les ennemis de la lunette sur le bastion 10. Cela n'est pas impossible ; mais ce sera une grande action qui pourra nous coûter par le grand feu des ennemis et la résistance que nous pourrons trouver dans cette attaque ; il nous en coûterait moins si nous différions de deux ou trois jours pour approcher plus près de ces angles (la troisième parallèle en était à 50 mètres). J'ai représenté toutes ces raisons à M. le maréchal, etc.

L'attaque projetée par le maréchal eut lieu et réussit ; mais une circonstance imprévue rendit l'action des plus sanglantes. M. de Valory avait heureusement fait une forte disposition, et, dans son rapport au roi, le maréchal s'en loua infiniment. On y employa 30 compagnies de grenadiers, soutenues par un égal nombre de piquets, et, par-dessus cela, 10 compagnies de grenadiers en réserve. Il n'y en avait pas trop, pour ne pas dire assez ; mais les bataillons de la tranchée suppléèrent. Le 14, au même moment, à cinq heures et demie du soir, où nous donnions le signal de l'attaque par quatre bombes, l'assiégé donnait par deux coups de canon, le signal d'une sortie de 600 hommes. En arrivant sur la crête du chemin couvert, les grenadiers français se trouvèrent face à face avec les grenadiers ennemis, qui en sortaient ; on se battit de part et d'autre avec acharnement. Il n'y avait que 75 hommes dans la lunette, 75 à sa gorge et 200 environ dans la communication. Ils opposèrent une vive résistance et furent tous tués ou blessés. L'ennemi avoue une perte de 900 hommes. Les pièces officielles constatent que, de notre côté, il entra 400 blessés à l'hôpital ; elles se taisent sur le nombre des morts, qu'on ne peut guère évaluer à plus de 300, total 700 hommes au plus mis hors de combat (1). Dans ce nombre étaient 8 ingénieurs.

On resta maître de la lunette et on se logea sur les trois angles du chemin couvert; les nuits suivantes, on perfectionna et l'on étendit les logements; on construisit des batteries dans le couronnement du chemin couvert, et l'on y fit des descentes pour exécuter les passages de fossés, au nombre de quatre. On ne put les commencer que le 22, savoir, deux à la demi-lune 14, un à la face droite du bastion 10 et un à la face gauche du bastion 9. Ce travail fut long et rempli de difficultés : d'abord, nos contre-batteries, composées chacune de 4 canons et de 10 à 12 mortiers, ne purent jamais éteindre les feux d'un égal nombre de canons enterrés dans les orillons, en second lieu, les fossés étant très larges, avec une profondeur d'eau de 7 mètres au bastion 9 et de 5 mètres au bastion 10, exigèrent une quantité considérable de fascines, auxquelles il fallait ajouter des pierres ou des sacs à terre pour les chasser jusqu'au fond de l'eau. M. de Valory fit bien ouvrir, pour faire baisser l'eau dans les fossés, un canal d'écoulement vis-à-vis la face gauche du bastion 10; mais il ne servit qu'à dégorger le trop-plein des fossés alimentés par l'é-

(1) Dans la *Vie du maréchal de Villars*, écrite par lui-même et donnée au public par Anquetil, Villars dit que cette attaque nous coûta 2,000 hommes. Nous croyons que sa mémoire le trompe, de même que lorsqu'il dit que Fribourg se racheta du pillage au moyen d'un million. C'est à peine si l'on put en tirer 200,000 fr.

cluse de la Treissam. Enfin il prit le parti de détourner les eaux de ce torrent. Perdiguier, ingénieur, fit commencer ce travail, la nuit du 25 au 26, avec 2,300 hommes, et le 30, à dix heures du matin, les eaux entrèrent dans le nouveau lit qu'on leur avait ouvert.

Le 31 octobre, les passages du fossé de la demi-lune 14 étant terminés, la trente-deuxième nuit, sur les sept heures, on attaqua cet ouvrage, et on s'y logea avec une perte médiocre de notre part. Le passage du fossé du bastion 10 était aussi terminé, celui du bastion 9 étant près de l'être, le comte d'Harsch ne voulut pas exposer la ville à être prise d'assaut; le 1er novembre, il se retira dans les forts, et en donna avis au maréchal. Cette retraite sans capitulation irrita le maréchal. Avant d'entrer dans la ville, il fit mettre une garde aux portes pour la préserver du pillage, fit porter les blessés, les malades et les femmes de l'ennemi sur les glacis du château pour que le gouverneur les reprît ou pourvût à leur subsistance, et lui accorda, pour prendre les ordres du prince Eugène, quinze jours, passé lesquels le siége recommencerait. Le 16, la capitulation fut signée; les forts nous furent remis, la garnison en sortit avec tous les honneurs de la guerre, et le 20 elle fut conduite à Rottweil.

Après la nuit du 14 au 15, nous perdîmes peu de monde dans tout le cours du siége (1), soit à l'attaque

(1) Parmi les ingénieurs, deux furent tués. Cormontaingue servait aux deux siéges comme ingénieur volontaire.

de la ville, soit à celle des forts, qui ne fit aucun progrès. Le maréchal s'en plaignant à M. Voysin, M. de Valory écrivit à ce ministre :

« Je désirerais bien que le plan en relief de Fribourg, qui est à Versailles, y pût demeurer jusqu'à ce que je fusse sur les lieux pour avoir la satisfaction de vous démontrer qu'il n'y avait rien de mieux à faire et que je n'ai été induit en erreur par personne à ce sujet. »

Les siéges de Landau et de Fribourg nous semblent assigner le premier rang à M. de Valory parmi les ingénieurs de cette époque pour l'attaque des places.

M. de Girval, ingénieur, et premier commis de la direction générale des fortifications, mourut le 22 avril 1713. M. Le Peletier témoigne dans sa correspondance que ce fut une grande perte pour lui.

Le roi rendit le 9 décembre 1713 une ordonnance pour la conservation des ouvrages de fortification, *et pour empêcher qu'on ne bâtisse des maisons dans l'étendue qui y est marquée* (1).

Cette étendue fut fixée à 250 toises, comptées de la palissade du chemin couvert, s'il y en a, à peine de désobéissance, et de souffrir la démolition et rasement desdites maisons et jardins, sans en espérer aucun dédommagement. Cette ordonnance est la première qui ait créé les servitudes militaires, si nécessaires à la sûreté et à la défense des places de guerre. On avait eu plus d'une fois l'occasion de reconnaître,

(1) In-folio de 8 pages. Paris, imprimerie royale, 1714.

dans le cours de la longue guerre qui venait de finir, les inconvénients des bâtisses situées dans le rayon d'attaque des places.

Le traité fait avec l'Angleterre fut sans délai suivi d'exécution. A la fin de l'année 1713, toutes les fortifications de Dunkerque étaient rasées, à l'exception de la citadelle, qui ne le fut qu'un peu plus tard. Le grand Risban et les forts avaient été détruits au moyen de fourneaux de mines sous la direction de M. Delafon, ingénieur. En 1714, on démolit les quais du grand bassin à flot, ainsi que son écluse, et on le combla ; on enleva les jetées en charpente élevées sur les digues en fascines du chenal ; enfin il fallut en venir à la démolition des écluses de tous les canaux qui servent en même temps à la navigation et à l'écoulement à la mer des eaux du pays. On essaya de représenter aux commissaires anglais que ces canaux n'appartenaient ni au roi ni à la ville de Dunkerque, qu'ils avaient été construits par les châtellenies de Furnes, de Bergues, de Bourbourg, longtemps avant le port de Dunkerque ; qu'en condamnant le chenal de ce port, qui était le confluent naturel de ces canaux, tout le pays serait submergé. L'un des commissaires (1), dont l'opinion faisait autorité, prétendait que l'on pouvait faire écouler les eaux du pays par Nieuport ou par Gravelines ; Nieuport n'appartenait plus à la France, et il y avait impossibilité par Gravelines, le radier de l'écluse du débouché de

(1) Jean Armstrong. Il avait les titres d'écuyer, quartier-maître-général, premier ingénieur, intendant de l'artillerie.

l'Aa étant de 2^m,14 plus élevé que la laisse de basse mer de vive eau à Dunkerque. Toute représentation fut vaine. Toute concession à laquelle les ministres anglais auraient pu consentir aurait servi de prétexte à l'opposition pour soutenir que le traité n'était pas exécuté. Le 6 août 1714, les écluses des canaux étaient détruites, et des bâtardeaux construits à l'entrée des canaux dans la ville rendaient impossible tout écoulement des eaux du pays par le havre de Dunkerque ; la dépense totale de démolition fut de 600,000 livres ; enfin la communication du havre avec le chenal, fermée par un grand batardeau en terre, ouvrage des commissaires, isolait entièrement la ville.

On exécuta alors le projet qui avait été présenté par Moyenneville, directeur des fortifications, qui consistait à faire un canal depuis le point sur le canal de Bergues où tombent les trois autres canaux de Furnes, de la Mocre et de Bourbourg jusqu'à la fosse de Mardick, à 3,600 mètres de Dunkerque. Ce canal devait servir non-seulement à l'écoulement des eaux du pays, mais à faire communiquer Dunkerque avec la mer, et rien plus (1). On en pressa la construction, à laquelle s'intéressait une population nom-

(1) M. le comte de Garden avance, dans son *Histoire générale des traités de paix*, t. II, p. 307, note 1, que Louis XIV « fit creuser à Mardick un autre port qui devait être plus profond que celui qu'on comblait. Cette mauvaise foi, etc. » Il n'y eut point de mauvaise foi, M. de Garden est mal informé et ne connaît pas la question : il ne fut pas remué une pelletée de terre à Mardick pour creuser un port moins ou plus profond que celui qu'on comblait.

breuse, et le 1er janvier 1715 il était achevé. Le 6 février on commença les chasses dans le chenal, qui s'approfondit au point qu'au mois d'avril une frégate de 34 canons entra dans le canal. Armstrong avait protesté contre cet ouvrage, qu'il considérait comme une violation du traité. La reine Anne mourut le 12 août 1714. Georges Ier, duc de Hanovre, qui lui succéda, nomma de nouveaux ministres, qui étaient d'abord disposés à partager l'opinion d'Armstrong; mais sur les assurances que le roi donna qu'il n'avait nulle vue, nulle intention de faire un nouveau port à Mardick, ni d'y bâtir une place, que Sa Majesté ne voulait que sauver un pays qui serait submergé si les eaux n'avaient pas un écoulement vers la mer, les choses restèrent dans cet état jusqu'en 1716. Le nouveau canal avait 6,600 mètres de longueur, compris le chenal, 28 mètres de largeur au plafond, et 4 mètres de profondeur en basse mer. L'écluse avait deux passages, l'un de 14^{m},30 de largeur, et l'autre de 8^{m},45. Le sas pouvait recevoir un bâtiment de 28 mètres de longueur. L'exécution du projet de Moyenneville coûta 1,154,551 livres. La largeur du passage destiné aux communications maritimes causa la querelle qu'en 1716 l'opposition envenima.

L'état des ingénieurs qui étaient employés en 1714 en désigne 304, parmi lesquels sont deux lieutenants-généraux, MM. de Valory et de Vauban, un maréchal-de-camp, Ch. Robelin, et sept brigadiers d'infanterie (1). Vingt sont directeurs des fortifications

(1) Tardif, Delacombe, Freville, Demus, Favart, Larérye, Salmon.

d'un département de places, et deux sont ingénieurs en chef, avec le titre de directeurs (1). Les appointements de tous montent à la somme de 439,560 livres, à laquelle il faut ajouter 20,300 livres, données en gratification à un petit nombre.

En outre des ingénieurs portés sur l'état annuel, il y en avait qui, sans y être compris, étaient employés par le secrétaire d'État de la guerre. Dhermand, ingénieur, était dans ce cas ; il était en 1712 et 1713 à l'armée du maréchal de Villars, et entretenait avec M. Voysin une correspondance dans laquelle il critiquait souvent les opérations du directeur des attaques ; il lui envoyait les plans des travaux. Le secrétaire d'État de la guerre recevait, en outre, de Naudin les plans des attaques, qu'il mettait sous les yeux du roi. Cet habile topographe avait le titre d'ingénieur ordinaire du roi, sans être porté sur l'état de M. Le Peletier.

Parmi les ingénieurs qui étaient employés à lever des cartes, aucun n'a exécuté autant de travaux avec une remarquable perfection de dessin que Claude Masse, qui, à dater de 1688, a été chargé de lever les côtes de l'Océan depuis le bassin d'Arcachon jusqu'à la baie de Bourgneuf, sur une largeur de plusieurs lieues. Toutes les cartes de Masse sont accompagnées de mémoires topographiques et historiques intéressants. Le Dépôt possède tous ses mémoires ; il n'a qu'une partie des cartes. Il est plus riche en cartes des autres frontières, levées par Masse et ses fils pos-

(1) Bordier à Calais et Garengeau à Saint-Malo.

térieurement à 1715. Reçu ingénieur en 1702, Masse s'appliqua à la fortification. Frappé du peu de résistance des places qui étaient attaquées avec une nombreuse artillerie, il pensa qu'il était de toute nécessité, pour remédier à l'infériorité de la défense, de multiplier dans la fortification les souterrains, les casemates et autres chicanes, telles que les mines. Sur ce principe, il imagina un système dans lequel, sans s'écarter de la forme bastionnée, il ajoute aux feux supérieurs des parapets les feux couverts de nombreuses casemates à canons, *à mortiers*, ouvertes à la gorge, et cachées aux vues de la campagne (1). Par ce travail, resté inédit, Masse ouvrait à la fortification une nouvelle voie.

En 1714, le prince Eugène et le maréchal de Villars se rencontrèrent à Rastadt, revêtus du caractère de ministres plénipotentiaires pour la paix entre la France et l'Empire. Le 6 mars, ils y signèrent le traité dit de Rastadt, dont les ratifications furent échangées le 6 avril. Il nous suffira de dire que les traités de Westphalie, de Nimègue et de Ryswick furent considérés comme la base et le fondement du traité de Rastadt, que celui-ci fut suivi du traité de Bade, signé le 7 juin, qui consommait le démembre-

(1) *Nouveau système de fortification, touchant une citadelle, qu'on propose de faire à la Rochelle pour résister aux attaques de ce temps*, dressé par Masse à la Rochelle, le 22 de mars 1713. In-folio, n° 48, au Dépôt. Masse avait fait trois recueils de dessins de fortification, dont un, que nous avons vu en 1828, appartenait à un de ses descendants, officier dans la garde royale.

ment de la grande monarchie espagnole en Europe.

Par l'article 19, le roi de France consentait que l'Empereur prît possession des Pays-Bas espagnols remis aux États généraux, et par l'article 30 il promettait de le laisser en possession tranquille de tous les États et places qu'il occupait en Italie, tels que le royaume de Naples, le duché de Milan (à l'exception de ce qui en avait été cédé au duc de Savoie en 1703), l'île de Sardaigne et les ports de la Toscane.

M. de Garden fait remarquer que le traité de Bade s'écarte en plusieurs points des traités d'Utrecht ; la Sardaigne, qui devait passer à l'électeur de Bavière, est laissée à l'Empereur qui en était en possession. L'Empereur qui par les traités d'Utrecht devait rendre le duché de Mantoue aux ducs de Guastalla, le duché de la Mirandole à la maison de Pie, et la ville de Commachio au pape, conserva ces pays et places par le traité de Bade.

Les ministres de l'empereur d'Allemagne avaient signé à Utrecht, le 14 mars 1713, un traité pour l'évacuation des troupes de Sa Majesté Impériale de la Catalogne et des îles de Majorque et d'Iviça. Dans le mois de juin, M. de Starhemberg exécuta ce traité de mauvaise grâce ; il ne fit pas la remise des places aux troupes de Sa Majesté Catholique, il les abandonna aux mains des habitants. Les Barcelonais, mécontents de ce que, dans le traité d'évacuation, on avait renvoyé à la paix générale la confirmation des priviléges de la Catalogne, craignant de les perdre en passant sous l'obéissance de Philippe V, se soulevèrent, nommèrent des chefs, de nouvelles autorités, en un mot se mirent en état de rébellion ouverte. Une année entière se passa sans que l'on prît d'autres moyens pour les soumettre que de bloquer la place.

En 1714, on fit tous les préparatifs nécessaires pour assiéger Barcelone. Louis XIV donna le commandement des troupes destinées à cette nouvelle campagne au maréchal de Berwick, avec un grand nombre d'officiers-généraux sous ses ordres, et M. de Vauban, lieutenant-général, pour ingénieur en chef, et avoir la direction du siége. L'armée était nombreuse, tant en infanterie qu'en cavalerie des deux nations ; le parc de siége était considérable.

M. de Vauban avait sous ses ordres Lozières-Dastier, chargé du détail, et cinq brigades, chacune de six ingénieurs.

1re brigade : le chevalier Duverger, brigadier ; Mirabel, sous-brigadier ; le chevalier d'Aumale, Gion de Montdion, Ranc et Mainecé.

2e brigade : Desroches, brigadier ; La Blottière, sous-brigadier ; Maigret, Desfourneaux, Durand de la Roque, Destran.

3e brigade : De Biancolelly, brigadier ; Bezin, sous-brigadier, Desvallons, Rodolphe, de Menoilhon, de Palmas.

4e brigade : De Cheylas, brigadier ; de Changy, sous-brigadier ; Pretteseille, Bernardy, Lenoir, de Ferre.

5e brigade : Thibergeau, brigadier ; Razaud, sous-brigadier ; Dutrou de Villetang, de Pontmarlin, Maret, d'Artus, de la Lance.

Le 21 mai, le marquis d'Arpajon s'empara du couvent des Capucins, dans la plaine de Barcelone, où les révoltés avaient un très bon poste. Il l'entoura de tranchées pour être à couvert de la place, et y fit construire une batterie de mortiers qui tira sur la ville.

Le maréchal de Berwick arriva au commencement de juillet, reconnut avec soin la place, et le 13 écrivit au roi qu'il s'était déterminé à l'attaquer par la marine du côté du Besos. Le Besos est un torrent qui se jette dans la mer à 6 kilomètres au nord de Barcelone. Le côté de l'attaque présentait deux fronts bastionnés, développés en ligne droite, le premier de 585 mètres de longueur, le deuxième de 390 mètres. Le premier bastion à droite, n° 9, était le bastion de la porte Neuve, le bastion n° 8 le bastion Sainte-Claire, le bastion n° 7 le bastion du Levant. Entre ce dernier et la mer il restait une plage de 400 mètres de largeur, fermée par un épaulement appuyé à une redoute. Rien de plus simple en apparence que cette fortification : pour tout dehors un fossé sec, peu profond, non revêtu, et un chemin couvert avec de petites places d'armes ne défilant pas les maçonneries. Mais les trois bastions étaient fermés à la gorge par l'ancien mur d'enceinte de la place, encore muni de ses tours, et servant de retranchement. Au bastion Sainte-Claire ce mur n'était pas en ligne droite, il était brisé à angle droit, dont un des côtés doublait le flanc gauche du bastion. La courtine 8-9, longue de 390 mètres, était, ainsi que son chemin couvert, en ligne droite dans un rentrant très prononcé. Les faces des bastions tiraient leurs défenses obliquement de la courtine, en sorte que, leurs flancs ne pouvant pas être contre-battus par les trouées des fossés, il fallut prendre ces bastions pour rendre leurs flancs inutiles.

La nuit du 12 au 13 juillet on ouvrit la tranchée avec 2,500 travailleurs. On fit une grande partie de la première parallèle avec ses communications. L'ennemi fit une forte sortie sur la gauche qui fut repoussée. La troisième et la quatrième nuit on exécuta la seconde parallèle, distante de 300 mètres du chemin couvert. La cinquième nuit on y construisit des batteries pour 76 pièces de gros canon. Le 24 on battait la place avec 83 pièces de canon et 23 mortiers; on ouvrait une brèche de 40 mètres dans la courtine 8-9. Sous le feu de cette nombreuse artillerie, on s'avança à la sape sur les capitales des bastions 8 et 9, et perpendiculairement à la face gauche du bastion 7, jusqu'à 20 ou 30 mètres de distance du chemin couvert. La nuit du 30 au 31 on le fit attaquer par huit compagnies de grenadiers; l'ennemi l'abandonna, on se logea sur les angles, et on tira une parallèle d'un angle à l'autre. Le 31, Delorme, capitaine de mineurs, profita d'une voûte d'entrée dans le fossé du bastion 9 pour commencer une galerie sous ce bastion. Les Espagnols en firent autant au bastion 8.

Le 1er août et les jours suivants, jusqu'au 11, tandis que les mineurs étaient attachés aux bastions 8 et 9, on construisit une batterie pour élargir la brèche de la courtine, et deux contre-batteries pour éteindre les feux du double flanc gauche du bastion Sainte-Claire.

La nuit du 11 au 12, trente et unième du siége, on fit jouer les mines, qui produisirent deux brèches praticables. Le 12, au petit point du jour, quatre compagnies de grenadiers donnèrent l'assaut au bastion de la porte Neuve, et cinq au bastion Sainte-Claire; elles chassèrent l'ennemi, et les travailleurs qui les suivaient étaient occupés à se loger, lorsque subitement, sur quelques mouvements que firent les ennemis pour rentrer dans les bastions, travailleurs et grenadiers se replièrent et rentrèrent dans le chemin couvert. L'ennemi reprit poste sur les brèches.

Le 13, le maréchal de Berwick résolut de reprendre le bastion Sainte-Claire, pour pouvoir ruiner son flanc haut. A dix heures du soir, quatre compagnies de grenadiers en chassèrent l'ennemi dans l'instant; les travailleurs passèrent aussitôt pour faire le logement, tandis que quatre compagnies de grenadiers étaient postées dans le fossé, deux autres et des piquets à la descente pour soutenir l'attaque. Depuis dix heures du soir jusqu'à six heures du matin tous les remparts de la place furent garnis de troupes des révoltés, qui firent un feu considérable de mousqueterie, et tentèrent vainement plusieurs sorties pour rentrer dans le bastion. Le logement fut fait, les grenadiers l'occupèrent; à dix heures on releva les travailleurs. A midi l'ennemi revint en force, et tomba avec tant de précipitation sur nos gens qu'ils furent culbutés sur les grenadiers qui devaient les soutenir; la confusion devint générale. L'ennemi resta maître du bastion Sainte-Claire.

Trois capitaines de grenadiers furent tués ou blessés; 2 ingénieurs furent tués et 4 blessés.

Après cet échec, le maréchal de Berwick résolut de ne plus rien tenter qu'il ne fût en état de livrer un assaut général. Il étendit les logements du chemin couvert devant les trois bastions, ouvrit de nouvelles brèches et des rampes faciles pour y arriver. Le 4 septembre il fit sommer les révoltés pour la première et la dernière fois. Le 7, il reçut pour réponse que les trois corps de la ville assemblés avaient résolu ni de proposer ni d'admettre aucune proposition. Réponse audacieuse qui ôtait tout espoir d'accommodement.

Le 11 septembre, à la petite pointe du jour, l'assaut général eut lieu avec 31 bataillons et 38 compagnies de grenadiers, soutenus de 10 bataillons et d'autant de compagnies de grenadiers. Outre cela, 600 dragons soutenus par 300 cavaliers devaient attaquer la redoute qui était à notre gauche, sur la plage.

L'attaque se fit en même temps de partout, et réussit parfaitement. Les grenadiers et les bataillons s'étendirent d'abord le long du rempart, et ensuite attaquèrent de toutes parts les retranchements qui régnaient derrière tout le front de l'attaque ; les ennemis en furent pareillement chassés; ils revinrent par plusieurs endroits à la charge, mais nos troupes se maintinrent sur tous les points, excepté à la gorge du bastion Saint-Pierre, d'où elles furent obligées de se retirer, à cause du feu épouvantable qui sortait des couvents et des maisons retranchées ; il n'y eut pas moyen de s'y loger, et la perte y fut considérable. On fit une coupure sur le rempart auprès du bastion de la Porte-Neuve, et depuis ce point jusques un peu au delà du bastion du Midi l'on retrancha toutes les rues ; on se proposait de faire de nouvelles dispositions lorsqu'à quatre heures après midi les ennemis firent rappeler. Les députés sortirent, et après quelques allées et venues, le lendemain 12 au matin, ils revinrent implorer la clémence de Sa Majesté Catholique. On leur accorda la vie, et l'on promit de ne point permettre le pillage.

Nous perdîmes dans cette action au moins 1,500 hommes tués ou blessés, et les ennemis autant.

« Barcelone a soutenu soixante et un jours de tranchée ouverte, mais aussi on n'a guère vu une plus grande opiniâtreté que celle de sa garnison et de ses habitants (1). »

Le 6 août, M. de Vauban avait été blessé par une balle qui avait pénétré dans les chairs, et qui fut arrachée : c'était sa trente-deuxième blessure. Lozières-Dastier le remplaça et s'acquitta des devoirs de directeur d'attaque à la satisfaction du maréchal. Duverger, brigadier, et deux autres ingénieurs furent tués. Neuf furent blessés, parmi lesquels était Maigret, qui avait servi avec distinction.

En 1715, M. de Verboom, ingénieur-général au

(1) D. G., vol. 2488, Lettre de Berwick au roi.

service d'Espagne (1), fit le projet d'une citadelle qui fut construite.

Dans le mois de mars, M. de Tigné fut envoyé à Malte, avec Gion de Montdion, Delafon, Grillot de Predelys, d'Artus et Maigret, pour mettre en état de défense l'île et sa forteresse. On craignait une descente des Turcs, et le grand Prieur s'y était rendu en même temps. Maigret, uni au *petit* Folard, comme les Vendôme l'appelaient, fit pendant les premiers mois une opposition à M. de Tigné, mais cet habile ingénieur passa outre et remplit sa mission. Il présenta, le 27 septembre, au grand maître et au conseil, un recueil de plans et de mémoires concernant les fortifications de Malte qui fut reçu avec une grande satisfaction, et rentra en France. On lui avait promis d'exécuter ses projets; on donna son nom à un des ouvrages que l'on construisit.

Au commencement de l'année 1715, Lozières-Dastier, Bezin, Verville et Durand de la Roque, firent la reconnaissance de l'île Majorque, où l'autorité de Philippe V n'était pas encore reconnue. Le 15 juin, le chevalier d'Asfeld y débarqua heureusement avec un corps de troupes dans un endroit difficile qui n'était pas gardé par les révoltés. Il s'avança jusque près d'Alcudia, place forte, sans trouver de résistance, promettant amnistie, au nom du roi, à ceux qui se soumettraient et faisant observer à ses troupes

(1) Voir sur cet ingénieur le *Spectateur militaire*, n° du 15 mars 1847.

une exacte discipline. Alcudia lui ouvrit ses portes; les autres villes suivirent cet exemple, excepté Palma, la capitale, où commandait le chef des rebelles. Le chevalier d'Asfeld parut devant la place le 29; une sortie que fit la garnison, et qui fut repoussée, lui fit d'abord craindre d'avoir à faire un siége, qu'il n'aurait pu entreprendre avant un mois; mais les habitants déterminèrent la garnison à proposer une capitulation qui fut conclue le 3 juillet et mit fin à l'expédition.

Après la soumission de l'île Majorque, due à la sagesse du chevalier d'Asfeld et qui couronnait si bien les services qu'il avait rendus à l'Espagne pendant toute la durée de la guerre, Philippe V le créa chevalier de la Toison d'Or, le 21 juillet, et le mois suivant, par décret du 30, marquis d'Asfeld pour lui, ses descendants et parents directs ou collatéraux. (Pinard, tome III.)

Sous le titre de *Relation de notre voyage de Majorque*, Lozières-Dastier a écrit une relation intéressante de l'expédition (1). Ce brave ingénieur, à qui la bonne volonté et les services de guerre ne manquaient pas, ne fut fait brigadier d'infanterie que dans la grande promotion du 1er février 1719.

Les vingt et un directeurs des fortifications étaient, à cette époque (1715), Demus à Saint-Quentin, Ch. Robelin à Saint-Omer, Vauban (Dupuis) à Arras, Moyenneville à Dunkerque, Valory au Quesnoy, De-

(1) Dépôt de la guerre, vol. 2501, n° 40.

lacombe à Maubeuge, Dufay à Charlemont, Denonville à Metz, de Chermont à Longwy, Duportal à Strasbourg, Candau à Auxonne, Caligny à Besançon, Tardif à Grenoble, Lozières-Dastier à Embrun, Lefébure à Toulon, Niquet à Montpellier, Joblot à Perpignan, Salmon à Bayonne, Favart à la Rochelle, Robelin à Brest, de Langrune au Havre. Mazin était chargé de la Bastille et des galeries du Louvre depuis l'année 1711.

Louis XIV termina sa longue et glorieuse carrière, qui lui a valu le nom de Louis le Grand, le 1er septembre 1715, à l'âge de soixante-dix-sept ans moins quatre jours. Le directeur-général des fortifications, M. Le Peletier de Souzy, annonça cette nouvelle à M. Leblanc, intendant de la Flandre maritime, dans les termes suivants :

A Paris, le 2 septembre 1715.

Je n'ai pas eu le courage, monsieur, de vous mander hier la triste nouvelle de la perte que nous avons faite. Le roi mourut hier au matin sur les huit heures et demie. M. le duc d'Orléans alla sur-le-champ saluer le nouveau roi et y retourna peu de temps après à la tête des ducs et de toute la haute noblesse, que rendirent leurs respects au roi pêle-mêle. Je vous marque cela, monsieur, parce que MM. les ducs avaient prétendu rendre leurs devoirs en corps, suivis de toute la noblesse, ce qui ne fut approuvé de personne. Ces messieurs s'assemblèrent ensuite chez M. le duc de la Trémouille, au nombre de trente-neuf ou quarante. On ne sait pas précisément ce qui s'est passé dans cette assemblée. On croit que cela roulait sur la dispute du bonnet et du chapeau, vous savez ce que c'est, et qu'ils résolurent de ne point ôter leur chapeau quand M. le premier président leur demanderait leurs avis. Le parlement paraît aussi dans la résolution de ne rien changer à l'ancien usage.

Comme on a prévu qu'il y aurait différents avis, peut-être même de la dispute sur l'ouverture et la lecture du testament du roi, l'on n'a pas cru devoir engager le jeune roi à cette séance; ainsi l'on a remis le lit de justice à jeudi prochain, que Sa Majesté doit tenir. M. le duc d'Orléans, MM. les princes du sang et les ducs et pairs ont été aujourd'hui au parlement pour y faire l'ouverture du testament du roi de France. Le parlement s'est assemblé auparavant dans la chambre de Saint-Louis pour délibérer ce qu'il y aurait à faire sur la contestation des ducs. Je ne puis encore vous rien mander de ce qui a été résolu. La séance a duré jusqu'à une heure, et l'on doit encore se rassembler à deux heures après midi.

A quatre heures du soir.

J'apprends dans ce moment d'une personne qui n'est pas du métier, et qui par conséquent peut se tromper, mais qui néanmoins parle sur la relation d'un de ses proches, qui a assisté à l'assemblée, que l'on a ouvert le testament du roi, par lequel Sa Majesté, après avoir déclaré M. le duc d'Orléans régent, avait nommé pour le conseil de la régence MM. les maréchaux de Villeroy, d'Harcourt, de Tallard, de Villars et d'Huxelles, et M. le duc du Maine pour gardien de la personne du roi, avec une autorité absolue sur les troupes de sa maison qui garderaient Sa Majesté. M. le duc d'Orléans s'est opposé à cet article et au conseil de la régence, prétendant que c'est à lui, comme régent, à nommer ceux qui le doivent composer. Sur l'article du commandement des troupes, le parlement a décidé que cela regardait le régent, qui en devait être le maître. L'on dit que, sur l'article du conseil, l'on doit se rassembler cette après-dînée. Quand je serai mieux éclairci de ce qui s'y sera passé, j'aurai l'honneur de vous en rendre compte.

Vous jugez bien, monsieur, que nous ne savons encore rien de l'arrangement et de la disposition des conseils. J'attends tranquillement tout ce qui pourra en être, prêt à continuer mes services au conseil de finances et aux fortifications si on me l'ordonne, et prêt à m'en tenir à mes fonctions de conseiller d'État si on le veut ainsi. Je crois que vous savez que le roi doit aller à Vincennes, où Sa Majesté fera son séjour ordinaire.

Je suis, monsieur, très sincèrement, etc.

Par une déclaration enregistrée au parlement le 16 septembre, il fut établi, en place du contrôleur-général, des ministres secrétaires d'État, sept conseils, dont un des finances, un de la guerre, un de la marine, etc.

M. Le Peletier continua ses services aux fortifications; il avait alors soixante-quinze ans. La dernière lettre que l'on possède de sa correspondance est datée du 28 octobre ; on y lit : « La disette de fonds où nous sommes ne peut être plus grande, puisque le trésorier n'a pas encore touché un sou sur le fonds des ouvrages ordonnés cette année. » Ailleurs, M. Le Peletier dit « qu'il lui est dû plus de 40,000 écus de ses appointements; qu'il est dû aux ingénieurs les six premiers mois de 1715 et les arrérages de 1714; enfin qu'il n'y avait pas de quoi faire le prêt aux soldats. » Dans une telle pénurie de fonds, nous avons peine à regarder comme exacts les tableaux des dépenses annuelles des fortifications, consignés par Forbonnais dans ses *Recherches sur les finances*, t, II, p. 171 à 451, tableaux dans lesquels la dépense de l'année 1715 est supposée de 1,679,139 livres. Admettant comme exactes toutes les évaluations de cet auteur, qui mérite une grande confiance, on trouve que les dépenses faites dans l'espace de trente-quatre ans, de 1682 (1) à 1715, pour les fortifications, les bâtiments et les ports de mer, tant militaires que de commerce, se sont élevées à la somme

(1) On a substitué à la dépense de l'année 1683, qui manque, celle de l'année 1670, qui est connue.

de 137,565,825 livres, ce qui fait par an en moyenne 4,046,054 livres. On n'a point ou l'on a peu de renseignements sur les dépenses des quatorze années, de 1681 à 1668, année de laquelle datent les travaux entrepris par Louis XIV d'après les projets de Vauban. En évaluant les dépenses de ces quatorze années au taux moyen de 4,046,054 livres et les ajoutant à celles connues des trente-quatre années postérieures, on trouve 194,210,581 livres, moins du septième de la somme de quatorze cent millions, à laquelle Choderlos de Laclos, à l'aide d'un calcul qu'il disait n'être pas forcé et qui reposait sur une donnée fausse (1) faisait monter au minimum les mêmes dépenses (2). Les bâtiments construits pendant la même période de temps ont coûté une somme à peu près égale, 215 millions.

M. Le Pelctier félicitait de pouvoir travailler les ingénieurs qui étaient dans les places, où ils avaient la ressource des fermes des fortifications ou des casernes. On donnait ce nom aux octrois affectés aux

(1) Il évaluait à 800,000 livres la dépense d'un front de fortification de Vauban, qui était au plus de 400,000; la dépense du front complet de Cormontaingue est de 487,836 livres. L'application de ces prix à l'évaluation de la dépense des places fortes suppose qu'elles sont terminées; or il n'y avait pas en France, en 1706 (page 311), une place qu'on pût dire totalement achevée; pour preuve, voir page 320, l'état où était Toulon en 1707. Ces aits suffisent pour démontrer combien les calculs de Laclos étaient erronés.

(2) Lettre à messieurs de l'Académie française au sujet de l'éloge de Vauban. In-8, 1786, p. 23.

fortifications ou aux bâtiments militaires. En 1701, les fermes des fortifications des six places de l'Artois produisaient 64,800 livres, celles des casernes 102,600 livres. Douai, Tournay, Menin, avaient des fermes semblables pour les fortifications; Abbeville avait 2,400 livres de deniers dits patrimoniaux destinés à l'entretien de ses ouvrages; Lille donnait pour ses fortifications 33,000 florins, soit 41,250 livres; Valenciennes, 31,250 livres. Toutes les châtellenies de la Flandre payaient 4 patards par bonnier de terre, soit 0 fr., 176 par hectare. Cet impôt produisait environ 60,000 livres. L'Alsace versait à la caisse des fortifications, pour la construction et l'entretien des épis du Rhin, 30,000 livres, qui souvent avaient une autre destination. Strasbourg contribuait annuellement pour 60,000 livres à la dépense de ses fortifications, Besançon pour 24,000 livres. Les trois généralités de Normandie étaient imposées à 30,000 livres. Les octrois du Havre produisaient 9,000 livres, etc. Toutes ces recettes dites extraordinaires, qui, en 1701, montaient à 639,124 livres, compris les ventes de vieux matériaux, s'ajoutaient aux fonds que le roi faisait verser dans les caisses des trésoriers des fortifications pour les ouvrages ordonnés dans les places.

Le traité de la Barrière, qui fut signé à Anvers le 15 novembre 1715, réglant une question importante de frontières, doit trouver place dans cet *Aperçu*. Dès l'année 1709, les Hollandais avaient, pour prix des sacrifices que la guerre leur coûtait, obtenu de l'Angleterre la garantie qu'on leur céderait, comme barrière contre l'ambition de la France, plusieurs places fortes, au nombre desquelles était Lille, qui nous fut rendue en 1713 comme l'équivalent stipulé de la démolition de Dunkerque.

Le traité du 30 janvier 1713, entre l'Angleterre et les États généraux, portait que les Pays-Bas espagnols serviraient de barrière aux Provinces-Unies, qui pourraient tenir garnison dans Furnes, le fort de la Kenoque, Ypres, Menin, Tournay, Mons, Charleroi, Namur, Gand. Le traité de la Barrière porte :

Art. 1er. Les États généraux remettront à l'Empereur toutes les provinces et villes des Pays-Bas, tant celles qui ont été possédées par le roi Charles II que celles qui ont été cédées par la France lors du dernier traité d'Utrecht.

Art. 3. L'Empereur et les États généraux entretiendront dans les Pays-Bas autrichiens un corps de 30 000 à 35 000 hommes, dont l'Empereur fournira trois cinquièmes et les États généraux deux cinquièmes.

Art. 4. L'Empereur accorde aux États généraux garnison privative de leurs troupes dans les villes et château de Namur et Tournay, et dans les villes de Menin, Furnes, Warneton, Ypres et le fort de Kenoque.

Art. 13. Il est permis aux États généraux de faire réparer et fortifier à leurs frais les villes de la Barrière.

(*Histoire générale des traités de paix*,
par le comte de Garden. In-8, t. II.)

FIN.

TABLE ANALYTIQUE DES MATIÈRES.

A

B

C

D

E

F

G

H

I

J

K

L

N

O

P

Q

R

(1) Était appelé ainsi pour le distinguer de son frère, entrepreneur des jetées de Dunkerque.

(2) Il avait un frère ingénieur à Gravelines, qui se retira en 1711.

(3) Il avait un fils qui se maria en 1714 à Dunkerque, et qui était sans doute ingénieur, car nous avons plus de quatre signatures différentes des Robelin.

Y

FIN DE LA TABLE.

CPSIA information can be obtained
at www.ICGtesting.com
Printed in the USA
LVHW030115210323
742063LV00002B/403

9 783382 701147